W0048637

BASTEI
LÜBBE
TASCHENBUCH

Weitere Titel des Autors:

Die Sturmkönige – Dschinnland
Die Sturmkönige – Wunschkrieg
Die Sturmkönige – Glutsand

Bei Lübbe Audio:

Herrin der Lüge
Die Wellenläufer
Die Vatikan-Verschwörung
Die Unsterbliche
Die Alchimistin
Der Klabauterkrieg
Der Brennende Schatten

Kai Meyer

DIE STURMKÖNIGE
Dschinnland

Roman

BASTEI
LÜBBE
TASCHENBUCH

BASTEI LÜBBE TASCHENBUCH
Band 20845

Dieser Titel ist auch als Hörbuch und E-Book erschienen

Vollständige Taschenbuch-Neuausgabe der bereits bei
Lübbe Hardcover und bei Bastei Lübbe Taschenbuch
erschienenen Ausgaben

Copyright © 2008 by Kai Meyer

Neuausgabe 2016 by Bastei Lübbe AG, Köln
In Zusammenarbeit mit der Michael Meller Literary Agency,
München
Lektorat: Stefan Bauer
Titelillustration: © Anton Kokarev
Umschlaggestaltung: Guter Punkt, München
Satz: Urban SatzKonzept, Düsseldorf
Gesetzt aus der Berkeley
Druck und Verarbeitung: CPI books GmbH, Leck – Germany
Printed in Germany
ISBN 978-3-404-20845-6

5 4 3 2 1

Sie finden uns im Internet unter
www.luebbe.de
Bitte beachten Sie auch:
www.lesejury.de

Inhalt

KHORASAN –
DAS LAND DER AUFGEHENDEN SONNE
8. JAHRHUNDERT N. CHR.

DAS 52. JAHR
DES DSCHINNKRIEGES

Er lenkte den fliegenden Teppich durch die nächtlichen Gassen Samarkands. Geduckt raste er unter niedrigen Brücken hindurch, brach durch Schwärme von Fledermäusen und wich den ausgebeulten Tuchmarkisen über Balkonen und Fenstern aus. Feuchte Wäsche klatschte ihm ins Gesicht, wo sich Leinen zwischen den Hauswänden spannten. Eine angriffslustige Katze sprang von einem Fenstersims auf den Teppich, verhakte sich kreischend im Knüpfwerk und schlug nach ihm, als er sie mit einem Stoß über die flatternden Fransen fegte.

Manchmal schien es Tarik, als bliebe sein eigener Schatten auf den Lehmmauern und Fensterläden zurück, so geschwind jagte er durch die engen Gassen der Altstadt. Schneller als jeder andere, geschickter und ungleich erfahrener. Siegesgewiss, ohne auch nur ein einziges Mal an den Sieg zu denken. Berechnend, ohne auf seine Verfolger Rücksicht zu nehmen. Auf der Flucht vor Erinnerungen, denen er doch nie entrinnen konnte, vor allem in den Morgenstunden, wenn der Triumph über das gewonnene Teppichrennen verebbt war, wenn die Wirkung der billigen Weine nachließ. Dann ein weiteres Rennen. Ein weiterer Sieg. Eine weitere durchzechte Nacht.

Mondlicht lag über den Kuppeln der Moscheen und Zarathustratempel, breitete sich über die flachen Dächer der Häuser und webte feine Gespinste aus Staub und Rauch. Fackeln fauchten, als Tarik an ihnen vorüberfegte.

Er spürte den fliegenden Teppich unter sich wie ein lebendes Wesen. Noch drei oder vier Wegkehren, dann würde er den Palast des Emirs vor sich sehen, das gefährlichste Wegstück des verbotenen Teppichrennens.

Selbst Tarik hatte sich erst zwei Mal auf diese Etappe eingelassen; dann, wenn er das Preisgeld besonders nötig gehabt hatte. Die Aussicht auf eine Handvoll Dinare verblendete viele, deren Fähigkeiten den Anforderungen nicht gewachsen waren; aber die Auswahl der Palastpassage sorgte stets dafür, dass sich einige noch vor Beginn des Rennens besannen und geschlagen gaben. Lieber nahmen sie Prügel und Schlimmeres durch die Hände jener in Kauf, die Geld auf sie gesetzt hatten, als aus freien Stücken entlang der Palastmauer zu fliegen, wo die Garde des Emirs auf der Lauer lag: Der Ritt auf fliegenden Teppichen wurde in Samarkand ebenso mit dem Tod bestraft wie jede andere Anwendung von Magie.

Solange Tarik das Rennen anführte, war die Gefahr berechenbar. Wenn die Wächter auf dem Wehrgang ihn bemerkten, mussten sie erst ihre Bogen spannen oder mit den Lanzen ausholen. Mit etwas Glück hatte er die Mauer dann bereits hinter sich gelassen. Schlimmer würde es für jene kommen, die ihm nachfolgten – sie rasten geradewegs in das Schussfeld der alarmierten Soldaten.

Tarik war der beste Teppichreiter Samarkands, aber er

hätte die Rennen ohne Zögern aufgegeben, wären die Prämien nicht so leicht verdientes Geld gewesen. Er war der Sohn des Jamal al-Abbas, und er ritt die Winde seit dem Tag seiner Geburt. Damals hatte sein Vater das Neugeborene zum ersten Mal mit hinauf in den Himmel über Khorasan genommen. Vor achtundzwanzig Jahren.

Eine weitere Katze verfehlte ihn um mehr als eine Mannslänge. Er hörte sie zornig schreien, als ihr Sprung ins Leere ging. Die gegenüberliegende Lehmmauer bot keinen Halt. Das Tier rutschte ab und stürzte. Dummes Biest.

Als er zuletzt über die Schulter geblickt hatte, war sein Vorsprung vor den anderen beträchtlich gewesen. Gleich nach dem Signal zum Aufbruch hatte er mehrere Teppichreiter abgedrängt. Es kümmerte ihn wenig, was aus ihnen wurde. Alle wussten, auf was sie sich einließen.

Er hatte Schmerzensschreie gehört und angenommen, dass einige durch seine Manöver an die Hauswände geprallt und abgestürzt waren. Die Zahl jener, die am Ende ins Ziel gingen, betrug meist kaum ein Drittel der ursprünglichen Teilnehmerzahl. Gelegentlich kam es vor, dass er als Einziger die gesamte Strecke bewältigte. Das erhöhte sein Preisgeld, darum war es von Vorteil, möglichst viele Gegenspieler gleich zu Beginn loszuwerden. Wer Waffen einsetzte, wurde disqualifiziert, doch Rangeleien waren durchaus erwünscht. Verletzte und Tote erhöhten das Risiko und somit die Einsätze, die Gewinne. Hindernisse wurden von den Veranstaltern errichtet, Kollisionen absichtlich herbeigeführt; und manch ein Teppichreiter munkelte, dass die *Ahdath* vor den großen Rennen Hinweise erhielt, wo es sich lohnte, auf der Lauer zu liegen – ein Hinterhalt der Stadtmiliz war die billigste und wirkungsvollste Methode, einem Rennen gefährliche Würze zu verleihen.

Wie alle Teppichreiter war Tarik maskiert, sein Kopf mit dunklen Tüchern umwickelt, die nur einen Schlitz um die Augen unbedeckt ließen. Die verborgenen Wegposten, die auf Dächern und in dunklen Fensterlöchern jeden Abschnitt des Rennens überwachten, erkannten die Teilnehmer an Zeichen, die sie auf Rücken und Brust trugen. Manche schmückten sich mit brüllenden Löwen, Falkenköpfen oder züngelnden Schlangen. Tariks Signum war ein schlichter Kreis, den eine Linie in zwei Hälften teilte. Irgendwer hatte einmal einen Weinkelch vorgeschlagen. Tarik hatte dem Mann die Zähne eingeschlagen: erst mit den Fäusten, *dann* mit einem Weinkelch.

Weit vor ihm öffnete sich die Gasse zu einer breiten Straße, die zum Palast des Emirs führte. Hinter den trutzigen Festungsmauern regierte Kahraman ibn Ahmad über Samarkand als Stellvertreter des Kalifen von Bagdad. Der Emir herrschte nach eigenem Gutdünken, und es war eine Herrschaft der Verbote. Der Kalif Harun al-Raschid war hier nicht mehr als ein Name; sein Arm reichte schon lange nicht mehr von Bagdad bis nach Samarkand. Das Totenreich der Karakumwüste trennte die beiden Städte. Seit einem halben Jahrhundert herrschten dort draußen die Dschinne. Sie hatten Samarkand zu einem Gefängnis gemacht, aus dem kaum jemand entkommen konnte. Nicht einmal Tarik.

Einmal mehr drängte er die Erinnerungen zurück. Selbst für ihn bedeutete die Palastpassage eine Herausforderung, und wenn er dabei eines nicht gebrauchen konnte, dann diese Bilder in seinem Kopf. Bilder vom Dschinnland. Von Maryam.

Tarik fegte hinaus aus der Gasse, ins Fackellicht der breiten Straße. Er konnte den Palast jetzt in der Dunkelheit erahnen.

Hinter ihm ein Flattern.

Er fluchte, als ein Schatten seinen eigenen kreuzte. Ein zweiter Teppich holte auf. Ein maskierter Reiter wie er selbst, eine Hand ins Muster des Teppichs versenkt, die andere zur Faust geballt. Ein Knie im Ausfallschritt auf dem gewebten Boden, das zweite vor der Brust angewinkelt. In der gleichen Haltung wie Tarik. Nicht etwa weil der andere Reiter ihn nachahmte – beide hatten vom selben Meister gelernt.

Von Jamal al-Abbas. Ihrem Vater.

»Junis?« Die Frage war so überflüssig wie sein Erstaunen darüber, dass sein jüngerer Bruder hier auftauchte. In dieser Nacht, an diesem Ort. Genau neben ihm – und nur noch wenige Steinwürfe von der Palastwand entfernt.

Schatten füllten Junis' Sehschlitz, darin schimmerten hellwache Augen. Längst hatten sie erfasst, worauf es ankam.

Das Ziel. Seinen Gegner. Alle Möglichkeiten.

Abrupt scherte Junis zur Seite aus, holte Schwung – und rammte Tariks Teppich mit der mörderischen Wucht eines Streitwagens.

DIE BRÜDER

Tarik wurde zur Seite geschleudert. Nur um Haaresbreite verfehlte er das Gestänge einer hölzernen Balustrade. Einige Herzschläge lang roch er Räucherwerk und den betörenden Duft von Rosenwasser. Beides hüllte ihn ein, während er die Lehmkante eines offenen Schlafzimmerfensters streifte, kurz ins Trudeln geriet, dann die Gerüche und die eigene Unsicherheit hinter sich ließ. Mit einem stummen Befehl an den Teppich schwenkte er zurück auf seinen alten Kurs, auf eine Höhe mit Junis, der zu einem neuen Kollisionsmanöver ansetzte.

Es war ein Fehler, den gleichen Trick ein zweites Mal anzuwenden. Der erste Versuch hatte Tarik aus der Fassung gebracht, weil er mit jedem anderen, aber nicht mit seinem Bruder gerechnet hatte. Der zweite nötigte ihm nur ein mitleidvolles Lächeln ab, als er dem Angriff mühelos auswich, seinen Teppich beschleunigte und abermals die Führung übernahm.

Noch sechshundert Schritt bis zum Palast. Wenn sie dieses Spiel von Rammen und Ausweichen fortführen wollten, würden die Soldaten auf den Zinnen vorgewarnt sein und sie mit gespannten Bogen erwarten. Womöglich legten sie bereits ihre Pfeile auf, zogen die Sehnen durch. Warteten ab.

»Du bist ein Narr!«, fauchte Tarik über die Schulter und vertraute darauf, dass der Gegenwind die Worte an Junis' Ohr tragen würde. »Du glaubst, du hast dazugelernt? Jemand wird umkommen, wenn du nicht mit diesem Irrsinn aufhörst.«

Er hörte das Flattern in seinem Rücken lauter werden. Ein anderer hätte den Unterschied nicht wahrgenommen. Aber Tarik las die Laute, die ein Teppich auf den Winden verursacht, wie Pferdezüchter das Schnauben ihrer Rösser.

An einem Wettkampf mit Junis lag ihm ebenso wenig wie an diesem Wiedersehen. Aber er wollte nicht verlieren. *Würde* nicht verlieren. Den Preis der Niederlage sollten andere zahlen. Auch Junis, wenn er darauf bestand.

Nicht ich, dachte Tarik. Ganz sicher nicht ich.

Junis war schnell, das musste er ihm lassen. Dass es ihm gelungen war, die anderen abzuhängen und bis zur Spitze aufzuholen, überraschte Tarik. Sein Bruder war fünf Jahre jünger als er, dreiundzwanzig, und seit mehr als drei Jahren hatten sie kein Wort miteinander gesprochen. Gelegentlich hatten sie einander gesehen – Samarkand war nicht groß genug, um sich gänzlich aus dem Weg zu gehen –, aber beide hatten sich Mühe gegeben, den anderen nicht mit Blicken oder Gesten herauszufordern.

Soweit Tarik wusste, hatte Junis noch nie an einem der verbotenen Rennen teilgenommen. Wie aber sollte er sein Auftauchen deuten, wenn nicht als Herausforderung? Dabei war es weniger Junis' Versuch, ihn abzudrängen, der Tarik wütend machte. Allein die Tatsache, dass er gegen ihn antrat, war ein Angriff. Ließen sich Verachtung und Stillschweigen nur noch von einer offenen Kampfansage übertreffen?

Junis hatte nichts vergessen, nichts vergeben. Er war jung, ein Heißsporn, ein halbes Kind – das alles hier war nur ein weiterer Beweis dafür –, und nun auch noch sein Gegner.

»Das hier hat nichts mit dir zu tun«, rief ihm Junis zu, gedämpft durch das Tuch über seinem Mund. »Nichts, was ich tue, hat mit dir zu tun.«

Tarik gab keine Antwort. Er schob die Hand tiefer ins Muster seines Teppichs und spürte das vertraute Kribbeln heftiger werden, beinahe aufsässig. Das Muster zog sich um seine Finger zusammen wie Fasern einer bizarren Muskulatur. Sein halber Unterarm war in der Oberfläche des Gewebes verschwunden. Der Teppich schluckte seine Hand, betastete sie, las aus ihr die Befehle ihres Besitzers. Tarik sandte eine Serie knapper Beschwörungen ins Muster. Noch schneller. Ein Zickzackkurs. Und etwas niedriger zum Boden, damit die Soldaten die näher kommenden Teppichreiter nicht bemerkten.

Junis hingegen scherte sich nicht um Höhe. Nicht um die Soldaten.

Das hier hat nichts mit dir zu tun. Von wegen. Es hatte *alles* mit ihm zu tun. Mit den Vorwürfen, dem Zorn, den Jahren maßloser Verbitterung.

Junis war jetzt wieder neben und eine halbe Mannslänge über ihm. Er blickte nach vorn, den Zwiebeltürmen und Zinnen des Emirpalastes entgegen. Mondlicht vereiste die

Mauern, floss als silbriger Gletscherguss die große Kuppel der Moschee hinab. Die Straße führte um eine leichte Kurve, schmiegte sich vierhundert Meter weiter vorn an die Palastmauer und verlief dann parallel zu ihr. Oben auf dem Wehrgang bewegten sich Gestalten hastig durcheinander. Kein gutes Zeichen.

Junis blickte nicht zu seinem Bruder hinüber. Eine Überheblichkeit, die ihn teuer zu stehen kommen würde. Nach wie vor fehlte ihm Fingerspitzengefühl.

Tarik ließ seinen Teppich aufsteigen, bis seine Kante knapp unterhalb von Junis' Teppich lag. Die beiden Ränder überlappten sich, aber Tarik hatte nicht vor, seinen Bruder zu rammen.

Sie befanden sich jetzt nahezu auf einer Höhe, hätten die Arme ausstrecken können, um sich an den Händen zu berühren. Während sie dahinschossen wie ein einziger Teppich mit zwei ungleichen Reitern, wandte Tarik den Kopf.

»Warum tust du das?«

Junis gab keine Antwort. Sein Arm stieß tiefer ins Muster. Wahrscheinlich hatte er in diesem Augenblick erkannt, was Tarik vorhatte. Vergeblich versuchte er seinen Teppich unter Kontrolle zu bringen. Zu spät. Die Kanten der beiden Teppiche spürten einander, tasteten mit ihren Fransen den anderen ab, besaßen Eigenleben genug, um sich den Befehlen eines unerfahrenen Reiters zu widersetzen, bis ihre Neugier befriedigt war. Wie Hunde, die einander beschnupperten und darüber ihren Gehorsam vergaßen. Junis kam nicht dagegen an.

Tarik hingegen würde ein einziger Befehl genügen. Und er sah Junis im Schatten des Sehschlitzes an, dass er diese Gewissheit teilte.

»Warum?«, fragte Tarik erneut und zum letzten Mal.

Balkone und staubige Markisen zogen an ihnen vorüber. Dann und wann ein Gesicht im Kerzenschein zwischen Fensterläden.

Irgendwo wieherte ein Elfenbeinpferd, streckte Schwingen und Gelenke mit einem Knirschen wie von brechendem Geäst. Es war nirgends zu sehen, musste auf einem nahen Dach geschlafen haben und von den vorübersausenden Teppichen geweckt worden sein. Es würde ihnen nicht in die Quere kommen; verwilderte Elfenbeinpferde waren ängstlich und scheu, erst recht bei Dunkelheit.

»Ich brauche die Prämie«, rief Junis, noch immer ohne Tarik anzusehen.

»Natürlich. Wer nicht.«

Das Gesicht des Jüngeren ruckte herum. Wutentbrannt, mit all dem Jähzorn im Blick, den Tarik nur zu gut kannte. »Es geht nicht um Wein und Frauen. Ich bin nicht du.«

Tarik zuckte die Achseln. »Und ich dachte, es geht hier *nur* um eine Frau.«

»Maryam hat nichts damit zu tun!«

»Nein. Sie ist tot.« Es war leicht, das auszusprechen. Er hatte es so viele Male getan, über leere Krüge gebeugt, betrunken in der Gosse, nachts allein im Halbschlaf, wenn ihn die kalte Feuchte des Kissens unter seiner Wange aufgeweckt hatte.

Zornig versuchte Junis ein Manöver, um die aneinandergeschmiegten Teppichkanten zu trennen. Ohne Erfolg. Und doch, dachte Tarik, er *ist* gut, ganz ohne Zweifel. Viel besser als früher. Nur sein Ehrgeiz stand ihm im Weg. Sein aufbrausendes Wesen war der Stolperstein, der ihn zu Fall bringen würde.

Aber war es nicht gerade das, was er Tarik immer vorgehalten hatte? Vielleicht waren sie sich ähnlicher, als sie wahrhaben wollten.

Vielleicht auch nicht.

»Ich muss gewinnen«, rief Junis, jetzt in einem Anflug von Trotz. »Ich habe alles auf mich selbst gesetzt. Alles, jeden einzelnen Dinar.«

»Obwohl du gewusst hast, dass ich am Rennen teilnehme?«

»Du bist nicht unschlagbar. Auch wenn du das glaubst.«

Tariks Verwunderung war aufrichtig. Zugleich forschte er in sich nach einem schlechten Gewissen. Wenn er Junis abschüttelte würde sein jüngerer Bruder alles verlieren. Wenig erstaunt stellte er fest, dass ihn das kaum berührte. Die Verantwortung für so viel Dummheit lag allein bei Junis selbst.

Und doch, er war neugierig. »Was hast du vor? Mit dem Geld, meine ich.«

Ein aufsässiger Unterton trat in Junis' Stimme. »Ich werde auf Vaters alter Schmuggelroute fliegen. Nach Bagdad. Ich habe einen Auftrag angenommen.«

Schweigen. Der Palast kam näher. Die Soldaten auf den Zinnen bewegten sich nicht mehr.

Tarik löste das Tuch vor seinem Mund, um sicherzugehen, dass sein Bruder jedes einzelne Wort verstehen konnte.

»Das Dschinnland hat Maryam umgebracht. Es wird auch dich töten.«

»Maryam hat sich auf dich verlassen«, entgegnete Junis kühl. »Den Fehler werde ich wohl kaum begehen.«

Tarik ballte seine Hand im Muster zur Faust. Mit einem scharfen Fauchen sackte sein Teppich nach unten weg, tauchte unter Junis hindurch. Er streckte die freie Hand nach oben aus. Berührte die Unterseite des fremden Gewebes. Stieß mit einer gemurmelten Beschwörung die Finger hinein.

Junis' Teppich wollte sich aufbäumen, als er die Befehle zweier Meister in sich spürte. Eine Wellenbewegung lief durch das Gewebe, während Junis hasserfüllt aufschrie und von oben einen verzweifelten Kraftstoß in das Muster jagte.

Tarik wischte den Befehl seines Bruders beiseite; es war leicht, so als fiele er ihm im Streit ins Wort. Zugleich zwang er Junis' Teppich seinen eigenen Willen auf.

Es war der schändlichste Trick, mit dem ein starker Reiter einen schwächeren ausschalten konnte. Ins fremde Muster zu greifen, galt als verpönt und unehrenhaft. Aber Ehre war etwas, um das sich die Verlierer schlagen mochten. Niemand fragte den Gewinner eines Rennens danach. Tarik kannte jede List, mit der er einem anderen beikommen konnte. Er hatte sie alle ausprobiert, und er verspürte auch jetzt nicht den Schatten eines Skrupels.

Sein Bruder schrie auf, geriet ins Schlingern. Tarik zog

die Hand aus der Unterseite von Junis' Teppich, gab das Muster frei und wusste zugleich, dass es zu spät war, um seinen Befehl rückgängig zu machen. Er schoss unter Junis hinweg, stieg vor ihm auf und blickte flüchtig über die Schulter.

Der Teppich seines Bruders drehte sich im Flug um sich selbst, schlingerte nach rechts und links, während Junis sich festklammerte, wütende Flüche brüllte und versuchte, die Kontrolle zurückzuerlangen.

Zu spät.

Tarik blieb keine Zeit, das Ende mit anzusehen. Aus dem Augenwinkel nahm er wahr, dass Junis den Halt verlor und abgeworfen wurde, während der Teppich geradewegs auf eine Hauswand zuhielt. Tarik suchte abermals nach Gewissensbissen. Er fand noch immer keine.

Er hörte Junis hinter sich aufschreien, doch etwas anderes verlangte nun seine Aufmerksamkeit. Vor ihm, dann neben ihm wuchs die Palastmauer in die Höhe.

Mondlicht blitzte auf Pfeilspitzen. Nach all dem Geschrei waren die Soldaten auf den Zinnen gewarnt. Nach dem panischen Wiehern des Elfenbeinpferdes. Nach Junis' Aufprall im Staub.

Tarik zog den Kopf ein, beschleunigte den Teppich und jagte geradewegs in den Pfeilhagel.

Fackeln brannten auf den Zinnen. Die Abstände waren zu groß, um im Dunkeln die Soldaten zählen zu können. Tarik verzog das Gesicht zu einem schmerzlichen Lächeln. Vielleicht hatte er Junis einen Gefallen getan. Es reichte, dass einer von ihnen beiden das Wagnis einging, von einem Pfeil aus der Luft geholt zu werden. Junis mochte dazugelernt haben, eine ganze Menge sogar, aber was er an Geschick gewonnen hatte, machte seine Überheblichkeit wieder zunichte.

Alles in Tarik schrie danach, die Geschwindigkeit des Teppichs zu verlangsamen, als er leicht nach links schwenkte und weiter parallel zur Mauer flog. Statt dessen ballte er im Muster die Faust und trieb den Teppich mit aller Macht vorwärts. Andere hätten in dieser Lage vielleicht einen Ausweichkurs eingeschlagen, vielleicht ein wildes Hin und Her, um die Schützen irrezuführen. Er aber nahm den geraden Weg, so niedrig wie möglich über dem Boden, wo die Lichtkreise der Fackeln ihn nicht erreichen konnten.

Die Mauer war sechs Mannslängen hoch und mit Lehm verputzt. An manchen Stellen war er abgeplatzt und entblößte grobes Gestein. Dunkle Schattenflecken sprenkelten die raue Oberfläche. Vielleicht Spuren vergessener Belagerungen oder Wasserschäden oder Schießscharten; bei Nacht und im rasenden Vorbeiflug war der Unterschied kaum zu erkennen.

Er hatte ein gutes Stück der Mauer hinter sich gebracht, ehe ihm bewusst wurde, dass ihn bereits mehrere Schüsse verfehlt hatten. Sie surrten hinter ihm durch die Nacht, schlugen am Boden in den Staub oder verschwanden in den Schatten zwischen der vorderen Häuserreihe. Die Straße am Fuß der Palastmauer war etwa zwanzig Schritt breit, links von den Fassaden der Altstadt begrenzt. Hier und da lehnten sich die Stände fliegender Händler an die Festungsmauer. Nachts waren sie verlassen, alle Ware aus den Auslagen verschwunden.

Tarik ahnte, dass die Finsternis zwischen den Häusern nicht so menschenleer war, wie sie erschien. Obwohl die Veranstalter der verbotenen Rennen die Route erst im letzen Moment bekannt gaben, sprach sich die Strecke schneller herum, als die Teppiche fliegen konnten. Nicht selten warteten Plünderer und Diebe an den gefährlichsten Passagen, um die kostbaren Teppiche gestürzter oder abgeschossener Reiter einzusammeln. Jeder einzelne war ein kleines Vermögen wert. Keine Knüpferei in Samarkand verstand sich auf die Herstellung fliegender Teppiche. Der Ursprung dieser Kunst lag in Bagdad, und seit die Verbindung zwischen den Städten abgeschnitten war, gab es keinen Nachschub mehr. Tarik wusste das besser als jeder andere: Nachdem er die Schmuggelrouten seines Vaters übernommen hatte, war er der Einzige gewesen, der neue Flugteppiche nach Samarkand gebracht hatte. Als er die

Reisen durchs Dschinnland vor sechs Jahren aufgegeben hatte, war auch der Schmuggel versiegt. Er war der Letzte gewesen, der die zweitausend Kilometer bis Bagdad bewältigt hatte – was die Vorstellung, Junis könnte in seine Fußstapfen treten, umso wahnwitziger machte.

Eine Lanze verfehlte ihn. Der Teppich streifte ihren Schaft, stieß sie aus ihrer Wurfbahn und ließ sie ins Dunkel davontrudeln. Tarik hoffte, dass sie eine der Gestalten erwischte, die dort unten im Nachtschatten auf seinen Absturz lauerten. Noch immer sah er niemanden, aber er war sicher, dass sie da waren. Gesindel, das keine Skrupel hatte, ein wenig nachzuhelfen, wenn der Sturz einen Teppichreiter nicht getötet hatte.

Er senkte den Teppich jetzt so weit herab, dass seine Unterseite haarscharf über die verwaisten Händlerstände fegte. Planen knatterten hinter ihm im Zugwind, hier und da stürzte eine baufällige Lattenkonstruktion zusammen. Weitere Pfeile verfehlten ihn, während oben auf den Zinnen Gebrüll laut wurde. Hauptleute schrien ihre Soldaten zusammen, weil sie es nicht fertigbrachten, einen einzelnen Teppichreiter aus der Luft zu holen.

Tarik lächelte grimmig. Er war nicht unverwundbar, aber er kannte ihre Schwächen. Den ungünstigen Schusswinkel zum Fuß der Mauer. Die Tücken der Finsternis.

Weit vor ihm fiel eine Fackel in die Tiefe, erhellte im Sturz einen Streifen der Palastmauer und landete im verlassenen Bretterverschlag eines Händlers. Zwei weitere Fackeln folgten. Eine fiel ins Stroh eines leeren Tierpferchs. Innerhalb weniger Augenblicke loderten mannshohe Flammen empor. Ihr Schein riss einen breiten Abschnitt der Straße aus der Nacht und erleuchtete die Mauer bis hinauf zu den Zinnen.

Das helle Wegstück lag genau vor ihm, noch fünfzig, sechzig Meter entfernt. Es gab keine Möglichkeit, es zu umfliegen. Er musste notgedrungen mitten hindurch, wenn er nicht vom vorgezeichneten Weg des Rennens abweichen und damit sein Ausscheiden in Kauf nehmen wollte.

Der Pfeilhagel verebbte. Er wusste, weshalb. Sie warteten darauf, ihn deutlicher sehen zu können. Es gab nichts, das er dagegen tun konnte.

Um den Winkel für sie noch ungünstiger zu machen, lenkte er den Teppich näher an die Mauer heran, bis der Fransenrand im Vorbeiflug fast den Lehmputz streifte. Zugleich zog er ein Stück nach oben, um den Flammen zu entgehen, die sich jetzt rasend schnell ausbreiteten. Sie sprangen von einem Stand zum nächsten über und würden in Kürze die halbe Mauer an dieser Seite des Palastes erleuchten. Für alle, die Tarik folgten, sah es schlecht aus.

Nur einmal, bevor er den Lichtkreis der Feuer erreichte, blickte er nach hinten und sah noch immer niemanden, der ihm folgte. Der Sturz hatte Junis endgültig aus dem Rennen geworfen.

Rasch wandte er sich wieder nach vorn. Starrte verbissen in die heranrasende Helligkeit. Oben auf den Zinnen blitzten Eisen und Stahl. Unverständliche Rufe ertönten. In den Schneisen zwischen den Häusern auf der gegenüberliegenden Straßenseite bewegten sich Schemen im äußeren Schein der Feuer.

Noch zehn Meter.

Fünf.

Der Feuerschein erfasste Tarik. Er raste in eine Wand aus Hitze und Rauch, in den Lärm der prasselnden Flammen, in einen Schauer aus Pfeilen. Einer schlug neben ihm in den Teppich, bohrte sich durch das Gewebe und blieb stecken. Ein Hitzestoß fuhr durch Tariks Arm, als das Muster den Schmerz an ihn weitergab und ihn wutentbrannt aufstöhnen ließ. Er konnte nicht noch näher an die Mauer heran, ohne eine Kollision zu riskieren; eine Gefahr, die ständig wuchs, erst recht, wenn der Teppich durch weitere Treffer vom Kurs abgebracht würde und ins Schlingern geriet. Von oben musste das dunkle Rechteck vor den Flammen deutlich auszumachen sein.

Er biss die Zähne zusammen und gab dem Teppich Befehl, stur geradeaus zu fliegen, komme was wolle. Wie weit war es noch bis zum Ende der Mauer? Solange er selbst sich in dem flammenhellen Bereich aufhielt, konnte er nicht erkennen, was jenseits davon im Dunkeln lag.

Eine Lanze schnitt unmittelbar vor ihm durch den Rauch und verschwand im Feuer. Erneut schrie ein wildes Elfenbeinpferd, sicher nicht dasselbe wie vorhin; sie fürchteten Flammen noch mehr als ihre Artgenossen aus Fleisch und Blut. Aus dem Augenwinkel sah er es schemenhaft zwischen den Dächern aufsteigen und in Panik davonfliegen.

Es grenzte an ein Wunder, dass Tarik noch immer nicht getroffen worden war. Vielleicht waren die Soldaten dort oben sparsam mit ihren Pfeilen, solange nur ein einzelner Teppichreiter durch ihr Schussfeld raste. Bald, wenn der

Pulk der übrigen Teilnehmer die Palastpassage erreichte, würden sie leichtere Opfer finden, um ihre Hauptleute zu beeindrucken.

Vor ihm endeten die Feuer, wo eine breite Lücke zwischen den Händlerständen klaffte. Der Boden wurde dort uneben, gleich darauf felsig, als wäre der Stein an der Palastmauer emporgewuchert. Von hier aus war es nicht mehr weit bis zum Ende der Mauer. Dann führte die Route zurück ins Labyrinth der Gassen. Der Rest der Strecke würde ein Kinderspiel sein.

Tarik hielt sich weiterhin nah an der Mauer, musste aber höher aufsteigen, um den Felshöckern am Boden auszuweichen. Er wagte einen Blick zurück, wo Flammen und Rauch allmählich eine Wand bildeten, die gewiss auch den Soldaten auf den Zinnen zu schaffen machte. Möglich, dass sie sich mit dem Feuer die eigene Sicht auf die nachfolgenden Teppichreiter geraubt hatten. Gut für die anderen. Nicht so erfreulich für Tarik.

Er atmete tief durch, um den Qualm aus seinen Lungen zu pressen, schaute wieder nach vorn – und sah im selben Augenblick die Bewegung vor ihm auf den Felsen, unmittelbar am Fuß der Mauer. Zu spät, um auszuweichen. Zu spät für einen Ruf, eine Warnung, sogar für einen Fluch.

Eine schlanke Gestalt, direkt vor ihm. Sie hatte sich aus dem Schatten der Mauer gelöst, aus einer Öffnung oder einem Spalt, richtete sich jetzt aus der Hocke auf – und blieb stehen wie versteinert.

Der Teppich erwischte sie am Arm, riss sie herum und

schleuderte sie wie eine Lumpenpuppe von den Felsen, hinunter auf die Straße. Tarik hörte einen Aufschrei – eine Frau, ein junges Mädchen, vielleicht –, dann geriet der Teppich auch schon haltlos ins Trudeln, vom Aufprall aus seiner Bahn geworfen. Tarik verlor die Kontrolle, ehe er die Katastrophe wirklich erfassen konnte, klammerte sich mit einer Hand ins Muster, mit der anderen an den Teppichrand – und spürte zugleich, wie das Gewebe an Stabilität verlor, sich wellte, aufbäumte und einen Herzschlag später in einer engen Kurve abstürzte.

Es gab nichts, was er tun konnte, selbst wenn ihm die Zeit dazu geblieben wäre. Ein tosendes Rauschen erfüllte seine Ohren, der Strom seines eigenen Blutes. Durchbrochen von stampfendem Herzschlag, schnell und immer schneller. Ein Anflug von Panik, schließlich Resignation.

Dann für einen Augenblick gar nichts mehr.

Das musste der Aufschlag gewesen sein, dachte er wie betäubt. Nichts gemerkt. Vielleicht war er tot.

Aber er hatte sich getäuscht. *Jetzt* kam der Aufschlag. Und er brachte allen Schmerz mit sich, den er gerade noch vermisst hatte.

Die jagende Geschwindigkeit, zu der er den Teppich getrieben hatte, wandte sich nun gegen ihn, schlug mit tausend Fäusten gleichzeitig auf ihn ein, hieb etwas vor seine Stirn, das sich wie ein Schmiedehammer anfühlte.

Er spürte, dass er zum Liegen kam, auf Staub und Stein und noch etwas anderem, das mit Glück, wirklich verteufelt großem Glück, der verdrehte Teppich sein mochte.

Dann begriff er, dass es ein Körper war, derselbe, den er

oben auf dem Fels gerammt und in die Tiefe geschleudert hatte, zwei, drei Meter tief.

Er versuchte sich aufzurappeln, erstaunt, dass ihm noch alle Glieder gehorchten. Nichts gebrochen. Noch bevor er nachsah, auf *wen* er gestürzt war, schaute er sich nach dem Teppich um. Er lag fünf Schritt entfernt, als wäre er nach dem Ausklopfen von der Leine gefallen. Nur ein gewelltes Stück Gewebe, dem nicht anzusehen war, dass es seinen Reiter gerade eben noch schneller als jedes Pferd durch die Nacht getragen hatte.

Nicht weit entfernt vom Teppich klaffte ein Einschnitt zwischen den Häusern. Menschen bewegten sich in der Dunkelheit. Mindestens zwei oder drei. Geduckte Gestalten in zerlumpter Kleidung, Abschaum, der auf einen Moment wie diesen gewartet hatte.

Tarik erwachte nur langsam aus dem Chaos aus Schock und Schmerz. Seine Wahrnehmung war noch immer getrübt. Er sah nach oben zu den Zinnen. Der Rauch lag wie eine Glocke über der Straße und schützte ihn vor den Augen der Soldaten.

Nicht weit entfernt entdeckte er eine Lanze mit zerbrochenem Schaft. Hastig machte er einen Satz darauf zu – nach einem Sturz wie diesem war das nicht der beste Einfall. Aus dem Sprung wurde ein Taumeln, immerhin noch gezielt genug, um die Waffe mit wenigen Schritten zu erreichen. Er packte sie unterhalb der Spitze wie ein Kurzschwert, scharfer Stahl so lang wie sein Unterarm. Wirbelte herum. Und sah dreierlei.

Zum einen die Gestalten in der Schneise zwischen den

Lehmwänden. Zum anderen zwei Männer, die sich aus dem Schatten wagten und auf den Teppich zuhuschten. Und erst zuallerletzt das Mädchen, das sich benommen aufrichtete, genau dort, wo er es beim Absturz unter sich begraben hatte.

Sie sah nicht aus wie jemand, der sich bei Nacht in den Straßen Samarkands herumtreiben sollte. Nicht in diesem Hauch von einem Kleid, das zerrissen oder verrutscht war und für einen Moment den Eindruck erweckte, dass sie splitternackt auf dem Boden kauerte, eine zierliche Gestalt, die im Feuerschein glühte wie aus Lava gegossen.

Auch seine Gegner stutzten, unfähig sich zu entscheiden – zwischen dem halbnackten Mädchen und dem Teppich aus chinesischem Drachenhaar, der seinem Verkäufer ein kleines Vermögen einbringen mochte.

Für einen endlosen Augenblick hielten sich beide Begierden die Waage. Dann stürzten sich die zwei Männer auf den Teppich, während die anderen drei Gestalten – ebenfalls Männer – aus dem Dunkel auf das Mädchen zuschnellten.

Tarik stürmte an ihr vorbei und warf sich mit der zerbrochenen Lanze auf die beiden Kerle, die sich an seinem Teppich zu schaffen machten.

Hinter ihm schrie das Mädchen auf, als der erste Mann sie erreichte. Tarik schaute sich nicht um. Er holte mit der halben Lanze aus und schlug sie ins Gesicht eines Mannes, der nicht schnell genug auswich. Der scharfe Stahl zerfetzte seine Wange, ließ blanke Zähne im Feuerschein schimmern, ehe Blut aus der Wunde schoss und der Verletzte schreiend zur Seite stürzte.

Der andere Kerl stellte sich geschickter an. Breitbeinig blieb er auf dem Teppich stehen und zerrte einen Krummdolch unter dem Strick hervor, der seine schmutzige Lumpenkluft zusammenhielt.

Das Mädchen schrie erneut, dann einer der anderen Männer. Sie wehrte sich. Gut. Das würde das Pack hoffentlich lange genug beschäftigen, bis Tarik den Teppich und sich selbst in Sicherheit gebracht hatte.

Der Mann vor ihm konnte nicht wissen, wer ihm gegenüberstand. Sonst hätten ihn die Gerüchte über Tariks Reisen durchs Dschinnland zögern lassen. Sicher hätte ihn die Tatsache beunruhigt, dass der wütende Teppichreiter, der mit einer blutigen Lanze auf ihn zukam, bereits gegen gefährlichere Wesen gekämpft hatte als verlauste, heruntergekommene Diebe aus den Kloaken Samarkands.

Ehe der Mann wusste, wie ihm geschah, rammte Tarik ihm die Lanzenspitze in den Leib. In derselben Bewegung stieß er den Sterbenden beiseite, damit er nicht auf den Teppich blutete. Fieberhaft packte er eine Ecke des Gewebes und riss es an sich.

Einen Atemzug lang wog Tarik seine Chancen ab. Noch hatte keiner der anderen Reiter aufgeholt. Wenn er jetzt ins Muster griff und aufbrach, konnte er noch immer gewinnen.

Das Mädchen stieß erneut einen Schrei aus, diesmal gefolgt von einem heftigen Schlaggeräusch, das sie auf der Stelle verstummen ließ.

Widerwillig fuhr Tarik herum. Sie hatte ihn schon genug Zeit gekostet.

Dann fiel sein Blick auf ihr Gesicht, und für den Bruchteil einer Sekunde schoben sich vertraute Züge über das Antlitz der Fremden – schmale Konturen, dunkles Haar. Maryam.

Ein Schmerz durchzuckte ihn, traf ihn heftiger als jeder Angriff dieses Gesindels. Zornig schüttelte er den Kopf, versuchte, die Erinnerungen abzuschütteln. Vergeblich.

Er fluchte zwischen zusammengebissenen Zähnen, fasste den geborstenen Lanzenschaft fester und eilte dem Mädchen zu Hilfe.

Sie lag am Boden, nicht bewusstlos, aber benommen, die feinen Stoffbahnen ihres Kleides zu winzigen Knäueln verdreht, ein entblößtes Bein angewinkelt, das andere lang ausgestreckt. Ihr rabenschwarzes Haar war weit auseinandergefächert, Strähnen lagen über ihrem Gesicht.

Helle, fast weiße Augen blitzten dazwischen hervor. Tarik konnte nicht erkennen, wohin sie blickten, aber er hatte das verwirrende Gefühl, dass sie auf ihn gerichtet waren.

Einer ihrer Peiniger hatte sich aufgerichtet und stürmte Tarik entgegen, bewaffnet mit einem Knüppel, in dessen Spitze breite Dreikantnägel eingelassen waren. Ein zweiter folgte ihm und ließ das Mädchen unter der Aufsicht des dritten zurück. Waren da noch andere zwischen den Häusern? Tarik blieb keine Zeit, sich zu vergewissern. Seine linke Hand zerrte noch immer den Teppich hinter sich her. Mit der rechten aber warf er die zerbrochene Lanze in die Luft, fing sie umgedreht wieder auf – und schleuderte sie mit aller Kraft dem Mann mit der Keule entgegen. Der erkannte einen Sekundenbruchteil zu spät, was da durch den Rauch auf ihn zuraste. Die Spitze bohrte sich in seinen Bauch und riss ihn von den Füßen.

Der zweite Angreifer zögerte kurz, ehe er begriff, dass Tarik nun unbewaffnet war. Gerade wollte er sich auf ihn stürzen, als in seinem Rücken ein schriller Schrei ertönte. Abermals verharrte er und sah nach hinten. Auch Tarik konnte nicht anders und blickte zu dem Mädchen und dem dritten Mann hinüber.

Sie hatte ihre Chance genutzt. Irgendwoher hatte sie einen schmalen Dolch gezogen, gerade einmal so breit wie ein Finger und so lang wie zwei; sie musste ihn am Oberschenkel getragen haben, befestigt mit den beiden dünnen Riemen, die sie darum geschlungen hatte. Ihre Hand lag noch immer um den Griff der Waffe. Die Klinge aber steckte im Nacken des Mannes, der jetzt mit dem Rücken zu ihr in die Knie ging, noch immer brüllte wie am Spieß, aber offenbar keine Kontrolle mehr über seinen Körper hatte. Der Dolchstoß schien seine Arme und Beine gelähmt zu haben, und Tarik fragte sich, ob das ein Zufall war. Hatte sie gewusst, wohin sie die Klinge stoßen musste, um solch eine Wirkung zu erzielen? Der Dieb hockte jetzt am Boden, sein Oberkörper sank langsam vornüber. Die Wunde blutete kaum, und doch hatte Tarik keinen Zweifel mehr, dass der Mann gerade starb. Seine Augen verdrehten sich, dann fiel er mit dem Gesicht in den Staub.

Der letzte Angreifer ruckte wieder zu Tarik herum, aber seine Unschlüssigkeit hatte einen Herzschlag zu lange gedauert. Sie kostete ihn das Leben. Seine Züge verzerrten sich zu einer Grimasse, als er die Nagelkeule seines Gefährten auf sich zurasen sah. Tarik hieb sie ihm mitten ins

Gesicht, riss ihn damit von den Füßen und ließ sie stecken, wo sie war.

Er wartete nicht, bis weitere Männer aus dem Gassen-einschnitt in den Feuerschein treten konnten. Hastig zog er den Teppich zurecht, bis er flach ausgebreitet war, warf einen Blick nach oben, wo jeden Moment die nächsten Teppichreiter auftauchen mussten, und schob die Hand ins Muster.

»Warte!« Das Mädchen lief auf ihn zu. »Nimm mich mit!«

»Nein.«

»Da sind noch mehr von denen zwischen den Häusern.«

»Nicht mein Problem.«

Sie drängte sich hinter ihm auf den Teppich, aber er stieß sie mit der flachen Hand von sich. Mit einem Stöhnen landete sie im Staub.

Ihr Kleid war nicht zerrissen, das sah er jetzt; es war so freizügig geschnitten, dass sie ebenso gut überhaupt nichts hätte tragen können. Ihre Brüste hoben und senkten sich in einem empörten Auf und Ab, Schweißperlen glänzten dazwischen. Ihre Haut war auffallend hell, als hätte sie nicht oft die Sonne gesehen.

»Sie werden mich auspeitschen«, zischte sie, als der Teppich sich langsam vom Boden hob.

»Ihnen wird weit Schlimmeres einfallen, wenn sie dich in die Finger kriegen. An deiner Stelle würde ich schnell dorthin gehen, wo du hergekommen bist.«

»Nicht *die*«, entgegnete sie verächtlich und zeigte auf die Sterbenden. »Die Soldaten des Emirs.«

Tarik hob erstaunt eine Augenbraue. »Du erzählst mir, dass du auf der Flucht vor der Palastgarde bist – und glaubst allen Ernstes, das sei ein Grund, dich mitzunehmen?« Er konzentrierte sich wieder auf das Muster. »Wenn das ein Appell an meinen Anstand sein soll, mach dich auf eine Enttäuschung gefasst.«

Sie rappelte sich hoch, warf einen nervösen Blick zur Mauer hinauf, dann trat sie erneut an den Teppich heran. Tarik schwebte nun auf Höhe ihrer Hüften und wäre längst wieder unterwegs gewesen, hätte da nicht das fremde Blut an seinen Händen geklebt; das Muster reagierte abwehrend darauf, sträubte sich gegen seinen Zugriff und gehorchte nur widerwillig. Tarik fluchte leise.

Diesmal versuchte sie nicht, gegen seinen Willen auf den Teppich zu springen. Er machte sich darauf gefasst, dass sie ihn am Arm zurückhalten würde, und war bereit, sie erneut zurückzustoßen, diesmal heftiger. Doch sie tat nichts dergleichen. Stand nur da, stemmte die Hände in die Taille und starrte ihn aus ihren weißgrauen Augen an, die schön und geisterhaft zugleich waren. Ihr schwarzes Haar musste zu Beginn ihrer Flucht hochgesteckt gewesen sein; auf ihrer Schulter klammerte sich eine einzelne Bronzespange in die aufgelösten Strähnen wie ein schimmernder Käfer.

»Bitte«, sagte sie nur.

Tarik achtete nicht auf sie und sortierte das Geflecht des Musters zwischen seinen Fingern. Immer noch ertönten Schreie jenseits des Rauchs, zwischendurch ein Poltern. Weitere Teppichreiter hatten jetzt die Palastmauer erreicht und machten Bekanntschaft mit den Pfeilen und Lanzen der Wächter. Es war nur eine Frage von Sekunden, ehe einem oder zwei der Durchbruch gelingen würde. Die Soldaten konnten unmöglich alle erwischen.

Das Muster gab allmählich seinen Widerstand auf und fügte sich seinen Befehlen.

»Bitte«, sagte das Mädchen noch einmal. »Bring mich irgendwohin. Es muss nicht weit sein.«

»Keine Zeit.«

»Ich habe Gold. Ich kann dich bezahlen.«

Sein Blick flackerte über ihren makellosen Körper unter den feinen Stoffschleiern. »Wo?«

»Nicht hier. Aber ich kann welches besorgen.«

Er schnaubte leise. »Ja, natürlich.«

»Ich kann auch auf andere Weise bezahlen.«

»Du blutest.«

»Was?«

»Deine Nase. Sie blutet.«

Fahrig fuhr sie sich mit dem Handrücken über die Oberlippe. Es war nur ein einzelner Blutstropfen, der sich dort gelöst hatte, aber er zog einen dunkelroten Streifen über ihre Hand.

Der Teppich ruckte, bäumte sich auf und hätte Tarik beinahe abgeworfen. »Bei allen – « Wütend stieß er die Hand tiefer ins Muster, zog mit den Fingerspitzen einzelne Stränge zusammen, verknüpfte sie. Der Teppich stabilisierte sich wieder, schwebte abermals auf der Stelle.

Oben auf den Felsen, unmittelbar vor dem Spalt in der Palastmauer, aus dem das Mädchen geschlüpft war, bewegte sich etwas. Feuerschein funkelte auf Eisen.

Sie entdeckte die Soldaten im selben Augenblick. »Wenn sie mich einfangen, bestrafen sie mich.«

»Was bist du? Ein Haremsmädchen? Eine der hundert Frauen des Emirs?«

»Hundert Frauen? Erzählt man sich das?«

»*Bist* du eine seiner Frauen?« Seine Stimme war jetzt ein gefährliches Fauchen.

»Nein. Nur eine Dienerin.«

»Auf den Raub einer Sklavin steht ganz sicher der Tod.«

»Wie auf so ziemlich alles.«

Ihre Blicke trafen sich erneut, und er zögerte. Sie log – aber sie machte ihn auch neugierig.

Oben auf den Felsen rief einer der Soldaten etwas. Hinter dem Rauch ertönten die Schreie weiterer Teppichreiter, die im Pfeilhagel zu Boden gingen.

Ich bin noch immer besser als sie, durchzuckte es ihn. Schneller als sie. Ich kann es schaffen, auch jetzt noch.

Das Mädchen sah ihn erwartungsvoll an. Das eisige Weißgrau ihrer Augen war von zwei dünnen dunklen Kreisen umrahmt, ebenso schwarz wie ihre Pupillen. Er hatte noch nie solche Augen gesehen. Ihre Brustwarzen unter der Seide waren klein und rosig, ihre Bauchdecke flach. Schweiß glitzerte überall auf ihrer Haut, selbst durch das hauchdünne Schleierkleid. Es schien, als wäre sie nur in Rauch gekleidet, der in zerfasernden Schwaden um ihre Glieder wehte.

»Komm rauf.« Er streckte ihr seine freie Hand entgegen und wusste, dass er es bereuen würde, wenn er nur einen Atemzug länger nachdächte.

Wortlos stieg sie hinter ihm auf den Teppich und legte

einen Arm um seinen Oberkörper. Sie schien genau zu wissen, worauf es ankam. Die Knie fest auf den Teppich drücken. Keine ruckartigen Bewegungen machen. Und wenn es darum ging, schnell zu sein, im Windschatten des Reiters bleiben.

Tarik sandte einen entschlossenen Befehl ins Muster. Der Teppich schoss vorwärts, schräg nach oben, dem Ende der Palastmauer entgegen. Die Soldaten auf den Felsen fluchten.

Er spürte den Körper des Mädchens an seinem Rücken. Die Hitzewogen mussten von den Feuern stammen, die allmählich die Bretterverschläge der Händler aufzehrten und bald keine neue Nahrung mehr finden würden.

»Wie heißt du?«, fragte sie ganz nah an seinem Ohr.

»Tarik.«

»Mein Name ist Sabatea.«

Verbissen brachte er den Teppich zurück auf seinen ursprünglichen Kurs. Ließ ihn beschleunigen. Scherte sich nicht darum, dass seine Begleiterin dabei beinahe nach hinten über die Fransenkante geschleudert wurde.

Aus dem Augenwinkel entdeckte er Wirbel in der Rauchwand oberhalb der Flammen.

Gleich darauf schossen zwei Teppichreiter aus den wabernden Qualmstrudeln, beide gleichauf, beide besorgniserregend schnell.

Sie nahmen die Verfolgung auf. Natürlich.

Das Mädchen wog wahrscheinlich die Hälfte von Tarik. Trotzdem machte sie den Teppich langsamer. Seine Aussicht auf einen Sieg sank gerade rapide.

Er fluchte durch die Zähne. Junis hatte er Überheblichkeit unterstellt – und wurde nun ein Opfer seiner eigenen. Wenn er hier und jetzt versagte, zum ersten Mal seit Jahren, dann trug er allein die Schuld daran.

Die beiden Teppichreiter rasten rechts und links an ihm vorüber. In der Schulter des einen steckte ein Pfeil.

»Du verlierst«, sagte Sabatea.

Er nickte.

Mit den Fingerspitzen klopfte sie an seine Schulter. »Du verlierst gegen einen *Verletzten*.«

E s gab zwei Möglichkeiten. Erstens, er warf sie während des Fluges hinunter. Das sparte Zeit. Oder er landete und setzte sie ab; damit wäre das Rennen auf alle Fälle verloren. Einen Moment lang erwog er das Für und Wider.

Genau genommen gab es kein Wider.

»Tu das nicht«, sagte sie.

»Ich wusste nicht, dass die Dienerinnen des Emirs Gedanken lesen können.«

»Wir haben viele Talente.«

Tatsächlich hielt ihn etwas davon ab, sie mit einem Stoß in die Tiefe zu befördern. Keine Skrupel, ganz sicher nicht, sondern etwas anderes. Der gleiche Anflug von Neugier, der ihn vorhin dazu bewegt hatte, ihr seine Hand entgegenzustrecken. Es war Torheit, das wusste er. Er war nicht mehr in dem Alter, in dem ihn ein paar hübsche Brüste aus der Fassung brachten. Auch nicht ihre langen Beine. Und ihre Geisteraugen konnte er zum Glück nicht sehen, solange sie hinter ihm saß. *Sie* waren gefährlich. Zweifellos wusste sie das so gut wie er.

Er jagte den Teppich durch die nächtlichen Gassen, fort vom Palast, noch immer auf der Route der Rennstrecke.

Dann und wann huschten Gestalten durch die Nacht, doch nur selten. So tief im Herzen Samarkands blieben die Menschen bei Dunkelheit in ihren Häusern. Die Patrouillen der *Ahdath* zogen hier öfter ihre Runden als weiter draußen in den Vierteln an der Stadtmauer, wo die Tavernen und Freudenhäuser auch nach Mitternacht überfüllt waren.

Für eine Weile sah es aus, als könnte Tarik die beiden Teppichreiter einholen. Der eine schwankte kaum merklich auf und ab. Wahrscheinlich machte ihm die Schulterwunde zu schaffen. Er flog schnell, aber ungenau. Eine scharfe Wegkehre, ein unerwartetes Hindernis, und das Rennen wäre für ihn beendet. Größere Sorge bereitete Tarik der andere. Vielleicht galt es sich allmählich damit abzufinden, dass einige von den Jüngeren ebenso gut wurden wie er. Besser, womöglich.

Er biss die Zähne zusammen. Zählte seinen Herzschlag, um sich zu konzentrieren. Den des Mädchens spürte er fast so heftig wie seinen eigenen, so eng presste sie sich an seinen Rücken.

»Da kommen noch mehr.«

Er schaute nicht zurück. »Wie viele?«

»Drei.«

Er zögerte nicht länger. »Tut mir leid.« Seine Finger manipulierten das Muster, damit sich der hintere Teil des Teppichs aufbäumte. Das sollte hoffentlich genügen, um sie abzuwerfen.

Aber das Muster gehorchte nicht. Etwas hielt dagegen.

Jemand.

»Du *Biest*!«

Sabatea hatte ihre eigene Hand tief ins Muster gestoßen und kämpfte gegen seine Befehle an.

»Du kannst einen Teppich fliegen?«, entfuhr es ihm.

»Wie gesagt: Wir haben viele Talente.«

Er rammte seinen Ellbogen nach hinten, aber sie wich dem Stoß mit schlängelnder Leichtigkeit aus, während sie sich mit dem freien Arm noch heftiger an ihn klammerte.

Einer der drei Teppichreiter überholte sie. Der junge Mann blickte über die Schulter und verzog die Mundwinkel.

Das Grinsen verging ihm, als er wieder nach vorn sah – und eine Balustrade entdeckte, die ihn mit einem mörderischen Aufprall vom Teppich fegte und kopfüber in die Tiefe schleuderte.

Sabatea stieß ein helles Lachen aus. »Gern geschehen«, rief sie Tarik zu.

»Was?«

»Glaubst du vielleicht, er hat sich nach *dir* umgesehen?«

»Zieh deine Hand aus dem Muster!«

»Damit du mich abwirfst?«

»Damit ich uns heil durchs Ziel bringe.«

»Wenn du lügst«, sagte sie, »erkenne ich das, ohne dir in die Augen zu sehen.«

»Viel Erfahrung mit Lügnern?«

Sie zuckte nur die Achseln. Ihre Hand blieb im Muster, nahm aber keinen Einfluss mehr darauf, solange er nicht versuchte, sie zu überlisten. »Es heißt, in Bagdad können die meisten Menschen mit fliegenden Teppichen umgehen.«

»Mehr als in Samarkand jedenfalls.«

»Du bist in Bagdad gewesen.« Das war keine Frage.

»Wie kommst du darauf?«

»Ich weiß, wer du bist. Der geteilte Kreis. Davon hört man auch im Palast.«

Das war keine Überraschung, und trotzdem gefiel es ihm nicht. »Warum hast du dann nach meinem Namen gefragt?«

»Um zu hören, wie es klingt, wenn du die Wahrheit sagst. Dann erkenne ich leichter, wann du lügst.«

Die beiden Teppichreiter hinter ihm holten nicht weiter auf, aber das lag allein an der Strecke, die nun um Ecken und scharfe Kurven führte. Tarik kannte den Verlauf in- und auswendig, er nahm die Biegungen schneller als seine unerfahrenen Verfolger. Doch sobald sie wieder auf eine längere Gerade kämen, spätestens am Basar der Stoffhändler, würde sein Vorsprung abermals schrumpfen. Außerdem waren da noch immer die beiden anderen, die ihn an der Mauer überholt hatten. Den einen sah er nach jeder Biegung vor sich auftauchen, aber der zweite war verschwunden. Er hatte ihn auch nirgends am Boden gesehen. Es stand zu befürchten, dass er sich mit einigem Abstand an die Spitze gesetzt hatte.

»Wie ist es draußen im Dschinnland?«

»Gefährlich.«

»Es hat seit Monaten keine Angriffe auf die Wälle mehr gegeben, heißt es.« Sie klang plötzlich nachdenklich, trotz des rasanten Fluges. »Vielleicht sind die Dschinne wieder dorthin verschwunden, woher sie gekommen sind.«

»Nur weil mich ein Jahr lang keine Biene sticht, bedeutet das nicht, dass sie ausgestorben sind.«

»Dein letzter Ritt nach Bagdad ist lange her.«

Lehmfassaden, Fensterläden und immer wieder flatternde Markisen wischten an ihnen vorüber. Sabatea legte sich mit in die Kurven. Selbst wenn sie nur knapp ein Hindernis verfehlten, ließ sie keinen Laut der Furcht oder Überraschung hören. Vielleicht redete sie so viel, um sich abzulenken.

Aber etwas sagte ihm, dass er es sich zu einfach mit ihr machte. Sie mochte aussehen wie ein hübsch zurechtgemachtes Spielzeug des Emirs; dabei hätte er es schon beim ersten Blick in ihre weißen Augen besser wissen müssen. Sie war gerissen. Und sie gab sich nicht einmal Mühe, zu verbergen, dass sie ihn gerade aushorchte.

»Was würde es kosten?«, fragte sie.

»Was?«

»Eine Reise nach Bagdad.«

Er spürte einen harten Knoten im Hals. »Ich fliege nicht mehr durchs Dschinnland. Nie wieder.«

»Ich dachte, die Dschinne können dir nichts anhaben.«

Er atmete tief durch, blickte noch einmal nach vorn, dann zurück zu seinen Verfolgern. Tastete im Muster nach Möglichkeiten, schneller zu werden, und fand keine. Schloss für einen Moment die Augen, öffnete sie wieder – und riss den Teppich steil nach oben, aus dem Schacht der schmalen Gasse, hinauf in den Nachthimmel über der Stadt. Die Dächer blieben unter ihnen zurück, aber den Sternen kamen sie trotzdem nicht näher.

Sabatea klammerte sich an ihm fest, um nicht nach hinten vom Teppich zu rutschen. »Was tust du denn?«, rief sie.

Als sie die feuchtwarmen Gerüche der Gassen hinter sich ließen, füllte allmählich frische Nachtluft Tariks Lungen. Zum ersten Mal fiel ihm auf, dass der Gestank der Menschen, Tiere und verdreckten Gassenfluchten Samarkands hier oben schon nach kurzer Zeit von etwas anderem abgelöst wurde – den leeren, klaren Winden des Dschinnlandes. Die Kreaturen der Wilden Magie hatten in den Weiten Khorasans gründlich aufgeräumt. Mit allem. Es war, als hätte sich ihr Reich längst wie ein Käfig über die Stadt gestülpt.

»Warum hast du das getan?«, fragte sie erneut.

»Wir konnten nicht mehr gewinnen«, presste er hervor, mühsam beherrscht, und doch von einer eigenartigen Erleichterung erfüllt. Er hatte sich mit seiner Entscheidung selbst überrumpelt, hatte einem Impuls nachgegeben. Das war nicht seine Art. Aber es hatte unzweifelhaft etwas Befreiendes.

Sabatea schien ein Lachen zu unterdrücken. »Ich hatte dich für verbissener gehalten.«

»Dann lägst du jetzt irgendwo dort unten im Staub.«

»*Unten* ist ein Ort, an dem du dich noch besser auskennst als ich, nicht wahr?«

Ein Lächeln legte sich über sein Gesicht. Sie war nicht die Erste, die das feststellte. Wenn sie glaubte, ihn damit zu reizen, hatte sie sich getäuscht. Darüber war er längst hinweg.

Mit seinen Fingern bildete er ein Zeichen im Muster, das den Teppich schlagartig in die Horizontale brachte. Sie stieß einen leisen Laut des Erschreckens aus, den ersten, den er ihr hatte entlocken können, und sein Lächeln wurde breiter. Bis ihm bewusst wurde, dass sie ihn womöglich nur aus diesem einen Grund von sich gegeben hatte. Vollkommen berechnend.

Er blickte in die Tiefe auf das Fackelmeer der Stadt. Sie mussten sich etwa zweihundert Meter über dem Boden befinden. Der Wind hier oben war frisch. Sabatea in ihrem Nichts von einem Kleid musste frieren. Im Mondlicht sah er, dass ihr nackter Arm von einer Gänsehaut überzogen war. Am Handgelenk trug sie ein Lederband mit aufgezogenen Perlen. Ihre Brust hob und senkte sich heftig zwischen seinen Schulterblättern.

»Du bist wütend auf mich«, stellte sie fest, weder furchtsam noch bedauernd.

Sie hatte die Hand aus dem Muster gezogen, als sie sich beim Aufstieg nach oben an ihm festgehalten hatte. Es wäre jetzt ein Leichtes gewesen, sie vom Teppich zu stoßen. Sie musste das wissen.

»Mach nicht den Fehler, mir zu vertrauen«, sagte er.

»Ich mache selten Fehler.«

»Selbstsicherheit könnte der erste sein. Nachlässigkeit der zweite.«

»Und Vertrauen der letzte?«, fragte sie amüsiert. »Ich weiß genau, dass ich keine Angst vor dir haben muss.«

»Gerade eben habe ich meinen eigenen Bruder zum Absturz gebracht.«

»Wahrscheinlich hast du einen guten Grund gehabt.«

Der Teppich glitt über die Vergnügungsviertel hinweg. Auch zu so später Stunde herrschte dort noch wildes Treiben, vom Emir geduldet, um die eingesperrte Bevölkerung Samarkands bei Laune zu halten.

Dass Tarik den Teppich bald darauf über die Stadtmauer lenkte, war keine bewusste Entscheidung. Keine jedenfalls, die er verstand. Es war nur ein weiterer Impuls, vielleicht, weil in ihm noch immer das Feuer des Rennens brannte, das Gefühl, dass da noch immer Reserven von Mut und Entschlossenheit, vor allem aber von Risikofreude waren, die er aufbrauchen musste. Weil sie ihn sonst von innen auffraßen. Oder etwas *wirklich* Dummes tun ließen.

Jenseits der hohen Zinnenmauer erstreckten sich Felder entlang der Ufer ausgedehnter Bewässerungskanäle, dazwischen Haine aus Maulbeer-, Oliven- und Dattelbäumen. Grünes, fruchtbares Land lag als breiter Ring um die Stadt. Erst dahinter erhob sich der äußere Verteidigungswall gegen die Schrecken des Dschinnlandes.

Am Morgen strömten die Feldarbeiter durch die Stadttore auf die Äcker, in der Abenddämmerung kehrten sie heim. Sich bei Nacht außerhalb der Mauern aufzuhalten konnte einen den Kopf kosten – falls man sich erwischen ließ. Für einen Teppichreiter war das die erste Regel, die es zu brechen galt. Eine erste Mutprobe, ein erstes Zeichen, dass es einem ernst war. Viele weitere folgten, ehe man zur Teilnahme an den verbotenen Rennen zugelassen wurde.

»Ich war noch nie draußen vor den Mauern«, sagte Sa-

batea, während sie hinab auf die mondbeschienenen Felder
blickte. Nur vereinzelt brannten Fackeln, wo Patrouillen
der *Ahdath* die Ländereien bewachten.

Er gab dem Teppich den Befehl, weit außen über dem
fruchtbaren Ackerring um die Stadt zu kreisen. In hundert
Metern Höhe zog er die Hand aus dem Muster und drehte
sich zu ihr um. Sie beobachtete ihn neugierig und, wie es
schien, auch ein wenig belustigt. Im Schneidersitz setzte
er sich ihr gegenüber, mit dem Rücken in Flugrichtung.
Sie zog die Knie an und legte die Arme darum. Zwischen
ihren Schenkeln lag nur ein hauchfeiner Seidenschleier. Er
betrachtete ihre Waden, die schmalen Fesseln. Ihre Sandalen waren bis weit über die Knöchel geschnürt. Beim
Zusammenstoß mit dem Teppich hatte sie sich eine blutige
Schramme am rechten Schienbein zugezogen, sonst aber
war sie unverletzt.

»Vorhin«, sagte sie und kreuzte seinen Blick mit ihren
weißen beunruhigenden Augen, »was ich da gesagt habe,
das war ernst gemeint.«

Er hatte keine Ahnung, wovon sie sprach, und das
musste sie ihm ansehen. »So?«

»Als ich dich gefragt habe, was es kosten würde, wenn
du mich nach Bagdad bringst.«

»Nichts. Weil ich nicht nach Bagdad gehen werde.« Er
lächelte bitter. »Du hast den Falschen erwischt. Mein Bruder hat vor, durchs Dschinnland zu fliegen. Ich nicht.«

»Aber du hast es viele Male getan und bist lebend von
dort zurückgekehrt.«

Seine Wangenknochen begannen zu mahlen. Er musste

sich konzentrieren, damit es aufhörte. »Beim letzten Mal hat nicht viel gefehlt.«

Sie nickte, als wäre sie dabei gewesen. Dann klappte sie ihre Knie auseinander, beugte sich geschmeidig zwischen ihnen nach vorn und küsste ihn auf die Lippen.

»Warum hast du das getan?«, fragte er.

»Ich wollte wissen, ob es mir gefällt.«

»Ich bin nicht sicher, ob es *mir* gefällt.«

»Küsse ich so schlecht?«

»Ganz im Gegenteil.«

»Aber?«

Er versuchte, in ihrem Gesicht zu lesen, das immer noch ganz nah vor seinem schwebte. »Es hat sich angefühlt, als hätte ich dafür bezahlt. Oder müsste noch dafür bezahlen.«

Sie lächelte. »Ich hatte dir versprochen, dass ich *dich* bezahle.«

»Falls ich dich in Sicherheit bringe.«

»Wo könnte es sicherer sein als hier oben?«

»Ein Windstoß könnte dich umbringen. Ein falsches Manöver. Ein wütender Teppichreiter.«

Sie küsste ihn erneut, und er ließ es zu, weil sie nicht mehr versuchte, ihn zu überrumpeln. Und weil er das Gefühl hatte, die Lage wieder unter Kontrolle zu haben. Für einen Moment konnte er sogar vergessen, dass es genau das war, was sie ihm weismachen wollte. Aber sie kannte ihn nicht. Er hingegen durchschaute sie. Das gab ihm alle Kontrolle, die er brauchte. Gewiss war nicht zu übersehen, wie schön sie war und wie perfekt sie das Spiel mit ihren

Reizen beherrschte. Aber er konnte dies alles mit einem einzigen Gedanken beenden. Oder einem Wort. Aber noch nicht.

Er griff ihr ins Haar, zog ihren Kopf näher heran. Ihre Lippen suchten wieder die seinen, doch diesmal kam er ihr zuvor, küsste sie so heftig, dass ihre Zähne in seine Lippe bissen. Ihre Zungenspitze tanzte um seine, ihre Finger kletterten an seinen Oberarmen hinauf, umfassten seine Schultern.

Er berührte ihre Knie, während ihre Küsse immer heftiger wurden, wanderte langsam an der Innenseite ihrer Schenkel hinab. Seine Finger ließen sich Zeit, bis sie zu dem schmalen Seidenstreifen vorstießen. Ein leises Stöhnen drang aus ihrer Kehle, aber sie nahm ihre Lippen nicht von seinen, während er sacht über den zarten Stoff strich und spürte, dass das Gewebe feucht wurde, so heiß und glatt wie ihr Mund zwischen den kleinen weißen Zähnen. Er war drauf und dran, ein zweites Mal in sie einzudringen, erst mit der Zunge, nun mit den Fingerspitzen, und seine Kontrolle blieb endgültig hinter ihnen zurück, irgendwo auf dieser unsichtbaren Kreisbahn, die der fliegende Teppich über Feldern und Palmenhainen um die Stadtmauern Samarkands zog.

Bald lag er neben ihr auf dem Muster, sah zu, wie sich ihre gespenstisch schönen Augen schlossen und die langen Wimpern ihre Wangen streichelten. Sie dehnte den Kopf leicht nach hinten, öffnete ihre Schenkel noch weiter, während ihre hellen Brustwarzen zu den Sternen wiesen. Sie stöhnte schneller, als der Nachtwind in sie eindrang, den Seidenschleier ihres Kleides beiseitewehte und Tarik einlud, dasselbe zu tun.

Doch da richtete sie den Oberkörper auf, lächelte so rätselhaft wie der Mond über ihrer Schulter und machte sich an seinen Kleidern zu schaffen. Ihre Hand kroch unter den Bund seiner weiten Wollhose, berührte ihn erst sanft, dann immer kräftiger. Schließlich beugte sie ihr Gesicht über seinen Unterleib. Tarik sah einen Augenblick lang zu, dann ließ er den Kopf nach hinten sinken. Er fragte sich, ob die Winde aus dem Dschinnland ihre Berührungen tatsächlich verstärkten oder ob das nichts als Einbildung war. Genau wie die Vorstellung, dass gerade mehr geschah als das Zusammentreffen von zwei Leibern, die einander anzogen und benutzten und dennoch nicht darüber hinwegtäuschen konnten, dass es falsch war. Nicht moralisch falsch, nichts hätte ihm fernerliegen können, sondern eingedenk dessen, was er vorhin zu ihr gesagt hatte. *Als müsste ich noch dafür bezahlen.*

Er legte sie sanft auf den Rücken, spreizte ihre Beine und glitt dazwischen. Hinter ihrem Kopf wirbelten ihr langes Haar und die Fransen des Teppichs durcheinander. Die bronzene Brosche löste sich und trudelte in die Tiefe. Sabateas Hände wanderten an seinem Rücken hinab, zogen ihn fester an sich, drückten ihn wieder fort, in einem Rhythmus, den sie allein bestimmte. Ihre hellen Augen fingen das Mondlicht ein und blieben auf sein Gesicht gerichtet. Er erwiderte ihren Blick, beobachtete das Lächeln, das um ihre glänzenden Mundwinkel spielte, eingefasst vom Muster des Teppichs und, jenseits davon, den flirrenden Fackelgestirnen Samarkands:

Kaum hatten sie die Stadt zum ersten Mal umrundet, da kamen sie beide zum Höhepunkt; er ruhig und ohne sie aus den Augen zu lassen; sie in einer Reihe von Beben, die durch ihren Körper liefen, mit halb geöffneten Lippen, aber ohne einen Laut, der den Wind hätte übertönen können. Ihre Augen waren jetzt geschlossen, sie wirkte entspannter als zuvor, nicht mehr, als müsse sie ihm oder sich etwas beweisen. Sie sah dabei seltsam schutzlos aus, als wäre da vorher etwas gewesen, das sie wie ein Schleier verhüllt hatte, unsichtbar, aber fühlbar. Davon war in diesem Augenblick nichts mehr zu spüren. Falls sie ihm das Gefühl geben wollte, sich ihm auszuliefern – und wenn auch nur für wenige Momente –, so war es ihr ernst damit. Und doch glaubte er noch immer nicht, dass sie sich ohne Hintergedanken derart fallen ließ. Nicht so vollkommen.

Er zog sich nicht aus ihr zurück, aber er richtete den Oberkörper auf und betrachtete sie, als könnten seine Blicke ihre Haut wie Fingerkuppen liebkosen. Sie streckte die Arme seitlich vom Körper ab, bis ihre Hände fast die Ränder des Teppichs berührten; ihre Handflächen und die Innenseiten ihrer Unterarme wiesen nach oben, was sie noch wehrloser erscheinen ließ. Die Perlen an ihrem Handgelenk schimmerten so weiß wie ihre Augen unter den schwarzen Wimpern, und erst jetzt fiel ihm auf, dass sie beinahe denselben Farbton hatten. Oder dasselbe *Fehlen* von Farbe.

Als sie die Arme spreizte, spannten sich ihre Brüste. Die kleinen Höfe erschienen noch blasser, ihre Brustwarzen noch fester, wie Tropfen von Rosenwasser. Ihre Rippenbögen zeichneten sich ab, die geschwungene Mulde ihrer Bauchdecke. Sein Blick wanderte vom Nabel abwärts zu dem dunklen Dreieck, an dem sich ihre Körper noch immer aneinanderpressten.

Sie schlug die Augen weit auf, glitzernd unterm eisigen Licht der Sterne. Er fasste sie an den Hüften und zog sie in der Drehung auf sich. Gefährlich nah am Abgrund, aber das schien sie nicht zu ängstigen. Er sah zu ihr auf, als sie die Handflächen mit durchgedrückten Armen auf seine Schultern setzte und sich langsam auf seinen Hüften bewegte. Ihr Haar fiel zu beiden Seiten ihres Gesichts herab, strich über seine Schläfen und schuf eine Dunkelheit, in der das Halblicht der Sterne ihre Konturen in Silber tauchte.

Und immer wieder ihre Augen, eingefasst von Nacht.

Ihre Augen wie Perlen auf Asche.

Die Dunkelheit schützte sie, als Tarik den Teppich in einem weiten Bogen über die Stadtmauer lenkte, zurück über die Dächer und Kuppeln im Mondschein.

»Das ändert nichts«, sagte er ruhig. »Du hast nicht geglaubt, dass ich mich umstimmen lasse, oder?« Seine Hand strich über die Stränge des Musters, berührte einzelne Schlingen, verwob sie miteinander. Seine Befehle führten den Teppich auf einen Kurs Richtung Stadtmitte. Von unten konnte man sie in der Finsternis nur durch Zufall entdecken.

Statt einer Antwort sagte sie: »Bagdad muss wunderschön sein.«

»Besser als Samarkand, ja.«

»Warum bist du nicht dortgeblieben?«

»Damals war ich Schmuggler. Geld verdienen konnte ich nur, solange ich immer wieder hierher zurückkam.«

»Sind dir ein paar Dinar denn wirklich wichtiger als deine Freiheit?«

»Ich bin kein Gefangener.«

Ihr Widerspruch kam energischer, als er erwartet hatte. »Aber natürlich bist du das! Wir alle sind Gefangene des Emirs und dieser Stadt. Gefangene der Dschinne. Niemand darf Samarkand verlassen, und wer es dennoch wagt, der kommt dort draußen nicht weit.«

»Und trotzdem willst du es um jeden Preis versuchen?«, fragte er.

»Nur durch die Luft. Ganz sicher nicht am Boden.« Er spürte sie an seinem Rücken tief ein- und ausatmen. Die Verbissenheit, mit der sie auf ihrer aller Eingeschlossensein hinter den Wällen Samarkands beharrte, war ihm auf schmerzliche Weise vertraut. Er hatte dieses Gespräch früher viele Male geführt. Zuletzt hatte er sich davon überzeugen lassen, mit Maryam nach Bagdad zu gehen. Sie waren nicht weit gekommen.

»Ich bringe dich zurück in den Palast.« Die klare Nachtluft gab seiner Stimme eine Schärfe, die er nicht beabsichtigt hatte.

Sie lehnte sich schweigend gegen ihn, beide Arme um seinen Oberkörper gelegt. Ihre Umarmung war nur noch Festhalten, keine Liebkosung. Der Widerspruch, die Bitten und Versprechen, mit denen er gerechnet hatte, blieben aus. Sie griff auch nicht mehr ins Muster.

Er schwieg einen Moment und blickte wachsam in die Tiefe, bevor er begriff. Überrascht schaute er sich um. »Du hattest gar nicht vor, für immer aus dem Palast zu fliehen. Nicht heute Nacht.«

»Was für einen Unterschied macht das? Ich war schon oft dort draußen.«

Er blickte nach unten, auf die Gassen der alten Viertel. In der Finsternis verbarg sich genug Gesindel, das auf eine Beute wie sie nur gewartet hatte.

»Falls das wahr ist, dann frage ich mich, wie du da unten überlebt hast. Hattest du in den anderen Nächten mehr an als heute?« Er meinte diese Frage ganz ernst, und er wunderte sich selbst darüber. Es war nicht seine Art, sich für andere Menschen zu interessieren. Nicht während der letzten sechs Jahre. Auch nicht für jemanden, mit dem er geschlafen hatte.

Sie zögerte kurz. »Manchmal hat man keine Wahl, als die Dinge zu überstürzen.«

Er schwieg, wartete.

»Als die Feuer brannten, musste ich mich schnell entscheiden, ob ich meine Chance nutzen will oder nicht. Ich hatte keine Zeit, irgendwas anderes anzuziehen.«

»Machen das viele von euch? Sich heimlich bei Nacht in der Stadt herumtreiben?«

»Und was hilft *dir* beim Vergessen?«, entgegnete sie kühl.

Sie schien zu wissen, wann sie verloren hatte. Er würde sich nicht umstimmen lassen, und sie unternahm keinen weiteren Versuch. Aber für Tarik fühlte es sich nicht an wie ein Sieg, nicht einmal wie ein Unentschieden. Er fragte sich, was sie hatte erreichen wollen – und ob sie es nicht erreicht hatte, ohne dass er die Wahrheit erkannte.

Der Teppich näherte sich dem verschachtelten Palastkomplex. Der Herrschersitz des Emirs Kahraman überragte das Gewirr der Altstadt mit Zwiebeltürmen und Minaretten, mit Rippenkuppeln und Hufeisenfenstern, mit Wehrgängen, deren Zinnen wie Blütenblätter geformt waren. Die Mauern waren lehmfarben wie die der einfachen

Häuser, aber in die Prachtbauten im Herzen der Anlage hatten die Baumeister ziselierte Ornamente eingelassen. Mondlicht und Schatten hoben die Verzierungen hervor, als hätte jemand Pergament darüber gebreitet und die Formen mit Kohle berieben.

Jenseits der Südmauer stieg noch immer Rauch auf, aber die Feuer waren ausgebrannt. Gedämpftes Stimmengewirr drang jenseits der Zinnen herauf: Händler, die herbeigeeilt waren, um den Verlust ihrer Stände und Pferche zu beklagen. Brandgeruch wurde von den Höhenwinden über die Stadt getragen.

Tariks Blicke wurden wachsamer. Außerhalb der Rennen fürchtete er die Garde des Emirs genauso wenig wie die Milizionäre der *Ahdath*. Sein Vater Jamal hatte dem Emir gute Dienste geleistet, indem er für ihn Schmuck und Kleinode aus Bagdads berühmtesten Manufakturen durchs Dschinnland herangeschafft hatte. Tarik selbst hatte ähnliche Aufträge für Kahramans Strohmänner erledigt.

Ganz anders sah es jedoch aus, wenn man ihn uneingeladen im Palast ertappte. Erst recht mit einem – ja, was? Haremsmädchen des Emirs?

Er ließ den Teppich einmal hoch über den Türmen und Flachdächern kreisen, dann deutete er hinab auf einen der Innenhöfe.

»Der da unten?«

Er hielt die Hand dicht über das Gewebe, für den Fall, dass sie doch noch versuchen würde, das Muster unter ihren Einfluss zu bringen. Aber sie schüttelte nur den Kopf. »Dort, der kleine Hof mit den Kabbadbäumen.«

Er nickte nachdenklich. Doch statt die Stelle auf geradem Weg anzufliegen, ging er tiefer und suchte sich eine komplizierte Route über Höfe, Kuppeln und Dächer, die von den Türmen beschattet wurden. Mit etwas Glück verhinderte die Dunkelheit, dass irgendwer auf sie aufmerksam wurde.

Im Mondschein öffnete sich unter ihnen ein staubiger Platz, auf dem sechs unbeschirrte Pferdewagen standen, die Dächer beladen mit Ballen und Fässern. Die winzigen Fenster in den Türen waren vergittert, an der Außenseite gab es keine Riegel.

»Wofür sind die?«, fragte er.

»Kahramans Karawane«, flüsterte sie.

Er fragte nicht weiter, weil sie im selben Moment ins Blickfeld einiger Turmwächter gerieten. Hastig schwenkte er den Teppich unter eine verlassene Säulenarkade. Mit einer Geste bedeutete er Sabatea, keinen Laut von sich zu geben. Falls Patrouillen in der Nähe waren, wollte er sie rechtzeitig hören.

Ohne einer Menschenseele zu begegnen, erreichten sie das Ende der Säulen, schwebten über ein Dach im Schatten der Palastmoschee und sanken wenig später auf den winzigen Innenhof hinab, den Sabatea ausgewählt hatte. Kabbadzitronen wuchsen an knorrigen Bäumen. Jasmin floss in üppigen Kaskaden an den Hauswänden hinunter. Ein Brunnen plätscherte leise.

Sie wartete nicht, bis er sie auffordern konnte abzusteigen. Der Teppich schwebte noch anderthalb Meter über dem Boden, als sie ihren Griff um Tarik löste und geräuschlos über den Fransenrand glitt. Ihr offenes Haar streifte seinen Unterarm. Er bekam bei der Berührung eine Gänsehaut und hoffte, dass sie es nicht bemerkte.

»Leb wohl«, sagte er.

Sie drehte sich nicht zu ihm um, sagte kein Wort. Schnell wie ein Schatten huschte sie davon, tauchte unter den Jasminvorhängen hindurch und war gleich darauf verschwunden. Nur ein Nachhall ihres stummen Vorwurfs blieb unter den Bäumen zurück wie ein kühler Luftzug, der das Laub erzittern ließ.

Er hätte gern noch einmal ihre Augen gesehen.

Tarik schenkte der Finsternis ein Lächeln und gab dem Muster Befehle. Durch Zitronendüfte und Laubgewisper schoss der Teppich hinauf in die Nacht.

Am nächsten Abend hörte Tarik erneut von der Karawane des Emirs.

Schon bei Anbruch der Dämmerung begann ihn der gepanschte Wein in Amids Taverne anzuwidern. Vielleicht war die Erinnerung an den Geschmack von Sabateas Haut zu frisch. Die Tänzerinnen, die sich um Amids klebrige Tische schlängelten, erschienen ihm billig und schrill. Das Stimmengewirr schmerzte in seinen Ohren. Ein Ritt auf dem Teppich hätte ihm womöglich die nötige Ruhe verschafft, aber an Stelle des Lärms wären dann die Erinnerungen getreten. Vor den Stimmen in der Taverne konnte er davonlaufen, nicht aber vor denen in seinem Kopf.

Trotzdem hörte er zu, als Amid ihm erzählte, was ihm am Nachmittag zu Ohren gekommen war. Offenbar plante der Emir, seine Vorkosterin als Geschenk an den Hof des Kalifen zu schicken. Auf eine Reise quer durch das Dschinnland nach Bagdad. Zur Feier ihres Aufbruchs waren Straßenfeste angekündigt, sogar ein öffentlicher Auftritt Kahramans.

»Wenn sie durchs Dschinnland gehen«, sagte Tarik, »werden sie alle sterben. Egal, wie viele Soldaten Kahraman ihr mit auf den Weg gibt.«

»Möglich.« Amid balancierte in jeder Hand einen bauchigen Krug. »*Falls* es dort draußen noch Dschinne gibt. Anscheinend glaubt Kahraman nicht daran. Er hofft, sich mit einem so wertvollen Geschenk beim Kalifen einzuschmeicheln. Für den Fall, dass die Seidenstraße nach Westen wieder geöffnet und alles so sein wird wie früher.«

Tarik schüttelte langsam den Kopf. Der Ruf von Kahramans Vorkosterin war legendär, sie war der kostbarste Besitz des Emirs. Seit ihrer Geburt hatten seine Alchimisten ihr tägliche Giftrationen verabreicht, bis – so erzählte man sich – in ihren Adern Schlangengift floss statt Blut. Seither bewirkte keine Vergiftung bei ihr etwas Schlimmeres als starke Übelkeit.

Tarik hatte zu viel Wein getrunken, noch dazu den schlechtesten. Aber er war nicht benommen genug, um nicht auf den naheliegendsten aller Einfälle zu kommen. In Gedanken zog er eine Verbindung zu Sabatea, stutzte, runzelte die Stirn – und verwarf die Idee wieder. Ein Juwel wie die Vorkosterin hielt der Emir zweifellos in einem goldenen Käfig. Jahrelang war sie ein Garant für sein Leben gewesen und nun offenbar ein Gewicht, dass er in die Waagschale seines *politischen* Überlebens legte. Auf gar keinen Fall würde er zulassen, dass sie durch einen Spalt in der Palastmauer ein und aus ging, wie es ihr beliebte.

Tarik hatte Kahraman immer für einen machtgierigen Dummkopf gehalten. Nun aber fragte er sich, ob der Herrscher von Samarkand den Verstand verloren hatte. Seit mehr als fünfzig Jahren versperrte das Dschinnland den Weg nach Bagdad wie auch nach Norden und Süden. Einzig die östliche Seidenstraße nach China war noch offen, der Weg durchs Gebirge. Aus irgendeinem Grund mieden die Dschinne große Höhen. Ihre Heimat waren die flirrenden Wüsten. Sie reisten mit den Staubstürmen, nisteten in Trockenheit und Leere.

Tarik dachte an die vergitterten Wagen im Palasthof. Sie hatten ausgesehen wie Verliese auf Rädern. Die Reisenden in ihrem Inneren würden sich während der Fahrt durch das Dschinnland wie Gefangene fühlen.

Er gab ihnen keine drei Tage.

Wer hinaus in die Einöde jenseits der Wälle zog, war zuerst bezaubert von dem ursprünglichen Land und der klaren Luft. Schnell aber wurde man gewahr, dass tausendfacher Tod der Grund für beides war. Bald stieß man auf die Ruinen der ersten Dörfer, auf die Gruben mit mumifizierten Leichen, die endlosen Reihen aufgepflanzter, vom Wüstenwind polierter Schädel.

Danach kamen die Dschinne. Sie kamen immer.

Dass die Menschen in Samarkand dennoch in Aufruhr und heller Vorfreude waren, lag nicht etwa daran, dass es ihnen um die Vorkosterin und ihre Reise durchs Dschinnland ging; viele hätten dem Emir mit eigener Hand Gift ins Essen gemischt, hätte man ihnen die Gelegenheit dazu geboten.

Aber Feste waren in der Stadt rar gesät. Die Spitzel der *Ahdath* waren überall. Versammlungen wurden rasch und nicht selten mit Gewalt aufgelöst. Seit Jahren schon brodelten in der Bevölkerung Unzufriedenheit und Hass auf die Obrigkeit. Nichts fürchtete der Emir mehr als einen Aufstand. Eine Feier war seine Art, dem entgegenzuwirken. Zuckerbrot für die verbitterten Massen.

Die Menschen, die Kahraman mit der Karawane nach Bagdad schickte, waren nichts als Bauernopfer. Wahrscheinlich würden sie sterben, nur um dem Emir einen Anlass für die große Feier zu geben – und den Vorwand, neue Hoffnung zu schöpfen auf ein Ende der Bedrohung durch die Dschinne. Letztlich würden sie ihr Leben für das Kalkül seiner Berater geben.

Der Gedanke daran erinnerte Tarik an Junis und seine sture Entschlossenheit, ebenfalls nach Bagdad zu gehen. Der Zorn über den Leichtsinn und die Unwissenheit seines Bruders kochten wieder in ihm hoch, vermischt mit seiner weingeschwängerten Wut über die ewigen Vorhaltungen. Das unablässige Wühlen in den alten Wunden. Die Arroganz eines Unversehrten.

Maryams Tod lag sechs Jahre zurück. Tarik war damals zweiundzwanzig gewesen. Junis sechzehn, Maryam neunzehn. Selbst in Jahren gemessen, hatte sie zwischen ihnen gestanden, so nah am einen wie am anderen. Aber geliebt hatte sie Tarik, und damit hatte sich Junis nicht abfinden können. Ihr Tod hatte seine Sehnsucht nach ihr vervielfacht. So wie seinen Hass auf den älteren Bruder.

Während Amid noch über das unverhoffte Fest und die zu erwartenden Einnahmen frohlockte, schob Tarik den Becher von sich. Es war Zeit, Junis einen Besuch abzustatten. Um ihm all jene Knochen zu brechen, die nach seinem Absturz beim Rennen heil geblieben waren. Oder um sich zu vergewissern, *dass* noch etwas heil geblieben war.

Aber das wollte er sich nicht eingestehen, schon gar nicht an diesem Abend.

~

Junis bewohnte ein Quartier in der Straße der Messerschleifer. Der Weg dorthin führte durch Samarkands verruchte Seele, das Qastal-Viertel mit seinen verwinkelten Gassen und rauchgeschwängerten Plätzen. Unter einem abgestorbenen Maulbeerbaum tanzte ein Mädchen zum Schlag einer Trommel. An jedem anderen Abend hätte Tarik sie als schön empfunden, grazil und feurig, doch im Vergleich zu Sabatea wirkte sie plump, ihre schattenfleckige Nacktheit ordinär. Die Nachtluft war ölig und schwer vom Pechgeruch der Fackeln, dem Schweiß der Betrunkenen, der anzüglichen Leidenschaft der Tänzerin. Jemand sprang auf und warf sie sich über die Schulter. Der Mann übertönte ihren schlecht gespielten Protest mit Gelächter, als er sie forttrug.

Andere Mädchen buhlten in Hauseingängen um Aufmerksamkeit. Ihre Schleier waren Teil einer Maskerade, kein Ausdruck ihres Glaubens. Mit dem Auftauchen der Dschinne war die Verehrung Allahs, die den Menschen Khorasans einst von den Eroberern aus Bagdad aufgezwungen worden war, abgeklungen. Fünf Jahrzehnte später glaubte in Samarkand wieder jeder, wonach ihm der Sinn stand. Vor allem der Feuerkult des Zarathustra hatte eine spektakuläre Auferstehung erfahren.

Maryams Gott war die Freiheit gewesen, auf die sie in Bagdad gehofft hatte.

Tariks Gott war mit ihr gestorben.

Das Säuseln zahlloser Glöckchen hing in der Luft. Die

Mädchen trugen sie an den Fußgelenken, manche auch an Armreifen. Chinesische Lampions spendeten flackerndes Halblicht, wo es zu eng war für offene Fackeln. In ihrem Schein schmiegten sich Körper katzenhaft aneinander, wiegten sich zur Musik der klingenden Fußschellen.

Tarik schenkte niemandem einen zweiten Blick, ignorierte gehauchte Versprechungen und das kalte Feuer berechnender Blicke. Am Ende einer Gasse erwog er, die Abkürzung über einen Hinterhof zu nehmen. Da kroch eine silbrige Schlange auf seine Füße zu, hob den spitzen Kopf und zischte: »Nimm diesen Weg, nimm diesen. Das ist guter Rat, der beste. Kurz ist der Weg durch das Dunkel, und schnell erreichst du dein Ziel.«

Er machte nicht den Fehler, nach dem Tier zu treten. Das Gift der Silberschlangen war nicht tödlich, aber es brannte wie Säure. Wo Menschen hingingen, um den Lockungen ihrer Leidenschaft zu folgen, waren die sprechenden Schlangen so verbreitet wie Ratten. Sie machten sich einen Spaß daraus, falschzüngige Ratschläge und tückische Empfehlungen zu geben – tatsächlich hörte man sie niemals etwas anderes sagen. Wenn diese Schlange ihm riet, den Weg über den dunklen Hof zu nehmen, so stand zu befürchten, dass ein Dieb oder Messerstecher in den Schatten lauerte. Und weil ihr schlechter Rat so berechenbar war, machte ihn das beinahe schon wieder zu *gutem* Rat. Tatsächlich vermutete manch ein Gelehrter, dass dies die wahre Bestimmung der Silberschlangen war – Gutes zu tun unter der Maske des Bösen.

Tarik hörte Atemzüge im Dunkeln, als er am Zugang

zum Hof vorüberhuschte. Ohne allzu große Eile, aber mit zügigen Schritten schlug er den längeren Weg ein. Die Schlange zischelte hinter ihm am Boden, aber als er zurücksah, war sie verschwunden.

Entlang eines schmalen Wasserkanals, wie es sie viele gab in Samarkand, erreichte er endlich die Straße der Messerschleifer. Hinter Junis' Fensterläden flackerte Kerzenschein. Sein Quartier lag im zweiten Stock eines Steinhauses. Es war älter als viele der umliegenden Lehmbauten. Die rissigen, lückenhaften Läden vor den Fenstern boten kaum Schutz vor den Sandwinden aus der Wüste. Die Haustür stand einen Spalt weit offen, der Riegel war herausgebrochen.

Er stieg die schmale Treppe hinauf, die gleich hinter dem Eingang nach oben führte. Hinter einer Tür im ersten Stock erklangen Stimmen. Ein Mann und eine Frau stritten sich heftig, sie klangen wie Vater und Tochter. Im Dunkeln huschte eine Katze über die Stufen zum Obergeschoss. Es gab kein Geländer, nur ein altes Halteseil, das bis auf Knöchelhöhe durchhing.

Vor Junis' Tür blieb er stehen. Er hatte nicht vergessen, was ihn hergeführt hatte, und doch musste er sich für einen Moment konzentrieren und auf seinen Zorn besinnen. In seinem Mund war noch immer ein säuerlicher Geschmack von Amids billigem Wein. Er wünschte sich, er hätte einen Zug aus der Wasserpfeife genommen, die ihm ein alter Mann in den Gassen angeboten hatte.

Ihm wurde erst bewusst, wie heftig sein Klopfen gewesen war, als der Streit im Stockwerk unter ihm aussetzte.

Dort unten wurde die Tür geöffnet, vermutlich ein Blick hinausgeworfen, dann scharrte ein Riegel. Einen Moment lang war Tarik so abgelenkt, dass ihm beinahe entging, dass die Tür vor ihm aufschwang.

»Du?«

Keine Empörung, nicht einmal Wut. Nur diese eine kalte Silbe.

»Wie geht es dir?«, fragte er.

Junis war im Halbdunkel kaum zu erkennen. Drinnen konnten nicht mehr als zwei Kerzen brennen, vielleicht nur eine. Wärme zog über seine Schultern ins Treppenhaus, es roch nach Schweiß und etwas anderem, das Tarik bekannt vorkam. Wahrscheinlich hatte sein Bruder im Bett gelegen. Kein Wunder, nach dem Sturz.

Junis stand da mit nacktem Oberkörper. Sein schulterlanges schwarzes Haar hing ihm in die Stirn. Er machte keine Anstalten, den Türspalt freizugeben und ihm Einlass zu gewähren. Auch das war keine Überraschung. »Entschuldige, dass ich noch am Leben bin. Bist du hergekommen, um den Rest zu erledigen?«

»Lass mich rein.«

»Warum sollte ich das tun?«

Tarik presste ungehalten eine Handfläche gegen die Tür. »Weil du Blut von meinem Blut bist und deinen großen Bruder liebst und respektierst.« Er schob den Türflügel kurzerhand nach innen und trat an Junis vorbei ins Innere.

Das Quartier war ein einzelnes Zimmer mit zwei schmalen Fenstern. Zwei offene Truhen standen an den Wänden, eine voll mit Pergamentrollen und Landkarten aus Schweinsleder. Tarik erkannte sie auf Anhieb; sie hatten ihrem Vater gehört. Bisher war er davon ausgegangen, dass sie in einem Sack in seiner eigenen Kammer steckten, gut verschnürt und seit Jahren unbenutzt. Er hatte nicht einmal bemerkt, dass Junis sie gestohlen hatte, womöglich schon vor langer Zeit. Sein Ärger darüber hielt sich in Grenzen. Sie waren beide Söhne Jamals, und Junis hatte wohl ein Anrecht darauf. Freiwillig hätte Tarik sie ihm nicht gegeben, ihr Diebstahl war nur konsequent. Zorn verspürte er nur auf sich selbst, weil er sich fragte, wer wohl noch alles unentdeckt in seinem Zimmer ein- und ausgegangen war. Zumal er vor einem halben Jahr einen Beutel mit angesparten Dinaren vermisst hatte. Plötzlich wurde ihm bewusst, dass er ihn womöglich ebenfalls in Junis' Truhe finden würde.

Sein Bruder zeigte keine Reue, als er Tariks anklagenden Blick bemerkte. Eine hässliche Schramme auf Junis' Stirn war ein Anzeichen für das, was letzte Nacht geschehen war. Die Kruste hatte sich gelöst, weil seine Haut mit Schweiß bedeckt war. Hatte er Fieber? Außerdem waren da drei weitere blutige Striemen an seinem Hals. Sie sahen aus, als stammten sie von Fingernägeln. Tariks Blick fiel auf das zerwühlte Bett.

»Ich wollte dich nicht bei deiner Genesung stören«, bemerkte er.

Junis hielt unentschlossen die Kante des Türflügels in der Hand. Schließlich schob er ihn zu. Kein Wort über den Inhalt der Truhe. Beiden war klar, dass der Diebstahl ihr

Verhältnis schwerlich verschlechtern konnte; nach unten gab es längst keinen Spielraum mehr.

»Du stinkst nach saurem Wein«, sagte Junis.

»Vater hat die Hälfte dieser Karten gezeichnet, während er nach Wein und Schlimmerem stank.«

»Aber anschließend hat er sie benutzt und sich nicht feige in einem Loch verkrochen.«

»Warum legst du es immer darauf an, dass man dir die Zähne einschlägt? Was ist das da in deinem Kopf, das anderen Leuten fehlt?«

»Mut?«

Tarik lachte leise. Er ging zu einem der Fenster und stieß die hölzernen Läden nach außen. Die anbrechende Nacht war noch immer warm und schwül, aber im Vergleich zur Luft in der Kammer erschien sie ihm erfrischend. »Kein Wunder, dass du hier drinnen ins Schwitzen gerätst.«

»Bist du deshalb hergekommen? Um aufzuräumen?«

»Das Geld, das du gestern Abend verloren hast… Besteht wohl die Möglichkeit, dass ein Teil davon einmal mir gehört hat?«

»Da ich es durch deine Schuld verloren habe, spielt das wohl keine Rolle mehr.«

Vernunft war keine von Junis' Stärken, aber er hatte ein Gespür für unumstößliche Tatsachen. Vielleicht auch für günstige Gelegenheiten. Gestern beim Rennen hatte er eine beim Schopf packen wollen, die ihm seine Geldsorgen *und* Tarik vom Hals schaffen sollte. Seine zweite Hoffnung musste das in Ölhaut gewickelte Bündel in einer Ecke der Kammer sein, nicht größer als ein Neugeborenes.

Tarik hatte selbst mehr als einmal chinesisches Drachenhaar nach Bagdad geschmuggelt. Die Webereien benötigten es, um fliegende Teppiche herzustellen. Er kannte die immer gleiche Größe der Ballen, die von den Händlern aus dem Osten durch das Gebirge nach Samarkand gebracht wurden.

Dieses Bündel war Junis' große Chance, sich einen Namen als Schmuggler zu machen. Eine Chance, die Tarik ihm womöglich verbaut hatte.

»Was wolltest du überhaupt mit dem ganzen Geld?«, fragte er.

Junis versteifte sich. »Geh zurück in deine Taverne und lass mich in Frieden. Was du getan hast, genügt, finde ich.«

»Was *ich* getan habe?« Tarik wirbelte vor dem offenen Fenster herum. »Du bist aus dem Nichts aufgetaucht und hast versucht, mich abzudrängen. Du hast als Erster in Kauf genommen, dass ich mir den Hals breche. Was hast du denn erwartet, das ich tun würde?«

»Genau das, *was* du getan hast. Deshalb hab ich es von Anfang an genauso gemacht.«

Tarik blinzelte ihn an. Einen Moment lang fragte er sich, ob das die Wahrheit war. War er wirklich der, den sein Bruder in ihm sah? Hätte er sich anders verhalten, wenn Junis ihn nicht so hitzig herausgefordert hätte? Wenn er Tarik gar *gebeten* hätte, ihn gewinnen zu lassen?

Während sie sich quer durch die Kammer anstarrten, versuchte Tarik sich die Szene auszumalen. Ein Gespräch unter Brüdern vor dem Rennen. Junis hätte ihm seine

Pläne dargelegt, den Schmuggel nach Bagdad wieder aufzunehmen. Alles, was er brauchte, war Geld für die nötige Ausrüstung, für Verpflegung, vielleicht für neue Kleidung. Was hätte Tarik getan? Wie hätte er auf eine solche Bitte reagiert?

Er hätte ihn ausgelacht. Und zum Teufel gejagt.

»Was hast du jetzt vor?« Die Wut, die Tarik hergetrieben hatte, war keineswegs verpufft. Aber sie hatte an Intensität eingebüßt, war nur noch ein verwirrendes Gefühl unter vielen, die er beim Anblick seines Bruders empfand.

»Zusehen, wie du von hier verschwindest?«

Tarik zeigte auf den verschnürten Ballen Drachenhaar. »Damit, meine ich.«

Junis atmete tief durch, ging quer durchs Zimmer und lehnte sich gegen die Rückwand. Zu seinen Füßen lag sein eingerollter Teppich. Daran lehnte ein Bündel, das nicht einmal ein Drittel von dem beinhalten konnte, was an Ausrüstung für eine Durchquerung des Dschinnlandes nötig war. Ganz sicher keine Sanduhr, und ohne die würde er es nicht schaffen.

Neben Junis befand sich eine niedrige Holztür, kaum mehr als eine Luke, die vielleicht in eine Abstellkammer führte. Oder eher noch hinaus aufs Dach, wie es sich für das Quartier eines Teppichreiters gehörte. Das war wichtig, falls nach einem Rennen doch einmal die Miliz auftauchte. Auch in Tariks Kammer gab es einen Fluchtweg hinauf zum Flachdach des Gebäudes. Manchmal vergaß er, dass Junis denselben Lehrmeister gehabt hatte, dass er dieselben Finten und Listen kannte.

»Ich werde den Ballen nach Bagdad bringen«, sagte Junis entschlossen.

»Du wirst unterwegs verhungern. Falls dich nicht vorher die Dschinne erwischen. Oder eines der anderen Wesen, die dort draußen auf der Lauer liegen.«

»Maryam hat alle Ausrüstung gehabt, die nötig war«, sagte Junis bissig. »Und hat es ihr geholfen? Nicht, wenn man dem Falschen vertraut.«

Tarik lehnte sich zurück. Seine Finger krallten sich um die Fensterkante, als wollten sie Stücke aus dem Stein brechen. Ihre Blicke bohrten sich ineinander. Doch statt weiterer Vorwürfe schüttelte Junis nach einem endlosen Moment nur den Kopf.

»Du kannst mich nicht aufhalten. Ich habe den Auftrag der Händler angenommen. Und ich habe vor, ihn auszuführen.«

»Ohne Sanduhr? Allein die kostet ein halbes Vermögen.«

»Ich hab schon vor Tagen eine in Auftrag gegeben. Morgen früh hole ich sie ab, gleich bevor wir aufbrechen.«

»Und womit willst du sie bezahlen?« Da wurde ihm klar, was Junis gerade gesagt hatte. »Wer ist *wir*?«

Junis streckte die Hand nach der Luke aus. Auf halbem Weg zögerte er noch einmal, dann schnaubte er resigniert und riss sie auf.

Tarik presste die Lippen aufeinander. Sagte nichts.

Jemand saß auf den Treppenstufen, die hinter der Luke zum Dach führten. Es hätte das Bild sein können, das ihn seit letzter Nacht verfolgte. Doch anders als heute Mittag beim Aufwachen oder später im Weindunst von Amids Taverne war die Erscheinung hier aus Fleisch und Blut.

Sie erhob sich in einer gleitenden Bewegung von den Stufen, schenkte Junis einen vorwurfsvollen Blick und trat in die Kammer. »Guten Abend«, sagte sie. Ihr Haar war offen, die Andeutung eines Kleides saß perfekt. Jetzt, da er darüber nachdachte, hätte er beinahe damit rechnen müssen.

»Meine zweite Auftraggeberin«, sagte Junis mit kaum verhohlenem Triumph. Den Blick, den sich seine beiden Gäste zuwarfen, schien er nicht zu bemerken. »Ihr Name ist Sabatea.«

Tarik spürte ein Brennen in der Kehle. »Und du wirst sie nach Bagdad bringen?«

»Ja.«

Er blickte nur sie an, nicht seinen Bruder. »Vermutlich ist ihre Bezahlung sehr großzügig.«

»Unter anderem übernehme ich die Kosten für die fehlende Ausrüstung«, sagte sie sehr ruhig.

Tariks Blick wanderte zu dem zerwühlten Lager. Er nickte langsam. »Ja. Das dachte ich mir.«

Ein Lächeln erschien auf Junis' Zügen, das Tarik ihm am liebsten mit den Fäusten ausgetrieben hätte. Was ihn davon abhielt, war nicht seine Vernunft. Auch nicht die Anwesenheit Sabateas. Es war Mitleid. Sie hatte Junis um den Finger gewickelt, genauso wie sie es mit ihm versucht hatte. Tarik konnte ihm nicht einmal übel nehmen, dass er darauf hereingefallen war.

Seine Wut richtete sich allein auf sie. Und ein wenig

auch auf sich selbst. Er sah ihren weißgrauen Augen an,
dass sie wusste, was in ihm vorging; sie schien niemals
etwas zu tun, ohne sich der Folgen bewusst zu sein. Trotzdem verriet keiner von ihnen auch nur mit einem Zucken,
dass sie einander bereits begegnet waren. Sabateas Gründe
dafür kannte er nicht. Er selbst aber verspürte eine sonderbare Scheu, Junis die Wahrheit zu sagen. Vielleicht weil da
zum zweiten Mal eine Frau war, die sie in gewisser Weise
teilten. Wenn auch nur flüchtig.

Junis würde das nicht verstehen. Er hätte die Schuld
einmal mehr bei Tarik gesucht.

»Ich kann dich nicht davon abhalten, nicht wahr?« Sein
Blick löste sich von Sabatea und wanderte zurück zu seinem Bruder.

Junis sagte nichts, aber sein Lächeln war jetzt so sieges-
sicher und überheblich wie gestern beim Rennen, als er
geglaubt hatte, es reiche aus, die Überraschung auf seiner
Seite zu haben, um Tarik zu besiegen. Nur dass er diesmal
Recht damit hatte.

»Leb wohl«, sagte Sabatea, als Tarik ging.

Diesmal war er es, der keine Antwort gab.

An jedem anderen Tag wäre er so früh am Morgen der einzige Gast in Amids Taverne gewesen. Doch heute tobte draußen in den Gassen das Volk Samarkands. Seit Sonnenaufgang beherrschten Gedränge und Stimmengewirr die Straßen und Plätze. Hunde bellten wie tollwütig. Katzen strichen fauchend über Mauern und Dächer. Die Karawane der Vorkosterin hatte sich auf ihren Weg durch die Stadt gemacht, begrüßt von Hunderten, die ihr am Wegrand und aus den Fenstern zujubelten.

Tarik kümmerte sich nicht um das, was da draußen vor sich ging. Es war nichts als eine vorgezogene Trauerfeier. Keiner, der in den Pferdewagen oder als Teil der Eskorte die Stadt verließ, würde jemals in Bagdad ankommen.

Auf dem Weg zur Taverne hatte er mehr Silberschlangen auf den Straßen gesehen als sonst. Die Tiere witterten die Aufregung der Massen. Sie spürten, dass Entscheidungen in der Luft lagen, zum Guten wie zum Schlechten. Wenn Leichtsinn und Verblendung durch die Gassen wehten, gab es dankbare Abnehmer für schlechten Rat. Zweifellos würde heute mehr geraubt, gestohlen und gemordet als sonst. Die Schlangen taten das ihre, den einen oder anderen Ahnungslosen ins Verderben zu locken.

Tarik saß im offenen Fenster des Schankraums. Er hatte die Beine angezogen, hielt einen Tonbecher in Händen und verließ sich darauf, dass Amid oder eines der Mädchen dann und wann mit ihren Krügen vorbeikämen und nachschenkten.

Die Gasse draußen vor dem Fenster lag im Schatten. Noch stand die Sonne nicht hoch genug, um die Schneisen und Schächte der Altstadt zu erhellen. Menschen in weiten Gewändern, mit Schleiern und Turbanen drängten sich am Fuß der Lehmfassaden. Einige kamen vom Palast und wollten die Karawane ein zweites Mal sehen. Andere warteten, um erstmals einen Blick auf die Gespanne und Reiter zu werfen.

Auch Tarik blickte ins Freie. Ebenso gut hätte er die Rückwand des düsteren Raumes anstarren können. Vor seinem inneren Auge breiteten sich die Scherben seines Lebens aus. Junis hatte ihm oft genug vorgeworfen, ein verbittertes Wrack zu sein. Nur gestern hatte er nichts dergleichen gesagt. Das war nicht nötig gewesen.

Tarik wusste, dass sein Bruder Recht hatte. Er war seinen eigenen Schwächen gegenüber nicht blind, war es nie gewesen, und das war vielleicht das Schlimmste.

Er erkannte genau, was mit ihm geschah und was seit Maryams Tod aus ihm geworden war. Er trank zu viel. Er scherte sich um nichts als sich selbst. Er lebte nur für die Rennen – für den billigen Triumph und für das Preisgeld. Frauen musste er nicht mögen, um sich mit ihnen zu vergnügen – tatsächlich fand er es einfacher, mit ihnen auszukommen, solange er sie *nicht* mochte. Selbst Sabatea hatte er benutzt. Oder war es umgekehrt gewesen?

Konnte es noch schlimmer kommen?

Insgeheim kannte er die Antwort darauf.

Tarik war klar, was Junis antrieb. Nur vordergründig ging es ihm um den Auftrag der Drachenhaarhändler. Selbst Sabateas Bemühungen, ihn zu umgarnen, waren nicht mehr als angenehmes Beiwerk.

Junis wollte etwas beweisen. Sich selbst – und Tarik?

Er lachte leise in seinen Weinkrug. Im Menschenpulk vor dem Fenster wandten sich ihm zwei Köpfe zu. In ihren Blicken las er, was sie dachten. Es hätte ihn kaltgelassen, hätten sie ihn nicht an den Ausdruck in Junis' Augen erinnert. An das, was hinter der Maske aus Verachtung und Schuldzuweisungen lag. Mitleid. Besorgnis. Etwas, das er sich vielleicht nur einbildete. Oder das er aus Erinnerungen an ihre Kindheit fischte, als sie gemeinsam auf dem Dach ihres Hauses gestanden und nach Westen geblickt hatten, angstvoll und abwartend. Zusammen hatten sie in den Sonnenuntergang geblinzelt, die beste Zeit für einen Teppichreiter, um aus dem Dschinnland heimzukehren, geradewegs aus der Wüstensonne, wenn sich die Wachtposten auf den Wällen geblendet nach Osten abwandten. Oft hatten sie beide so dagestanden und der Rückkehr ihres Vaters aus Bagdad entgegengefiebert. Noch als sie älter wurden, hatte ihre Mutter sie hier oben finden können – auch an jenen Abenden, an denen sie vergeblich warteten. Kein einsamer Reiter, der auf den letzten Sonnenstrahlen heranglitt. Kein vollbeladener Teppich, der im grellen Gegenlicht Kontur annahm.

Viel später, an einem Abend vor sechs Jahren, hatte er

Junis allein dort oben stehen sehen, die Augen mit einer Hand beschattet, als Tarik nach Samarkand zurückgekehrt war. Warum sein Bruder dort gestanden hatte? Und wie er hatte ahnen können, dass Tarik und Maryam es nicht bis Bagdad schaffen würden, obwohl Tarik die Strecke doch so viele Male zuvor bewältigt hatte? Tarik hatte ihm diese Fragen nie gestellt. Aber heute kannte er die Antwort. Junis hatte es gefühlt. Auf dieselbe Weise, die Tarik heute fürchten ließ, dass Junis und Sabatea nie ans Ziel ihrer Reise gelangen würden.

Der Lärm der Menge vor dem Fenster schwoll an, als die Spitze der Karawane näher kam. Gerüstete Reiter auf Rössern, gefolgt von Kriegern auf Kamelen. Sie eskortierten die sechs Pferdegespanne, die Tarik auf dem Hof des Palastes gesehen hatte. Auf dem Teppich mit Sabatea. Seine Lippen noch salzig von ihrer Haut. Ihre Faust an seine Brust gepresst, als wollte sie sein Herz darin festhalten.

Zwischen den Köpfen und winkenden Armen erhaschte er einen Blick auf ein Wagenfenster. Gitterstäbe, auf denen jetzt die ersten Sonnenstrahlen blitzten. Das helle Oval eines fremden Gesichts, jünger und zarter als das Sabateas. Die traurigen Augen einer Todgeweihten.

»Du solltest es tun«, flüsterte eine Silberschlange im Staub vor dem Fenster. »Folge ihnen. Reite hinaus ins Dschinnland. Das ist guter Rat, der beste.«

Als die Nachhut die Taverne passierte, war Tariks Platz leer. Ein halbvoller Weinkrug stand im Fensterrahmen. Eines der Tanzmädchen lachte und ließ die Glöckchen am Fußgelenk kreisen.

Später, auf einem Dach nicht weit entfernt, rollte Tarik den Teppich seines Vaters aus und trat zurück in die Vergangenheit.

Mit den Erinnerungen hatte er gerechnet. Mit Maryams Gesicht und ihrer Stimme, die klang wie damals, als sie Samarkand verlassen hatten. Mit schmerzhaften Eindrücken ihrer Euphorie und Erleichterung, als die abgeriegelte Stadt in ihrem Rücken zurückgeblieben war. Und mit dem Verlust, dem Gewicht seiner Schuld, als er Tage später allein zurückgekehrt war.

Was er nicht erwartet hatte, war die Erleichterung.

Seit langer Zeit war er nicht mehr am helllichten Tag aufgestiegen. Das Risiko, entdeckt zu werden, war groß, erst recht an einem Festtag wie diesem. Doch nun sah er Samarkand unter sich kleiner werden, die Häuser mit ihren winzigen Fenstern, die beengten Gassen, die staubigen Plätze und die gesichtslose Masse – nichts von all dem würde er vermissen. Es war ein Unterschied, die Stadt als nächtliches Fackelmeer oder aber im glosenden Sonnenschein Khorasans unter sich zu sehen. Bei Nacht war Samarkand eine Kulisse für die Rennen, ein Spielplatz für die halsbrecherischen Ambitionen der Teppichreiter. Am Tag aber stand es für alles, das er mit Freuden zurückließ, ein Monument seiner Fehler und falschen Entscheidungen.

Damals hatte er nicht begreifen können, warum Maryam darauf gebrannt hatte, die Stadt zu verlassen. Heute aber begann er sie zu verstehen. Sie hatte schon damals, mit gerade einmal neunzehn, erkannt, dass Samarkand ein Gefängnis war. Mit Wällen, die nur auf den ersten Blick dazu dienten, die Dschinnbedrohung abzuwehren. Die vor allem aber das Volk einsperrten und es der Willkür des Emirs auslieferten.

Er gab dem Teppich Befehl, bis zur größtmöglichen Höhe aufzusteigen. Hundertfünfzig Meter über dem Boden erzitterte das Gewebe nicht mehr allein von den Aufwinden. Den Teppich noch höher zu jagen wäre Selbstmord gewesen. Weiter oben würde er an Festigkeit verlieren und seinen Reiter in den Tod stürzen. Die hundertfünfzig Meter brachten Tarik nicht aus der Reichweite der Bogenschützen, aber er bezweifelte, dass die Treffsicherheit der Soldaten ausreichte, um einem beweglichen Ziel in dieser Höhe gefährlich zu werden.

Aus dem uralten Gassenlabyrinth der Stadt stieg Stimmengewirr herauf, getragen von den Winden, die aus dem Dschinnland über die Mauern wehten. Tariks Blick verharrte kurz auf den blauen und türkisfarbenen Kuppeln des Palastes, folgte dann dem Menschengewimmel zwischen den Häusern. Samarkand war schon unter Alexander dem Großen eine bedeutende Stadt gewesen. Selbst heute noch war seine Ausdehnung beeindruckend. Aus einem Handelsposten in einer grünen Flussoase, eingefasst von braunen Bergketten im Norden und Osten, hatte sich Samarkand über mehr als tausend Jahre zu einer der reichsten Städte des Orients entwickelt. Aus der Luft betrachtet, besaß es noch immer seine alte Pracht. Der Reichtum war geschwunden, seit die Dschinne die Wüsten beherrschten, und Kahramans Herrschaft hatte den Menschen die Freiheit genommen; doch Samarkand war wie ein Lied, das nicht verklingen wollte. Solange seine Mauern standen, würde sein Herz weiterschlagen, ungeachtet aller Dschinne und Despoten.

Die Karawane war durch das Stadttor im Westen gezogen. Dem Zug aus Pferden, Kamelen und Gespannen folgte ein Schweif aus staubigem Dunst. Vom Tor aus mussten sie den breiten Ring aus bewässerten Feldern und Hainen durchqueren. Kaum sichtbar am Horizont, jenseits des Grüns, erhob sich der Wall, der die Menschen von der Barbarei der Dschinne trennte.

Er behielt die Zinnen der Stadtmauer im Auge, als er darüber hinwegraste. Längst waren die Soldaten dort unten auf ihn aufmerksam geworden. Einige zeigten mit ausgestreckten Armen auf ihn, ein paar legten mit den Bogen an. Er beugte sich tiefer über den Teppich, zog den Kopf ein und musste auf sein Glück vertrauen. Im gleißenden Sonnenschein und der Weite des Himmels war es so gut wie unmöglich, die Geschosse im Auge zu behalten. Zwei Pfeile sah er in ein paar Schritt Entfernung an sich vorübersausen. Nah genug, um ihn an seiner verfrühten Zuversicht zweifeln zu lassen. Ein dritter durchschlug die Fransen an der Vorderkante. Tarik spürte den Luftzug, als der Pfeil knapp an ihm vorbeischoss.

Seine Hand im Muster gab dem Teppich Befehl, einen unsteten Kurs zu fliegen, bis er die Mauer hinter sich gelassen hatte. Draußen auf den Feldern gab es Patrouillen, aber sie waren zu verstreut, um ihm gefährlich zu werden. Kritischer wurde es am Wall, wo ein Vielfaches an Soldaten die Grenze zum Dschinnland bewachte. Die Männer dort draußen waren gelangweilt von der Eintönigkeit ihres Dienstes, vom Blick auf die endlose Wüste jenseits des Walls. Sie würden sich einen Spaß daraus machen, einen einzelnen Teppichreiter vom Himmel zu holen. Was, in aller Teufel Namen, hatte seinen Bruder nur dazu bewogen, bei Tageslicht aufzubrechen?

Während Tarik hoch über Reisfeldern und Maulbeerhainen schwebte, kam ihm der Gedanke, dass ihm Junis womöglich einen Schritt voraus war. Ihr Vater hatte sie gelehrt, dass es zwei Wege gab, den Wall unversehrt zu überqueren. Der erste und üblichste war, bei Nacht und oberhalb des Fackelscheins zu fliegen; allerdings brachte das den Nachteil mit sich, dass man bei Dunkelheit ins Dschinnland vorstieß und nicht sehen konnte, was einen dort erwartete.

Die zweite Möglichkeit kostete Geld. Tarik selbst hatte zweimal einen Trupp Wachtposten bestochen, die auf dem Wall ihren Dienst versahen. Heikel wurde es, wenn einem Befehlshaber einfiel, die Wachabfolge zu ändern – was nicht selten vorkam. Auch hatte die Verlässlichkeit bestochener Soldaten ihre Grenzen; manch einem kam die Idee, die Goldstücke *und* eine Belobigung zu kassieren. Wähnte sich der Teppichreiter in Sicherheit, wurde er vom Himmel geschossen und zum Schweigen gebracht, bevor er einem Vorgesetzten von dem Handel berichten konnte.

Die Tatsache, dass Junis am Morgen aufgebrochen war, sprach für die zweite Möglichkeit. Geld schien für Sabatea keine Rolle zu spielen. Wer wusste schon, in wie viele Schmuckschatullen sie gegriffen hatte, um ihre Flucht aus Samarkand zu bestreiten?

Tarik fluchte in den Gegenwind. Unter ihm blieb die Karawane zurück, die noch nicht einmal die halbe Strecke durch das fruchtbare Umland bewältigt hatte. Es war lange her, seit jemand versucht hatte, das Dschinnland am Boden zu durchqueren. Längst war in Vergessenheit geraten, wie viel Zeit die zweitausend Kilometer bis Bagdad in Anspruch nahmen. Einige Wochen, vermutete Tarik. Deutlich länger jedenfalls als die fünf bis sechs Tage, die sein Teppich benötigen würde. Vorausgesetzt, es gab keinen unverhofften Regen. Bei Nässe verschloss sich das Muster dem Zugriff des Reiters, und das Gewebe weigerte sich, vom Boden abzuheben. Doch Khorasan war ein Land erbarmungsloser Dürren. Um diese Jahreszeit war draußen in der Karakumwüste kaum mit Wolkenbrüchen zu rechnen.

Er näherte sich dem Wall und erkannte Einzelheiten. Als die Dschinne vor zweiundfünfzig Jahren aus dem Nichts aufgetaucht waren, war ihre Streitmacht von Westen angerückt. Seither hatten sie das Land um Samarkand in Besitz genommen, mit Ausnahme der östlichen Seidenstraße ins Gebirge; auf ihrem letzten Stück bis zur Stadt war sie fast schwerer bewacht als der Wall. Hier im Westen aber gab es jenseits der Grenze niemanden mehr, der sich den Dschinnen entgegenstellte. Gewiss, man erzählte sich Geschichten von Aufständischen gegen die Macht der Geister, von zerlumpten Rebellentrupps, die sich in der Karakum verbargen und den Eindringlingen Widerstand leisteten. Doch Tarik hatte keinen von ihnen je zu Gesicht bekommen. Auch sein Vater hatte sie nie erwähnt.

Dort draußen gab es nichts als Leere und Tod. Die Täler des Kopet-Dagh, der sich unsichtbar weit im Westen als grüne Gebirgsinsel aus der Wüste erhob, waren in Massengräber verwandelt worden. Die Dschinne hatten die Menschen aus Dörfern und Gehöften dort zusammengetrieben und niedergemacht. Und da waren die Monumente aus Leichen, die die Dschinne errichtet hatten, ohne Zweck, ohne erkennbaren Sinn.

Die ersten Pfeile rasten Tarik in niedrigem Winkel entgegen. Die Wächter auf dem Wall waren früher auf ihn aufmerksam geworden, als er gehofft hatte. Er verfluchte seinen Bruder und das Mädchen, ballte im Muster die Hand zur Faust und brachte den Teppich zum Schlingern. Er behielt die größtmögliche Höhe bei und pendelte in kurzen Schlenkern nach rechts und links. Das Gewicht der Ausrüstung auf seinem Rücken drohte ihn bei gewagten Manövern zur Seite zu reißen. Er musste sich mit einer Hand an der Teppichkante festhalten, während die andere die Stränge des Musters umfasste, sie mit Zeige- und Mittelfinger neu sortierte und verflocht. Teppiche wurden rasch träge, wenn man keine beständige Verbindung zu ihnen hielt. Lange Geraden oder Kreise flogen sie ohne Aufsicht; alles andere verlangte komplizierte Befehle und Konzentration.

Die Geschosse kamen jetzt häufiger und besser gezielt. Von beiden Seiten des Wehrgangs eilten Soldaten herbei, ein Pulk aus Bogenschützen, die einen Pfeil nach dem anderen an ihre Sehnen legten. Ein Hauptmann schrie Befehle. Ein anderer gestikulierte zum Himmel und hielt Ausschau nach weiteren Teppichreitern.

Der Wall erhob sich zwanzig Meter hoch und war ebenso breit. Seine Wehrgänge boten Platz für eine Armee. Er erstreckte sich rund um die Stadt und das grüne Umland, aufgeschichtet aus Fels, der aus den Hängen des Pamirgebirges geschlagen worden war. An vielen Stellen war der Wall nach Angriffen der Dschinne ausgebessert worden, mit Balken und aufgeschüttetem Geröll, mit Lehm und festgebackenem Erdreich. Nachschub aus dem Gebirge in eine belagerte Stadt zu schaffen war schwierig und hätte mehr Menschenleben gekostet, als der Wall zu schützen vermochte.

Oft hatte sich Tarik beim Anblick der notdürftigen Reparaturen gefragt, weshalb die Dschinne nicht längst durchgebrochen waren. Auch viele andere hatten diese Frage gestellt. Vielleicht war das der Grund, warum schon vor Jahren das Gerücht aufgekommen war, der Emir habe einen Pakt mit den Dschinnen geschlossen, um Samarkand und seine Herrschaft zu sichern.

Tarik aber glaubte nicht daran. Die Dschinne waren keine Menschen, und nichts, das sie in all den Jahren getan hatten, ließ darauf schließen, dass sie Interesse an einem solchen Bündnis haben könnten. Zu welchem Preis? Aus welchen Motiven? Es ergab keinen Sinn. Kahraman war außer sich gewesen, als ihm das Gerede zu Ohren gekommen war. Tagelang hatten die Stadtmauern von den Schreien jener widergehallt, die zu Tode gefoltert wurden. Keine Hinrichtungsart zeigte mehr Wirkung beim Volk als die Mauerhaken, aufwärts gebogene Eisenkrallen auf halber Höhe der Stadtmauer; die Unglücklichen wurden von den Zinnen in die Haken geworfen, wo sie oft tagelang litten, ehe sie endlich verstummten.

Jenseits des Walls öffnete sich die Weite Khorasans als braungelber Horizont, eine versteppte Leere, in der knorrige Felstürme Schlagschatten warfen. Tariks Kehlkopf schien anzuschwellen, als er hinaus in diese Ödnis blickte. Er hatte das Dschinnland immer respektiert – und nur deshalb hatte er dort überleben können –, doch damals waren die Gründe andere gewesen. Greifbarer. Die Geister, die er heute fürchtete, spießten keine Schädel auf Pfähle, sie zerfleischten keine Menschen.

Die Bogenattacken erreichten ihren Höhepunkt. Gleich drei Geschosse bohrten sich von unten durch den Teppich. Zwei blieben stecken. Das Muster rumorte und tobte, drohte sich seinem Zugriff zu entziehen. Er musste die rechte Hand mit hineinschieben, um die Macht über den Teppich zu behalten. Seine Finger zupften und pressten die Stränge wie Saiten eines Musikinstruments, während sein Blick starr auf die Einöde jenseits des Walls gerichtet blieb. Er versuchte, noch höher zu steigen und schnellere Manöver zu fliegen. Aber beides hielt ihn nur auf und barg die Gefahr, gänzlich die Kontrolle zu verlieren.

Zuletzt schloss er die Augen, versenkte seinen Geist tief ins Muster und jagte den Teppich in schnurgerader Bahn durch den Pfeilhagel.

∾

Ein Geschoss streifte ihn, als er schon glaubte, er sei in Sicherheit. Der Wall lag hinter ihm. Vereinzelte Pfeile schnitten durch den Himmel, doch die meisten Schützen hatten aufgegeben. Die Spitze, die ihn erwischte, riss sein Wams an der linken Schulter auf und fräste eine Spur in seine Haut. Es dauerte einige Herzschläge, ehe sich die Wunde mit Blut füllte. Er presste die rechte Hand darauf und befahl dem Muster, starr geradeaus zu fliegen, den bizarren Felsformationen im Westen entgegen.

Er schaute zurück. Viele Soldaten auf dem Wall, die ihm nachblickten – aber keine neuen Pfeile mehr. Endlich außer Reichweite. Und niemand, der ihm folgte. Hier draußen gab es genug andere, die ihnen die schmutzige Arbeit abnehmen würden. Kreaturen, die mit den Dschinnen aufgetaucht waren. Andere, die vielleicht lange vorher da gewesen, sich aber niemals offen gezeigt hatten.

Und den Narbennarren.

Er schüttelte die Erinnerung ab. Vorsichtig zog er die Hand aus dem Muster. Der Teppich hielt den Kurs nach Westen, auch dann noch, als Tarik die beiden Pfeile aus dem Gewebe zog. Die sanften Erschütterungen, mit denen der Teppich seinen Schmerz bekundete, waren kaum zu spüren.

Bevor er seine Wunde versorgte, schaute er sich aufmerksam um. Unter ihm war nichts als verstepptes Schwemmland, einst fruchtbar, heute ein Vorbote der Karakumwüste weiter im Westen. Graubraune Hügel lagen im Norden und

Süden hinter dem Horizont, während die Landschaft davor vorüberzog. So als sei die Welt in zwei Schichten geteilt, eine wahrhaftige, die die Bewegung des Teppichs nachvollzog, und eine andere, die von all dem unberührt blieb. Die Ewigkeit war hier greifbarer als hinter den Mauern Samarkands. Stillstand in einer Stadt war beunruhigend und unangenehm. Hier draußen war er eine vertraute Konstante.

Warme Winde fegten über das Ödland und brachten die klare Luft der Leere mit sich. Tarik hatte sie vermisst, trotz allem, was geschehen war. Die Erinnerungen bedrängten ihn – Maryams Gesicht, das Gelächter des Narbennarren –, aber sie wogen noch nicht das Gefühl von Freiheit auf, das mit dieser Landschaft einherging. Mit der Weite, mit dem Fehlen menschlichen Lebens.

Er löste sein Bündel vom Rücken und zog es auf seinen Schoß. In der kurzen Zeit hatte er nicht alles beschaffen können, das für eine Reise wie diese nötig war. Aber er hatte noch immer seine alte Sanduhr – zwei Stunden vom ersten bis zum letzten Korn –, und sie war das Wichtigste. Seine Vorräte würden nicht bis Bagdad reichen, aber mit etwas Glück konnte er unterwegs etwas Essbares fangen. In seinem Bündel steckten ein paar Fladen Brot, getrocknete Datteln und Feigen, ein paar Streifen gesalzenes Fleisch. Zwei Schläuche mit Wasser für den Notfall, obwohl er hier draußen genug davon finden würde. In der Karakum gab es Oasen, Wegmarken der einstigen Seidenstraße. In den Bergen des Kopet-Dagh flossen Bäche und Flüsse.

Die vergangenen sechs Jahre schrumpften zusehends in seiner Erinnerung. Seit seinem letzten Ritt nach Bagdad schienen keine vier Wochen vergangen zu sein. Schon jetzt spielte sein Geist ihm Streiche, und es würde viel schlimmer werden, wenn er nicht Acht gab. Nicht alle Wesen des Dschinnlandes kämpften mit Krallen und Fängen. Andere schlichen sich unsichtbar heran, nisteten im Verstand der Menschen. Manche behaupteten, diese Kreaturen seien nicht mit den Dschinnen gekommen. Es seien die Geister jener, die den Horden der Wilden Magie zum Opfer gefallen waren und die noch immer in der Einöde umgingen, einsam, erfüllt von Hass und Bosheit.

Tarik trug das Krummschwert seines Vaters am Gürtel. Das Gehänge war lang genug, um die Klinge neben sich zu legen, während er im Schneidersitz auf dem Teppich saß. Die Scheide war aus gedunkeltem Leder, ohne jede Zierde. Auch der Griff war schlicht, mit gegerbtem Darm umwickelt, die Parierstange leicht gebogen. Im Nachhinein wunderte er sich, weshalb Junis nicht auch die Waffe und die Sanduhr ihres Vaters gestohlen hatte. Dann erinnerte er sich schmerzlich: Beides hatte lange beim Pfandleiher gelegen, nachdem Tarik die Schmuggelflüge aufgegeben hatte. Damals hatte er nicht geglaubt, dass er je wieder Verwendung dafür haben würde. Der Anflug von Sentimentalität, als er sie ausgelöst hatte, hatte ihn die Prämien mehrerer Rennen gekostet. Nicht einmal heute war er sicher, ob das die richtige Entscheidung gewesen war. Beides fühlte sich an wie Ballast aus einem Leben, mit dem er vor langer Zeit abgeschlossen hatte.

Er bedeckte die Schulterwunde mit Salbe und Blättern, drückte beides fest und zog das zerrissene Wams darüber.

Kein Verband, nichts, das nach Schwäche aussah. Der Anschein, leichte Beute zu sein, war hier draußen ein tod-
bringender Makel.

Die Felsen am Horizont rückten näher. Zwei Ansammlungen knorriger Sandsteinfinger, in den Himmel gekrallt
wie die Hände eines Riesen, der dort lebendig begraben
worden war. Dazwischen ein Abstand von dreißig Metern.
Es brächte Glück, zwischen ihnen hindurchzufliegen, hatte
sein Vater gesagt. Damals mit Maryam hatte Tarik diesen
Rat befolgt. Bald darauf hatte der Narbennarr sie geholt.

Er flog jetzt genau auf die Felsen zu, wie so viele Male
zuvor. Maryam war aufgeregt gewesen, fröhlich wie ein
Kind, dem man Geschenke macht. Sie hatte gar nicht aufhören können, von Bagdad zu sprechen, einem Ort, den sie
nie mit eigenen Augen gesehen hatte. Sie redete ausgelas-
sen von der Zukunft, malte die Stadt in leuchtenden Farben, ihre Türme und Kuppeln und Zinnen und Menschen.
In diesen Augenblicken war Tarik froh gewesen, dass er
sich hatte überreden lassen, mit ihr fortzugehen. Ihr helles
Lachen in seinem Nacken. Die verschlungenen Ornamente
aus Henna auf ihren Fingern. Die Aufrichtigkeit ihrer Gefühle. Und das unerschöpfliche Übermaß seiner eigenen.

Er riss den Teppich herum, bevor er das Felsentor durchqueren konnte. Stattdessen lenkte er ihn nach rechts und
schlug einen Bogen um die nördliche Formation. Ein Hu-
schen und Krabbeln in den Schatten am Boden. Knisternde,
schnarrende Laute. Nicht hinsehen, nicht ablenken lassen.

Es konnte nur ein paar Stunden her sein, seit Junis die
Felsen passiert hatte. Wahrscheinlich war er hindurchge-

flogen und artig dem Weg auf der Karte gefolgt. Bemüht, alles richtig zu machen. Vermutlich hatte Sabatea ihn belächelt, heimlich, hinter seinem Rücken.

Noch immer Bewegung in den tiefen Schatten, sichtbar nur aus dem Augenwinkel. Dann blieben die Felsen zurück und mit ihnen das, was dort lauerte. Vor Tarik öffnete sich das Wüstenland. Die weite, reine, entmenschte Leere. Kahl gefressen wie blanke Gebeine.

Junis und Sabatea waren irgendwo dort draußen, kaum mehr als einen halben Tag entfernt.

Und noch etwas erwartete ihn dort.

Der Narbennarr. Das Aaslicht.

Das Echo einer Nacht auf der Alten Bastion.

Was ist das dort vorn?«, fragte Sabatea.

Vor ihnen im Westen zog die Nacht herauf. Der Himmel hatte sich dunkelrot gefärbt. Die untere Hälfte der Sonne wurde von etwas verdeckt, das zu kantig und eckig war, um ein natürlicher Teil der Landschaft zu sein.

»Die Alte Bastion«, antwortete Junis. »Der erste Wall gegen die Dschinne. Neun Jahre, nachdem sie zum ersten Mal aufgetaucht sind, ist er überrannt worden. Erst danach haben sich die Menschen hinter den zweiten Wall zurückgezogen, vor den Toren Samarkands.«

»Ich wusste nicht, dass es früher noch einen anderen gegeben hat.«

»Kaum einer redet mehr davon. Tausende sind hier gefallen. Angeblich gehen ihre Geister noch heute um.«

Sie lachte leise. »Versuchst du, mir Angst zu machen?«

Sie sah von hinten über seine Schulter auf sein Gesicht. Ein grimmiger und trotzdem jungenhafter Zug lag in der Art, wie das Lächeln seine Wangenmuskeln straffte. Sein dunkles Haar war länger als das von Tarik, einzelne Strähnen fädelten sich im Gegenwind durch seine goldenen Ohrringe.

»Angst lockt die Dschinne an.« Er sagte das, als hätte

er es hundertmal selbst erlebt. »Tarik hat immer gesagt, es wäre trotzdem gut, welche zu haben.«

Das ließ sie schmunzeln. »*Tarik* sagt das?«

Junis nickte.

»Und du hörst auf ihn?«

Sein Schulterzucken überraschte sie. Sie hatte ihn für unvernünftiger gehalten. »Er ist oft genug hier draußen gewesen. Warum sollte ich seine Erfahrung in den Wind schlagen?«

»Weil du ihn nicht magst?«

»Er hat für sein Wissen einen hohen Preis gezahlt. Wenn er es nicht nutzt, dann tue ich es eben.«

»Genauso wie die Landkarten und das Geld?«

»Ausgerechnet eine Diebin will mich verurteilen? Eine entflohene Sklavin?«

»Ich war keine Sklavin.«

»Trotzdem musstest du erst fortlaufen, um frei zu sein.«

»Genau wie du.«

Während sie sich der Bastion näherten, versuchte Sabatea, sich einen Überblick zu verschaffen. Es war unmöglich, nicht nur wegen der anbrechenden Dunkelheit. Die Sonne blickte golden hinter der gezahnten Silhouette hervor, trieb in diffusem Abendrot. Aber ihre Strahlen reichten nicht weit. So, als wäre die Dunkelheit, die den beiden von Osten her folgte, dichter und kräftiger als das Tageslicht.

Die Alte Bastion war ein hoher, halb zerstörter Wall, der sich über die gesamte Breite ihres Blickfelds erstreckte, von Südosten nach Nordwesten. An mehreren Stellen war die gewaltige Mauer gesprengt worden, von Mächten, deren

Stärke Sabatea sich nicht vorstellen mochte. Etwas schimmerte jenseits der Lücken in der Befestigung. Ein Fluss?

»Der Amu Darja«, erwiderte Junis, als sie ihn danach fragte. »Die Bastion ist entlang seines Ostufers errichtet worden, auf unserer Seite. Erst weiter oben im Norden löst sie sich von ihm und führt über Buchara – oder das, was heute noch davon übrig ist – bis zu den Hängen des Nuratau. Im Süden folgt sie ihm weiter bis zu den Hissarbergen.«

Sabatea hatte Samarkand nie verlassen. So wie Junis all diese Namen aufzählte, klangen sie auswendig gelernt. Nicht so, als hätte er tatsächlich eine genau Vorstellung von den Orten, die sich dahinter verbargen.

»Das Wasser hat die Dschinne natürlich nicht aufgehalten«, fuhr er fort. »Aber an der Bastion haben sie sich eine Weile lang die Zähne ausgebissen. Damals hat noch niemand geahnt, wie viele sie wirklich waren. Aber nachdem die alten Hafenstädte am Kaspischen Meer gefallen waren, strömten immer mehr von ihnen hierher. Irgendwann haben sie den Wall einfach überrannt.«

»Hat dein Vater dir das erzählt?«

Er nickte. »Mein Großvater ist hier gefallen. Mein Vater war damals noch ein Kind, aber er konnte sich noch an den Tag erinnern, als die Nachricht von der Niederlage in Samarkand eintraf. Die Frauen und Kinder versammelten sich vor der Stadtmauer und warteten auf den Rückzug der Soldaten. Sie warteten vergeblich. Es gab nur verstreute Flüchtlinge, ein paar einzelne Trupps, die wahrscheinlich desertiert waren, als das Ende abzusehen war. Aber die meisten kehrten nicht mehr heim. Alle glaubten, dass auch der zweite Wall fallen würde, doch die Dschinne ließen sich Zeit mit ihrem nächsten Angriff. Und als sie kamen, war ihre Zahl viel geringer als beim Sturm auf die Bastion. Es heißt, dass sie nie ernsthaft versucht haben, den zweiten Wall zu brechen.«

»Weil sie in der Wüste leben. Samarkand ist von Grün umgeben und liegt zu nah am Gebirge.«

Junis zuckte die Achseln. »Vielleicht war das unser Glück. Wer weiß.«

Wenn er so redete, über Dinge, die nicht ihn selbst oder seinen Hass auf Tarik betrafen, mochte sie ihn beinahe. Nur nicht so sehr, wie sie ihn hatte glauben lassen. Er war zu jähzornig. Zu stur. Er ahnte gar nicht, wie ähnlich ihn das seinem Bruder machte.

Sie konnte noch immer nicht abschätzen, wie hoch sie flogen. Fünfzig Schritt vielleicht. Das zerfurchte Land war durchzogen von Schatten. Niedrige Erhebungen glommen im Abendrot. Sie waren seit dem Morgen unterwegs, seit Junis mit ihren Dinaren die Sanduhr und die Verpflegung bezahlt hatte. Ihre Knie schmerzten. Zeitweise hatte sie das Gefühl gehabt, dass ihre Beine abgestorben waren. Es gab kaum Möglichkeiten, auf dem beengten Teppich die Position zu ändern. Es kam ihr vor, als kniete sie seit einer Ewigkeit hinter Junis und hielt sich an ihm fest.

Genau wie er trug sie einen Tornister aus Korb auf dem Rücken, in dem Nahrung und andere Ausrüstung untergebracht waren. Junis hatte sich den länglichen Ballen aus Drachenhaar um die Hüften gewickelt, unterhalb des Korbes. Die Kostbarkeit aus dem alten China war in weiches Leder eingeschlagen. Der Ballen war nicht groß, kaum breiter und nicht länger als ihr Oberschenkel. Junis hatte gesagt, das Haar darin reiche aus, um zwanzig Teppiche zum Fliegen zu bringen. Nur wenige Strähnen mussten in das Muster geknüpft werden, um die Magie zu entfachen.

Statt des Kleides vom Vortag trug Sabatea weiße Pluderhosen und ein kurzes helles Hemd, das vor der Brust eng geschnürt war. Junis' Kleidung war schwarz, wahrscheinlich dieselben Sachen, die er beim Rennen gegen Tarik getragen hatte; an einigen Stellen hatte er Ärmel und Hose grob geflickt. Im Umgang mit Nadel und Faden konnte er noch einiges lernen. Nicht von ihr, fürchtete sie.

Vor ihnen erhob sich ein unversehrtes Teilstück der Alten Bastion. Eine schwarze Silhouette vor dem lodernd goldenen Horizont. Der Teppich behielt noch immer dieselbe Höhe bei. Sie würden die Mauer nur ein kleines Stück oberhalb des zerklüfteten Wehrganges überqueren. Das titanische Bauwerk war mindestens doppelt so hoch wie die Wallanlage vor den Toren Samarkands. Vierzig Meter, schätzte sie. Vielleicht höher. Ganz sicher war es älter als die Bedrohung durch die Dschinne. Vermutlich war die Bastion errichtet worden, als die Armeen des Kalifats vor hundertfünfzig Jahren ihre Eroberungsfeldzüge nach Osten ausgedehnt hatten. Damals waren Städte wie Samarkand und Buchara an den Herrscher von Bagdad gefallen. Ihre Reichtümer hatte man in endlosen Karawanen über die Seidenstraße nach Westen verschleppt.

Je näher sie der Bastion kamen, desto vorzeitlicher erschien sie Sabatea. Wüstenwind und Hitze mochten das verfallene Bauwerk während der vergangenen vierzig Jahre mürbe gemacht haben. Aber wenn ihr jemand erklärt hätte, dass der riesenhafte Wall schon vor vielen Jahrhunderten hier gestanden hatte, schon zu Zeiten des großen Mazedoniers, dann hätte sie das kaum verwundert.

Sie waren noch einen guten Pfeilschuss von den Ruinen entfernt, als Sabatea im dämmerigen Abendglühen etwas entdeckte. Mit dem Kinn stieß sie gegen Junis' linke Schulter. »Da vorn!«

Ein Augenblick verging. Dann nickte er wortlos.

»Fliegen wir näher ran?«, fragte sie.

»Ich kann's versuchen.«

Er verlangsamte die Geschwindigkeit des Teppichs und schwenkte nach links. Was Sabatea gesehen hatte, befand sich nun genau vor ihnen. Sie hielt den Atem an. Blinzelte, um ganz sicher zu sein, dass sie nicht träumte. Dass sie nicht Opfer einer der berüchtigten Illusionen des Dschinnlandes wurde.

Eine Herde wilder Elfenbeinpferde stand oben auf dem breiten Wehrgang des Walls und graste im Abendrot. Die schneeweißen majestätischen Rösser waren größer als gewöhnliche Pferde und wirkten dennoch graziler, fast filigran. Ihre Mähnen wehten im Wind aus der Karakum. Solange die gefiederten Schwingen angelegt an den Flanken ruhten, fielen sie kaum auf. Erst recht nicht im Schein der untergehenden Sonne, gerastert von den Schatten halbzerfallener Zinnen. Ihre Gelenke waren im Vergleich zu den schlanken Gliedern sehr breit, beinahe ein wenig klobig. Sie trugen dort Gewinde und Scharniere wie ihre Vorfahren, die einst von Menschenhand geschaffen worden waren. Niemals sah man Fohlen oder Jungtiere. Viele glaubten gar, dass sich die Elfenbeinpferde in Wahrheit nie fortgepflanzt hatten, sondern dass die wenigen, die man heute noch sah, schon seit Jahrhunderten existierten. Seit, so erzählte man sich, ein Magier sie erschaffen hatte, um damit einen Sultan im fernen Basra zu erfreuen.

Sabatea zählte achtzehn Tiere. Der Wehrgang war an dieser Stelle gut dreißig Schritt breit. Aus seinen Fugen und Rissen wuchs buschiges Unkraut, das den Pferden besser zu schmecken schien als das dürre Gras unten am Flussufer.

»Ich wusste nicht, dass es sie auch hier draußen gibt«, sagte Sabatea. »Ich dachte, dass sie die Dschinne ebenso fürchten wie wir und darum auf den Dächern Samarkands leben.«

Die Elfenbeinpferde, die manchmal am Himmel über der Stadt zu sehen waren, waren Einzelgänger. Sie blieben nie lange an einem Ort, schliefen mal auf diesem Dach, mal auf jenem. Gelegentlich sah man sie draußen auf den Feldern fressen, aber sie stiegen sofort in die Lüfte auf, sobald ihnen jemand zu nahe kam. Manch einer hatte versucht, eines einzufangen, auch die Stallmeister des Emirs. Vergeblich.

Junis ließ den Teppich noch langsamer werden. Zuletzt schwebten sie reglos in der Luft, keinen Steinwurf von den Zinnen entfernt.

Eines der Elfenbeinpferde hob den Kopf. Blickte genau in ihre Richtung. Es sieht *mich* an, durchfuhr es Sabatea. Vielleicht dachte Junis das Gleiche.

Die Mähne des Pferdes tanzte in armlangen Wirbeln, eine glühende Aureole um sein Haupt, erleuchtet vom Abendrot über der Karakumwüste. Ein tiefer Ernst lag in seinem Blick. Es schien die beiden auf ihrem fliegenden Teppich einer argwöhnischen Prüfung zu unterziehen, als beobachtete es einen Löwen, der sich gemächlich an seine Herde heranpirschte.

»Sie sind wunderschön«, flüsterte Junis.

»Wie können sie hier draußen nur leben?«

Noch immer machten die Tiere keine Anzeichen, die Flucht zu ergreifen. Ein zweites blickte in ihre Richtung, zögerte kurz und graste dann weiter. Nur das Pferd, das sie als Erstes entdeckt hatte, stand weiterhin bewegungslos da und behielt sie im Auge.

»Warum fliegen sie nicht davon?«, murmelte Sabatea.

»Warum fliegen *wir* nicht davon?«, entgegnete Junis.

Sie verstand erst einen Moment später, was er meinte. Und womöglich hatte er Recht. Das Elfenbeinpferd, das zu ihnen herübersah, mochte ebenso neugierig sein wie sie. Sie bekam eine Gänsehaut, als ihr der Grund bewusst wurde: Weil es hier draußen keine Menschen mehr gab. Weil der Anblick eines Mannes und einer Frau für die Pferde ebenso ungewöhnlich und faszinierend war wie ihrer für Sabatea und Junis.

»Können wir nicht landen?«, fragte sie.

»Das würde sie vertreiben.«

»Versuchen wir's. Ich möchte sie von Nahem sehen. Außerdem kann ich meine Füße nicht mehr spüren.«

Er warf ihr über die Schulter einen prüfenden Blick zu, dann seufzte er leise. Sehr, sehr vorsichtig setzte sich der Teppich wieder in Bewegung, nicht in gerader Linie auf die Herde zu, sondern in einem weiten Bogen, der sie gut zwanzig Meter entfernt auf den Wall tragen würde.

Das Pferd zuckte und spreizte die Schwingen. Noch immer löste es sich nicht vom Wehrgang. Stattdessen öffnete und schloss es die weiten Flügel und gab leise Geräusche von sich. Sie klangen nur entfernt wie Wiehern, gekreuzt mit dem Gurren einer Taube und dem Schnarren eines kunstvollen Mechanismus aus Zahnrädern und Federn. Sabatea hatte einmal im Palast eine Eule aus Silber und Gold gesehen, die ihren Kopf zwischen den Schultern hervorschieben und rotieren lassen konnte. Das Werk eines Kunstschmieds aus Griechenland. Als der Emir es in einem seiner Wutanfälle zu Boden geschleudert hatte, war die Rückseite aufgeplatzt. Dutzende kleine Rädchen, Ringe und Spiralen waren über den Marmor gehüpft. Man hatte sie zusammengefegt und zurück ins Innere geschoben, doch die Eule war nie wieder zum Leben erwacht.

Das magische Spielzeug des Emirs hatte ähnliche Laute von sich gegeben, wie sie nun aus dem Maul des Elfenbeinpferdes drangen. Nur dass sie hier organischer klangen, durchmischt mit echten Tierstimmen.

Junis senkte den Teppich auf den Wehrgang hinab. Weit genug von den Tieren entfernt, um zu signalisieren, dass sie keine Gefahr für die Herde bedeuteten.

Das Leittier stand noch immer mit gespreizten Schwingen da, als wollte es die übrigen Tiere vor den Blicken der beiden Menschen schützen. Sabatea und Junis bewegten sich nicht. Saßen einfach nur da und beobachteten.

Die übrigen Pferde ließen von dem Unkraut in den Mauerfugen ab. Gleichzeitig hoben sie die Köpfe – und sahen die Menschen auf dem Teppich an, der jetzt wie gewöhnliches Knüpfwerk auf dem Stein lag und dort fast deplatzierter wirkte als im freien Flug in der Luft.

Die Schatten der Zinnen waren an den Pferdeleibern emporgewachsen, als wollten sie nach ihnen greifen. Unvermittelt stellte sich das Leittier auf die Hinterbeine, stieß erneut einen der fremdartigen Laute aus und schlug so heftig mit den Schwingen, dass der Luftzug herüber zu Sabatea und Junis wehte. Der Geruch war eine absonderliche Mischung aus Pferdestall, Schmierfett und Zimt.

Das Ross erhob sich vom Wehrgang, und alle anderen folgten ihm. Nacheinander schwebten sie mit ausgebreiteten Flügeln in den Abendhimmel. Dabei bewegten sie nicht nur die Schwingen, sondern galoppierten auf dem Wind, als fänden ihre Hufe Widerstand im Nichts. Sabatea und Junis sahen zu, wie die Herde in einem weiten Bogen nach Westen jagte, hoch über den Dünen der Karakumwüste jenseits des Flusses. Sie folgten dem Lauf der Sonne, angestrahlt von ihrem letzten feurigen Schein.

Sabatea bemerkte erst jetzt, dass Junis ihre Hand ergriffen hatte. Seine Finger waren kühl. Sie sah ihn nicht an.

Die Tiere waren endgültig fort, der Himmel ein Fanal aus Rot, durchzogen von Schwarz und Violett.

Junis drehte langsam den Oberkörper und wollte sie küssen. Sie war noch immer wie berauscht, schloss die Augen und wartete.

Aber bevor seine Lippen die ihren berühren konnten, zog er mit einem Mal seine Hand zurück. Sie schlug die Augen auf und sah, wie er aufgeregt den Korb von seinem Rücken zerrte.

Sie atmete tief durch. »Die Sanduhr.«

Er nickte hektisch. »Niemals, *niemals* darf einer von uns die Sanduhr vergessen, sobald wir den Boden berühren.«

Sie schüttelte ihren eigenen Korbtornister ab und versuchte ungeschickt, vom Teppich aufzustehen. Ihre Knie gaben nach, und sie musste sich mit beiden Händen abstützen, um nicht hinzufallen.

Junis zog die Sanduhr aus dem Gepäck. Die beiden milchigen Kristalltrichter ließen nur wenig Licht durch. In der Dämmerung war der schwarze Sand im Inneren kaum zu erkennen. Er stellte die Uhr neben sich auf den Teppich, holte zum ersten Mal wieder Luft und stieß ein leises Seufzen aus.

Wacklig auf den Beinen, machte Sabatea einige Schritte. Sie wollte hinüber zu den Zinnen auf der Westseite gehen, um sich abzustützen. Aber sie waren zu weit entfernt, mindestens zehn Meter. So weit wollte sie sich nicht von Junis und dem Teppich entfernen.

Die Nacht trank das Land und den Wall und die beiden einsamen Menschen.

»Ich bin froh«, sagte sie leise.

»Worüber?«

»Dass wir sie gesehen haben. Vielleicht waren sie das letzte Schöne hier draußen.«

»Ich hab immer noch dich«, sagte er ein wenig unbeholfen.

Sie ging zurück und küsste ihn auf die Stirn. Aber bevor er sie an sich ziehen konnte, entglitt sie ihm schon wieder, blieb aufrecht stehen und blickte schweigend der Sonne nach.

Tarik flog bis in die Nacht hinein und nahm die Hand nicht aus dem Muster, trieb es vorwärts, immer schneller. Manchmal sprach er mit dem Teppich, so wie damals. Auf sich allein gestellt im Dschinnland, war das die einzige Möglichkeit, eine Stimme zu hören. Auch wenn es nur die eigene war.

Früher hatte er sich hier draußen kleine Rituale erschaffen, vor jeder Landung, jedem Aufsteigen, vor jedem Schluck Wasser und jedem Bissen Brot. Er hatte bestimmte Sätze zum Teppich gesagt. Oder eine Melodie gesummt. Manchmal war er mit dem Finger einen bestimmten Teil des Musters nachgefahren, als male er ein geheimes Zeichen in weichen Sand. Rituale schufen ein Gefühl von Vertrautheit, vor allem in der Fremde. Sie hatten ihn bei Verstand gehalten.

Jetzt versuchte er, sich an Rituale zu erinnern, die er häufiger vollzogen hatte als andere. Nahm sich fest vor, sie wieder aufzunehmen. Und tat es dann doch nicht, weil jeder Gedanke an früher unweigerlich die Erinnerungen mit sich brachte – all das, wovon er nichts hören wollte, nichts sehen, schon gar nichts mehr fühlen.

Um ihn war es stockdunkel. Aber es standen Sterne

am Himmel, hier draußen viel klarer als in Samarkands fackelhellen Nächten. Die Reinheit der menschenleeren Landschaft brachte das mit sich. Kein Rauch von Nomadenfeuern stieg zum Himmel empor. Nichts als absolute Leere.

Das Sternenlicht übergoss die Ausläufer der Wüste mit Silberreif. Nicht mehr weit bis zum Amu Darja. Nicht mehr weit bis zur Alten Bastion.

Dann sah er es vor sich auftauchen, das steinerne Ungetüm am Ufer des Flusses. Eine mächtige Mauer, in ihrem geborstenen Kern von Gängen durchzogen. Die meisten waren von eingestürzten Teilen des Walls verschüttet worden. Manche aber mochten noch immer Wesen als Unterschlupf dienen, die sich hier verkrochen hatten. Erst vor den Menschen, dann vor den Dschinnen.

Die Krieger, die einst hier gekämpft hatten, hatten in Zelten diesseits des Walls gehaust. Wenn man in dem felsigen, sandverwehten Boden grub, konnte man noch immer auf alte Waffen stoßen, manchmal auf Knochen.

Er hatte nicht vorgehabt, hier zu rasten. Aber dann sah er den Wehrgang der Bastion unter sich, das Auf und Ab der Schneisen und Durchbrüche. Dazwischen immer wieder unversehrte Stücke, fünfzig, sechzig Meter lang. Auf einem davon hatten Maryam und er damals ihre erste Pause nach dem Aufbruch aus Samarkand eingelegt. Ihre letzte gemeinsame Nacht.

Er wollte sich dazu zwingen, nicht nach der Stelle Ausschau zu halten. Schließlich tat er es doch. Es war nicht einmal schwer, sie zu finden. Er flog einen Kreis über dem

Wall und entdeckte eine auffällige Bruchkante. Mochten die Götter wissen, mit welchen Waffen die Dschinne dort einen Keil in das Bauwerk getrieben hatten. Der Blick ins Innere der Mauer entblößte eine poröse Struktur aus Korridoröffnungen auf mehreren Ebenen. Kein Wunder, dass das Gestein so schnell nachgegeben hatte. Gewiss hatten die alten Baumeister nicht damit gerechnet, dass der Wall einmal von Mächten berannt werden würde, die über andere Werkzeuge als Rammböcke und Belagerungstürme verfügten.

Viele Öffnungen waren verschüttet, aber einige klafften schwarz und rechteckig im Sternenschein. Er hatte Maryam gefragt, ob sie ihr Angst machten, aber sie hatte gelächelt und den Kopf geschüttelt. Nicht, solange er bei ihr war.

Hier oben hatten sie das letzte Mal beieinandergelegen, auf dem Teppich, ausgebreitet auf dem uralten Stein, auf dem einst das Blut ihrer Vorfahren getrocknet war. Über ihnen die Sterne, so wie heute Nacht. Ganz nah an ihren Ohren das Rieseln der Sanduhr: das Flüstern der Zeit, die ihnen blieb.

∾

Tariks Teppich senkte sich auf den Wehrgang. Sandwehen raschelten über das Gestein. An den Zinnen hatten sie sich zu kniehohen Schrägen getürmt. Im Mondschein entdeckte er Abdrücke von unbeschlagenen Hufen. Abgefressenes Unkraut in den Mauerfugen.

Verwundert schaute er sich um. Jenseits des Flusses schimmerten die sanft gewellten Dünen der Karakum silbrig im Sternenlicht. Im Osten waren die fernen Berge in der Dunkelheit versunken, und mit ihnen Samarkand hinter dem zweiten, niedrigeren Wall.

Nirgends waren fliegende Pferde zu sehen. Ihre Spuren im Sand waren noch nicht verweht. Es konnte nicht lange her sein, dass sich hier eine ganze Herde aufgehalten hatte. Schade, dachte er. Er hätte sie gern gesehen. Es gab nur wenige Wesen von solcher Eleganz und Majestät. Die vereinzelten Elfenbeinpferde in Samarkand waren verängstigte Tiere, immer damit beschäftigt, von einem Dach zum anderen zu fliehen, sobald Menschen ihnen zu nahe kamen. Eine wilde Herde aber musste ein erstaunlicher Anblick sein. Er ertappte sich dabei, wie er in den Nachthimmel starrte, in der Hoffnung, sie vielleicht doch noch zu sehen, egal wie fern und unscheinbar.

Er zog das Krummschwert und machte sich daran, das erhaltene Teilstück des Walls abzugehen. Ein Stück von den Pferdespuren entfernt entdeckte er weitere Abdrücke im Sand. Menschliche diesmal. Ein Mann, der Sandalen trug. Und eine Frau, die barfuß lief. Unweit davon das verwischte Rechteck einer Teppichlandung.

Einen Augenblick lang war es wieder, als wäre er zurück in die Vergangenheit getreten. Die Gefühle fegten wie ein Windstoß über ihn hinweg, ließen ihn taumeln. Dann kehrte die Gegenwart zurück, die Erkenntnis der Wahrheit.

Junis und Sabatea waren also hier gewesen. Wie lange

konnte das her sein? Wenige Stunden, allerhöchstens. Er, allein auf dem Teppich, war schneller als sie. Das bedeutete, dass er sie bald aufstöbern würde, irgendwo weiter westlich. Er hatte gehofft, sie einzuholen, bevor sie allzu tief in die Karakum vordrangen. Glaubte er wirklich, dass er sie aufhalten konnte? Umstimmen? Oder einfach nur beschützen? Er war nicht sicher, *was* er sich erhoffte. Aber er würde nicht zulassen, dass der einzige Mensch, der ihm noch etwas bedeutete, das Schicksal Maryams teilte. Junis war trotz allem sein Bruder. Es hatte eine Zeit gegeben, als sie sich beide nicht dafür geschämt hatten.

Und das Mädchen?

Tarik untersuchte die Spuren genauer. Junis' Sorglosigkeit war himmelschreiend. Er hinterließ eine Fährte, die für die Kreaturen des Dschinnlandes wie Leuchtfeuer loderte.

Sabatea hatte sich nicht weit vom Teppich entfernt, nur ein Stück bis zu einer Kerbe im Boden; es sah aus, als sei dort vor langer Zeit ein Katapultgeschoss eingeschlagen. Falls die Dschinne so etwas überhaupt benutzten, was er bezweifelte. Die beiden mussten an der Öffnung ihre Notdurft verrichtet haben, denn auch Junis' Spuren führten dorthin. Von dort aus war Sabatea zum Teppich zurückgekehrt, während Junis zur Bruchkante des Wallstücks hinübergegangen war. Tarik lächelte schwach; wahrscheinlich ahnte sein Bruder nicht, dass das Mädchen sehr wohl wusste, wie man ins Muster griff. Sonst hätte er sie nie mit dem Teppich allein gelassen.

Der Versuch, das Treiben der beiden auf dem Wall nachzuvollziehen, lenkte ihn von seinen Erinnerungen ab. Nachdenklich folgte er Junis' Spuren zur Kante. Das gewaltige Loch, das die Angreifer in die Mauer gesprengt hatten, war gut dreißig Meter breit. Das aufgerissene Innenleben des Walls gähnte unter ihm mit all seinen Löchern und Höhlungen, den halbverschütteten Gängen und Räumen.

Er wollte gerade in die Tiefe blicken, als ihm die Sanduhr einfiel. Er hatte sie nicht aufgestellt. Das war unverzeihlich. Aber er war erst wenige Minuten hier oben. Lange, bevor die zwei Stunden abgelaufen wären, würde er wieder unterwegs sein.

Zwei Stunden waren in etwa der Zeitraum, den die Geister des Dschinnlandes brauchten, um einen nahen Menschen zu wittern. Tariks Vater hatte dies so festgelegt, ausgehend von jahrelanger Erfahrung; vielleicht auch nur aus dem Wunsch heraus, *irgendeine* Regel aufzustellen, die ihm in der Einsamkeit Halt gab. Tarik hatte das Gebot nie auf die Probe gestellt. Und hätte er herausgefunden, dass die Sanduhr letztlich nicht mehr als ein Glücksbringer war, ähnlich wie seine eigenen sinnlosen Rituale beim Flug durch das Dschinnland, so hätte das keinen Unterschied gemacht. Hier draußen gab es nichts mehr, das man respektieren konnte, also brachte man sich etwas mit. Eine Tradition. Das Gefühl, sich an etwas halten zu können. Selbst wenn es nur ein paar Hände voll schwarzer Sand waren.

Er ging zurück zum Teppich und holte die Sanduhr aus seinem Bündel. Mit einer Handbewegung zog er den Stift hervor, der die Verbindung zwischen den beiden Kristallkammern öffnete. Er stellte die Uhr auf den Boden und sah zu, wie der erste Sand rieselte. Ein hauchfeiner schwarzer Faden, nur eine Ahnung im Sternenschein.

Anschließend trat er zurück zur Bruchkante und schaute hinab. Gähnende schwarze Öffnungen. Das Säuseln des Windes in den künstlichen Kavernen und Schächten. Perfekte Verstecke für Wesen, die nachts auf die Jagd gingen. Nur dass es hier kaum etwas zu jagen gab. Wenige Tiere lebten noch am Rande der Karakum und noch wenigere in ihrem Inneren. Keine Vögel mehr, die waren schon vor langer Zeit geflohen, nur ein paar ausgemergelte Vierbeiner. Und Reptilien, natürlich, davon sogar eine Menge. Aber die Echsen dieser Gegend waren dürr und ungenießbar.

Er ging an der Kante entlang bis zu den Zinnen und blickte hinab auf den Fluss in seinem Bett aus Schwemmland. Selbst von hier oben aus und im schwachen Licht konnte er sehen, dass mit dem Wasser etwas nicht stimmte. Es sah schwarz und zäh aus. Das Gras an seinem Ufer hatte sich entfärbt, war nahezu weiß. Er hatte solche Auen nie zuvor gesehen, und diese verhieß nichts Gutes. Der Fluss war zweifellos vergiftet, die Gewächse an seinem Ufer nicht tot, aber auf seltsame Weise verwandelt. Die hellen Halme hielten dem Wind aus der Wüste stand, regten sich nicht, erzitterten nicht einmal. Wie weiß glasierte Klingen. Kein Wunder, dass die Elfenbeinpferde es vorgezogen hatten, sich ihr Futter hier oben zu suchen.

Er wollte gerade zurück zum Teppich gehen, als er etwas hörte. Ein Rascheln, das vom Wind stammen mochte, aber auf- und abschwoll und ganz allmählich näher kam.

Ein leises Schmatzen drang von unten an den Mauern herauf. So, als saugte sich etwas fest und löste sich wieder, immer und immer wieder. Da wusste er, mit was er es zu tun hatte. Als er zurück zum Teppich blickte, konnte er sie bereits sehen.

Die Wesen ähnelten den Quallen, die er einmal in den verwaisten Hafenorten am Kaspischen Meer gesehen hatte. Durchscheinend und in der Nacht beinahe unsichtbar. Jede hatte einen Durchmesser von gut einem Schritt, glasige Fladen, die sich von außen an den Zinnen emporschoben und darüber hinwegkrochen. Nicht genau auf den Teppich zu. Auch nicht auf Tarik, sondern zu einer leeren Stelle hin, die näher am Ostrand des Walls lag. Eine Stelle, von der er plötzlich und mit völliger Gewissheit wusste, dass es dieselbe war, an der Maryam und er vor sechs Jahren ihre letzte Nacht miteinander verbracht hatten.

Die Wesen waren keine Diener der Dschinne, wie viele andere Kreaturen, die hier draußen existierten. Nur Parasiten eines Ödlandes, in dem seit dem Ausbruch der Wilden Magie vor einem halben Jahrhundert Lebewesen existierten, die es zuvor nicht gegeben hatte. Falls sie einen Namen hatten, so kannte Tarik ihn nicht.

Aber er wusste, auf was sie es abgesehen hatten.

Und einen Augenblick lang erwog er, ob er es ihnen nicht geben sollte.

Tarik sprang über eines der Wesen hinweg und rannte auf sein Bündel zu, das er neben der Sanduhr auf dem Teppich abgelegt hatte. Die Kreaturen beachteten ihn nicht. Stumpfsinnig, mit saugenden, schmatzenden Geräuschen schoben sie sich vorwärts und hinterließen glitzernde Spuren auf dem Stein.

Sie besaßen keine Verstecke, keine Schlupfwinkel, in denen sie auf Beute lauerten. Tarik hatte einmal mit angesehen, wie einige von ihnen aufgetaucht waren: Sie drangen als dickflüssige Nässe aus dem Boden, ausgeschwitzt von der Wüste. Erst an der Luft geronnen sie zu fester Gestalt und gingen auf Jagd. Später, wenn ihr Hunger gestillt war, versickerten sie wieder im Sand. Sie waren nicht das größte Wunder des Dschinnlandes, und doch eines seiner verblüffendsten.

Noch immer achtete keines der Wesen auf Tarik. Ihr Ziel war die unscheinbare leere Stelle auf dem Wehrgang, an der er einst mit Maryam gelegen hatte. In wenigen Augenblicken würden die ersten sie erreichen.

Er ließ das Krummschwert fallen und zerrte einen prallen Lederschlauch aus seinem Bündel. Ihm blieb kaum noch Zeit. Das plumpe Äußere der Kreaturen täuschte.

Wenn sie erst einmal am Ziel waren, würde es schnell gehen.

Noch während er sich wieder in Bewegung setzte, riss er den Korken aus der Öffnung. Tarik hetzte an die Stelle, auf die die Wesen zustrebten. Eines war bereits zur Ruhe gekommen, festgesaugt am Gestein. Es pulsierte in rhythmischen Schüben. Blähte sich auf, sank zusammen, immer wieder von neuem, während inmitten der Quallenmasse ein verzweigtes Adernetz aufglühte, in einem bläulichen, unnatürlichen Schimmer.

Tarik stieß einen zornigen Schrei aus, hielt den Lederschlauch über das Wesen und presste ihn zusammen. Darin befand sich kein Wasser. Stattdessen sprühte ein Schwall Salz aus der Öffnung und ergoss sich über die Kreatur. Das Pulsieren stockte, dann ertönte ein Knistern und Zischen. Mit einem Mal bildeten sich dort, wo das Salz die Wölbung des Wesens berührte, eine Vielzahl Pockennarben im Kristallfleisch der Qualle. Sie wurden größer, flossen ineinander, vereinigten sich zu einem handgroßen Krater, der sich immer tiefer in das Gewebe grub. Das Glühen der Adern verblasste, der scheußliche Balg sank in sich zusammen und wurde vom Salz zerfressen. Nach wenigen Atemzügen verriet nur ein glitzernder Ring aus Gallerte, wo das Wesen gelegen hatte. Schillernde Feuchtigkeit verklebte den Wüstenstaub auf dem Wehrgang.

Tarik fuhr herum und erwartete die anderen. Ihr Ring zog sich enger um ihn zusammen. Dabei hatten sie nicht das geringste Interesse an ihm selbst; daran änderte auch der Tod ihres Artgenossen nichts. Sie besaßen keinen Verstand, nur animalischen Trieb. Ihr Instinkt sagte ihnen, dass nicht der Mann ihre Nahrung war, sondern die Energie, die diesem Ort innewohnte. Energie, die Tariks Rückkehr hierher aus tiefem Schlaf gerissen hatte.

Die Wesen ernährten sich von Erinnerungen. Witterten sie einen Menschen, der mit einem Ort Gedanken und Bilder verband, ganz gleich welcher Art, so stiegen sie aus der Wüste auf und saugten sich dort fest, wo sich die Vergangenheit für sie als Nahrung verdichtete. Hatten sie ihr Mahl beendet, war die Erinnerung aufgesaugt wie süßer Nektar, vollständig ausgelöscht. Kehrte das Opfer später an diesen Ort zurück, empfand es dort nichts als sehnsuchtsvolle Leere, die manch einen in den Wahnsinn trieb. Tariks Vater hatte von Einsiedlern im Dschinnland berichtet, die sich an solchen Plätzen niedergelassen hatten. Das Gefühl eines unbestimmten Verlusts brachte sie um den Verstand, bis andere Bewohner der Einöde sie entdeckten und zu ihrer Beute machten.

Tarik klemmte sich den Lederschlauch unter den rechten Arm und schüttete Salz in seine Linke. Zu hastig, zu verschwenderisch. Die Hälfte rieselte zwischen seinen Fingern hindurch. Er hatte die Stelle auf dem Wall mit einer Salzspur einkreisen wollen, doch dazu war es zu spät. Stattdessen schleuderte er das Salz nun weit über die Wesen.

Sie waren jetzt überall, ein breiter Ring aus zwanzig, dreißig oder noch mehr Quallen. Über die verfallenen Zinnen schoben sich von der Westseite her immer weitere, ein unablässiger Strom aus glitzernder, wässeriger Masse. Selbst wenn er jetzt floh, würden sie seine Anwesenheit noch lange genug spüren können, um der Stelle auf dem Wall seine Erinnerungen zu entziehen.

Das Salz traf gleich mehrere von ihnen, fraß sich in ihre Körper, brannte handtellergroße Löcher hinein. Einige lösten sich vollends auf, andere krochen weiter, brodelnd und dampfend, während sich ein Gestank wie von verdorbener Milch über den Wall legte.

Tarik konzentrierte sich jetzt auf jene, die ihm am nächsten waren. Wenn das Salz sie verätzte, tötete es oft auch das nächste und übernächste Wesen, das sich stumpfsinnig durch die Überreste seines Artgenossen schob. Immer mehr drängten über das Gestein, auf dem er und Maryam gelegen hatten. Er tötete sie, bevor sie seine Erinnerungen aufzehren konnten. Aber das Salz ging zur Neige, schon weit über die Hälfte war aufgebraucht. Er hatte so viel gekauft, wie er sich hatte leisten können. Nicht genug in Anbetracht so zahlreicher Gegner.

Allmählich jedoch zeigte der Ring aus verätzten und geschmolzenen Wesen rund um ihn Wirkung. Das Nachrücken der anderen geriet ins Stocken, als immer mehr von ihnen in die salzigen Überreste gerieten und in Sekundenschnelle verdampften. Auch über die Zinnen rückten keine weiteren Wesen mehr nach. Noch zehn oder fünfzehn mochten sich auf dem Wehrgang befinden. Wenn ein paar mehr von ihnen blindlings in den Tod krochen, hatte er vielleicht eine Chance. Er ging jetzt sparsamer mit dem Salz um, streute es gezielter auf jene Wesen, denen trotz Verletzungen der Durchbruch gelang. Der Boden unter ihm war glitschig von zersetztem Quallenfleisch, aber er erinnerte sich noch immer an alles, an jeden Augenblick mit ihr, an jedes Wort.

Schließlich war der Lederschlauch leer. Eine Handvoll der Wesen lebte noch. Rund um Tarik befand sich eine drei Meter breite Zone, die mit den Überresten der toten Kreaturen bedeckt war. Kreise aus silbrigem Schleim, die sich vielfach überschnitten wie Weinringe auf Amids Tavernentischen. Drei weitere Quallen kamen inmitten der salzigen Nässe zum Liegen und lösten sich zischend auf. Noch zwei, die ihren Weg unverwandt fortsetzten. Eine erwischte es kurz vor Tariks Füßen, die letzte aber brach durch.

Tarik beugte sich über die Kreatur, stieß beide Hände mitten in den weichen Balg und griff in das glühende Adernetz. Zwischen seinen Fingern fühlte es sich an wie ein Gewirr aus nasskalter Wolle. Mit letzter Kraft zerrte er das Wesen zurück. Die pulsierenden Saugbewegungen verhinderten, dass er es vom Boden heben konnte. Trotzdem gelang es ihm, die Qualle über den glatten, rutschigen Untergrund nach hinten zu ziehen, dann zur Seite, dorthin, wo die Salzkonzentration in den Überresten der anderen stark genug war. Seine Hände steckten noch in der zuckenden Gallerte, als sie sich von unten her auflöste. Die Saugkraft erschlaffte, die schimmernden Adern zerfielen zwischen seinen Fingern.

Zuletzt stand er allein da, vornübergebeugt, mit rasselndem Atem, schwindelig von dem Gestank und kurz davor, sich einfach fallen zu lassen, nur dazusitzen, auszuruhen, abzuwarten. Aber er fürchtete, dass schon bald andere Kreaturen auftauchen könnten, angelockt von den zischenden

Dämpfen, die zwischen den Zinnen aufstiegen. Und auch die Artgenossen derjenigen, die er besiegt hatte, würden nicht lange auf sich warten lassen.

Er schleppte sich zurück zum Teppich und warf einen Blick auf die Sanduhr, ehe er sie verstaute. Über die Hälfte des Sandes war durch das Nadelöhr zwischen den Kristallkelchen gerieselt. So lange war er schon hier? Im Dschinnland wurde selbst die Zeit zum Trugbild.

Bevor er dem Teppich Befehl gab, sich vom Wall zu erheben, blickte er noch einmal zurück zu den Überresten der Quallenwesen. Zu dem unscheinbaren Platz vor den Zinnen, den er so verzweifelt verteidigt hatte.

Nichts war vergessen. Er sah wieder Maryam vor sich, nackt im Mondlicht, die verschlungenen Symbole aus Henna auf ihrem Körper. Hörte ihre Stimme, ihr Flüstern an seinem Ohr. Fühlte ihre Hände auf seiner Haut.

All die Jahre hatte er diese Erinnerungen verflucht. Sie hatten ihn im Schlaf gequält und bei Tage gemartert. Jetzt hätte er sie loswerden können, ein für alle Mal.

Und doch erschienen sie ihm plötzlich wertvoller als irgendetwas sonst. Solange er sich an Maryam erinnern konnte, lebte sie in seinen Gedanken weiter. Und umgekehrt war es nicht anders: Selbst heute noch, sechs Jahre nach ihrem Tod, war sie es, die ihn am Leben hielt.

Maryam linderte seinen Schmerz, weil sie noch immer da war, irgendwo. Immer noch ein Teil von ihm. Ihre Stimme, ihr Lächeln. Das Feuer ihrer verrückten, kindischen Hoffnungen.

Er flog weiter, bis der Morgen graute.

Der Amu Darja mit seinem vergifteten Wasser lag weit hinter ihm im Osten. Unter ihm war nichts als offene Wüste, ein endloses Dünenmeer. Keine Spur von Dschinnen. Das wunderte ihn.

Die Nächte in der Karakum waren frisch, aber nicht so eiskalt wie in anderen Sandwüsten. Am Tag wurde es heiß, doch der Gegenwind des Teppichritts kühlte seine Haut. Nur vor Verbrennungen musste er sich schützen. Sobald die Sonne über dem Horizont stand, würde er seinen Kopf mit Tüchern umwickeln, wie es die Beduinen und Nomaden taten. Damals, als es noch Nomaden gegeben hatte.

Er folgte dem Verlauf der alten Seidenstraße. Manche Karawanenmarkierungen waren noch heute zu erkennen, wenn man wusste, wonach man zu suchen hatte. Nachts fand er den Weg mithilfe der Sterne, tagsüber hielt er Ausschau nach markanten Felsformationen, die mancherorts aus dem Sand ragten. Spätestens morgen Abend wollte er die Berge des Kopet-Dagh erreichen, das fruchtbare Gebirge inmitten der Wüste. Früher hatte es dort Dörfer gegeben, tausende Menschen, die auf den grünen Hängen ihre Ernten einbrachten. Die Dschinne hatten dem ein Ende gemacht.

Zwischen ihm und den Bergen lagen noch anderthalb Tage offene Wüste. Einige Oasen an der Seidenstraße waren vollständig ausgelöscht worden; nichts verriet mehr, wo sie einst gelegen hatten. Andere aber wirkten, als hätte sich seit dem Auftauchen der Dschinne nichts verändert.

Tarik flog über eine hinweg, die beinahe einladend wirkte: ein dichter Palmenhain am Ufer eines schmalen Gewässers. Nur dass ihm die Schatten zwischen den Bäumen ein wenig zu dunkel erschienen und das Wasser, obgleich glasklar, vollkommen reglos dalag, als wäre die Oberfläche zu Kristall erstarrt. Möglich, dass es nur ein Trugbild war und sich darunter etwas anderes verbarg.

Allmählich wurde ihm klar, dass er sich auf seine Erfahrungen nicht mehr verlassen konnte. Zu viel Zeit war vergangen. Damals hatte er sich hier ausgekannt wie kaum ein anderer. Aber das war Jahre her. Der Ausbruch Wilder Magie, der wie eine unsichtbare Sturmfront über Khorasan und die Karakumwüste hinweggetobt war, hatte die Gesetze der Natur auf den Kopf gestellt. Dieselbe Magie hatte die Dschinne hervorgebracht, aber sie hatte weit mehr getan als das. Doch was genau? Philosophen, Priester und auch Magier hatten versucht, darauf eine Antwort zu finden. Was war tatsächlich aus der Welt geworden? Viele der alten Regeln galten nicht mehr. Nur folgten die Wandlungen keinem erkennbaren Muster. Es war, als hätte jemand im Schlaf um die Menschen herum ein neues Haus errichtet, das auf den ersten Blick aussah wie das alte – nur dass sich die Türen am einen Tag nach außen öffneten, am anderen nach innen. Oder dass Wasser aufwärtsfloss. Und die Fenster manchmal Kinder fraßen.

Wäre *alles* neu und fremd gewesen, darauf hätte man sich einstellen können. Aber das Beängstigende und Entsetzliche im Vertrauten zu suchen überstieg die Fähigkeiten des menschlichen Verstandes.

Wer das Dschinnland durchqueren wollte, lebte deshalb von einem Tag zum nächsten. Eine Planung war unmöglich. Tarik war damit immer gut zurechtgekommen. Aber die letzten Jahre hatten ihn träge gemacht, allzu bequem in seinem festgezurrten Leben zwischen Tavernen und nächtlichen Rennen. Sich selbst aufzugeben war immer der letzte Fehler, den man hier draußen begehen konnte. Er musste wieder lernen, so zu denken wie damals, und mehr noch: *fühlen* wie damals. Ein Ritt durch das Dschinnland erforderte Intuition statt Vernunft, Reaktionsgeschwindigkeit statt eingeübtem Können.

Doch selbst im Bewusstsein einer maßlosen Bedrohung verspürte er vor allem ein Gefühl, das ihn verstörte und zugleich ganz trunken machte.

Er war jetzt der Jäger, nicht mehr der Gejagte.

Endlich lief er nicht länger davon.

Gegen Mittag ereichte er die Oase aus seinen Erinnerungen – drei Dutzend Palmen in einer tellerförmigen Sandsenke. Einer jener Orte, die es in allen Wüsten gab. Als läge ein Bann darüber, der die Wanderdünen fernhielt und selbst nach dem heftigsten Sandsturm alles unverändert zurückließ.

Der Zauber von damals war verflogen. Nichts erinnerte mehr an den lichten Palmenhain mit seinem Versprechen von Ruhe und Erfrischung, an die Kühle, die vom Wasser in dem tiefen Brunnenschacht aufgestiegen war.

Die grünen Palmen von einst waren schwarz und abgestorben, hingekritzelte Kohlestriche vor dem grellen Weißgelb der Wüste. An den Spitzen der Stämme hingen verdrehte, schlaffe Überreste von Blättern. Erst als er tiefer ging, erkannte er, dass es Körper waren, aufgeknüpft vor Gott weiß wie langer Zeit. Mehr als dreißig, an jeder Palme einer. Die Hitze hatte sie schrumpfen lassen. Weil es hier draußen keine Vögel mehr gab, hatte kein Aasfresser das Fleisch von den Knochen gepickt. Die welke Haut war verdorrt wie zu eng gewordene Kleidung.

Das Feuer musste die Oase verwüstet haben, bevor die Leichen an den Stämmen aufgehängt worden waren.

Wahrscheinlich waren diese Menschen längst tot gewesen, als man die abgestorbenen Palmen mit ihnen dekoriert hatte. Tarik traute den Dschinnen zu, dass die Körper von weit hergebracht worden waren, um sie hier zu platzieren. Sie hatten einen eigenwilligen Sinn für derlei Dinge. Makaberer Götzendienst, glaubten die einen. Rasender Hass, die anderen. So sehr sich die Menschen bemühten, das Tun der Dschinne zu verstehen, so hoffnungslos waren doch all ihre Versuche. Die Dschinne waren aus Wilder Magie geboren: Ihre Gedanken ließen sich nicht nachvollziehen, ihr Handeln entzog sich menschlichem Begreifen. Glaubten sie an Götter? Hatten sie gar ein – wenn auch grausames – Verständnis für Kunst, für Ästhetik? Oder bereitete ihnen das herzlose Zurschaustellen ihrer Opfer schlichtweg Vergnügen? Es gab keine Antworten darauf, solange es nicht gelang, einen Dschinn zum Reden zu bringen. Kein Wort in zweiundfünfzig Jahren.

Tarik ließ den Teppich weiter absinken, bis er in den Brunnen im Herzen der Oase blicken konnte. Die Sonne stand im Zenit und erhellte mehrere Meter tief das Innere des Schachtes. Nichts zu erkennen. Die hölzerne Aufhängung für den Schöpfeimer war spurlos verschwunden. Ob es dort unten noch Wasser gab, blieb ungewiss. Ebenso, ob die Dschinne etwas in der Tiefe zurückgelassen hatten. Eine Überraschung für durstige Reisende.

Gedankenverloren befahl er dem Teppich, in der Luft zu verharren. Wenn es noch Zweifel gegeben hatte, dass er am Ende seiner Flucht vor der Vergangenheit angekom-

men war, dann wurden sie hier zerstreut. Hier hatte alles
begonnen.

Hier hatten sie ihm Maryam genommen.

～

»Das hier ist nicht das Dschinnland, wie ich es mir vorgestellt hatte«, *sagte Maryam, als sie neben ihm an der Brunnenmauer stand. Sie stützte sich mit beiden Händen auf den
Kranz aus Lehmziegeln und blickte zu den Palmen auf der
anderen Seite der Oase. Die riesigen Blätterwedel wisperten
im heißen Wüstenwind.*

*Tarik hätte sie stundenlang ansehen können, wie sie da-
stand, das dunkle Haar zerzaust vom Ritt auf dem Teppich
und den heißen Luftströmen der Karakum. Das weite Kleid
wurde vom Wind fest gegen ihre Schenkel gepresst. Sandkör-
ner wehten über ihre nackten Füße.*

»Wie hast du es dir denn vorgestellt?« *Widerstrebend
löste er sich von ihrem Anblick und zog den vollen Eimer
aus dem Brunnen. Er drückte den Wasserschlauch hinein,
presste die Luft aus dem Lederbalg und sah zu, wie die
Blasen an der Oberfläche zerplatzten. Das Wasser war trüb,
aber es roch nicht verfault; es würde sie lange genug am
Leben halten, um die reinen Gebirgsbäche des Kopet-Dagh
zu erreichen.*

»Anders. Toter.« *Sie hob eine Augenbraue und lächelte
mit dieser Mischung aus Unschuld und Gerissenheit, in die
er sich gleich bei ihrer ersten Begegnung verliebt hatte.* »Ich
weiß schon, dass es das Wort nicht gibt.«

»Was könnte toter sein als eine Wüste ohne Menschen, ohne Tiere?«

Sie schob ihre schlanken Finger auf der Brunneneinfassung über seine. Die kunstvollen Hennamuster auf ihrem Handrücken reichten bis hinauf zu den Ellbogen. Glücksbringer, behauptete sie. Er wusste es besser: ein Zauber für eine bessere Zukunft, den geächtete Magier in weihrauchverhangenen Hinterhöfen anboten. »Irgendwann wird es Samarkand genauso ergehen wie Buchara«, *sagte sie.* »Dass der Emir ein Gefängnis daraus gemacht hat, wird daran nichts ändern.«

»Ich glaube nicht, dass es einen Unterschied macht, ob ich in Bagdad oder Samarkand auf einem ihrer Leichentürme lande.«

Maryam setzte sich auf die Brunnenmauer und ließ die gebräunten Fesseln baumeln. Sand rieselte von ihren Füßen. »Glaubst du, dass du ihn vermissen wirst?« *Manchmal wechselte sie das Thema schneller, als er folgen konnte. Sie dachte auch schneller als er, jedenfalls schien es ihm oft genug so.*

»Meinen Bruder?«

Sie nickte.

Seit dem Tod ihres Vaters hatte er für Junis gesorgt. Sechs Jahre lagen zwischen ihnen, doch manchmal schien es Tarik, als hätte Junis noch immer weit mehr von einem Kind an sich, als er selbst wahrhaben wollte. Aber es war leichter gewesen, ihn in der Obhut ihrer Mutter zurückzulassen, solange er sich einreden konnte, dass Junis trotz allem ein Mann geworden war. Zumal Tarik die Schmuggelflüge von Bagdad aus fort-

setzen wollte und seinen Bruder schon in wenigen Monaten wiedersehen würde.

Schuldgefühle machten ihm dennoch zu schaffen. Um davon abzulenken, sagte er mit einem Lächeln: »Ich frage mich, wer sich mehr Sorgen um ihn macht, du oder ich?«

»Er ist erst sechzehn«, *entgegnete sie vorwurfsvoll.* »Vor ein paar Tagen hat er einer Katze ein Glöckchen an den Schwanz gebunden und zugesehen, wie sie in Panik vor sich selbst davonlief. Macht so was ein Mann, auf den du eifersüchtig sein müsstest?«

Er lachte leise. »Wie kommst du darauf, dass ich eifersüchtig bin?«

Ein spöttisches Blitzen flackerte in ihren dunklen Augen. »Warum gehst du sonst mit mir nach Bagdad?«

Er wollte im selben Tonfall antworten, aber dann schüttelte er ernst den Kopf. »Dich nicht verlieren zu wollen, und dich nicht *an ihn* verlieren zu wollen, macht einen Unterschied… Und ich weiß, dass du nicht in Junis verliebt bist.«

Sie glitt von der Mauer, machte einen tänzelnden Schritt auf ihn zu und küsste ihn. »Gut.«

Einen Moment lang ließ er von Eimer und Wasserschlauch ab, legte die Hände um ihre Taille und zog ihren Unterleib fest an seinen. Sie musste plötzlich lachen, während sie sich küssten, drückte sich aber noch enger an ihn und schob ihn gegen die Brunneneinfassung. Als er fast keine Luft mehr bekam, ließ sie ihn los.

»Glaub mir, es ist richtig, nach Bagdad zu gehen.«

Er seufzte. »Wenn du das sagst.«

»Bagdads Armeen haben vor hundertfünfzig Jahren ganz Khorasan erobert, ganz abgesehen von all den anderen Ländern. Vielleicht haben die Soldaten des Kalifen einfach mehr Erfahrung damit, sich ihre Feinde vom Hals zu halten.«

»Nur dass es dir darum gar nicht geht.« *Tatsächlich konnte er sich schwerlich jemanden vorstellen, der sich weniger gern hinter der Macht einer Armee versteckte als Maryam. Sie war mit ihm aus Samarkand geflohen, um der Unterdrückung durch den Emir zu entkommen. Ganz sicher suchte sie in Bagdad nicht den Schutz des Kalifen und seiner Heere.*

Sie wurde schlagartig ernst, und bei ihr sah das immer ein wenig traurig, fast wehmütig aus. »Du hast gesagt, dass in Bagdad niemand eingeschlossen wird. Dass jeder die Stadt verlassen darf, wann er will. So wie die Dinge liegen, kann ich mir keinen besseren Ort vorstellen. Die Enge in Samarkand, all die Verbote...«

Er wusste, was sie meinte. Fast jede Nacht war sie schreiend erwacht, nass von Schweiß und Tränen. Sie hatte geträumt, eingesperrt zu sein wie in einem Kerker. Nur dass der Kerker eine Stadt war, und sie sah aus wie Samarkand. Er hatte es mit Zureden versucht, mit Argumenten. Dass Samarkands Wall trotz allem ein Maß an Sicherheit bot, das es im Dschinnland nicht gab. »Wie kannst du so etwas sagen?«, *hatte sie ihn damals gefragt.* »Wo du doch kommst und gehst, wie es dir gefällt?« *Zuvor hatte sie ihn viele Male gebeten, ihn auf seinen Schmuggelflügen begleiten zu dürfen, und immer hatte er es ihr aus Angst um sie verweigert. Bis dieselbe Angst ihm keine Wahl mehr gelassen hatte, als nachzugeben.* »Ich halte es hier nicht mehr aus«, hatte sie gesagt. »Die Träume bringen mich um. Das Eingesperrtsein bringt mich um.«

Dass sie Freunde hatte, die in einen Mordanschlag auf Emir Kahraman verwickelt waren, hatte schließlich den Ausschlag gegeben. Weder sie noch Tarik hatten von den Plänen gewusst, aber womöglich war es nur eine Frage der Zeit, ehe das Auge der Ahdath auch auf Maryam gefallen wäre. Wenn schon ihre Träume ihr fast den Verstand raubten, dann würde es ein echter Kerker erst recht tun. Selbst ein paar Tage in den Verliesen der Stadtmiliz hätten sie umgebracht.

Erst hier draußen hatten die Alpträume nachgelassen. Nicht gänzlich, auch wenn sie versuchte, die Wahrheit vor ihm zu verheimlichen. Aber in der ersten Nacht hatte sie ruhiger geschlafen, vielleicht aus Erschöpfung, vielleicht auch, weil Samarkand tatsächlich ein Gefängnis war, dem sie endlich den Rücken gekehrt hatte.

Sie hob den Blick und sah hinüber zu den leeren Dünenhängen. »Es ist schön hier. Trotz allem, was geschehen ist.«

Er wollte etwas erwidern, als sie unvermittelt die Stirn runzelte. Gleich darauf schüttelte sie den Kopf. Nur eine Windhose, die jenseits eines Sandbuckels aufstob und Staubwehen herab in die Senke trug.

Er zog sie noch einmal an sich, aber sie versteifte sich in seiner Umarmung. Er löste die Lippen von ihren, zog den Kopf zurück und sah sie an. »Was ist?«

Sie blickte über seine Schulter. Ihre Augen weiteten sich.

Noch während sie einen Schritt zurückmachte, wirbelte er herum. Als er das Krummschwert packte, stieß er damit den Eimer von der Brunnenmauer. Das hölzerne Gefäß stürzte zurück in den Schacht, riss das Seil mit in die Tiefe und prallte dumpf aufs Wasser.

Sein Blick fiel auf eine Gestalt zwischen den Palmen.

Maryams Stimme klang beherrscht. Aber unter der gefassten Oberfläche spürte er ihre Unruhe.

»Wer ist das?«, flüsterte sie.

W er ist das?«, flüsterte Sabatea.

In der Dunkelheit ertönte ein Scharren. Es klang nach den Schritten eines Menschen.

Sie und Junis hatten kein Feuer entzündet, nur eine Öllampe. Ihr Lager befand sich in einem engen Felskessel, die Flamme erhellte nur einen Umkreis von wenigen Schritten. Ein mattes Flackern geisterte über Wände aus Sandstein.

Junis ergriff sein Schwert, eine schartige Soldatenklinge, die er sich von einem Trödler auf dem Basar hatte aufschwatzen lassen. Das Eisen war rostig, trotz all seiner Versuche, die Klinge zu polieren. Sabatea verfluchte sich, weil sie ihm keine neue Waffe gekauft hatte. Aber er schien an dem stumpfen Ding zu hängen, weil es die erste Klinge war, die er selbst gekauft hatte. Vermutlich von den Dinaren, die er Tarik gestohlen hatte.

Sie kniete auf dem Teppich, die Öllampe stand neben ihr, unweit davon die Sanduhr. Kaum mehr als eine Stunde war vergangen, seit sie hier gelandet waren. Der enge Felskessel, kaum fünf mal fünf Meter breit, besaß nur zwei Zugänge – der eine führte durch einen dunklen Spalt hinaus in ein Labyrinth aus haushohen Felsbrocken, der andere aufwärts in den Nachthimmel.

Junis näherte sich dem Spalt. Die gebogene Schwert-
spitze wies vor ihm ins Dunkel. Das Bündel aus Drachenhaar hatte er sich noch immer um die Taille geschnallt.

»Was tust du denn?«, fauchte sie ihn an.

Er flüsterte über die Schulter: »Falls da draußen etwas
ist, das uns verfolgt, müssen wir es loswerden, bevor es die
Dschinne auf unsere Spur lockt.«

»Und wenn es selbst ein Dschinn ist?«

Junis schüttelte den Kopf. »Dschinne fliegen. Sie würden uns aus der Luft angreifen. Wir würden gar nicht hören können, wenn sie näher kämen.«

Großartig. Aber er hatte natürlich Recht. Dschinne würden sich nicht anschleichen und erst recht keine Schritt-
geräusche verursachen. Die meisten hatten nicht einmal
Beine.

Was nichts daran änderte, dass es hier draußen noch
eine Menge anderer Kreaturen gab, denen Sabatea nicht
über den Weg laufen wollte. Mit einer stummen Beschwörung schob sie hinter seinem Rücken die Hand in das Muster des Teppichs. Zur Not würde sie ohne Junis aufbrechen.
Noch immer ahnte er nicht, dass sie sich auf den Umgang
mit einem fliegenden Teppich verstand. Aber sie gab sich
keinen Illusionen hin: Sie besaß kaum Übung, und einem
Angriff von Dschinnen in der Luft würde sie nicht entkommen. Ganz zu schweigen davon, dass ihre Fähigkeiten, den
Weg anhand von Sonne und Sternen zu finden, begrenzt
waren. Die Karte seines Vaters aber trug Junis unter seinem
Wams wie einen Talisman.

Das Muster schmiegte sich um ihre Finger. Noch gab sie

keine Befehle, hielt sich aber bereit. Sie würde kein Risiko eingehen, falls Junis unbedingt den Helden spielen wollte. Wenn er meinte, sie beeindrucken zu müssen, würde sich eine bessere Gelegenheit finden. Nicht zum ersten Mal wünschte sie sich, Tarik wäre hier. Was ihm an Manieren fehlte, machte er durch Erfahrung wett.

Junis schaute über die Schulter zurück zu ihr. Im letzten Moment schob sie sich ein Stück nach rechts, damit er ihre Hand im Muster nicht sehen konnte.

»Die Lampe«, flüsterte er.

Widerwillig zog sie die Finger aus dem Teppich, glitt auf die Füße und hob dabei die Öllampe auf. Mit zwei Schritten war sie bei ihm und überlegte kurz, ob sie ihm das Ding einfach in die Hand drücken und auf den Teppich zurückkehren sollte. Dann aber fluchte sie unterdrückt und blieb bei ihm.

»Ich leuchte – du kämpfst«, presste sie hervor und bemühte sich um ein aufmunterndes Lächeln. Falls sie angegriffen wurden, würde er das Schwert beidhändig führen müssen. Die Lampe war ihm dann nur im Weg.

Er schenkte ihr ein Grinsen, das so unstet war wie das flackernde Licht auf den hohen Felswänden. Vielleicht nur eine Täuschung der huschenden Schatten.

Gemeinsam traten sie in den Felsspalt. Der Lampenschein reichte nur ein paar Schritt weit. Der enge Weg zwischen den Gesteinsbrocken machte vor ihnen eine Biegung, ehe er hinaus ins Dünenmeer der Karakum führte. Wie die verstreuten Felsen hierher gelangt waren, blieb ein Rätsel. Aus der Luft hatte es ausgesehen, als hätte jemand anderswo einen Berggipfel abgetragen und aus großer Höhe in die Wüste hinabgestürzt, wo er in hunderte Stücke zerbrochen war. Solche Macht aber besaßen nicht einmal die Dschinne. Oder doch? Plötzlich fragte sie sich, was unter dem Gestein begraben lag. Eine Armee womöglich.

»Wir sollten verschwinden«, sagte sie.

»Noch nicht.«

»Du musst mir nicht beweisen, wie mutig du bist.«

»Ich weiß.«

Sie traten um die Biegung. Jeder Muskel in Sabateas Körper war angespannt. Falls dort draußen ein Mensch herumschlich – und die Laute hatten zweifellos wie Schritte geklungen –, dann war sie nicht sicher, ob sie ihm wirklich begegnen wollte. Die Aussicht, in dieser Einöde ausgerechnet auf einen der verstreuten Widerstandskämpfer zu treffen, war denkbar gering. Und es mochte hier Wesen geben, die sich wie Menschen auf zwei Beinen fortbewegten und trotzdem nichts mit ihnen gemein hatten.

Der Weg wurde breiter und weitete sich nach zehn Schritten zu einer Fläche, auf der die kantigen Felshöcker weiträumiger verteilt lagen. Ein frischer Nachtwind wirbelte Staub auf und trieb ihn als gleichförmigen Teppich über den Sand, so als wehe er geradewegs durch die Felsen. Das ließ sie eigenartig substanzlos erscheinen, wie eine Fata Morgana.

Sabatea hielt die Lampe mit rechts, streckte die Linke aus und berührte damit das Gestein. Die Oberfläche war solide und noch immer warm von der Sonnenhitze des Tages.

»Spuren«, flüsterte Junis.

Sie blickte erst ihn an, dann hinunter zum Boden. Da waren tatsächlich Abdrücke zwischen ihnen, so frisch wie ihre eigenen. Sie hatten bereits mehrere Schritte darüber hinweg gemacht. Die fremden Stapfen im Sand führten tief in den Gang zwischen den Felsen hinein, in die Richtung ihres Lagerplatzes. Auf halber Strecke war der Unbekannte umgekehrt, zurück hinter einen der nahen Gesteinsbrocken, fast so hoch und massig wie eines von Samarkands Stadttoren.

»Das reicht«, sagte sie entschieden. »Wir hauen ab.«

Junis' Augen verengten sich. Mit einem Kopfnicken deutete er auf den Fels. »Wer immer es ist, er muss noch dahinter sein.«

»Mir ist egal, wer oder was es ist.« Sie fuhr herum und eilte zurück durch den Einschnitt. Falls Junis ihr nicht folgte, würde sie ohne ihn aufbrechen.

Aber er stapfte bereits durch den weichen Sand hinter ihr her. Immer wieder schaute er über die Schulter zurück, bis die Biegung den Blick auf den Felsbrocken versperrte, hinter dem der Unbekannte Deckung gesucht hatte.

»Bist du nicht neugierig?«, fragte er.

Sie blieb stehen und wirbelte herum, nicht mehr weit von dem Spalt zu ihrem Lagerplatz entfernt. »Neugierig? Du hast tatsächlich noch immer nicht begriffen, dass das hier kein Spiel ist. Tarik hatte Recht. Vielleicht bist du wirklich noch nicht bereit für eine solche Reise.«

Eine zornige Furche erschien zwischen seinen Augenbrauen. »Wer immer dort draußen ist, er hat uns gesehen!

Wahrscheinlich sogar belauscht. Möglicherweise weiß er, wohin wir unterwegs sind. Wenn er den Dschinnen in die Hände fällt, könnte er ihnen – «

»Besser er als wir!«, unterbrach sie ihn scharf. »Und wenn wir schnell genug sind, spielt es keine Rolle, ob und was er ihnen erzählen kann.«

Junis holte tief Luft, dann ergriff er ihre Hand. Er neigte zu Wutausbrüchen – immerhin eine Eigenschaft, die sie teilten. Doch so rasch er außer sich geriet, so schnell vergaß er seinen Zorn auch wieder. Sein Griff um ihre Hand war fest, aber nicht schmerzhaft.

»Ich will nicht, dass dir irgendwas geschieht«, flüsterte er eindringlich. »Das würde ich mir nie verzeihen.«

»*Ich* dir auch nicht.« Damit zog sie ihre Hand zurück, drehte sich um – und erstarrte, noch bevor sie durch den Spalt hinaus auf den Lagerplatz treten konnte.

Ein fliegender Teppich schwebte inmitten des Felskessels, eine gute Armlänge über ihrem eigenen, der noch immer am Boden lag. Und im Schein der Öllampe grinste ihnen ein Gesicht entgegen, das mehr Ähnlichkeit mit Junis hatte, als beide Brüder wahrhaben wollten.

∾

»Niemals das Lager unbewacht lassen«, sagte Tarik. »Die Schritte, die man hört, könnten eine List sein.«

»O Allah!«, entfuhr es Junis verbissen.

»Du glaubst nicht mal an ihn«, entgegnete sein Bruder. »Falls er sich das gemerkt hat, hast du schlechte Karten.«

Sabatea trat mit einem Seufzen aus dem Spalt. Sie hatte dieses Gespräch schon jetzt satt. »Hübscher Ort für eine Familienfeier. Ich muss nachdenken, ob mir ein passender Trinkspruch einfällt.«

Tarik hob seinen Wasserschlauch. »Auf das Wohl der jungen Liebenden.«

Junis hielt noch immer das Schwert in der Hand, als er zwischen den Felsen hervorstürmte und missmutig feststellte, dass er von hier aus zu seinem Bruder aufsehen musste. »Was hast du hier zu suchen?«

»Suchen?« Tarik schüttelte den Kopf. »Eure Lampe scheint an den Felsen hinauf, als wolltet ihr die Dschinne der ganzen Wüste anlocken. Niemand muss nach euch *suchen*, um euch zu finden. Und abgesehen davon – es ist ratsam, Lagerplätze wieder so herzurichten, wie man sie vorgefunden hat. Menschenspuren in der Wüste könnten manch einen hier draußen auf falsche Gedanken bringen.«

Junis holte tief Luft, um seinen Bruder anzubrüllen. Aber Sabatea kam ihm zuvor, indem sie kurzerhand zu Tarik auf dessen Teppich sprang und sich breitbeinig vor ihm aufbaute. Nun war Tarik derjenige, der aufschauen musste; obgleich es kindisch war, verschaffte ihr das ein gewisses Maß an Genugtuung.

»Du hattest deinen Spaß«, sagte sie. »Sparen wir uns den Rest und tun einfach so, als hätten wir schon jeden rechthaberischen, besserwisserischen, altklugen Spruch von dir zu hören bekommen. Zumindest eine Regel, die hier draußen gilt, habe ich begriffen: Verschwende keine Zeit.«

Tarik lächelte. »Dass *du* von Zeitverschwendung nichts

hältst, war mir schon klar, als wir uns zum ersten Mal begegnet sind.«

»In Junis' Zimmer«, sagte sie betont, »war das etwas anderes.«

Junis gegenüber hatte sie mit keinem Wort erwähnt, was zwischen ihr und Tarik vorgefallen war. Eifersüchtiger Kindskopf, der er war, würde er sie womöglich in der Wüste zurücklassen. Allein mit Tarik. Schwer vorzustellen, dass sie sich eben noch gewünscht hatte, er wäre hier.

Was nichts daran änderte, dass sie insgeheim erleichtert war. Ein wenig.

Bis er sagte: »Ihr müsst auf der Stelle umkehren.«

Junis verzog abfällig einen Mundwinkel. »Natürlich. Was immer du sagst.«

»Sie beobachten euch.«

Junis winkte ab, doch Sabatea hob eine Augenbraue. »Wie kommst du darauf?«

»Nicht schwer«, sagte Junis. »Er hat es sich ausgedacht.«

Tarik erhob sich. Er ließ den Teppich zu Boden sinken – mit einem Ruck, der Sabatea beinahe umgeworfen hätte. Blitzschnell schoss seine Hand vor und hielt sie am Arm fest, bevor sie fallen konnte.

Ihr erster Impuls war, sich loszureißen. Dann aber blieb sie stehen, sah seine Hand auf ihrem Unterarm an und dachte, dass es schlimmere Berührungen gab als seine.

Junis starrte sie an, dann Tarik, schließlich das Schwert in seiner Hand. »Bei allen Dschinnen!« Wütend rammte er die Klinge in den Sand, ging hinüber zu seinem Bündel und spritzte sich Wasser aus seinem Lederschlauch ins Gesicht. Der Staub hatte eine unnatürliche Blässe über seine Züge gelegt, die das Wasser nun in breiten dunklen Bahnen fortspülte. Er war ohne Frage der hübschere der beiden Brüder, weil in seinen Augen genau jene Abenteuerlust brannte, die Sabatea manchmal selbst verspürt hatte, früher, im Palast. Tarik hingegen sah aus, als hätte er alles gesehen, alles erledigt. Er erwartete keine Überraschungen mehr, nicht einmal hier draußen. Er war noch keine dreißig, aber seine Augen waren die eines sehr viel älteren Mannes.

»Sie haben eure Spur aufgenommen«, sagte Tarik. »Und das ist die Wahrheit.«

»Vielleicht haben wir es ihnen wirklich zu einfach gemacht«, sagte Sabatea zu Junis.

Der verzog das Gesicht. »Oh, bitte!«

»Es spielt keine Rolle, was ihr getan habt«, sagte Tarik. »Sie hätten euch so oder so gefunden, früher oder später. Durch das Dschinnland reist man nicht – man läuft davon. Und zwar vom ersten Augenblick an.«

»Hör nicht auf ihn«, sagte Junis. »Er will mir einreden, dass ich alles falsch mache.« Ein Glitzern trat in seine Augen. »Weil er selbst einen noch viel größeren Fehler begangen hat, der sich nicht mehr gutmachen lässt.«

Tariks Griff um Sabateas Arm wurde eine Spur fester. Sie wollte sich von ihm lösen, als er scharf ausatmete, Junis ignorierte und ihr geradewegs in die Augen sah. »Er wird euch beide umbringen. Weil er sich wie ein trotziger kleiner Junge aufführt, dem der große Bruder das Lieblingsspielzeug weggenommen hat.«

»Du tust ihm Unrecht, und das weißt du.«

Neben ihr blinzelte Junis verblüfft. »Du brauchst mich nicht zu verteidigen. Schon gar nicht vor ihm!«

»Ach, verdammt noch mal, ihr führt euch beide auf wie Kindsköpfe!« Ihre Stimme war jetzt laut genug, um die halbe Wüste zu alarmieren, und sie wurde sofort wieder leiser: »Macht untereinander aus, was ihr auszumachen habt, und gebt mir Bescheid, wenn ihr fertig seid.« Damit schüttelte sie Tarik ab, trat zwischen den Brüdern hindurch in den Felsspalt und stapfte durch den weichen Sand davon. Sie war nicht sicher, wohin sie gehen wollte und ob sie nicht einen furchtbaren Fehler machte. Aber sie hatte genug vom Streit der beiden, noch bevor er richtig begonnen hatte. Sollten sie sich die Nasen blutig schlagen. Vielleicht würde ihnen das helfen, Vernunft anzunehmen.

Als sie gerade den engen Pfad verlassen und sich am Fuß eines Felsbrockens in den Sand setzen wollte, fauchte ein Luftstoß von oben auf sie herab. Ein Teppich schnitt ihr den Weg ab, als er schnurgerade herabschwebte, keine Armlänge vor ihr. Tarik stand aufrecht mit verschränkten Armen darauf und sah sie düster an.

»Steig auf«, sagte er. »Es gibt ein paar Dinge, die du wissen solltest.«

S ie muss wirklich etwas Besonderes gewesen sein«, sagte Sabatea kühl, als er sie auf dem Teppich in den Himmel trug.

»Wer?«

»Das Mädchen, das schuld daran ist, dass du eine so hohe Meinung von Frauen hast.«

»Darüber wollte ich mit dir reden.«

Abwehrend hob sie die Hände. »Ich will keine rührselige Geschichte hören, Tarik. Junis hat mir eh das Wichtigste erzählt. Was für mich zählt, ist, dass ich so schnell wie möglich nach Bagdad komme. Und ich meine *schnell*. Du hast mich nicht hinbringen wollen, also habe ich mich an deinen Bruder gewandt. Das ist alles.«

»Ich bin auch nicht hergekommen, um dich zu retten.«

»Wie enttäuschend.«

»Ich bin wegen Junis hier. Ich habe schon einmal einen Menschen an diese Wüste verloren, und ich werde nicht zusehen, wie ein zweiter hier draußen stirbt. Er ist trotz allem mein Bruder. Falls ihm etwas zustößt, ist keiner mehr übrig, der mir etwas bedeuten würde.«

Ihre Miene blieb unbewegt. »*Das* ist nun wirklich rührend.«

Er gab sich Mühe, ihre Maskerade zu durchschauen. Was verbarg sie hinter dieser Gleichgültigkeit, die sie so eifrig zur Schau stellte? Da war noch etwas, er konnte es spüren. Manchmal sah er es in ihren Augen aufblitzen, schon bei ihrer ersten Begegnung, und auch heute wieder. Sie gab sich kühl und berechnend, aber in Wahrheit gehorchte sie einem geheimen, tieferen Antrieb, den sie mühevoll vor anderen verbarg.

»Es war mir ernst, als ich gesagt habe, dass ihr verfolgt werdet«, sagte er schließlich. »Falls Junis mir nicht glaubt, dann solltest wenigstens du das tun. Wenn die Dschinne hier auftauchen – und das werden sie schon bald –, dann ist es mit deiner schnellen Reise nach Bagdad vorbei. Wenigstens das sollte eine Rolle für dich spielen, nicht wahr?«

»Nun willst du also *mich* retten, weil du hoffst, dass das *ihn* rettet?«

»Das bricht dir das Herz, was?«

Sie lachte. »Was also erwartest du von mir?«

»Überzeuge ihn, dass ich die Wahrheit sage. Er ist ein Dummkopf, wenn er meine Warnung einfach in den Wind schlägt.«

»Du unterschätzt ihn schon wieder.« Sie deutete mit einer Kopfbewegung in die Tiefe, ohne selbst hinunterzusehen. »Während wir hier oben reden, packt er gerade alles zusammen, um aufzubrechen. Glaubst du ernsthaft, er wäre sonst nicht längst bei uns? Er hat dir sofort geglaubt.«

Tarik runzelte die Stirn und sah nach unten. Die Öllampe war erloschen, zwischen den Felsen herrschte Dunkelheit. Einen Augenblick lang überfiel ihn die Furcht, dass ihre

Feinde schon hier sein könnten. Und dass er Junis da unten allein gelassen hatte, ganz auf sich gestellt. Aber dann sah er ihn plötzlich, wie er auf seinem Teppich aus den Schatten aufstieg und sich näherte.

»Ich kenne ihn gerade mal ein paar Tage«, sagte Sabatea, ohne Tarik aus den Augen zu lassen. »Und ich kenne ihn trotzdem schon so viel besser als du.«

»Ich schlafe auch nicht mit ihm.«

»Oh. Ist es das? Gekränkte Eitelkeit?«

Er lächelte dünn. Schätzte sie ihn wirklich so ein? Nein, so oberflächlich fällte sie kein Urteil über andere. So viel zumindest glaubte er mittlerweile verstanden zu haben. Nur eine Maske mehr. Nichts, das auf die wahre Sabatea hindeutete.

»Vergiss es«, sagte sie leise, als wären ihr mit einem Mal Zweifel gekommen, ob sie zu weit gegangen war. Mit einem kurzen Blick vergewisserte sie sich, dass Junis noch nicht in Hörweite war. »Er hat in diesen zwei Tagen mehr von dir gesprochen als von irgendetwas oder irgendjemand anderem. Wenn er eine Entscheidung treffen musste, dann hat er sich gefragt, was du an seiner Stelle tun würdest.«

»Und dann das Gegenteil getan?«

»Herrje, Tarik, hör schon auf. Er verehrt den Boden, über den du gehst. Oder fliegst. Nur dass er das niemals, wirklich *niemals* zugeben würde.«

»Unsinn. Er verachtet mich.«

»Vor allem verachtet er sich selbst, weil er nichts tun konnte, um dieses Mädchen zu retten.«

»Er war nicht mal dabei!«

Sie legte den Kopf schräg, was ihr etwas unerwartet Kindliches verlieh. »Und das ist das Problem, nicht wahr?« Plötzlich änderte sich ihr Tonfall, ihre Züge verhärteten sich. Sie senkte die Stimme: »Hör mir jetzt genau zu, Tarik. Ich werde nicht zulassen, dass er umkehrt. Für mich steht zu viel auf dem Spiel. Er wird mich nach Bagdad bringen, ganz gleich, wie du darüber denkst. Und du weißt, dass ich ihn überzeugen kann, wenn ich will.«

Sie verstand sich wirklich darauf, dass man sie im einen Augenblick fast mochte und im nächsten schon wieder erwürgen wollte. Selbst das war Teil ihrer Strategie. Sie manipulierte ihn, indem sie damit drohte, Junis zu manipulieren. Ein ziemlich vertracktes Netz, das sie da wob. Sie musste nur Acht geben, dass sie sich nicht selbst zu tief darin verstrickte. Vielleicht war es ja gerade die Angst *davor*, die sie so sorgfältig zu verbergen suchte.

Ihre Blicke waren noch immer ineinander versenkt und fochten ein stummes Duell, als Junis neben ihnen auftauchte. Er trieb seine Wut wie einen Keil zwischen sie, und Tarik war dafür fast dankbar.

»Komm rüber zu mir«, sagte Junis zu Sabatea, als sich die Fransen der Teppiche berührten und neugierig miteinander verflochten.

Sie lachte ihn aus. »Wenn du denkst, ich würde in dieser Höhe von einem Teppich zum anderen klettern, dann täuschst du dich.«

Junis machte hilflos den Mund auf und zu, schüttelte dann nur den Kopf und löste die Berührung der Teppiche, indem er seinen Arm heftiger ins Muster stieß als nötig.

Die Ränder wellten sich protestierend, aber sein Teppich gehorchte und ging ruckartig auf Abstand. Zwei Schritt Leere lagen jetzt zwischen ihnen, darunter ein Abgrund von fünfzig, sechzig Metern.

Junis wandte sich an Tarik. »Du hast doch nicht etwa vor, sie gegen ihren Willen zurück nach Samarkand zu bringen?«

»Nein«, hörte Tarik sich sagen und ballte im Muster die Hand zur Faust. »Ich gehe mit euch nach Bagdad.«

Sabatea hob eine Augenbraue, nicht überrascht, nur amüsiert, als hätte sie seine Reaktion längst vorausgesehen. Ihm würde noch genug Zeit bleiben, darüber nachzudenken, ob und wie sie ihn zu dieser Entscheidung getrieben hatte. Eine Entscheidung, die er vor einer Sekunde noch fur seine eigene gehalten hatte.

Dann aber musste er lächeln, als er Junis' Gesicht sah. Wie es schien, hatte er all die unverhoffte Bruderliebe, die Sabatea bemerkt haben wollte, unten am Boden zurückgelassen.

Tarik war es im Augenblick gleichgültig. »Wie lange habt ihr gerastet, bevor ich aufgetaucht bin?«

»Wegen der Sanduhr?« Sabatea lachte leise. »Kommt schon, ich bitte euch! Welcher Dschinn wartet genau zwei Stunden, ehe er angreift? Eure kostbaren Uhren sind ein Talisman, nichts sonst. In Wahrheit spielt es überhaupt keine Rolle, wie viel Zeit vergangen ist. Ein paar Minuten oder ein paar Stunden… Wären Dschinne in der Nähe, hätten wir längst ihre Bekanntschaft gemacht.«

Sie hatte kaum ausgeredet, als sich Junis' Zorn gegen sie

richtete. »Glaubst du wirklich«, fauchte er, »dass du mehr über das Dschinnland weißt als unser Vater?«

Tarik pflichtete ihm bei. »Jamal hat nicht so lange hier draußen überlebt, weil er sich auf einen *Glücksbringer* verlassen hat.«

Sie hob resignierend die Hände und presste die Lippen aufeinander. Senkte den Kopf in einer Geste, die beinahe demütig wirkte. Womöglich hatte sie nicht damit gerechnet, mit einem Mal beide Brüder gegen sich zu haben.

Erst als sie schon eine ganze Weile schweigend gen Westen flogen, begriff Tarik, was sie wirklich getan hatte. Nichts anderes, als ihnen beiden etwas zu geben, das sie für einen Moment auf dieselbe Seite bringen sollte.

Als er über die Schulter zu ihr zurückblickte, erwartete er, sie lächeln zu sehen. Doch im Halbschatten ihres wehenden Haars entdeckte er Tränen in ihren weißgrauen Augen. Sie wich ihm aus, legte die Wange an sein Schulterblatt und sprach lange Zeit kein Wort mehr.

S ie stießen tatsächlich auf Dschinne, aber erst im Mor-gengrauen. Junis war es, der sie kurz vor Sonnenauf-gang entdeckte.

»Wurde auch Zeit«, murmelte Tarik.

Junis deutete auf eine Handvoll dunkler Punkte, die ihnen von Osten her folgten, ein gutes Stück über dem Boden. Sie zeichneten sich als formlose Silhouetten vor der roten Morgendämmerung ab, viel zu weit entfernt, um Einzelheiten auszumachen.

»Wie viele zählst du?«, rief Tarik zu seinem Bruder hin-über.

»Sechs, glaube ich.«

»Dann sind das nicht alle.«

Sabatea schnappte nach Luft. »Nicht alle?«

»Das muss eine Vorhut sein. Kundschafter, wenn wir Glück haben – normalerweise fliegen sie weit vor dem eigentlichen Schwarm. Dann hätten wir eine Chance, dem Rest zu entkommen, falls wir mit denen da fertig werden.«

»Was sollten sie hier auskundschaften?«, fragte Sabatea.

»Das hier ist ihr Land. Sie haben jeden Stein umgedreht, um die letzten Menschen auszurotten.«

Tarik zuckte die Achseln. »Deshalb ist eine Vorhut auch wahrscheinlicher.«

»Und das bedeutet?«

»Ärger«, mischte Junis sich ein, der jetzt wieder ganz nah neben ihnen flog. Tarik war nicht sicher, was seinem Bruder mehr missfiel: dass seine Warnung sich bewahrheitet hatte oder die Tatsache, dass Sabatea die Arme um Tarik gelegt hatte, um sich an ihm festzuhalten. »Wenn es eine Vorhut ist«, fuhr Junis fort, »dann folgt ein größerer Tross unmittelbar hinter ihnen. Wahrscheinlich unten am Boden, darum können wir sie noch nicht sehen.«

Tarik unterdrückte ein anerkennendes Lächeln. Junis hatte ihrem Vater gut zugehört. Als sie Kinder gewesen waren, hatte Jamal oft von den Dschinnen gesprochen, nicht um seine Söhne zu erschrecken, sondern um sie vorzubereiten. Auf einen Tag wie diesen.

»Warum am Boden?«, fragte Sabatea.

»Weil sie möglicherweise etwas dabeihaben, das nicht fliegen kann«, entgegnete Tarik. »Dschinne sind nicht immer allein unterwegs. Oft treiben sie andere Kreaturen vor sich her, die ihnen die Arbeit abnehmen sollen.«

Er spürte, dass Sabatea schauderte. »Immerhin macht sie das langsamer als uns, schätze ich.«

»Sicherheitshalber sollten wir sie uns trotzdem aus der Nähe ansehen.«

»*Was?*«

»Manche Dienerwesen der Dschinne sind auch schneller als sie – sobald sie erst von ihren Ketten gelassen werden. Und damit auch schneller als wir. Besser, wir wissen, mit was wir es zu tun haben, bevor wir die nächste Rast einlegen.«

Sabateas Kopf ruckte zu Junis herum. »Jetzt weiß ich, was du gemeint hast. Er hat wirklich den Verstand verloren!«

»Natürlich hat er das«, pflichtete Junis ihr bei. »Nur hat er in diesem Fall Recht.«

»Ich fliege zurück und sehe zu, was ich herausfinden kann«, sagte Tarik. »Falls du doch noch in Erwägung ziehen könntest, zu Junis hinüberzuwechseln – «

»*Ich* gehe«, unterbrach ihn sein Bruder.

Tarik schüttelte den Kopf. »Zu gefährlich.«

Sabatea seufzte. »Wird uns dieser Irrsinn schneller nach Bagdad bringen?«

»Nicht schneller, aber möglicherweise *wird* er uns nach Bagdad bringen. Wenn wir uns nicht vergewissern, mit was wir es zu tun haben, kommen wir vielleicht nie dort an. Irgendwann unterwegs werden wir schlafen müssen. Und das können wir nicht in der Luft tun. Wenn der Reiter schläft, schläft auch der Teppich. Und wenn es so weit ist, möchte ich nicht, dass uns etwas im Dunkeln überrascht, das diese Dschinne dort unten bei sich haben.«

»Was genau könnte das sein?«, fragte sie.

»Schwarmschrecken. Sandfalter.« Den Narbennarren, ergänzte er stumm. »Du solltest wirklich bei Junis bleiben.«

Sein Bruder sagte noch einmal: »Ich werde gehen!« Schon sah es aus, als wollte er umkehren.

»Nein.« Tarik gab dem Teppich einen Befehl. »Festhalten!«, rief er Sabatea zu.

Im selben Augenblick sanken sie abrupt nach unten ab. Sabatea klammerte sich fest. Er hörte sie im Gegenwind fluchen, als ihr klar wurde, was er vorhatte.

Unmittelbar über dem Boden ließ er den Teppich verharren. Ihr Atem raste. Aber sie war bereits ruhiger, als sie sich von ihm löste. »Du hängst wirklich an ihm«, stellte sie fest, als sie ohne Aufforderung vom Teppich in den Wüstensand sprang.

»Tut mir leid«, sagte er. »Aber er wird dich nicht allein hier unten zurücklassen. Du musst ihn dazu bringen, weiterzufliegen. Wir treffen uns in einer Oase ein paar Stunden westlich von hier – die Nomaden nannten sie früher die Dornenkrone. Sie ist auf der Karte meines Vaters eingezeichnet.« Er war sich bewusst, dass er Junis damit die beste Gelegenheit gab, ihn loszuwerden. Aber er hatte keine Wahl.

Sabatea nickte. »Wir warten dort auf dich.«

Er lenkte den Teppich in einem engen Bogen um sie herum und vergewisserte sich mit einem Blick nach oben, dass Junis auf dem Weg zu ihnen war. Hoffentlich stellte er keine Dummheiten an, solange das Mädchen bei ihm war.

Sabatea sah Tarik fest aus ihren rätselhaften Augen an. »Pass auf dich auf!«

Er nickte ihr zu, ließ sie zwischen den Dünen zurück und jagte den Teppich nach Osten, den Dschinnen entgegen.

～

Mit etwas Glück hatten sie ihn noch nicht entdeckt. Die Dschinne waren den Menschen in vielerlei Hinsicht überlegen, aber ihre Sehkraft war nicht besser als die von Hunden. Meist witterten sie einen Feind, bevor sie ihn sahen. Der Wind wehte von Norden und stand günstig für Tarik.

Er blieb dicht über dem Boden, kaum mehr als eine Mannslänge über dem Sand, und folgte dem geschmeidigen Verlauf der Dünentäler. Bald verlor er Sabatea hinter sich aus den Augen. Er konnte nur hoffen, dass sie und Junis sich an seine Anweisung hielten.

Jenseits des Horizonts ging die Sonne auf, flutete den Himmel mit loderndem Orange. Die sechs Dschinne kamen aus der Glut auf ihn zu. Er würde nah an sie heranfliegen müssen, um Einzelheiten auszumachen. Nah genug, dass ihn das Sonnenlicht beschien und als hellen Punkt von der Dunkelheit im Westen abhob.

Dschinne, die einmal dem Geruch von Menschenfleisch folgten, waren schwer abzuschütteln. Sie benötigten keinen Schlaf und keine Rast. Früher oder später würden sie aufholen, selbst wenn sie Dienerwesen dabeihatten, die langsamer waren als ein fliegender Teppich. Tarik musste sie auf eine falsche Fährte locken. Oder lange genug ablenken, bis sein Bruder und das Mädchen einen Vorsprung hatten, der ihnen eine Chance gab, zu entkommen.

Er hatte früher mehr als einmal gegen Dschinne gekämpft. Nun würde sich zeigen, ob er noch immer das Zeug dazu hatte. Sechs Jahre Trägheit in Samarkands Tavernen hätten einen kräftigeren Mann als ihn in die Knie gezwungen.

Mit einer gleitenden Bewegung zog er das Krummschwert seines Vaters. Der goldene Himmel wurde von der

Klinge reflektiert. Mit dem Ausspionieren ihrer Verfolger war es nicht getan. Er lenkte den Teppich in einem weiten Bogen südwärts, um den verräterischen Winden aus dem Norden zu entgehen. Vielleicht gelangte er so ein wenig näher heran, bevor sie seiner gewahr wurden.

Dann sah er sie vor sich.

Sie schwebten in einer spitzen Formation, mehrere Meter über dem Boden. Ihre Oberkörper glichen denen muskulöser Männer, nur waren ihre Arme mit den doppelten Ellbogen anderthalbmal so lang. Bewegten sie ihre Glieder, hatte es mehr Ähnlichkeit mit einem Krebs als mit einem Mensch. Dazu passte die gescheckte Färbung ihrer Haut. Purpurrot im Grundton, aber von vielerlei flammenförmigen Schlieren durchzogen, in pilzigem Blau, schwefeligem Gelb, bis hin zu einem Grün wie von Algen an einem Bootskiel.

Ihre Gesichter waren hager und knochig, seltsam langgezogen, mit verzerrten Kiefern, um Platz für ihre scheußlichen Gebisse zu schaffen. Sie verbargen ihre Zähne hinter einem vorgewölbten, schmallippigen Mund; sobald sie ihn öffneten, dehnte sich ihr Kinn abwärts bis zur Brust und entblößte daumenlange, kreuz und quer verschränkte Hauer.

Die Schädel der Dschinne waren ovaler als die von Menschen, nahezu konisch. Viele waren kahlköpfig, aber es gab auch einige, die langes Haar hatten, das aus einem faustgroßen Fleck an ihrem Hinterkopf spross. Tatsächlich waren dies die Haare ihrer Opfer, die sie als armdicke Bündel mit groben Stichen in ihre Kopfhaut einnähten. Die meisten umwickelten sie mit dünnen Streifen aus Menschenhaut, trugen sie als Pferdeschwanz oder zusammengezurrten Zopf.

Dschinne besaßen keine Beine, weil sie keine Verwendung dafür hatten. Ohne Hüftknochen liefen ihre Oberkörper nach unten hin zu einem fleischigen Zapfen aus wie ein schlecht verheilter Armstumpf.

Das farbige Flammenmuster ihrer Haut hatte man zu Anfang des Krieges für Bemalungen gehalten. Tatsächlich aber handelte es sich wohl um die Spuren der Wilden Magie, aus der sie geboren worden waren. In den ersten Jahren ihrer Invasion aus dem Herzen der Wüste, als Zauberei in Khorasan noch nicht verpönt und unter Todesstrafe gestellt worden war, hatten sich Magier Mäntel herstellen lassen, die aus den farbigen Ornamenten der Dschinnhaut genäht wurden – schon damals teure Kostbarkeiten, die heute, ein halbes Jahrhundert später, unbezahlbar geworden waren.

Ihre langen Finger hatten Nägel wie Menschen, meist zu Krallen gewachsen. Als einzige natürliche Waffe neben ihren Fangzähnen hatten sich ihre Klauen kaum bewährt, darum trugen sie oft erbeutete Lanzen und Schwerter oder auch selbst gefertigte Bewaffnung aus Knochen, Holz oder Stein. Nach all den Jahren hatten sie leidlich gelernt, damit umzugehen, obgleich die meisten noch immer viel zu ungestüm kämpften.

Tarik schwebte niedrig hinter einer Dünenkuppe, während die sechs Dschinne weiter nördlich an ihm vorüberzogen. Ihre geschlitzten Pupillen, schmaler als die eines

Reptils, waren nach Westen gerichtet. Kein Blick verirrte sich in Tariks Richtung. Aber er würde nicht ewig unbemerkt bleiben, falls ihnen ein größerer Heerzug folgte. Erst ganz allmählich stieg er wieder höher und hoffte, dass keiner der sechs über die Schulter nach hinten schaute.

Angespannt blickte er nach Osten. Die Sonne stand zu zwei Dritteln über den Dünen, der Horizont verschwamm in einem Meer aus wässrigen Luftspiegelungen.

Inmitten des Flimmerns verdichteten sich weitere Punkte, zu viele, um sie mit einem flüchtigen Blick zu zählen. Dreißig, vielleicht vierzig oder mehr. Sie bewegten sich langsamer als ihre Vorhut, schwebten aber höher über dem Boden. Entgegen seiner Befürchtungen führten sie keine ihrer Dienerkreaturen mit sich. Und doch trugen sie etwas, das sie aufhielt und den Heerzug weit behäbiger machte als die sechs Dschinnkrieger an seiner Spitze.

Tarik sank wieder tiefer, konnte sich aber nicht vollständig verstecken, ohne die Dschinne aus den Augen zu verlieren. Je länger er hinsah, desto deutlicher erkannte er, was die Wesen transportierten.

Ganze Rudel von ihnen schleppten gemeinsam tropfenförmige Netze, jedes so groß wie ein Haus, aus deren Maschen Arme und Beine ragten. Insgesamt gab es drei dieser Netze, prall gefüllt mit Menschen. Zusammengeschnürt zu Pulks, die von den Dschinnen über die Dünen getragen wurden. Leichen, glaubte Tarik im ersten Moment, bis er erkannte, dass sich die stacheligen Oberflächen der Netzsilhouetten bewegten: Arme und Beine wurden ausgestreckt und angewinkelt, wedelten und winkten, während ihre eingezurrten Besitzer gegen die Enge, die Hitze und den Tod durch Zerquetschen ankämpften. Ein Stöhnen und Wehklagen schob sich mit den Dschinnen über die Dünen, ein an- und abschwellender Jammerchor aus Dutzenden Kehlen.

Was ihn verblüffte, war nicht die Grausamkeit dieses Transports, schon gar nicht die Gleichgültigkeit der Dschinne, die in stoischem Flug ihren Menschenfang durch die Wüste schleppten. Überraschend war vielmehr, dass die Dschinne überhaupt Gefangene nahmen. Sollten sie als Nahrung dienen? Aber warum waren sie dann noch am Leben? Dschinne ernährten sich von Aas ebenso wie von frisch geschlagener Beute, sie schienen weder dem einen noch dem anderen den Vorzug zu geben. Menschenopfer, womöglich? Nicht sehr wahrscheinlich, zumal ungewiss war, ob die Dschinne tatsächlich Götzen oder andere Mächte verehrten.

Sklaven, dachte er schließlich. Weder sein Vater noch er selbst hatten je Anzeichen dafür entdeckt, dass sich die Dschinne Menschen als Diener hielten. Andere Monstrositäten des Dschinnlandes, gewiss. Lebende Kriegsmaschinen aus Klauen, Zähnen und Hörnern. Aber *Menschen*?

Vieles hier draußen war seltsam, nicht allein dieser Gefangenentransport. Warum waren sie nicht lange zuvor den Patrouillen der Dschinne begegnet? Sollte der Emir mit seiner Vermutung Recht gehabt haben, dass die Dschinnfürsten ihre Heere zurückzogen? Dass gar der Krieg mit ihnen bald ein Ende haben würde?

Tarik glaubte nicht eine Sekunde daran. Und doch – irgendetwas ging hier vor.

Er hatte genug gesehen. Mit den Menschennetzen im Schlepptau würde der Heerzug Junis und Sabatea nicht einholen. Tatsächlich kamen ihm Zweifel, ob die Dschinne überhaupt ihrer Spur gefolgt waren. Eher schien es ihm nun, als nähmen sie zufällig denselben Weg, und er fragte sich unwillkürlich, wohin er sie führen würde. Was gab es im Westen, von dem er nichts ahnte?

Rasch glitt er auf dem Teppich wieder nach Süden, kaum eine Armlänge über dem Wüstensand. Er wagte nicht, höher aufzusteigen, um herauszufinden, was aus den sechs Dschinnkriegern der Vorhut geworden war. So tief zwischen den Dünen blieben sie außerhalb seines Sichtfeldes.

Er bemühte sich, die Sonne im Rücken zu behalten. Aber in den Dünensenken konnte er ihren genauen Stand nur erahnen und drohte bald die Orientierung zu verlieren. Schließlich blieb ihm keine Wahl, als aus den Dünentälern aufzutauchen und einen Blick über die Kuppen zu werfen. Endlich sah er die Sonne wieder. Und auch die Masse der Dschinne, die beständig weiter nach Westen zog.

Er drehte sich um und schaute in die Richtung, in der Junis und Sabatea hoffentlich längst verschwunden waren.

Die sechs Dschinne der Vorhut hatten kehrtgemacht. Wann genau sie ihn entdeckt hatten, vermochte er nicht zu sagen. Ihre Formation war noch immer pfeilförmig, die Spitze genau auf ihn gerichtet. Keine zweihundert Meter mehr. Nur ein paar Sekunden.

Die Voraussagen des Emirs, all das Gerede über den bevorstehenden Frieden – nichts als Lügen.

Einen Herzschlag lang erwog Tarik, sich ihnen zum Kampf zu stellen.

Dann besann er sich seines ursprünglichen Plans, die Dschinne von Sabatea und Junis fortzulocken. Er ließ sich zurück in die Hocke fallen, ein Bein zum Ausfallschritt gestreckt, stieß die linke Hand tiefer ins Muster und ergriff die Flucht nach Süden.

Die Dschinne heulten auf und folgten ihm wie ein zorniger Hornissenschwarm.

Es war, als hätte er sich eine alte, abgelegte Haut von neuem übergestreift. Sie zwickte und zwackte an manchen Ecken, aber sie passte noch immer. Alles kehrte auf einen Schlag zurück. Das Wissen, wie man einen Dschinn ausmanövriert. Das feine Gespür für das Verhältnis zwischen ihrer Geschwindigkeit und der eines fliegenden Teppichs. Die Entfernung, auf die man sie heranlassen darf, bevor man dem Teppich Befehl gibt, stur geradeaus zu fliegen, und sich dabei selbst mit dem Schwert nach hinten umdreht.

Sein Vorsprung war nicht groß. Er musste seine sechs Verfolger weit genug von den übrigen Dschinnen fortlocken. Wenn ihnen die anderen erst zu Hilfe kamen, mochte zweierlei geschehen. Zum einen: Sie töteten ihn. Oder aber: Er tötete einige von ihnen, doch dann blieben nicht genug Träger für die Netze übrig. Die Dschinne würden eines in der Wüste zurücklassen, wo das verschnürte, hilflose Menschenbündel elendig zugrunde gehen würde.

Für die Gefangenen war es möglicherweise besser, sie starben hier, als der Willkür der Dschinne ausgeliefert zu sein. Aber wollte wirklich *er* diese Entscheidung treffen? Das war ein Dilemma, dem er nur durch Flucht entgehen konnte.

In alle Richtungen erstreckte sich die endlose Dünensee der Karakum. Sein Teppich fegte über Sandkuppen und durch aufstiebende Staubwirbel. Die östliche Hälfte des Himmels schillerte zwischen flirrendem Rot und Hellblau, das sich nach Westen hin zu Violett verdunkelte. Aber er konnte nicht in die schwindende Nacht entkommen, weil er seine Verfolger damit auf die Spur der anderen geführt hätte. Also weiter nach Süden und dann erst, ganz allmählich, nach Südwest.

Immer wieder blickte er zurück und zählte die Kreaturen, die ihm folgten. Nach wie vor ein halbes Dutzend. Offenbar traute der Rest ihnen zu, mit ihm fertig zu werden. Alle sechs trugen Waffen, die meisten von Menschenhand gefertigt. Nur einer schleppte einen knorrigen Knüppel, in den eine geschärfte Steinklinge eingelassen war; das sah nach Dschinnhandwerk aus, hässlich, schlecht zu handhaben, aber zweifellos wirkungsvoll.

Auch in diesem Teil der Karakum gab es Felsen, und bald sah Tarik einige vor sich. Nicht so weitflächig und labyrinthisch wie jene, zwischen denen er auf Junis und Sabatea gestoßen war; eigentlich nur eine Ansammlung turmartiger verwinkelter Formationen aus Sandstein. Aber schon jetzt zeichnete sich ab, dass seine Verfolger schneller waren als er. Immerhin befanden sie sich nun außer Sichtweite des Heerzuges. Er konnte sich ihnen ebenso gut hier wie anderswo stellen.

Die Steintürme wuchsen immer schwindelerregender hinter den Dünen empor. Nicht mehr als zehn, jene in der Mitte höher als die übrigen ringsum. Tarik schoss auf den gewaltigsten Felsen zu, der beinahe so hoch wie das Minarett einer Moschee war. Dahinter befand er sich für einen Moment außer Sicht der Dschinne, und er nutzte die Chance, um steil nach unten zwischen einige der niedrigeren Felstürme abzutauchen. Dort fegte er in irrwitzigen Manövern zurück zur Vorderseite des großen Felsens, tief genug im Schatten, um vor den Blicken seiner Feinde geschützt zu sein. Sie hatten seine Witterung gewiss nicht verloren; aber er hoffte, dass sie die exakte Richtung, aus der sein Geruch kam, nicht schnell genug ausmachen konnten.

Tatsächlich flogen die sechs über ihn hinweg. Tarik ließ den Teppich steil nach oben steigen und raste von hinten unter sie. Zwei erwischte er mit blitzschnellen Schwertstreichen nach rechts und links, bevor sie seiner gewahr wurden. Sein blindwütiger Zorn kehrte zurück. Er hatte keine Skrupel, ihnen in den Rücken zu fallen. Er hätte jeden Einzelnen hinterrücks getötet, hätten sie ihm Gelegenheit dazu geboten.

Während die beiden erschlagenen Dschinne abstürzten und zwischen den Felsen verschwanden, wirbelte ein dritter in der Luft herum. Augenblicklich stürzte er sich auf Tarik. Das Wesen trug eine breite, geschwungene Klinge, so groß wie ein Henkersschwert. Es führte die Waffe einhändig und versuchte mit der anderen, seinen menschlichen Gegner zu packen. Ganz kurz geriet Tarik tatsächlich in Bedrängnis, dann erwischte er die Klaue des Dschinns. Lange Krallenfinger wirbelten abgetrennt durch die Luft. Die Kreatur schrie auf, starrte auf ihre fingerlose Hand –

und brüllte noch gellender, als Tariks Schwert abermals vorzuckte und federleicht über ihre Kehle strich. Dschinnblut erstickte den Schrei, als das Wesen ins Taumeln geriet und in die Tiefe stürzte.

Wichtig war, schnelle Schläge anzubringen. Stiche nur im Notfall. Falls die Klinge im Körper eines Dschinns stecken blieb, würde der sie mit fortreißen. Ohne Schwert aber war Tarik ihnen schutzlos ausgeliefert.

Die drei überlebenden Dschinne rasten auf ihn zu. Tarik hatte bislang vorn am Rand des Teppichs gekniet, die Klinge mit rechts geführt, die Linke im Muster vergraben. Nun aber brauchte er beide Hände und musste sich frei bewegen können. Er sandte dem Muster den Befehl, höher aufzusteigen und nah an der Spitze des Felsturmes zu bleiben. Das hielt ihm einen Moment lang den Rücken frei. Dort sprang er auf und stellte sich breitbeinig ins Zentrum des Teppichs, packte das Krummschwert beidhändig und erwartete den Angriff.

Die Dschinne schossen zu ihm herauf. Der mit der Steinkeule trug himmelblaue Hautmuster wie verwischte Ornamente auf der Brust. Von seinem Hinterkopf wehte ein angenähter Zopf aus Menschenhaar. Er erschien genau vor Tarik, öffnete das Maul bis zum Brustbein und prahlte mit seinem Gebiss. Rechts und links tauchten die beiden anderen auf, einer mit einem Schwert bewaffnet, der andere mit einer Lanze.

Tarik schenkte dem Dschinn mit der Keule ein verächtliches Lächeln. Zornig schoss die Kreatur auf ihn zu und holte aus. Das ließ die anderen davor zurückschrecken, sich ebenfalls auf Tarik zu werfen, aus Angst, von der Waffe ihres Artgenossen erfasst zu werden. Der Radius, mit dem der Dschinn die Keule schwang, war tatsächlich beachtlich. Tarik fürchtete, dass der Schlag nicht nur ihn, sondern auch den Felsenturm in seinem Rücken zerschmettern würde.

Er konnte nirgendwohin ausweichen, zumal der Teppich fest in der Luft lag. Ohne die Hand ins Muster zu stecken, konnte er ihm keinen Befehl geben.

Es sei denn, er war *schnell*.

Der Keulenhieb war waagerecht geführt. Tarik ließ sich in letzter Sekunde flach auf den Bauch fallen. Um Haaresbreite verfehlte ihn die furchtbare Waffe, raste über ihn hinweg und prallte gegen Gestein. Funken sprühten. Splitter prasselten auf ihn herab. Zugleich landete er der Länge nach auf dem Teppich, murmelte eine Beschwörung und stieß die Hand ins Muster.

Runter!, dachte er, und der Teppich gehorchte. Noch im selben Atemzug stürzte er steil in die Tiefe. Im Stehen, selbst im Sitzen, hätte Tarik wohl seinen Halt verloren. Aber weil er lag und sein Arm bis zum Ellbogen im Muster steckte, hielt er den Kontakt zum Teppich und fiel mit ihm. Erst knapp oberhalb der tieferen Felsen fing er ihn auf und ließ ihn gerade nach vorn schießen.

Hoch über ihm brüllten die Dschinne vor Zorn. Tarik vollbrachte das Wunder, flinker zu fliegen als sie. Immer noch auf dem Bauch, lenkte er den Teppich über die Felsbuckel, blickte nach hinten und sah die drei Dschinne näher kommen. Sie hatten sich rasch von ihrer Überraschung erholt. Die beiden mit Schwert und Lanze waren unmittelbar hinter ihm. Drei Schritt, höchstens vier. Der Keulenträger holte ebenfalls auf, war aber weniger geschickt als die beiden anderen. Offenbar wollten sie ihm kein weiteres Mal die Gelegenheit zum ersten Schlag geben.

Ein Schrei ertönte, der Tarik aufhorchen ließ. Kein Dschinn. Das klang wie –

Im selben Moment fegte von unten ein zweiter Teppich herauf und raste zwischen den beiden Dschinnen hindurch. Eine stumpfe, halb verrostete Schwertklinge bekam durch den Aufstieg des Teppichs so viel Kraft, dass sie einen Dschinn in zwei Hälften schnitt. Der andere wich aus, wurde aber von einer Ecke des Teppichs erwischt und geriet für einen Moment ins Trudeln. Tarik sprang in die Hocke, schlug einen Haken und war schnell genug bei ihm, um ihm den Schädel von den Schultern zu schlagen.

Er schenkte Junis ein dankbares Lächeln, aber sein Bruder verzog keine Miene. Verbissen balancierte er am Vorderrand seines Teppichs, hielt dort – gar nicht mal ungeschickt – das Gleichgewicht und umklammerte sein Schwert. Hinter ihm kniete Sabatea und hatte ihre Hand im Muster vergraben. Sie lenkte den Teppich, während Junis sich dem letzten Dschinn und seiner mörderischen Keule stellte.

Sabateas weißgraue Augen blitzten, als sie Tarik einen raschen Blick zuwarf – und den Schemen eines Lächelns, das wie ein Sternschnuppenschweif an ihm vorüberzischte.

Der Dschinn, überrumpelt vom Tod seiner Artgenossen, tobte vor Zorn. Aber er war keineswegs so schwerfällig, wie ihn sein plumpes Mordwerkzeug erscheinen ließ. Er brüllte Junis etwas in seiner harten, schrillen Sprache entgegen, deutete einen Haken nach rechts an, flog aber nach links. Sabatea konnte diesem Manöver unmöglich folgen, selbst wenn es ihr irgendwie gelungen wäre, durch Junis hindurchzusehen. Stattdessen ließ sie den Teppich weiter geradeaus fliegen. Der Dschinn war mit einem Mal neben ihr, deutete einen Schlag auf Junis an, ließ die Keule stattdessen aber auf Sabatea herabsausen.

Tarik schleuderte das Schwert seines Vaters.

Die Klinge fuhr durch den sehnigen Hals des Dschinns, warf ihn aus der Bahn und tötete ihn noch im Sturz. Ein Fächer aus Blut besprühte die Felsen. Die Keule flog in eine andere Richtung, krachte auf Gestein und schlitterte von dort aus in die Schatten. Der Dschinn verschwand mit wirbelnden Armen zwischen zwei Felssäulen. Sein Aufschlag im Sand drang dumpf zu den Teppichreitern über ihm am Himmel herauf.

Junis ließ das Schwert sinken und wollte sich zu Tarik umdrehen. Der aber lenkte seinen Teppich schon in die Tiefe, hinter dem abgestürzten Dschinn her. Er fand ihn am Fuß eines Felsens. Ein feines Zischen aus seiner aufgerissenen Kehle täuschte nicht darüber hinweg, dass kein Leben mehr in ihm war. Tarik befreite das Schwert und wischte es an dem Kadaver ab. Er spürte einen Luftzug, als Sabatea ihren Teppich neben seinem zu Boden sinken ließ. Junis sprang in den Sand.

Tarik sah über die Schulter. »Danke.«

»Bedank dich bei ihr«, erwiderte sein Bruder finster. »Sie hat darauf bestanden, dir zu folgen.«

»Natürlich. Wer sonst.«

Sabatea schüttelte langsam den Kopf, während Junis auf den Kadaver hinabsah. Dann erst fiel ihm ein, dass auch sein Schwert voller Dschinnblut war; er ging in die Hocke und machte sich daran, es zu reinigen.

»Das war kein schlechter Schlag«, sagte Tarik nach kurzem Zögern, während sie beide ihre Klingen immer wieder in den Sand stießen.

Junis murmelte etwas, als könnte er selbst noch nicht fassen, was er gerade getan hatte.

»Du hast ihn entzweigeschlagen.«

»Hm-hm.«

»War es denn nicht das, was du wolltest?« Tariks Stimme bekam einen beißenden Unterton. »Dschinne töten, so wie Vater?«

Sabatea warf mit einem Stöhnen die Hände in die Luft. »Ihr seid wirklich ganze Kerle! Herzlichen Glückwunsch. Können wir jetzt verschwinden? *Sofort?*«

~

»Sie hatten Sklaven dabei«, rief Tarik zu den beiden hinüber, während sie nebeneinander über die Wüste fegten. »In Netzen.«

Junis lenkte den Teppich nun wieder eigenhändig und blickte stoisch geradeaus. Sabatea saß hinter ihm. Die Nacht war endgültig vorüber, ein tiefblauer Himmel wölbte sich über der Wüste. »Ich dachte, Dschinne nehmen keine Gefangenen«, sagte sie.

»Das habe ich auch geglaubt. Aber ich bin sicher, dass die Menschen in diesen Netzen am Leben waren.«

Sie warf ihm einen spöttischen Blick zu. »Und ihr beiden wollt sie befreien?«

»Wohl kaum«, erwiderte Tarik kopfschüttelnd. »Da waren ein paar Dutzend Dschinne bei ihnen.«

»Wir fliegen auf dem schnellsten Weg nach Bagdad«, brach Junis sein Schweigen. »Wir können nichts für diese Leute tun.«

Sabatea atmete auf.

»Die Dschinne werden uns jagen«, sagte Tarik. »Wir haben sechs von ihnen umgebracht. Sie wissen jetzt, dass sie es mit jemandem zu tun haben, der ihnen gefährlich werden kann. Aber ich glaube nicht, dass es dieselben waren, die euch schon vorher gefolgt sind.«

Junis zog eine Grimasse. »Die, vor denen du uns warnen wolltest? So, wie ich das sehe, hast du uns bisher nichts als Ärger eingebracht. Bevor du aufgetaucht bist, sind wir keinen Dschinnen begegnet. Wir brauchten nicht zu kämpfen.« Schärfer fügte er hinzu: »Wir mussten auch niemandem das Leben retten, der es unbedingt darauf angelegen wollte, den Helden zu spielen.«

»Meinst du«, fuhr Tarik ihn an, »dich hätten sie nicht bemerkt?«

»Ich meine, dass du *mich* hättest gehen lassen sollen. Wie schwer wäre es wohl gewesen, sie aus sicherem Abstand zu beobachten, statt mitten in ein Wespennest zu stechen?« Sein Tonfall war jetzt verletzend. »Du bist uns gefolgt, um uns zu beschützen. Aber wer hat nun wen beschützt, Tarik? Und wer ist schuld daran, dass wir es mit diesen Biestern aufnehmen mussten, obwohl wir schon längst viel weiter westlich sein könnten?«

Sabatea mischte sich ein: »Du selbst hast Tarik Recht gegeben, als er gemeint hat, er müsse die Dschinne auskundschaften.«

»Auskundschaften«, wiederholte Junis betont. »Aber nicht auf unsere Fährte locken.« Er warf Tarik einen Blick zu, der zugleich vorwurfsvoll und triumphierend war. »Wenn dem Mädchen etwas zugestoßen wäre, dann wäre das jetzt allein deine – «

»Das *Mädchen*«, fuhr sie ihm wütend über den Mund, »hat den Teppich gelenkt, auf dem du deine Heldentaten vollbracht hast! Dazu waren offenbar zwei nötig!«

Er winkte ab. »Ich wollte dir nicht deinen Teil des – «

»Was? Des *Ruhms* streitig machen? Ich bitte dich, Junis! Tarik hatte schon drei von ihnen getötet, und zwar allein, bevor wir überhaupt aufgetaucht sind. Ganz abgesehen von den beiden, die er danach erledigt hat. Wir zwei haben es gemeinsam gerade mal auf einen Einzigen gebracht.«

Tarik bemerkte mit einer gewissen Genugtuung, dass Junis bei diesen Worten blass wurde.

Aber Sabatea war noch nicht fertig. »Glaubst du allen Ernstes, wir würden es auf uns allein gestellt bis nach Bagdad schaffen? Ohne ihn?«

Junis kochte vor Wut, presste aber stumm die Lippen aufeinander.

Tarik kreuzte Sabateas Blick, doch etwas ließ ihn rasch wieder nach vorne sehen. Irgendwo jenseits des flirrenden

Horizonts lagen die Hänge des Kopet-Dagh. Dunstverhangene Gipfel inmitten der Wüste. Sauberes Wasser. Vielleicht frische Nahrung.

Aber Junis' Worte hatten ihr Ziel nicht verfehlt. Sie machten ihm mehr zu schaffen, als er sich eingestehen wollte. Die beiden hatten ihm das Leben gerettet. Und er hatte ihres leichtfertig in Gefahr gebracht, mochte Sabatea es drehen und wenden, wie sie wollte. Tarik war nicht mehr der Alte. Er hatte einen Fehler begangen, beinahe mit tödlichen Folgen für sie alle.

Er hätte es schlichtweg besser wissen müssen.

Doch lieber schwieg er und fraß seine Schuld in sich hinein, als das Junis gegenüber zuzugeben.

D ie beiden Teppiche rasten niedrig über die Wüste, obgleich hinter ihnen keine Verfolger zu sehen waren. Das dunkle Band der Oase tauchte vor ihnen auf und wieder ab, bis es sich schließlich weigerte, erneut hinter dem glühenden Horizont zu versinken.

Die Kakteen der Dornenkrone bedeckten einen breiten Felsbuckel, der sich seicht aus der Wüste wölbte. Kein schroffes Labyrinth wie so viele der Formationen, die sie vorher passiert hatten, sondern eine sanfte, runde Kuppe, in deren Mitte ein kleiner See lag. Ein uralter Vulkankegel, den der Wüstenwind in Äonen glatt geschliffen hatte.

Tarik hatte oft hier gerastet, damals, vor Maryam, und jedes Mal war ihm die Oase wie ein Juwel inmitten der unwirtlichen Einöde erschienen. Die Karawanen der Seidenstraße hatten hier schon vor Jahrhunderten gelagert, ihre Wasservorräte aufgefüllt und sich im Schatten des Kaktuswaldes von der unbarmherzigen Wüstenhitze abgekühlt. Er selbst war zum letzten Mal vor fast sieben Jahren hier gewesen.

Sie flogen jetzt langsamer. Das Hitzeflimmern gab die verwachsene Masse der Kakteen frei, zog sich mitsamt des Horizonts zurück wie eine Brandung, die bei Ebbe vom

Ufersand abfließt. Im Näherkommen atmete Tarik auf. Die Pflanzen schienen unversehrt. Hier hatte kein Feuer gewütet, nichts ließ auf das Wüten der Dschinne schließen.

Der Kaktuswall zwischen Wüste und Gewässer war an die zweihundert Meter breit und zog sich über den gesamten Hang. Die Grenze zwischen Sand und Kakteen war wie mit einem Zirkel gezogen. Staub bedeckte die Pflanzen. Aber nicht einmal die gefürchteten Stürme der Karakum hatten gegen die Entschlossenheit ankommen können, mit der sich die Kakteen an den Felsboden klammerten. Weit stärker als bei anderen Oasen vermittelte dieser Ort den Eindruck einer Belagerung durch die Wüste: Sie konnte den stacheligen Hain nicht durchdringen, erstickte aber auch jeden Versuch eines Ausfalls, jeden noch so winzigen Ableger, unter Sand und Sonnenglut.

Tarik gab Junis ein Handzeichen, damit er seinen Teppich in der Luft zum Stehen brachte. Sie waren keinen Steinwurf mehr von den vorderen Pflanzen entfernt, schwebten nur wenige Meter über dem Boden und ließen ihre Blicke über den Wall aus Kakteen wandern.

»Früher gab es für die Karawanen einen Weg ins Innere«, sagte Tarik. »Aber er muss schon vor langer Zeit zugewuchert sein.«

Sabatea kniff die Augen zusammen, um im gleißenden Wüstenlicht Genaueres zu erkennen. »Die sehen alle aus, als stünden sie schon seit einer Ewigkeit hier. Nicht so, als würde hier noch irgendetwas leben.«

Junis nickte. Er machte keinen Hehl aus seiner Beunruhigung beim Anblick dieses Ortes.

Tarik wusste, was sie meinten. Nichts bewegte sich. Es gab keine Palmen, deren Blätter im Wind wehten. Nicht einmal Sträucher. Nur reglose Kakteen mit hochgereckten Armen wie Soldaten nach einem verlorenen Gefecht. Er blieb achtsam, doch er verspürte auch Erleichterung. Zumindest von hier aus erschien alles unverändert. In einem Land wie diesem war das eine Menge wert.

Sabatea blieb skeptisch. »Dazwischen könnte sich alles Mögliche verstecken.«

»Sie stehen zu dicht, und ihre Stacheln sind länger als deine Finger«, gab Tarik kopfschüttelnd zurück. »Dschinne empfinden Schmerzen wie du und ich.«

»Ich hab auch nicht an Dschinne gedacht.«

Er nickte und gab ihnen einen Wink. »Sehen wir uns das Ganze von oben an.«

Er flog voraus und gewann dabei an Höhe, bis er fünf Mannslängen über den höchsten Kakteen schwebte. Junis holte auf und blieb neben ihm. Alle drei sahen nach unten, auf die verschlungenen, weit verzweigten Arme der Kaktuspflanzen, bedeckt von Sand und Staub, die sie nur noch mehr wie versteinerte Krieger auf einem uralten Schlachtfeld erscheinen ließen. Die Gewächse erweckten den unheimlichen Eindruck, dass sie es nicht dulden würden, wenn man ihnen mit Axt oder Schwert zu Leibe rückte. Selbst von hier oben aus waren ihre langen, leicht gebogenen Stacheln zu erkennen. Die ersten Reisenden, die eine Schneise in dieses Gewirr geschlagen hatten, hatten zweifellos mit ihrem Blut für diesen Frevel bezahlt.

Vor ihnen tauchte die ovale Lichtung auf. Sie wurde

vollständig von einem klaren Gewässer eingenommen. Der See sah nicht vergiftet aus wie der Amu Darja; auch nicht so abschreckend *falsch* wie der spiegelnde Tümpel in der ersten Oase, die Tarik überflogen hatte.

Im Näherkommen änderte sich nichts an diesem Eindruck. Von oben aus konnten sie bis auf den seichten Grund hinabsehen. Lichtreflexe bewegten sich über die Felsen, aber nichts, das lebendig erschien.

»Lasst uns einmal um den ganzen See fliegen«, schlug Junis vor und schwenkte ab. Tarik hielt sich außen, während sie nebeneinander eine Runde über den gesamten Kakteenwald zogen. Überall blitzte es hell und diffus zwischen den dichten Pflanzen hervor, Splitter aus Sand und Fels, eingefasst von graugrünen Kaktusarmen. Kein Lebewesen würde das Risiko eingehen, sich an den mörderischen Stacheln das Fleisch von den Knochen zu schälen.

»Ich würde mich gern waschen«, sagte Sabatea, jetzt merklich ruhiger geworden. »Ist das zu gefährlich?«

Tarik war drauf und dran zu widersprechen, aber Junis kam ihm zuvor. »Wir passen auf dich auf.«

Sabatea blickte fragend zu Tarik hinüber. Er zuckte die Achseln, auch wenn er nach wie vor Zweifel hatte. Er wollte es nicht wegen jeder Kleinigkeit auf einen Streit mit Junis ankommen lassen. Sein Bruder schien bemüht, Sabatea einen Gefallen zu tun. Und das Wasser sah tatsächlich ungefährlich aus. Tarik selbst hatte ein Bad mehr als nötig; es kam ihm vor, als knirschten seine Gelenke bei jeder Bewegung vor lauter Wüstenstaub.

Die Kakteen waren bis unmittelbar an das kostbare

Wasser herangewachsen, das Ufer vollständig zugewuchert. Vielleicht eine Auswirkung der Wilden Magie auf die Pflanzen. Einst hatte es hier eine Karawanserei gegeben, aber die Stallungen aus Holz und Tuch waren längst verschwunden, begraben unter Stachelleibern.

Tarik überließ es Junis, das Offensichtliche auszusprechen: »Hier können wir nirgends landen.«

Wenn die Teppiche nass wurden, verloren sie ihre Flugkraft, bis sie wieder getrocknet waren. Selbst in dieser Hitze konnte das eine ganze Weile dauern.

Tarik ließ sich bis auf einen halben Meter zur Oberfläche hinabsinken, legte sich flach auf den Bauch und schob einen Lederschlauch am ausgestreckten Arm ins Wasser. Die Sonne hatte es aufgeheizt, aber die Berührung war angenehm.

Junis' Teppich sank vor ihm herab, bis sie sich auf einer Höhe befanden. Sabatea stellte betont und mit einem knappen Blick zu Tarik die Sanduhr auf. Dann zog sie die Schläuche aus ihrem Korbtornister, reihte sie nebeneinander auf und tauchte den ersten in Wasser. Als die Oberfläche gegen ihr Handgelenk schwappte, seufzte sie leise.

»Du könntest von hier aus hineinsteigen«, sagte Junis, nachdem alle Schläuche gefüllt waren.

Tarik runzelte die Stirn. »Und nass zurück auf den Teppich klettern? Hältst du das für eine gute Idee?«

»Das bisschen Wasser wird ihm nicht schaden.«

Sabateas Blick schwenkte von einem Bruder zum anderen, verharrte dann wieder auf Junis. »Bist du sicher?«

»Nein«, sagte Tarik, »ist er nicht. Weil er noch nie versuchen musste, einen nass gewordenen Teppich zum Fliegen zu bringen.«

Junis schien aufbrausen zu wollen, aber Sabatea kam ihm zuvor. »Das Ufer sieht seicht aus. Ich könnte mich im flachen Wasser abtrocknen, jedenfalls bis zu den Knien.«

Tarik folgte ihrem Blick zu der Wand aus Kakteen. Es passte ihm nicht, dass sie den Pflanzen so nahe kommen würde. Aber ihm fiel auch kein Gegenargument ein, das handfester klang als eine vage Befürchtung. Im Kaktuswald regte sich nichts, der Grund des Gewässers war leer.

»Wie ihr meint«, sagte er nur, als auch Junis ihn mit dieser seltsamen Mischung aus Herausforderung und Erwartung ansah, die er seit ihrem Wiedersehen immer häufiger zur Schau trug.

Sabatea ließ sich nicht zweimal bitten. Sie streifte erst ihr enges Hemd ab, dann die weiße Pluderhose. Splitternackt glitt sie über den Fransenrand des Teppichs ins Wasser. Jede ihrer Bewegungen hatte eine grazile Eleganz, die eher angeboren als anerzogen erschien. Sonderbarerweise fiel es Tarik schwer, sich vorzustellen, dass er mit ihr geschlafen hatte. Als wäre das in jener Nacht am Himmel über Samarkand ein anderes Mädchen gewesen, ebenso schön, aber doch nicht halb so begehrenswert. Er begann allmählich, sie ein wenig zu sehr zu mögen, und das beunruhigte ihn.

Junis starrte sie an, nicht begierig, sondern voller Staunen; wie jemand, der ein Kunstwerk betrachtet, das ihm den Atem raubt. Er ist verliebt, dachte Tarik, und war nicht sicher, ob er dabei Mitleid oder Eifersucht empfand. Am

ehesten eine Mischung aus beidem, die ihm das schmerzliche Gefühl gab, dreimal so alt zu sein wie sein Bruder.

Sabatea stand mit dem Rücken zu ihnen im Wasser,
tauchte einen Moment lang unter, kam wieder hoch und
strich Nässe und Sand aus ihrem langen Haar. »Ihr solltet
das auch tun«, rief sie über die Schulter.

»Ja«, knurrte Tarik, »nehmen wir doch in aller Ruhe ein
gemeinsames Bad.«

Junis warf ihm einen vorwurfsvollen Blick zu, den er
mit einem Schulterzucken quittierte. Aber was hatte er
anderes erwartet? Tariks eigene Kleidung war steif von
getrocknetem Dschinnblut und roch entsetzlich. Seinem
Bruder ging es nicht viel besser. Wahrscheinlich empfand
Junis seinen Gestank durch die Nähe zu Sabatea um ein
Vielfaches schlimmer, und es würde ihm noch weit unan-
genehmer sein, wenn sie frisch gewaschen auf seinen Teppich zurückkehrte.

»Pass du eine Weile auf sie auf«, sagte Tarik. »Ich schau
mich noch mal in der Umgebung um.«

Ohne eine Antwort abzuwarten, ließ er den Teppich
höher steigen. Sabatea drehte sich um und warf ihm einen
Blick nach, in dem die Sorge stand, er könnte sie zurücklassen. Junis sagte etwas zu ihr. Nicht ohne eine gewisse
Genugtuung erkannte Tarik, dass sie das kaum zu beru-
higen schien.

»Ich will nur sichergehen, dass uns niemand mehr folgt«,
rief er zu ihr hinunter. Da nickte sie und fuhr fort, Wasser
über ihre Schultern und Arme zu streichen. Eine Spur zu
hastig zwang er sich, den Blick abzuwenden.

In der Nacht in Samarkand hatten sie einander nichts bedeutet. Beide hatten sich keine Mühe gegeben, dem anderen etwas vorzuspielen. Er hatte ausgenutzt, dass sie sich ihm anbot, ganz gleich aus welchen Gründen. Und sie hatte kühl darauf spekuliert, dass ihn das überzeugen würde, sie nach Bagdad zu begleiten. Im Nachhinein erschien es ihm wie ein Duell, bei dem er der Stärkere gewesen war.

Aber was zum Teufel tat er dann hier? Erst jetzt dämmerte ihm, dass sie ihr Ziel *natürlich* erreicht hatte. Der Stärkere? Ein Narr war er gewesen! Hatte sie Junis wirklich verführt, damit der sie nach Bagdad brachte? Oder nicht doch vielmehr, damit *Tarik* dies tat? War es möglich, dass sie so weit vorausgeplant hatte?

Er blickte zurück auf ihren hellen Umriss im Wasser. So ungeschützt, so verletzlich. So unglaublich durchtrieben. Gegen seinen Willen musste er lächeln. Das Schlimme aber war, dass er sie deshalb nicht weniger mochte. Ganz im Gegenteil.

Um seinen Kopf wieder klar zu bekommen, flog er höher als nötig gewesen wäre. Bald war der See unter ihm ein schimmernder Klecks, Junis' Teppich erschien als winziges Rechteck, Sabatea als Lichtpunkt auf waberndem Grün. Tarik löste sich vom Anblick der Oase und ließ seinen Blick über die Wüste schweifen. Sie lag in strahlendem Weiß unter der Nachmittagssonne, aller Schatten beraubt, nur von Nuancen aus Ocker durchzogen, die in der Hitze wogten wie ein Ozean.

Weit im Westen meinte er, die blauen Umrisse von Bergen zu sehen, undeutlich im Hitzewabern. Wenn alles gut ging, würden sie ihre nächste Rast im Schatten des Kopet-Dagh einlegen. Damit hätten sie die Hälfte ihrer Reise hinter sich gebracht. Er freute sich auf den Anblick der Berge. Ihre Gipfel waren dieselben wie seit Jahrtausenden, und sie würden sich noch immer dort am Horizont erheben, wenn sich die Dschinne und ihre Kreaturen längst gegenseitig zerfleischt hatten.

Und irgendwo weit, weit dahinter – Bagdad.

Es fiel ihm schwer, seinen Blick von den Verheißungen des Westens zu lösen. Im Augenblick waren sie kaum mehr als eine Illusion, eine Fata Morgana aus den Fiebertiefen der Wüste. Er wandte sich nach Osten. In die Richtung, aus der sie gekommen waren.

Der Anblick traf ihn wie ein Zusammenstoß mit einem Vogelschwarm. Er *war* ein Narr. Ein viel größerer, als er hatte wahrhaben wollen.

Da kamen sie. Ein dunkles Wimmeln auf Wüstensand. Noch klein wie Läuse, ganz unscheinbar auf diese Entfernung. Unwirklich flackerten sie aus dem unsichtbaren in den sichtbaren Bereich des Hitzeflimmerns, verglühten wieder und nahmen abermals Form an. Plötzlich sehnte er sich nach Amids Taverne, dem roten Wein von den Hängen des Pamir und den Fußglöckchen der Mädchen von Samarkand – in genau dieser Reihenfolge.

Dunkle Punkte, nur Punkte. Eine Täuschung, vielleicht. Aber natürlich wusste er es besser.

Mit einem Befehl ins Muster raste er abwärts, zurück in den Schattenfleck des Kaktushügels inmitten der kochenden Karakum.

Sie kamen, und sie kamen schnell.

Und etwas war bei ihnen, das ihn mit abgrundtiefem Entsetzen erfüllte.

Beeil dich!«, befahl Tarik grob. »Nun mach schon!«
Sabatea zog sich auf Junis' Teppich, glitzernde Tropfen-
diademe auf ihrer nackten Haut. Wortlos raffte sie die
schmutzigen Sachen zusammen, schlüpfte im Liegen in die
Pluderhose und streifte zuletzt das Oberteil über, das noch
dunkel gesprenkelt von Dschinnblut war. Ihr nasses Haar
klebte an ihren Wangen, lag schwer auf ihren Schultern.
Wasser sickerte unter ihr in das Knüpfwerk des Teppichs.

Junis hatte die Sanduhr verstaut und schob die Hand
ins Muster.

»Können wir ihnen noch entkommen?«, fragte Sabatea,
während sie das flache Korbbündel unter sich schob, damit
es die Feuchtigkeit aufsog und nicht noch mehr davon ins
Muster drang.

Tarik antwortete nicht. Er gab Junis mit einem Wink zu
verstehen, sofort aufzubrechen. Sein Bruder nickte.

Tarik raste voraus, stieg über den Kakteenwall im Westen. Hastig warf er einen Blick über die linke Schulter
auf die Dschinne und das Wesen, das hoch über ihnen
schwebte. Aber bevor er Einzelheiten ausmachen konnte,
hörte er den wütenden Aufschrei seines Bruders. Viel zu
weit weg.

Junis' Teppich stieg nur langsam und mit schlingernden Bewegungen von der Wasseroberfläche auf. Sabateas Miene war ein einziger Selbstvorwurf; bei einer anderen Gelegenheit hätte Tarik diesen unverhofften neuen Zug an ihr sogar genießen können.

Junis fluchte wüst, aber Tarik rief: »Hör auf damit! Du musst dich konzentrieren! Das bisschen Nässe sollte keine Wirkung auf den Teppich haben. Du musst das Muster davon überzeugen, dass das alles war. Es verweigert den Gehorsam, weil es fürchtet, dass noch mehr Wasser in den Teppich eindringen könnte.«

Sabatea kämpfte sichtlich um ihre Fassung. »Es *fürchtet* sich?«

Eine aufsässige Welle raste von hinten nach vorn durch den Teppich. Sabatea wäre fast abgeworfen worden und konnte sich gerade noch festhalten. Trotzdem rutschte sie von dem Korb und fiel für einen Moment auf die Seite. Ihr schwarzes Haar klatschte auf das Knüpfwerk. Augenblicklich federte sie wieder hoch, presste zornig die Lippen aufeinander und gab keinen Laut von sich. Tarik merkte ihr an, dass sie drauf und dran war, selbst ins Muster zu greifen. Nicht weil sie glaubte, sie könne etwas vollbringen, an dem Junis zu scheitern drohte; sondern weil sie darauf brannte, irgendetwas beizutragen. Sie fühlte sich schuldig.

»Versuch es weiter!«, rief Tarik seinem Bruder zu und blickte prüfend über den Stachelwall der Kakteen nach Osten.

Zwanzig Dschinne, mindestens. Vier von ihnen hielten Ketten, die schräg nach oben führten und sich an einem Punkt vereinten, zehn Meter über ihren Köpfen. Eine menschliche Gestalt hing dort oben an den vier straff gespannten Eisensträngen wie ein Papierdrachen, so als müsste er ohne sie haltlos davonschweben. Alt, mit schlaffen Hautsäcken, so als wäre der Mann einmal fett gewesen und nun bis auf die Knochen abgemagert; nur dass seine Haut nicht hatte mithalten können und nun leer und faltig von seinen Gliedern hing. Er war nackt und so stark von der Sonne verbrannt, dass der Anblick seines krebsroten, aufgeplatzten Körpers schmerzte. Er schwebte aufrecht dort oben, gehalten von einer breiten Stahlfessel um seine Hüfte, die viel zu eng saß und tief in seine welke Haut einschnitt. Von dort aus führten die vier Ketten zu den Dschinnen herab, die alle auf einer Höhe flogen.

Im Gegensatz zu ihnen hatte die Gestalt an den Ketten Beine, und unter all der sonnenverbrannten, abgehärmten Hässlichkeit steckte das Antlitz eines Menschen. Tarik hatte nie einen Kettenmagier mit eigenen Augen gesehen, aber er kannte Berichte über sie, vor allem aus der Zeit der letzten großen Schlachten am Wall. Sie waren Magier, die sich nach dem Verbot aller Zauberei in Khorasan auf die Seite der Dschinne geschlagen hatten, Überläufer, die eine größere Verwandtschaft zu den Geschöpfen der Wilden Magie verspürten als zu ihren menschlichen Artgenossen. Womit sie nicht gerechnet hatten, war, dass die Dschinne sie nicht wie Helden oder Könige behandelten, sondern wie Werkzeuge. Was genau mit ihnen geschehen war, wusste niemand. Doch alle von ihnen – und man munkelte, es gäbe mindestens ein Dutzend – mussten durch Ketten davon abgehalten werden, hilflos immer höher in den Himmel zu schweben; so, als wäre ihnen das Recht genommen worden, weiterhin einen Fuß auf die Erde zu setzen, die sie in ihrer Selbstsucht verraten hatten.

Der Teppich mit Junis und Sabatea hatte ein wenig an Höhe gewonnen, kreiste aber schlingernd über dem See, statt geradeaus nach Westen zu fliegen. Sabatea hielt sich verbissen an den Rändern fest, während Junis sein Bestes gab, den Teppich auf Kurs zu bringen.

Die Dschinne erreichten den Kaktuswall. Es mussten dieselben sein, deren Nähe Tarik schon früher gespürt hatte, lange vor ihrem Zusammentreffen mit dem Sklavenzug. Dieselben, die schon viel weiter östlich die Spur von Junis und Sabatea aufgenommen hatten.

Junis' Teppich machte einen abrupten Satz nach vorn wie ein störrisches Pferd und flog dann zum ersten Mal seit Sabateas Rückkehr aus dem Wasser wieder in gerader Linie. Junis stieß einen Freudenruf aus. Sabatea atmete auf. Beiden fehlte nach all dem Geschlinger und Gekreise das Gefühl für die Himmelsrichtung. Darum hatten sie noch nicht erfasst, was Tarik von weiter oben längst erkannt hatte: Ihr Flug führte sie nicht in Sicherheit, sondern nach Osten, den anrückenden Dschinnen entgegen.

»Zurück! Ihr müsst umkehren!«, brüllte er ihnen zu, wartete nicht ab, ob sie ihn gehört hatten, sondern ließ seinen eigenen Teppich nach unten schießen. Die beiden befanden sich noch immer kaum höher als zwei Schritt über dem Wasser. Junis hatte mittlerweile begriffen, dass sie sich in die falsche Richtung bewegten, aber er saß jetzt ganz still da, den linken Unterarm im Muster. Keine Panik mehr. Pure Konzentration.

Und der Teppich gehorchte.

Abrupt flog er einen scharfen Haken, während seine Geschwindigkeit selbst aus dieser Höhe eine Rinne ins Wasser fräste. Tarik stieß erleichtert ein Keuchen aus, lenkte seinen Teppich neben sie und gestikulierte nach Westen. »Dort entlang!«

Junis nickte verbissen. Sabatea wischte sich mit dem Ärmel übers Gesicht. Der feuchte Glanz darauf war längst kein Wasser mehr. Sie kreuzte Tariks Blick. Ihre Lippen formten ein stummes *Tut mir leid*. Dabei hatte er Grund genug, wütend auf sich selbst zu sein. Er hätte verhindern müssen, dass sie ins Wasser stieg. Er hätte, statt sie anzustarren, viel früher nach Verfolgern Ausschau halten sollen. Er hätte … eine ganze Menge richtig machen müssen, statt sich zu benehmen wie ein blutiger Anfänger bei seinem ersten Ritt durchs Dschinnland. Junis konnte er solche Missgeschicke verzeihen, erst recht Sabatea. Auf gar keinen Fall aber sich selbst.

Die Dschinne stießen wilde Schreie aus, als sie über die Kakteen hinwegjagten. Der Kettenmagier hoch über ihnen wurde rasend schnell mitgezogen, stand aber aufrecht in der Luft, als gäbe es für ihn keine Gesetze von Geschwindigkeit und Gegenwind. Nur seine ausgebrannten Hautsäcke vibrierten und wehten an den Knochen wie ein zu weit geschnittenes Gewand aus Fleisch.

Die beiden Teppiche hatten einen Vorsprung von nicht

einmal hundert Metern. Sie rasten auf das Ufer zu. Junis drohte zurückzufallen, weil sein Teppich zwei Reiter tragen musste. Tarik sah es mit Sorge und konnte doch nichts dagegen tun.

Einer der vorderen Dschinne schwang mit einer Hand ein Fangnetz über dem Kopf, rundum mit Steinen beschwert. Sein langer Arm mit den doppelten Ellbogen ließ das Netz wieder und wieder kreisen. Dann schleuderte er es mit einem wütenden Aufschrei hinter den Flüchtenden her.

Tarik sah es aus dem Augenwinkel kommen, unfassbar schnell und beängstigend gut gezielt. Er brüllte den anderen eine Warnung zu, riss den Teppich nach links und konnte nur hoffen, dass Junis rasch genug reagierte und nach rechts abdrehte.

Sein Bruder versuchte, dem Wurfgeschoss auszuweichen. Beinahe wäre es ihm gelungen. Das Netz erwischte keinen der beiden Reiter, aber die Steine an seinem Saum krachten auf den Rand des Teppichs und warfen ihn aus der Bahn. Das magische Knüpfwerk, ohnehin irritiert von der Nässe und Junis' beharrlichen Versuchen, es wieder unter Kontrolle zu bringen, geriet ins Trudeln. Statt jedoch abzustürzen, raste es plötzlich steuerlos nach oben, über die Kakteen hinweg, kippte bedrohlich weit zur einen Seite und schon im nächsten Moment zur anderen.

Tarik sah das Unglück kommen. Mit dem Schwert in der Rechten, die Linke im Muster, legte er seinen Teppich in eine scharfe Kurve. Ohne auf die näher kommenden Dschinne zu achten, nahm er nun seinerseits die Verfolgung von Junis' Teppich auf, blieb aber tiefer als sein Bru-

der, keine drei Meter über den hochgereckten Kakteen-
armen. Abermillionen Stacheln wiesen in seine Richtung,
als folgten sie seinem Flug mit den Spitzen.

Sabatea klammerte sich noch verbissener fest. Ihr Korbtornister pendelte lose an einem Riemen um ihre Schulter;
sie hatte ihn übergestreift, als das Schaukeln und Schwanken erneut einsetzte. Nun aber drohte die umherwirbelnde
Last sie von dem gekippten Teppich zu zerren. Vor allem
die prallgefüllten Lederschläuche hatten genug Gewicht,
um sie aus der Balance zu bringen.

»Wirf ihn fort!«, rief Tarik ihr zu.

Sie schüttelte verbissen den Kopf. »Nicht das Wasser«,
brachte sie mühsam hervor. Der Gegenwind riss die Worte
von ihren Lippen und trug sie zu Tarik.

Die Dschinne schwärmten aus. Augenscheinlich wollten sie die beiden Teppiche von mehreren Seiten in die
Zange nehmen.

Ein weiteres Wurfnetz zischte über Tariks Kopf hinweg
und streifte Junis' Teppich, diesmal die Unterseite. Tarik
wurde noch schneller. Der Teppich seines Bruders bockte,
stellte sich in Flugrichtung schräg und wurde schlagartig
langsamer. Sabatea schrie auf, als sie erst gegen Junis geschleudert wurde, abrupt zurückprallte – und hinterrücks
über den Teppichrand fiel.

Tarik sandte einen Befehl ins Muster. Zog die Hand hervor. Schob mit der anderen das Schwert unter seine Knie.

Er war jetzt genau unter der stürzenden, schreienden
Sabatea.

Und bekam sie mit beiden Armen zu fassen.

Sie klammerte sich an ihn wie eine Katze im Wasser, realisierte im selben Moment, dass sie nicht weiter fiel, und schwang sich in einer geschickten, bewundernswert gefassten Bewegung hinter ihn. Das Korbbündel mit den vollen Wasserschläuchen schlitterte über den Rand und drohte sie mitzureißen. Sabatea blieb keine Wahl als loszulassen. Trotzdem geriet auch Tariks Teppich kurz ins Schwanken, legte sich aber sofort wieder in die Waagerechte.

Sie schossen unter Junis' Teppich hinweg. Tarik rammte die Hand zurück ins Muster und gab Befehl zu einer blitzschnellen Kehre.

Als sie herumgewirbelt wurden und zurückblickten, sahen sie, dass drei Dschinne zugleich die Ränder von Junis' schwankendem Teppich zu fassen bekamen. Sechs weitere rasten Tarik und Sabatea entgegen.

»Nein!«, stieß sie aus, weit zorniger als verzweifelt.

Tarik konnte nicht kämpfen, solange Sabatea sich an ihm festhielt. Sie löste ihren Arm von ihm und rückte ein Stück nach hinten.

Dennoch war es aussichtslos. Zu viele Dschinne. Und dieser Magier, der mit seinen vier Sklaven über dem Wasser zurückgeblieben war und aus der Ferne beobachtete, was über dem Kaktuswald geschah. Noch griff er nicht ein. Die Dschinne waren den drei Menschen haushoch überlegen.

Junis hatte sich noch einmal von seinen drei Gegnern losreißen können. Nicht sein Verdienst, sondern eine Folge der Panik, in die sein Teppich nun endgültig verfiel. In schnellen, ruckartigen Schüben fegte er über die Spitzen der Kakteen hinweg, erwischte mehrere Äste und rasierte die Kuppen ab. Stacheln und Fruchtfleisch sprühten in alle Richtungen.

Tarik und Sabatea entgingen den entgegenkommenden Dschinnen nur durch ein verzweifeltes Manöver, das sie ebenfalls gefährlich nah an die Kakteen hinabführte. Zugleich tauchten sie unter den purpurnen Zapfenleibern der Dschinne hinweg. Doch noch während die eine Gruppe herumwirbelte, schoss bereits eine andere auf sie zu, tiefer, zahlreicher, mit Schwertern, Lanzen und Spießen bewaffnet.

»Es sind zu viele«, stieß Tarik aus. »Kannst du Junis sehen?«

»Noch hält er sich in der Luft.«

Er ahnte, dass ihn die winzige Spur von Optimismus in ihrer Stimme dazu bringen sollte, sich auf seinen eigenen Teppich zu konzentrieren. Darauf, sie beide in Sicherheit zu bringen und sich *dann* um seinen Bruder zu sorgen.

Aber er konnte Junis nicht aufgeben. Nicht einmal für ein paar Sekunden.

»Festhalten!«, brüllte er und riss den Teppich steil nach oben und zugleich in eine Kurve. Sie packte ihn erneut von hinten, viel beherrschter, als er erwartet hatte, nicht überstürzt oder gar panisch, und ließ sofort wieder los, nachdem sie sich in der Horizontalen befanden.

Hinter ihnen fauchten und kreischten ihre Gegner. Von rechts nahm der zweite Pulk die Verfolgung auf. Und ein ganzes Stück vor ihnen schlingerte Junis dahin, bedrängt von vier Dschinnen, unter sich den bockenden, taumelnden Teppich.

Ein Dschinn bekam ihn am Arm zu fassen. Ein anderer, mit einem Schwert bewaffnet, ließ die Klinge ungenutzt und versuchte, mit der linken Klaue den Fransenrand des Teppichs zu packen. Stränge aus erbeutetem Menschenhaar wehten als dunkle Schweife hinter ihnen her. Ihre geflammten Körperfarben auf dunklem Purpur verwischten zu einem Farbenwirrwarr.

Tarik holte auf – genau wie die Dschinne, die ihm und Sabatea auf den Fersen waren.

Über dem See schwebte der Kettenmagier in seinem Kleid aus erschlaffter, zu groß gewordener Faltenhaut und verfolgte das Geschehen aus schattigen, tiefdunklen Augen.

Junis brüllte auf, als ein zweiter Dschinn seinen anderen Arm ergriff. Seine Hand wurde abrupt aus dem Muster gerissen. Dann zerrten ihn die beiden Kreaturen vom Teppich, hoben ihn in die Luft und drehten augenblicklich bei, flogen mit ihrer strampelnden Beute nach Westen.

Tarik wollte ihnen folgen, aber da schloss sich der Ring aus Angreifern um ihn und Sabatea. Ein unübersichtlicher Schwarm aus Dschinnen war jetzt überall und schnitt ihnen den Weg zu Junis ab. Hilflos musste Tarik mit ansehen, wie die beiden Dschinne seinen Bruder davontrugen und in der Ferne immer kleiner wurden.

Junis' steuerloser Teppich raste wie eine Klinge abwärts und prallte in einem Chaos aus aufstiebenden Pflanzenfetzen und Stacheln mitten in den Kaktuswald.

Tarik hob das Schwert, hin- und hergerissen zwischen dem verzweifelten Wunsch, Junis zu folgen, oder aber sich zu verteidigen.

Sabatea flüsterte etwas, das wie ein Abschied klang.

Die Dschinne rückten näher.

Und etwas brach zwischen den Kakteen hervor, ein Strom aus weißen Leibern, eine Explosion aus lebendem Elfenbein.

Wenige Augenblicke, bevor die Herde der Elfenbein-pferde aus dem Kaktuswald aufstieg, riss der Ket-tenmagier am Himmel über dem See beide Arme in die Höhe. Das Flirren der Wüstenhitze wurde vom Horizont *abgesaugt* und verdichtete sich zwischen seinen Händen – für mehrere Sekunden erstreckte sich die endlose Weite kristallklar bis ans Ende der Welt. Schlagartig wurde deut-lich, weshalb die Haut des Magiers derart verbrannt war. Das Hitzewabern zog sich immer enger über seinem Kopf zusammen, ein wirbelnder, rotierender Knoten aus ko-chender Luft. Selbst die vier Dschinne an den Ketten des Magiers, zehn Meter weiter unten, zuckten und wanden sich vor Pein.

Aber er kam nicht mehr dazu, die Beschwörung zu vollenden. Noch bevor die Magie wirksam werden konnte, brachen die Elfenbeinpferde zwischen den Kakteen hervor. Sie mochten die einzigen Lebewesen sein, denen die Sta-cheln nichts anhaben konnten; zu hart waren ihre Körper, zu glatt die Oberflächen. Nicht einmal Dschinne hätten sich freiwillig in dieses mörderische Dickicht gewagt.

Neugierig und scheu mussten sie aus ihrem Versteck heraus den Kampf am Himmel verfolgt haben, um beim ersten Anzeichen von Gefahr die Flucht zu ergreifen. Aber erst Junis' abstürzender Teppich hatte sie endgültig aufgeschreckt. Nun stoben sie zwischen den Kakteen hervor, unter ohrenbetäubendem Rauschen ihrer Schwingen, ein heilloses Durcheinander, das sich in Windeseile zu einem majestätischen Strom formierte. Es waren mehr als nur jene, die Sabatea und Junis auf der Alten Bastion beobachtet hatten – Dutzende. Immer noch stiegen weitere zwischen den Pflanzen hervor, ein überwältigend schöner Anblick inmitten des Gefechts zwischen Dschinnen und Menschen.

Der Kampf brach schlagartig ab. Tarik riss den Teppich herum, als eine Lücke zwischen den Angreifern entstand, breit genug, um hindurchzufliegen. Auch die Dschinne, die den hilflosen Junis trugen, drehten bei und rasten mit ihrer Beute erst nach Süden, dann nach Westen, als ihnen klar wurde, in welche Richtung die Eruption aus weißen, geflügelten Pferden flutete.

Der Magier über dem See stieß ein hohes Kreischen aus, als die riesigen Pferdeleiber über das Wasser nach Osten rasten – genau auf ihn und seine vier Sklaven zu. Die Dschinne an den Enden der Ketten wurden gerammt und umhergewirbelt. Kettenglieder rasselten durch ihre Klauen, als sie panisch versuchten, die heranpreschende Stampede aus fliegenden Rössern abzuwehren. Plötzlich hielt nur noch ein einziger den schwebenden Magier, wurde ruckartig nach oben gezogen, weigerte sich aber, seinen Meister loszulassen. Das Kreischen aus der Höhe wurde noch schriller, als das Hitzewabern außer Kontrolle geriet, über den Körper des Magiers floss und sich an der letzten Kette abwärtsfraß. Der Dschinn sah den Zauber auf sich zurasen. In seiner Furcht riss er die Arme auseinander, wurde im nächsten Moment erfasst und zerkochte innerhalb eines Atemzuges zu einer brodelnden Blasenmasse, die als Klumpen in den See stürzte. Dampf schoss empor und stand als weiße Säule über dem Wasser. Weitere Elfenbeinpferde stießen durch die Wolke und galoppierten schwingenschlagend nach Osten.

Die Haut des schreienden Magiers verfärbte sich, platzte auf wie Tomaten auf einem heißen Kochstein. Dennoch verletzte ihn die Hitze nur oberflächlich. Keiner hielt ihn mehr am Boden – *das* wurde ihm zum Verhängnis. Andere Dschinne sahen womöglich, wie es um ihn stand, aber viele waren unter dem Ansturm der fliegenden Pferde in die Kakteen gestürzt oder in alle Richtungen verstreut worden.

So stieg er inmitten seines Kokons aus Gluthitze aufwärts, kreiselnd und strampelnd, während sich verbrannte Hautfetzen von ihm lösten und von den Winden über die Oase getrieben wurden. Bald war er außer Reichweite der Dschinne, trieb höher und höher, während ihm der Schweif aus Ketten schlingernd und klirrend in den Himmel folgte. Zuletzt war er nur noch ein winziger Punkt vor dem unendlichen Blau, bis es ihn schließlich ganz verschluckte.

Tarik verfolgte das Ende des Kettenmagiers nur aus dem Augenwinkel. Er hatte alle Hände voll damit zu tun, den Teppich mit aberwitziger Geschwindigkeit nach Süden zu jagen, erst einmal fort von den Dschinnen und den panischen Elfenbeinpferden. Der heiße Gegenwind hatte Sabateas Körper getrocknet, keine Nässe sickerte mehr ins Knüpfwerk. Sie hielt sich wieder an Tarik fest, gab keinen Laut von sich und blickte zurück zum Strom der Elfenbeinpferde. Einige Dschinne hielten die Rösser für Angreifer und klammerten sich an ihnen fest, um zu kämpfen. Doch sie wurden nur in Regionen hinaufgetragen, die über dem Zenit ihrer Flugkraft lagen; zuletzt stürzten sie alle ab, ohne einem der Pferde gefährlich zu werden.

Die übrigen Dschinne taumelten wild durcheinander wie ein aufgescheuchter Taubenschwarm, kaum mehr die Hälfte ihrer ursprünglichen Zahl. Einige von denen, die sich in den Kakteen verfangen hatten, waren noch am Leben, kamen aber aus eigener Kraft nicht mehr frei. Ihre gequälten Schreie folgten Tarik und Sabatea auch dann noch, als die Oase längst nur noch ein dunkler Streifen in der Ferne war.

∾

Schon vor Stunden hatten sie Junis und die Dschinne, die ihn gepackt hatten, aus den Augen verloren. Es gab kaum Hoffnung, dass er noch lebte. Ganz weit hinten in Tariks Gedanken, wo sich die Verzweiflung nach Maryams Verlust fest eingenistet und nur auf einen Anlass gewartet hatte, um wieder zum Vorschein zu kommen, verspürte er die alte Sehnsucht nach Amids saurem Wein, nach dem schalen, dumpfen Vergessen in Samarkands Tavernen und Freudenhäusern.

»Du weißt, dass seine Chancen nicht gut stehen, nicht wahr?« Sabateas Worte rissen ihn aus seinem Selbstmitleid. Der aberwitzige Ritt durch die Hitze hatte ihre Haut spröde und rissig gemacht. Ihr schwarzes Haar wirbelte im Gegenwind.

Tarik beschattete mit einer Hand seine Augen, während er nach Westen blickte. Dort sank die Sonne dem Gipfelkamm des Kopet-Dagh entgegen. Die Schatten der Bergspitzen lagen kopfüber auf den oberen Hängen, während der sonnenhelle Teil darunter gezackt erschien wie ein titanisches Raubtiergebiss.

Seine Wangenmuskeln spannten sich. »Ich habe ihre Sklaven gesehen. Menschliche Sklaven. Die Dschinne töten nicht mehr so blindwütig wie früher. Warum sonst hätten sie Junis fortgebracht, statt ihn gleich in der Luft in Stücke zu reißen?« Das mochte klingen wie eine Frage, aber er meinte es nicht so. Alle Überzeugungskraft, die er aufbringen konnte, galt ebenso sehr ihm selbst wie Sabatea. Junis musste noch am Leben sein. Warum wollte sie das nicht einsehen?

Weil sie so schnell wie möglich nach Bagdad will, flüsterte seine innere Stimme. Weil sie aus irgendeinem Grund in großer Eile ist. Einem Grund, den sie dir noch immer nicht verraten hat.

Er lenkte den Teppich in rasendem Flug auf die Berge zu. Solange er die beiden Dschinne und Junis vor sich gesehen hatte, waren sie nach Westen geflogen, in Richtung des Kopet-Dagh. Irgendwo in diesen Bergen würde er seinen Bruder wiederfinden. Er hatte bereits eine unheilvolle Ahnung, an was für einem Ort das sein mochte.

»Du könntest mir die Wahrheit sagen«, schlug Sabatea in seinem Rücken vor.

»Und das kommt ausgerechnet von dir?«

»Ich hab dich nicht belogen.«

»Aber du hast mir auch nicht die ganze Wahrheit gesagt.«

Sie atmete langsam aus. »Alles, was für dich wichtig war.«

Er warf ihr über die Schulter einen düsteren Blick zu. Immerhin – seine Wut auf sie war mehr, als er für eine der anderen Frauen nach Maryam empfunden hatte. Trotzdem würde er sich nicht länger von ihr ablenken lassen. Anderes war jetzt wichtiger.

Junis war wichtiger.

»Du kommst noch schnell genug nach Bagdad«, sagte er grimmig, während er die Berge vor ihnen nicht aus den Augen ließ.

»Ich weiß, dass du mir die Schuld gibst für das, was geschehen ist. Du brauchst dir nicht noch andere Gründe zu suchen, um wütend auf mich zu sein.«

In einem Anflug von Resignation schüttelte er den Kopf. »Ich mache dir keinen Vorwurf … Ich wünschte mir, *ich* könnte mir dieses stinkende Dschinnblut vom Körper waschen.«

Unter dem Teppich rasten die Dünen dahin, während vor ihnen die Berge emporwuchsen. Keiner der Gipfel war besonders hoch, doch inmitten der weiten Karakumwüste wirkten die grünen und grauen Hänge wie etwas Fremdes, das nicht in diese Einöde gehörte. Je näher sie dem Kopet-

Dagh kamen, desto breiter wurde das Panorama dieser Berge, bis es die Wüste mit einem Mal hinter ihren Rücken drängte und ihr gesamtes Blickfeld ausfüllte.

Ohne Ankündigung ließ Tarik den Teppich absinken und flog niedriger über dem Boden. Die Ausläufer der Dünen gingen in verstepptes Grasland über. Die Menschen, die einst hier gelebt hatten, hatten ihre Dörfer in den fruchtbaren Tälern im Inneren des Gebirges errichtet. Die wenigen Ansiedlungen an den äußeren, der Wüste zugewandten Hängen waren lange vor dem Auftauchen der Dschinne aufgegeben worden; die Sandstürme der Karakum waren zu oft gegen diese Berge geprallt, hatten die Ernten vernichtet und das urbar gemachte Land unter knöchelhohem Staub begraben. Aus der Ferne entdeckte er eines dieser Geisterdörfer, eine Felskrone aus zerfallenen Ruinen, die sich kaum von den kahlen Berghängen abhob.

Seit Stunden, seit ihrer Flucht aus der Oase, behielt er den Horizont hinter ihnen im Auge und hatte doch nichts entdeckt als Windhosen, die einsam über die Dünen tanzten. Falls die überlebenden Dschinne ihre Verfolgung aufgenommen hatten, so hatten sie ihnen einen Vorsprung gewährt, den sie nicht mehr einholen konnten.

»Vielleicht versuchen sie, ihren Magier wieder einzufangen«, sagte Sabatea, als sie seine Blicke bemerkte. Dann deutete sie wieder auf den Bergkamm. »Du hast doch eine Vermutung, oder?«

»Mir fällt nur ein einziger Ort in diesem Gebirge ein, der nicht höher liegt als die Wüste. Aber ihn in Besitz zu nehmen würde Mut erfordern – selbst für einen Dschinn-fürsten und sein Gefolge.«

»Was für ein Ort ist das?«, fragte sie ungeduldig.

Er schätzte den Stand der Sonne hinter den Gipfeln ab und korrigierte die Flugrichtung des Teppichs ein wenig nach Süden. »Hast du je von den Hängenden Städten der Roch gehört?«

Ein langer Moment des Schweigens verstrich. Kein Zögern, sondern eine konzentrierte, beinahe schmerzhafte Stille, während derer nur das Säuseln des Gegenwinds an ihre Ohren drang.

»Die Roch«, wiederholte sie leise. »Wenn man den Legenden glaubt, waren sie nicht ungefährlicher als die Dschinne.«

»Keine Legenden«, erwiderte er kopfschüttelnd.

»Es heißt, sie hätten Menschen als Sklaven gehalten und kaum mehr als Tiere in ihnen gesehen.« Sie klang, als spräche sie über einen Mythos, und genau das war es wohl auch für sie.

Tarik hatte Verständnis für ihre Zweifel. Sie waren beide mit der Bedrohung durch die Dschinne groß geworden; aber *sie* zu akzeptieren bedeutete nicht, jedes andere Zauberwe-sen für bare Münze zu nehmen, mit dem die Geschichten-erzähler auf den Basaren die Kinder erschreckten.

Menschen mit Flügeln. Raubvögel in Menschengestalt.

»Dann sind die Horste der Roch hier in der Nähe?«, fragte Sabatea benommen. »Die Hängenden Städte befin-den sich irgendwo im Kopet-Dagh?«

»Ich hab sie nicht mit eigenen Augen gesehen. Aber

ich denke, ich weiß, wie man hingelangt. Mein Vater hat davon gesprochen.«

»Dann hat er sie gesehen?«

»Jedenfalls ist er nahe genug herangekommen, um zu erkennen, womit er es zu tun hatte. Er hat ihre verlassenen Nester gesehen. Und die Ruinen der Menschenpferche.«

»Und du glaubst, dass sich dort jetzt die Dschinne verkriechen?«

»Denkst du, dass ihnen die alten Legenden Angst einjagen? Wenn die Dschinne tatsächlich Menschen einfangen und in diese Berge bringen – und danach sieht es nun mal aus –, dann sind die Pferche der Roch dafür wie geschaffen.«

Sie blickte hinauf zu einem Pass, den sie bald überqueren würden, um in die dahinter liegenden Täler des Kopet-Dagh vorzustoßen. Was auch immer sie dort finden würden – es lag zwischen ihnen und Bagdad wie eine Mauer.

»Du bist fest entschlossen, das zu tun, nicht wahr?«, flüsterte sie. »Für Junis.«

Er wünschte, er hätte sagen können: *Junis hätte dasselbe für mich getan.* Aber damit hätte er nur sich selbst belogen. Sabatea wusste es besser. Sie beide wussten es besser.

»Ich hole ihn da raus«, sagte er. »Mit oder ohne dich.«

Dicht am Boden folgten sie dem Verlauf mehrerer Täler, deren grüne Wiesen ihnen nur noch deutlicher vor Augen führten, was sie zu verlieren hatten. Einst hatten hier Ziegen, Kühe und wilde Pferde gegrast, doch heute gab es keine Spur mehr von Tieren. Die Gräser bogen sich unberührt unter Winden, die von den Hängen herabstrichen. Nach der Ödnis der Wüste war ihr Geruch beinahe so erfrischend wie das Wasser, mit dem die beiden an einer Quelle ihre verbliebenen Lederschläuche aufgefüllt hatten.

Tarik ließ sich von der trügerischen Idylle dieser Berge nicht täuschen. Einst waren die Täler des Kopet-Dagh eine Freistatt für die Nomaden der Karakum gewesen, die ihr Vieh über diese Wiesen getrieben und im Schatten der Gipfel Zuflucht vor der Wüstensonne gefunden hatten.

Heute lebte hier nur noch das Gras. Selbst die Vogelschwärme dieser Berge hatten vor den Dschinnen die Flucht ergriffen.

Als hinter einem Felsenkamm grauer Dunst aufstieg, lenkte Tarik den Teppich aus der Talsenke einen Hang hinauf. Der Wind wehte hier stärker und zerrte an ihrer weiten Kleidung. Trotzdem hielt er es für klüger, einen

Weg durch die oberen Regionen des Kopet-Dagh zu su- chen. Das Risiko, in dieser Höhe auf Dschinnpatrouillen zu stoßen, war geringer als in den Senken, auch wenn er und Sabatea hier oben leichter zu entdecken waren als im Schatten der verzweigten Täler.

Die Hänge wurden zu den Gipfeln hin steiler, senk- rechte graue Wände, die wie Mauern über unbegehbaren Geröllhalden emporwuchsen. Tarik blieb so nah wie nur möglich an diesen Felsen, in der vagen Hoffnung, dass der Teppich und seine Reiter für Dschinnaugen von den Steinmassen verschluckt werden würden. Die Sonne war fast vollständig jenseits der Berge versunken, nur verein- zelt berührten ihre letzten Strahlen die Gipfelkämme. Mehrfach flog er Umwege, um dem goldenen Schein zu entgehen und den Schutz der anbrechenden Dunkelheit zu nutzen.

Der Dunst, den sie im Süden ausgemacht hatten, wurde bald eins mit der Abenddämmerung. Es stellte sich heraus, dass er nicht aus dem nächsten oder übernächsten Tal auf- stieg, sondern sehr viel weiter entfernt war. Als sie endlich den letzten Bergkamm erreichten und Tarik den Teppich auf einem kleinen Plateau landete, war die Welt im Osten schon eins mit der Nacht geworden.

Sie kauerten an einer Felskante und blickten in die Tiefe. Das steile, unzugängliche Tal, das sich vor ihnen öffnete, lag unter einer Glocke aus Rauch und Finsternis.

»Was ist das für ein Gestank?« Sabateas Stimme klang gepresst, als fürchtete sie, irgendwer könnte ihre Worte selbst über die große Entfernung mit anhören.

»Irgendwo dort unten liegt ein Schlammvulkan.« Tarik hatte das gleiche Phänomen schon mehrfach in der Nähe von Dschinnlagern beobachtet. Wo sich Dschinne für längere Zeit niederließen, tat sich der Boden auf und spie zähflüssigen, stinkenden Morast an die Oberfläche.

»Was soll das sein?«

»Etwas wie eine Quelle, aus der statt Wasser kochender Schlamm fließt. Der Kegel ist nur ein paar Mannslängen hoch, aber er spuckt dieses Zeug viele Jahre lang aus.« Er verengte die Augen, in der vergeblichen Hoffnung, den Talgrund besser erkennen zu können. »Den Dschinnen scheint es zu gefallen. Ich weiß nicht, ob es die Wärme ist oder der Geruch … Aber sie scheinen Mittel und Wege zu kennen, heiße Schlammadern ausfindig zu machen und die Erde darüber zu spalten. Ich habe einmal eines ihrer Lager am Ufer des Kaspischen Meeres gesehen, das in einem Umkreis von einem halben Tagesmarsch von heißem Schlamm umgeben war.« Damals hatte er weit mehr als nur Schlamm gesehen, und er fürchtete, dort unten auf etwas ganz Ähnliches zu stoßen.

Das Tal war fast vollständig hinter den Schwaden verborgen. Keine gleichförmige Rauchdecke, sondern ein formloses Wogen und Wirbeln, aus dem sich nur dann vage Umrisse schälten, wenn ein Gebirgswind den Hang hinabjagte und für Sekunden eine Schneise in den Dunst schlug.

Während einem dieser klaren Momente erkannte er einen gewaltigen Riss in der gegenüberliegenden Bergflanke, als wäre die Felswand von einer Riesenaxt gespalten worden. Erst als sich der Rauch ein zweites und drittes Mal teilte, wurde offensichtlich, dass es sich um einen Zugang ins Innere des Gebirges handelte.

»Höhlen also«, raunte Sabatea.

»Nur eine einzige – groß genug, um ganz Samarkand hineinzustecken. Die Hängenden Städte befinden sich dort unten im Berg.«

»Hat das dein Vater gesagt?«

»Er ist vor vielen Jahren dort unten gewesen.«

Sabatea begann, ihre Waden zu massieren. Der stundenlange Ritt auf dem Teppich hatte einmal mehr ihre Beine taub werden lassen. »Du vertraust wirklich auf alles, was er euch erzählt hat, oder?«

»Warum hätte er lügen sollen?«

»Nicht lügen. Nur übertreiben. Väter tun das manchmal, um ihre Söhne zu beeindrucken.«

»Du weißt nichts über Jamal.«

»Ich weiß sogar eine ganze Menge über ihn. Zum Beispiel, dass er zuletzt nicht mehr aus dem Dschinnland zurückgekehrt ist. Er war nicht unbesiegbar, Tarik. Und nicht allwissend ... auch wenn Junis und du ihn auf ein goldenes Podest hebt und seinen Glücksbringer« – sie deutete auf die Sanduhr – »zum ehernen Gesetz erhoben habt.«

Er runzelte die Stirn, weniger erzürnt als neugierig. »*Dein* Vater hat offenbar keinen allzu erfreulichen Eindruck hinterlassen.«

Sie wandte rasch das Gesicht ab, aber er sah noch den Schatten eines tiefen Schmerzes über ihre Züge geistern. »Nein«, gab sie leise zu. »Das hat er gewiss nicht.«

»Jamal war der beste Schmuggler zwischen Samarkand und Bagdad«, sagte er ruhig. »Aber er war auch ein Trinker und hat meine Mutter regelmäßig am ersten Abend nach der Rückkehr von seinen Reisen mit anderen Frauen betrogen. Oft genug hat er Junis und mich für Dinge bestraft, die wir nicht verstanden haben. Ich behaupte nicht, dass er ein *guter* Mann war. Aber er war kein Lügner. Und er hatte es nicht nötig, andere mit erfundenen Abenteuern zu beeindrucken. Wenn du ihn gekannt hättest, dann – «

»Ich glaube, ich kenne ihn sogar recht gut.« Sie blickte ihm jetzt wieder in die Augen, das Weißgrau ihrer eigenen so hell, als leuchtete es in der Dunkelheit. Bildschön und zugleich von einer beklemmenden Gewissheit erfüllt.

»Ich wünschte, ich hätte mehr von ihm geerbt«, sagte Tarik nach einem Moment stummen Ringens – ein Ringen mit ihr und um die richtigen Worte. »Mehr als das wenige, das er und ich vielleicht gemeinsam haben.«

»Auch du willst andere für etwas bestrafen, das sie nicht verschuldet haben.«

Er lachte leise. »Etwa dich?«

»Junis.« Sie überlegte kurz. »Ja, mich auch, schätze ich. Aber ich kann damit leben. Er kann es nicht.«

Tarik schluckte eine heftige Erwiderung hinunter. »Er wird so oder so nicht mehr lange am Leben sein, wenn wir weiterhin dasitzen und reden.«

Sie sah ihn unverwandt an. »Hat dein Vater auch so große Angst vor Worten gehabt wie du?«

O ja, dachte Tarik widerwillig. Deshalb hatte Jamal die Klagen seiner Mutter mit dem willigen Schweigen anderer Weiber betäubt; und die Vorwürfe, die er sich selbst machte, mit dem schweren Pamirwein.

»Du willst also reden«, sagte er. »Gut, dann lass mich dir eine Frage stellen.«

Ein Schulterzucken. Das weiße Glühen ihrer Augen. Ihr entwaffnendes Lächeln.

»Woher hast du gewusst, dass der Landweg nicht sicher ist?«, fragte er. »Als du mich überreden wolltest, dich nach Bagdad zu bringen, da hast du behauptet, die Dschinne seien höchstwahrscheinlich verschwunden und stellten keine Gefahr mehr dar. Und doch hast du alles getan, damit dich ein Teppichreiter nach Bagdad bringt. Dabei – und dafür kenne ich dich mittlerweile zu gut – hättest du ohne große Mühe Mittel und Wege gefunden, dich der Karawane der Vorkosterin anzuschließen. Vielleicht durch einen Hauptmann der Garde, der dich unter seine Fittiche genommen hätte.« Er schüttelte langsam den Kopf, ohne sie oder den wirbelnden Rauch in ihrem Rücken aus den Augen zu lassen. »Dir war klar, dass es hier draußen noch immer von Dschinnen nur so wimmelt. Aus irgendwelchen Gründen haben sie Samarkand seit Jahren nicht mehr angegriffen, aber das hat sie nur stärker und gefährlicher gemacht. Und du hast es *gewusst*. Woher?«

Sie seufzte, hielt seinem Blick aber stand. »Dort, wo ich gelebt habe, schnappt man so manches auf.«

Seine Finger schlossen sich fest um ihr Handgelenk. »Der

Emir wäre ein noch größerer Narr, als ich dachte, wenn er über so etwas mit seinen Haremsweibern spricht.«

»Er *ist* ein Narr und – « Sie brach ab und setzte neu an. »Ich habe ihm nahegestanden, dann und wann. Und erzähl mir nicht, dass dich das überrascht, Tarik. Als ob das auch nur irgendeine Rolle spielt, hier draußen oder anderswo.«

»Immerhin hat es dir gute Dienste geleistet, als du Junis zu diesem Irrsinn überredet hast.« Er hatte das nicht sagen wollen und wusste genau, dass der Vorwurf falsch war: Sein Bruder wäre auch ohne sie nach Bagdad aufgebrochen. Aber da war etwas in ihm, das ihr weh tun wollte – der Teil von ihm, der ihn davor bewahren wollte, sie zu sehr zu mögen.

Er sah ihre Hand heranschnellen, aber es war zu spät. Ihr Schlag traf ihn ins Gesicht, und hätte er den Kopf nur um eine Winzigkeit mehr nach rechts gedreht, hätte sie ihm die Nase gebrochen. So bekam sein Wangenknochen die ganze Wucht des Hiebes ab, nicht mit der flachen Hand, sondern mit der Faust geführt. Er prallte zurück, ließ sie los – und schnellte noch im selben Augenblick wieder nach vorn. Einen Herzschlag später lag sie auf dem Rücken, er presste ihre Handgelenke auf blanken Fels und brachte sein Gesicht kaum einen Fingerbreit über ihres.

Ihre Augen loderten. »Was hast du jetzt vor?« Ihre Stimme war ein lauerndes Schlangenzischen. »Tu, was du willst. Aber wage es nicht noch ein Mal, auch nur zu *denken*, dass ich nicht mehr wert sei als eine gemeine Palasthure!«

»Schlagen die auch so fest zu wie du?«

»Ich weiß nicht, wie sie sprechen. Ich weiß nicht, wie sie denken. Und ich weiß nicht, wie sie *zuschlagen*.«

»Ich bin sicher, der Emir hätte sie dafür auf der Stelle in die Mauerhaken werfen lassen.«

»Nein. Nicht sofort. Erst hätte er ausgekostet, dass er ihnen überlegen ist.«

Er ließ ihre Hände los, aber sie ließ sie neben ihrem Kopf am Boden liegen, als wäre unvermittelt alle Kraft aus ihr gewichen. Das verblüffte und verunsicherte ihn. Kaum merklich zog er sich ein Stück von ihr zurück.

Ihre Rechte schoss abermals hoch.

Diesmal griff sie ihm am Hinterkopf ins Haar und zog ihn zu sich herunter. Er sperrte sich nur einen Augenblick lang, dann spürte er ihre Lippen auf seinen. Eine bitter-süße Mischung aus Schmerz, der von seiner pulsierenden Wange ausstrahlte, und der fordernden Hitze ihres Kusses brachte seine Fassung einmal mehr ins Wanken.

Aus den Dämpfen des Schlammvulkans ertönten Schreie. Tarik fuhr hoch. Sabatea glitt unter ihm hervor.

Einen Atemzug später knieten sie wieder geduckt am Rand des Plateaus und blickten in die Tiefe, froh, einander nicht in die Augen sehen zu müssen.

Hinter den Dämpfen des kochend heißen Schlamms, der den Grund des Talkessels wie Ofenschlacke bedeckte, waren Bewegungen zu erkennen. Dunkle Flecken, eine Handvoll winziger Strichfiguren, hatten sich aus dem Felsentor gelöst, das vermutlich hinab zu den Hängenden Städten führte. Dschinne waren bei ihnen. Aber erst durch den nächsten Riss in den Schwaden erkannten sie, dass die Menschen von den Dschinnen getragen wurden. Je zwei von ihnen zerrten eines ihrer Opfer an den Armen durch die Luft, wenige Meter über dem Boden. Strampelnd und schreiend wurden die Männer und Frauen über den trockenen Felsstreifen vor der Höhle geschleppt, bis sie das Ufer des Schlammsees erreichten. Die Schreie wurden noch lauter und verzweifelter, als die Menschen die Hitze unter sich spürten, die aufsteigenden Dämpfe, den giftigen Schwefelgestank des schwarzen Morasts. Dann wurden sie fallen gelassen, mitten in den glutheißen Schlamm, wo sie kreischend untergingen. Einmal mehr schloss sich der Dunst über ihnen, aber Tarik wusste, dass es noch nicht vorbei war. Das Kreischen brach wenig später ab, doch er hatte die Bilder von damals wieder vor Augen und er wusste, was er sehen würde, wenn er dort hinunterflog, näher an den Schlamm heran. Er wollte sich nicht erinnern, wollte es sich nicht ausmalen, aber er konnte nicht anders.

Mit einem Ruck richtete er sich auf. Nur einen Moment später saß er im Schneidersitz auf dem Teppich und schob die Hand ins Muster.

»Warte hier«, sagte er. »Hier oben geschieht dir nichts.«

Sie sprang hinter ihn und legte den Arm um ihn. »Ich habe es so satt, dass du mich wie eine verdammte Last behandelst.«

»Ich will nicht, dass dir etwas geschieht.«

»Genau das Gleiche hat Junis gesagt.« Sie biss sich auf die Unterlippe. »Ich komme mit«, sagte sie dann. Und nur einen Herzschlag später: »Ich will nicht mehr mit dir streiten.«

»Gut«, sagte er leise. »Dann lass mich dir etwas zeigen.«

Der Teppich trug sie über die Felskante und stürzte sich in den Schlackedunst.

Das Tal war geformt wie ein Kessel, rundum von steilen Felswänden begrenzt, aus dem es zu Fuß keinen Ausweg gab. Die Roch hatten diesen Ort offenbar gewählt, weil er nur durch die Luft zu erreichen war – oder durch langwieriges Abseilen, das einen überraschenden und wirksamen Angriff unmöglich machte.

Der kochende Schlamm füllte den ganzen Talgrund aus, zweihundert Schritt von einer Bergwand zur anderen. An den meisten Stellen war der dunkle Schlackesumpf nicht tief, reichte einem Menschen gerade einmal bis zur Hüfte – so man denn den erstarrten Körpern trauen durfte, die wie verrenkte Statuen aus der dampfenden Kruste ragten. Viele der Männer und Frauen, die im Laufe der Zeit von den Dschinnen in den Schlamm geworfen worden waren, hatten sich nach dem ersten Untertauchen wieder aufrichten können, ungeachtet der mörderischen Hitze. Sie waren nicht weit gekommen. Jene mit besonders großer Willenskraft hatten sich noch einige Schritte vorwärtsgeschleppt, mit schwenkenden Armen und aufgerissenen Mündern. Andere waren einfach stehen geblieben, wo sie sich aus der Schlacke erhoben hatten, wie versteinert unter Schichten aus Schlamm. Wo der zähe schwarze Morast Kontakt zur

Luft bekam, war er innerhalb von Augenblicken erkaltet und ausgehärtet. Die Unglücklichen in seinem Inneren mochten ihn noch ein- oder zweimal gesprengt haben, doch dann hatten ihre Kräfte sie verlassen. Die Hitze des Schlamms hatte sie in ihren Morastpanzern zu Tode gegart.

Der schwefelige Qualm, der in wandernden Vorhängen über den Schlammsee trieb, verwehrte Tarik und Sabatea den Blick auf das ganze Ausmaß des Grauens. Im Schutz des Dunstes schwebten sie weit genug bis zur Oberfläche hinab, um fünfzehn oder zwanzig der starren Schlamm-statuen zu erkennen, aber die wahre Zahl musste um ein Vielfaches höher sein. Tarik blieb nah an den hinteren Fels-wänden, so weit wie nur möglich von dem Höhlenspalt entfernt.

Manchmal riss der Dunst auf, dann zog sich der gezackte Grotteneingang wie ein schwarzer Blitz durch den Rauch. Tarik hielt Ausschau nach Wachtposten, konnte aber keine entdecken. Offenbar fühlten sich die Dschinne an diesem entlegenen Ort und hinter dem tödlichen Schlammsee si-cher vor Angreifern. Falls es dennoch Wächter gab, so wa-ren sie tiefer im Felsspalt postiert.

Er spürte, dass Sabatea hinter ihm zitterte. Einmal meinte er, ihre Tränen an seinem Nacken zu spüren. Er wollte ge-rade wieder hinauf zum Plateau fliegen, als sie ihn wortlos anstieß und nach rechts auf einen verkrusteten Schlammhü-gel deutete. Irgendwann einmal war etwas Großes von hoch oben herabgestürzt, eine bizarre Kreatur des Dschinnlandes, die sich selbst auf ihren zahlreichen Beinen nicht mehr aus dem Morast hatte retten können. Verwinkelte Glieder umgaben den haushohen Koloss, manche angewinkelt, andere ausgestreckt. Im Todeskampf musste das Ungeheuer getobt haben, aber seine Größe und Kraft hatten es nicht retten können; zuletzt war es der Hitze und der Härte des erkalteten Schlamms zum Opfer gefallen.

Sie schwebten wieder nach oben, zurück auf die Felsen oberhalb des Tals. Diesmal lenkte Tarik den Teppich unter einen Überhang, wo sie besser vor den Blicken vorüberfliegender Dschinne geschützt waren. Der Schwefelgestank des Schlammvulkans hing in seiner Nase, als hätte er sich in die Schleimhäute geätzt.

In ihrem Versteck breitete er den Teppich flach auf dem Felsboden aus.

»Keine Wächter.« Tarik stellte die Sanduhr auf und öffnete das Nadelöhr. »Jedenfalls nicht vor dem Höhleneingang. Sie wissen, dass es Wahnsinn wäre, den Schlammsee überqueren zu wollen und dort einzudringen.«

Sabatea zog ihren Arm zurück, blieb aber sitzen. »Es muss noch andere Zugänge geben.«

Er drehte sich um, bis sie einander auf dem Teppich gegenübersaßen. Fragend blickte er sie an.

»Es heißt immerhin die Hängenden *Städte*, nicht wahr?« Es war erstaunlich, wie sehr sie sich unter Kontrolle hatte. Da war nur die Spur eines Bebens in ihrer Stimme, und selbst das unterdrückte sie schon bald darauf mit eisernem Willen. »Wie viele Roch werden dort unten gelebt haben? Einige hundert? Ein paar tausend? Es heißt, die Hängenden Städte seien ein ganzes Reich gewesen und nicht irgendein provisorisches Lager in einer Höhle.«

»Zwei Reiche, genau genommen«, ergänzte er. »Die sich zudem spinnefeind waren.«

»Sie müssen Vorkehrungen getroffen haben, für Unglücksfälle und Katastrophen. Selbst wenn sie sich sicher vor Angriffen gefühlt haben – was ist mit Erdbeben? Was, wenn ein Erdrutsch den Spalt dort unten verschüttet hätte? Es muss andere Fluchtwege aus dieser Höhle gegeben haben, und wahrscheinlich mehr als nur einen. Keine Stadt hat nur ein einziges Stadttor – erst recht nicht, wenn zwei verfeindete Stämme darin leben.«

Es gab viele Geschichten über die Fehden der Rochvölker untereinander. Die Kriege zwischen den Hängenden Städten waren der Stoff von Legenden: zwei gigantische Rochhorste, die so nah beieinanderlagen, dass man einen Speer vom einen zum anderen schleudern konnte. Allein das war etwas, das sich nach menschlichen Maßstäben kaum nachvollziehen ließ. Und obgleich sich die Bewohner dieser Städte hassten und manchen Kampf miteinander ausfochten, gingen sie dennoch gemeinsam auf Menschenjagd. Viele der alten Geschichten zogen den Streit der Hängenden Städte ins Lächerliche, verharmlosten die Stammeskriege zu grotesken Wettkämpfen und Streichen. Einige aber erzählten davon, dass die Roch einen anderen Weg gefunden hatten, um ihre Schlachten auszutragen: Sie ließen die gefangenen Menschen für sich kämpfen, bewegten sie wie Figuren auf einem Spielbrett und stachelten sie auf, einander niederzumachen, um so Entscheidungen über die Streitigkeiten der Geflügelten herbeizuführen.

Das alles war lange her. Mythen aus grauer Vorzeit, als

die Menschheit noch keine eigenen Reiche errichtet hatte, sondern mit Keulen bewaffnet in Rotten durch die Welt gezogen war. Doch das änderte nichts daran, dass Tariks Vater die Hängenden Städte gesehen hatte; das, was von ihnen übrig geblieben war. Und Sabatca täuschte sich, wenn sie annahm, dass Jamal damit geprahlt hätte. Ganz im Gegenteil: Er hatte die Stimme gesenkt, wenn er davon sprach, und immer wieder nervös zum Fenster gesehen, als fürchtete er, die Geister der Roch wären ihm durchs Dschinnland bis nach Samarkand gefolgt.

Tarik blickte aus ihrem Versteck über die schroffen Gipfelkämme des Kopet-Dagh. Durch die Rauchschwaden waren sie in der Abenddämmerung nur zu erahnen. »Wenn wir Junis retten wollen, bleibt uns keine Zeit, das ganze Gebirge nach geheimen Fluchtwegen abzusuchen. Jede einzelne Höhle könnte dort hinunterführen. Abgesehen davon, dass wir Monate damit beschäftigt wären, hausen in einigen dieser Grotten Wesen wie das da unten im Schlamm. Und wahrscheinlich noch größere.«

»Wenn du Junis helfen willst, dann kannst du unmöglich durch diesen Spalt fliegen und hoffen, dass dich niemand dabei entdeckt.«

»Warum liegt dir mit einem Mal so viel daran, Junis zu befreien?«, fragte er.

»Ich mag deinen Bruder. Aber er ist es nicht, der mich neugierig macht – das bist du.« Sie schob ihre schmale Hand unter seine, umfasste seine Finger. Ihr prüfender Blick wurde eindringlicher. »Da ist noch etwas anderes, oder? Etwas, über das du nicht sprichst.«

Er wich ihren Augen aus, aber er ahnte schon, dass sie jetzt nicht mehr nachgeben würde.

»Was ist es?«, fragte sie noch einmal. »Ich weiß, es geht dir um Junis – aber nicht *nur* um ihn.«

Er hasste es, dass seine Stimme mit einem Mal belegt klang wie die eines Kindes, das bei einem Diebstahl auf dem Basar ertappt worden war. »Es ist lange her«, flüsterte er.

Sie wartete geduldig. Draußen vor der Nische im Fels wurde es Nacht, und ohne ein Feuer würden sie bald in völliger Finsternis sitzen. Aber er hatte die Befürchtung, dass ihre Augen selbst im Dunkeln zu ihm herüberglühen und seine Gedanken erforschen konnten. Was ihn verwunderte, war, dass ihn das nicht mehr wütend machte. Verwirrt, ja. Sogar ein wenig unsicher. Aber nicht länger zornig. Er fühlte sich bis ins Innerste entblößt, aber er schämte sich nicht dafür. Nicht vor ihr.

Die Erinnerung an die Nacht am Himmel über Samarkand kehrte zurück. Nicht an die schlichte Körperlichkeit ihrer ersten Begegnung, sondern an etwas anderes, das er schon damals gespürt hatte. In ihrer Stimme, ihren Berührungen. Und immer wieder in ihren Augen.

»Maryam«, flüsterte er, auch auf die Gefahr hin, dass sie es falsch verstehen könnte.

Aber sie nickte nur. Wahrscheinlich hatte sie es längst geahnt. »Dort drinnen? In dieser Höhle?«

Er brachte es nicht über sich, darauf zu antworten.

»Deine Wut auf Junis, diese ganzen sechs Jahre lang… Das war nicht, weil er dir die Schuld an ihrem Tod gegeben hat. Sondern weil er durchschaut hat« – sie zögerte – »dass du selbst dir die Schuld daran gibst.« Sie fasste seine Hand noch fester. »Aber nicht an ihrem Tod, oder?«

Nein, sagte sein Blick, aber über seine Lippen kam kein Laut.

»Willst du mir davon erzählen?«, fragte sie. »Davon, was damals wirklich geschehen ist?«

Er zog seine Hand mit einem Ruck aus ihrer, rieb sich durchs Gesicht, massierte seine Augen, sah sie dann wieder an. Sie schien zu verschwimmen, eins zu werden mit der Nacht und dem Rauch dort draußen.

Ein Gespenst.

Ihr Gespenst.

»Ich habe sie nicht sterben sehen«, sagte er leise.

Maryam hatte die Gestalt auf den Dünen als Erste entdeckt. Tarik wirbelte herum, stieß dabei mit dem Krummschwert den Wassereimer in den Brunnenschacht und zog sie schützend hinter sich.

»Wer ist das?«, fragte sie leise.

Sandwehen wanderten die Dünenhänge hinab auf die Oase zu, aber sie schienen achtungsvollen Abstand zu dem Mann zu halten, der jetzt die Palmen erreichte und zwischen den Stämmen auf Tarik und Maryam zukam.

»Kein Dschinn«, flüsterte sie. »Nur ein Mensch.«

Tarik war davon nicht so überzeugt wie sie. Tatsächlich war er nicht einmal sicher, dass es sich wirklich um einen Mann handelte – bislang ließ sich das nur an seinem weißen Beduinengewand erkennen. Kleidung, wie sie eigentlich in den arabischen Wüsten getragen wurde, nicht von den Nomaden der Karakum.

Das Gewand war weit geschnitten und reichte bis zum Boden. Vorn war es mit einer breiten Schärpe aus dem gleichen weißen Stoff geschlossen. Waffen oder einen Schwertgurt schien der Fremde nicht zu tragen; allerhöchstens mochte er in den Falten seiner Kleidung einen Dolch verbergen. Sein Kopf war mit einem Tuch verhüllt, das nur einen Spalt für die

Augen frei ließ. Dass unter dieser Vermummung ein Mann steckte, ließ sich auf diese Entfernung allein an seiner Größe erkennen. Wichtig war, dass er auf zwei Beinen ging – und nicht schwebte wie ein Dschinn. Seine Schritte hinterließen Spuren im Sand.

Tarik hob das Schwert. Maryam trat aus seinem Schatten; es war nie ihre Art gewesen, sich hinter ihm zu verstecken. Außer ihren Alpträumen, jenen Visionen einer nimmer enden-den Gefangenschaft in einem Kerker namens Samarkand, gab es wenig, das ihr Angst einjagte.

Gewiss kein einzelner Mann in der Wüste.

Tariks Sorge aber wuchs. »Zurück auf den Teppich.«

Sie schüttelte den Kopf. »Er ist kein Dschinn, oder?« *Tarik entdeckte ein erwartungsvolles Funkeln in ihren Augen, das seine Befürchtung bestätigte.* »Vielleicht«, *flüsterte sie,* »ist er einer von den Rebellen.«

Die Freiheitskämpfer gegen die Dschinnherrschaft. Viel-leicht keine Legende – auch wenn dies der Emir gern verbrei-ten ließ –, aber ganz sicher auch keine schlagkräftige Ar-mee, die sich einige von Maryams aufrührerischen Freunden herbeiphantasierten. Jamal hatte nie von ihnen gesprochen, und auch Tarik war keinem begegnet. Gewiss, das Dschinn-land war unermesslich groß und erstreckte sich weit über die Grenzen Khorasans hinaus. Selbst wenn es ein ganzes Heer dieser Rebellen gegeben hätte, waren die Chancen, dass ein Schmuggler ihnen auf dem Weg von Samarkand nach Bag-dad begegnete, denkbar gering. Erst recht wenn es sich bei ihnen nur um eine Schar Flüchtlinge handeln sollte, die von einem Unterschlupf zum nächsten zogen und vielleicht dann und wann einen Achtungssieg gegen eine Dschinnpatrouille erzielten.

Der Mann war jetzt keine fünfzig Schritt mehr entfernt. Er wanderte durch die Schatten der Palmenstämme, durch ein Raster aus Licht und Dunkelheit.

»Wir verschwinden«, entschied Tarik und wollte sie zurück auf den Teppich drängen, der nur wenige Schritt neben ihnen lag und schon halb von wehenden Sandwirbeln begraben war.

Aber er hätte wissen müssen, dass er damit nur Maryams Widerwillen herausforderte. Wie so mancher der jungen Verschwörer gegen die Herrschaft des Emirs war auch sie geradezu besessen von dem Gedanken an die Rebellion gegen die Dschinne. Die Geschichten über den geheimen Krieg, der angeblich im Wüstenmeer der Karakum tobte, hatten für Maryams starrsinnige Freunde vor allem symbolischen Wert: Es machte ihnen Mut, dass dort draußen in den Weiten des Dschinnlands eine Gruppe unbeugsamer Widerstandskämpfer gegen eine Macht antrat, die nicht zu besiegen war. Wie klein und unbedeutend war dagegen ihr eigener Aufstand gegen den Emir und seine Ahdath – so es denn jemals dazu kommen sollte. Tarik hatte aus Liebe zu Maryam an einigen ihrer Treffen in Hinterzimmern des Qastal-Viertels teilgenommen, und nichts, das dort gesagt worden war, hatte ihn auch nur einen Augenblick auf einen Erfolg ihrer Umsturzpläne hoffen lassen. Während Maryam mit leuchtenden Augen an den Lippen großtönender Redner gehangen hatte, hatte Tarik kaum mehr als gelindes Interesse für ihre ehrenwerten, aber vollkommen aussichtslosen Pläne aufbringen können.

Vielleicht war das der wichtigste Grund gewesen, weshalb er sich schließlich bereiterklärt hatte, sie aus Samarkand fortzubringen: Er wollte nicht, dass sie mit dem Rest dieser Narren bei dem gescheiterten Versuch starb, Kahramans Herrschaft über die Stadt zu brechen. Lieber gab er ihrem Drängen nach, Samarkand für immer zu verlassen, als mit anzusehen, wie sie in den Kerkern des Palastes endete, in den Wahnsinn getrieben von einer Gefangenschaft, die sie in ihren Träumen seit Jahren vorausgesehen hatte.

Deshalb waren sie heute hier. In dieser Oase mitten im Nichts, wo niemand sein sollte außer ihnen, schon gar kein Fremder in wehenden weißen Gewändern.

Noch zwanzig Schritt.

Tarik bemühte sich, die Augen des Mannes zu erkennen. Der schmale Streifen Gesichtshaut zwischen den Tüchern um seinen Kopf sah aus wie bemalt. Nicht unähnlich den Hennasymbolen auf Maryams Handrücken.

»Halt!« Tarik hob warnend einen Arm. »Bleib stehen!«

Maryams Finger streiften seine Faust um den Schwertgriff. Er unterdrückte abermals den Wunsch, sie gegen ihren Willen hinter sich zu schieben oder, besser noch, auf den vermaledeiten Teppich, damit sie endlich von hier verschwinden konnten. Sie hatten erst einen einzigen Wasserschlauch gefüllt, und der würde kaum ausreichen bis zur nächsten Oase. Zudem hatte er gerade erst den einzig vorhandenen Schöpfeimer hinab in den Brunnen geworfen. Wenn sie jetzt überstürzt aufbrachen, liefen sie Gefahr, in der Gluthitze der Karakum zu verdursten.

Fünfzehn Schritt zwischen ihnen und dem Fremden.

Er kam näher, ohne Tariks Aufforderung Beachtung zu schenken. Weiß gebleichte Gewänder schleiften über den Sand, die Farbe alter Gerippe.

»Bleib stehen, und nenne uns deinen Namen«, verlangte Tarik erneut. Wäre Maryam nicht an seiner Seite gewesen, er hätte den Mann längst angegriffen. Während der vergangenen Jahre hatte er hier draußen nicht nur Dschinne getötet. Aber er scheute sich davor, sie in einen Kampf zu verwickeln, noch dazu mit jemandem, dessen Kraft er nicht abschätzen konnte. Zugleich wusste er, dass sie verloren war, wenn ihm selbst etwas zustieß. Sie allein konnte den Teppich nicht fliegen, ihr Wissen um die nötigen Beschwörungen reichte nicht aus, um ins Muster zu greifen.

Die zügigen Schritte des Mannes verrieten, dass ihn die Wüstenhitze keineswegs geschwächt hatte. Falls er sich auf einsamer Wanderschaft durch die Karakum befand, so hatte er doch augenscheinlich nicht mit Hunger und Durst zu kämpfen gehabt.

Endlich erkannte Tarik, was an dem Fremden nicht stimmte.

Er trug keine Wasserschläuche. Nichts, um Vorräte zu transportieren.

Und dafür gab es nur eine einzige Erklärung: Er war nicht allein. Hinter den Dünen warteten andere wie er, warteten womöglich nur auf sein Zeichen.

Tarik gab Maryam einen Stoß, der sie mit einem wütenden Aufschrei in die Richtung des Teppichs beförderte. Ohne weitere Zeit zu verschwenden, holte er mit dem Schwert aus und stürzte vorwärts.

Der Fremde blieb stehen. Hakte seelenruhig eine Finger-
spitze in das Tuch vor seinem Gesicht und zog es hinab unters
Kinn.

Maryam entfuhr ein gepresstes Keuchen.

Tarik erstarrte.

Die Muster, die er von weitem in dem schmalen Sehschlitz
erkannt hatte, waren nicht aufgemalt. Es waren Narben. Das
Gesicht des Mannes sah aus wie ein Flickenteppich, dutzend-
fach zusammengenäht, als hätte ihn etwas vor langer Zeit in
Stücke gerissen.

In Stücke von unterschiedlicher Hautfarbe.

Seine Mundwinkel wanderten nach oben, fanden eine Ver-
längerung in rosigen Narbenwülsten, die sein sichelscharfes
Lächeln bis zu den Augenwinkeln hinaufzogen. Tarik hatte
noch nie eine Mimik gesehen, die dieser gleich kam. Das gro-
teske, absurd verzerrte Grinsen einer Narrenmaske.

»Mein Name ist Amaryllis.«

Tarik hatte in seinem Ansturm innegehalten, erstarrt beim
Anblick dieses Gesichts, das aus den Zügen anderer Menschen
zusammengesetzt war. Hellhäutigen, schwarzhäutigen, gelb-
häutigen Menschen. Rechts das blaue Auge einer Frau mit
langen Wimpern. Links das braune eines Mannes ohne Lid,
von einem schwefeligen Schleier überzogen, eingetrocknet wie
durchgebratenes Eigelb; und dennoch bewegte es sich in der
Höhle, als Amaryllis' Blick von Tarik zu Maryam und wieder
zurück wanderte.

Allmählich fand Tarik zurück zu jener Beherrschtheit, die
ihn so viele Konfrontationen im Dschinnland hatte überleben
lassen. Hier draußen hatte er schon scheußlichere Kreaturen

gesehen als diese, um ein Vielfaches größer, bizarrer und un-
menschlicher. Und doch hatte ihn keine derart verstört wie
dieser Fremde aus der Wüste. Die Ungeheuer, die nach dem
Erscheinen der Dschinne aus dem Nichts der Karakum aufgetaucht waren, besaßen keine Ähnlichkeit mit Menschen, und
es fiel leicht, in ihnen nicht mehr zu sehen als mordlüsterne
Tiere. Amaryllis aber war etwas ganz und gar Fremdes, das
sich den missglückten Anschein eines Mannes geben wollte.
Etwas, das um jeden Preis versuchte, als Mensch aufzutreten,
obgleich sich hinter dieser Maskerade kein Funke Menschlichkeit verbarg.

Tarik spürte es, als er einmal mehr den Blick des Narbennarren kreuzte. Das hellwache Auge einer Frau und der welke
Augapfel eines Mannes.

Maryam sprang von hinten auf Tarik zu, packte ihn an
seinem Wams und zerrte ihn zurück. Erst jetzt wurde ihm bewusst, dass er vollkommen steif dagestanden hatte, gebannt
von diesem fremden, mächtigen Blick. Sie zog ihn mit sich in
die Richtung des Teppichs, und nach zwei Schritten schüttelte
er sein Entsetzen ab, warf sich herum und lief Seite an Seite
mit ihr.

»Ich sehe eine Welt ohne Zauber«, sagte der Narbennarr
in ihrem Rücken. Selbst seine Stimme klang so, als wäre sie
aus vielen anderen zusammengesetzt, kein Chor, sondern eine
unwirkliche Folge von Höhen und Tiefen, die zu verschieden
waren, um aus einer einzelnen Kehle zu dringen.

»Ich sehe eine Welt ohne mich«, sagte er leise.

Tarik und Maryam erreichten den Teppich nicht mehr –
wohl aber ihre Schatten, die sich schlagartig vor ihnen über

den Sand dehnten, lang und dunkel, als wäre hinter ihnen eine neue, hellere Sonne aufgegangen.

Beide blieben stehen. Sahen einander stumm und mit weiten Augen an.

Der Narbennarr hatte die Schärpe gelöst und sein Gewand geöffnet, zog es mit ungleichen Händen auseinander – einer großen, kräftigen Pranke und der schmalen, zierlichen Hand eines Musikanten. Selbst seine Finger waren an den Wurzeln vernarbt, angenäht wie bei einer Puppe, die mit falschen Stoffen ausgebessert worden war. Einige Nägel wuchsen noch, lang und rund wie Löwenkrallen, andere waren abgestorben und schwarz verfärbt.

Aus seinem Gewand strahlte weißes Licht. Kein gleichförmiger Schein, sondern ein Fächer aus flirrenden Strahlen, die wie Fühler über den Wüstensand tasteten. Dann über Maryam und Tarik.

Wo das Licht sie berührte, sahen sie den Tod.

Später, in seinen Träumen, würde Tarik es das Aaslicht nennen, weil dies das einzige Wort war, das dem nahekam, was mit ihnen geschah. Es war keine wirkliche Metamorphose, nur der äußere Anschein einer Verwandlung. Das Vorgaukeln eines rasanten Zerfalls von lebenden, atmenden Menschen zu uralten Kadavern, eingefallen wie mumifizierte Wüstenleichen. Aber damit endete es nicht. Ihre Leiber zerfielen im Stehen, Stück für Stück, als pickten unsichtbare Geier das Fleisch von ihren Knochen.

Maryam begann zu schreien, und bald schrie Tarik mit ihr.

Sie waren nicht das Einzige, das im Aaslicht verging. Die

Brunnenmauer zerbröckelte, Sand verschüttete den runden Schacht. Die Dünen schoben sich in schwindelerregender Schnelligkeit über- und untereinander. Nur Tarik und Maryam standen noch immer da, gefangen in einem endlos gedehnten Augenblick des Verfalls.

Und Amaryllis sagte: »Seht, wie die Welt eine andere wird als die, die ihr kennt. Seht die Welt ohne euch, ohne das Leben, das ihr liebt. Seht, wie ich sehe, und versteht, was ich tun muss.«

Tarik kämpfte dagegen an, wehrte sich mit all seiner Willenskraft. Er konnte den Bann des Lichts nicht durchbrechen, nicht einmal schwächen, aber es gelang ihm, ein Stück weit Gewalt über sich selbst zu erlangen. Das Schwert war noch immer in seiner Hand, gehalten von dürren, rohen Fingern, und er streckte den anderen Arm aus, um den Kadaver, der Maryam war, zu packen und mit sich zu zerren, dorthin, wo der Teppich nicht mehr zu sehen war, aber immer noch sein musste, wenn dies hier nicht die Wirklichkeit, sondern nur eine Täuschung war.

Amaryllis' Fratze schwebte im gleißenden Licht, als der Narbennarr neben Maryam auftauchte. Er sah in ihre toten Augen, und sie erwiderte den Blick.

Und erstmals war da eine Regung in seiner Stimme-aus-vielen, war da Erstaunen, fast Freude.

»Du siehst es auch«, flüsterte er.

Tarik taumelte schreiend auf die beiden zu, aber er kam zu spät. Der Narbennarr nahm Maryam bei der Hand, nicht besitzergreifend, sondern fast zärtlich. Ein Erwachsener, der ein Kind mit sich fortführt, keine Bedrohung, nur das Versprechen von Sicherheit. Ein Hoffnungsschimmer in diesem Sturm aus Zerfall und Verwesung, in diesem Strudel von Bildern, die irgendwann wahr sein würden, aber nicht heute, nicht jetzt.

Tarik brüllte ihren Namen, als der Narbennarr sie mit sich nahm. Er sah ihre wandelnde Leiche mit Amaryllis davongehen, sah seine eigene Hand sich nach ihr ausstrecken, zu weit entfernt, so machtlos. Seine Haut verwitterte und wehte davon. Das Fleisch brodelte zwischen Sehnen und Knochenspeichen. Das Schwert fiel verrostet zu Boden.

Dann verschloss der Narbennarr das Aaslicht wieder in seinem Leib. Die Wirklichkeit kehrte zurück, und mit ihr kam ein Schatten von Irrsinn. Dann Bewusstlosigkeit. Schließlich Erwachen. Und das Gefühl entsetzlicher Einsamkeit.

Sand rieselte von Tariks Körper, als er sich aufrichtete.

Alles war wieder wie zuvor. Er selbst und seine Kleidung. Die Lehmmauer rund um den Brunnen. Der Teppich, begraben unter weißgelben Sandwehen.

Maryam war fort. Nirgends Spuren im Sand, nicht ihre und nicht die des Fremden. Auch Tariks eigene waren zugeweht. Er musste Stunden hier gelegen haben, vielleicht einen Tag. Das Licht, das die Schatten der Palmen zum Leben erweckte, glühte ohne Erbarmen vom Himmel herab.

Alles wie zuvor.

Nur ohne sie. Ohne Maryam.

Dafür das Echo einer Stimme.

Seht die Welt ohne euch.

Seht, wie *ich* sehe.

W ar er ein Dschinn?«, fragte Sabatea.
»Amaryllis ist einer ihrer Fürsten.« Tarik wollte ihr erzählen, wie er jahrelang versucht hatte, mehr über den Narbennarren herauszufinden; von seinen langen Gesprächen mit Veteranen des Dschinnkrieges, den Überlebenden der Schlachten um die Alte Bastion. Er wollte ihr von den Alpträumen dieser Männer berichten, von dem Wüten des Narbennarren auf den Schlachtfeldern, von all dem und noch so viel mehr –

– als das Licht mit einem Mal zurückkehrte.

Nicht in seiner Erinnerung, sondern im Jetzt und Hier und im Gefolge vieler Stimmen. Das kreischende Zwitschern der Dschinne stieg aus dem Tal herauf, vereinigte sich mit den Rufen anderer, die von Osten heranschwebten. Jene, die aus der Tiefe kamen, trugen Fackeln. Es war Nacht geworden, während Tarik Sabatea erzählt hatte, was damals geschehen war – von Maryams Tod, der in Wahrheit Maryams Verschwinden gewesen war.

Er hatte fest daran geglaubt, dass sie tot war, weil Dschinne keine Gefangenen nahmen. Und weil er es hatte glauben *wollen*. Die Gewissheit, dass sie an jenem Tag gestorben war, hatte ihn beinahe zugrunde gerichtet. Die

Vorstellung aber, dass sie noch leben könnte, als Sklavin in einem Käfig oder in den uralten Pferchen der Roch – als *Amaryllis'* Sklavin –, war noch unerträglicher. Seit Stunden verfolgte ihn dieser Gedanke. Sie hatten ihm Maryam genommen. Sie hatten ihm Junis genommen. Und beide waren womöglich noch am Leben.

Draußen vor der Nische im Fels trafen die Dschinne mit den Fackeln auf jene, die aus der Wüste kamen. Aufgeregtes Gewimmel, schnatterndes Gekreische. Tarik und Sabatea drängten sich tiefer in den Schatten des Überhangs, in der schalen Hoffnung, dass in all dem Trubel niemand ihre Witterung aufnehmen würde. Sie waren keine zehn Schritt von den ersten Dschinnen entfernt. Der Fackelschein tanzte vor ihnen über den Boden, über Sabateas Füße und Unterschenkel, an ihrer beider Körper hinauf. Wenn eines der Wesen in ihre Richtung blickte, musste es sie entdecken.

»Sie dürften nicht so hoch oben am Berg sein«, flüsterte er ganz nah an Sabateas Ohr, während sie sich eng aneinanderpressten. Aber er erkannte seinen Fehler, noch während er die Worte aussprach. Dschinne kamen nicht freiwillig in solche Höhen, das war richtig; wohl aber, wenn es ihnen befohlen wurde. Während der ersten Jahre ihrer Invasion waren viele Menschen in die Berge geflohen, aber überlebt hatte kaum einer von ihnen.

Die Dschinne waren aufgrund eines Befehls hier oben – weil es jemanden gab, den sie suchten. Menschen, von denen sie vermuteten, dass sie sich auf einem Berggipfel wie diesem sicher fühlen würden. Menschen wie Tarik und Sabatea.

Bei den Dschinnen, die von Osten her aus der Wüste herangeschwebt waren, handelte es sich um dieselben, denen sie in der Oase begegnet waren. Sand klebte auf ihren purpurnen Körpern, dämpfte das Schimmern ihrer geflammten Hautmuster.

Einer aus dem anderen Trupp, der selbst keine Fackel trug, brüllte die Neuankömmlinge an. Anders als die Übrigen trug er nicht nur einen einzigen angenähten Schweif aus Menschenhaar, sondern eine Vielzahl, manche zu dünnen, schlangengleichen Zöpfen geknüpft. Dafür, dass es sich bei ihm um einen Befehlshaber handelte, sprach auch sein Schulterschmuck aus den Hirnschalen menschlicher Schädel.

Der Dschinnhauptmann stieß einen schrillen Befehl aus: In Windeseile wurden die erschöpften, sandbedeckten Dschinne von ihren Artgenossen umringt. Klingen aus Eisen und Stein zuckten in die Höhe. Das Kreischen wurde ohrenbetäubend. Der Kettenmagier war nirgends zu sehen – zweifellos der Grund für das Todesurteil, das binnen weniger Herzschläge vollstreckt wurde. Die Dschinne aus dem Inneren der Höhle stürzten sich auf ihre ausgelaugten Brüder, und in kürzester Zeit lebte keiner mehr von ihnen. Ihre Leichen wurden achtlos über die Klippe geworfen, hinab in den Schlammsee, hunderte von Metern unter dem Gipfel.

Tarik hielt Sabateas Hand und spürte, wie kalt ihre Finger waren. Ihre Flüsterstimme klang heiser. »Sie wissen, dass wir hier sind.«

Der Dschinnhauptmann bellte Befehle, und sogleich

schwärmten die Krieger aus. Der Fackelschein zerstob in zahllose Lichtkreise, die sich wie Mondscheiben über den dunklen Fels bewegten. Die Nacht war erfüllt von den Kreaturen. Viele hielten sich niedrig am Boden, weil die Höhe dieses Bergkamms ihnen Unbehagen bereitete. Andere stiegen kühn in die Finsternis auf, um das Gebiet aus der Luft zu erkunden.

Gleich drei Dschinne schwebten auf die Felsnische zu, in der sich Tarik und Sabatea versteckten. Die beiden konnten nicht fliehen, ohne geradewegs in den Schwarm ihrer Feinde zu rasen. Tarik erwog es dennoch, aber sie hatten noch einen zweiten Fehler gemacht, neben jenem, sich hier oben zu sicher zu fühlen: Während sie sich rückwärts in den hintersten Winkel des Spaltes gedrängt hatten, war der Teppich unter ihren Füßen zusammengeschoben worden. Unmöglich, ihn in dieser Enge flach auszurollen. Und das bedeutete: keine Möglichkeit, mit ihm abzuheben.

Sie saßen fest. Und die drei Dschinne kamen näher.

»Hoffen wir, dass sie nicht wissen, dass wir zu zweit sind«, flüsterte er.

»Was hast du – «

Sie verschluckte den Rest des Satzes, als er das Krummschwert packte, geduckt von ihr fortglitt und hinaus ins Freie huschte. Er kam nur wenige Schritte weit, ehe ihn der erste Dschinn witterte.

Tarik stieß einen Schrei aus, der die drei Kreaturen von Sabatea ablenken sollte, dann rannte er los.

Als Tarik sie zurückstieß und aus dem Felsspalt stürmte, wusste Sabatea, dass dies das Ende ihrer Flucht war.

Ein wütender, hilfloser Aufschrei blieb in ihrer Kehle stecken, als sie sah, wie die drei Dschinne pfeilschnell seine Verfolgung aufnahmen.

In weiten Sprüngen setzte Tarik über den zerklüfteten Untergrund hinweg, über schmale Spalten und Felsbuckel. Die Dschinnkrieger würden nur Augenblicke brauchen, um ihn einzuholen, das sah sie von ihrem Versteck aus ganz deutlich. In einem Bogen rannte er auf die Klippe zu. Dahinter gähnte der Abgrund, an dessen Fuß der kochende Schlammsee dampfte.

Alarmiertes Kreischen gellte durch die Nacht. Von hinten zuckte etwas auf Tarik zu. Er wich nach links aus und entging dem Stoß einer steinernen Lanzenspitze. Wütend unterbrach er seinen Lauf zur Felskante, wirbelte herum und führte einen geschickten Hieb mit dem Krummschwert. Die Klinge durchtrennte die Arme des Lanzenträgers, der unter scheußlichem Geschrei ins Trudeln geriet und in der Dunkelheit verschwand. Die beiden anderen waren unmittelbar hinter ihm, aber Tarik lief schon wieder weiter. Die Fackeln bildeten jetzt einen unregelmäßigen Ring rund um ihn in der Finsternis. Eine flackernde Schlinge aus Licht hatte sich über die Felsen gelegt und zog sich immer enger zusammen.

Sabatea sah mit angehaltenem Atem zu. Selbst jetzt noch lag in der Art, wie er sich bewegte und kämpfte, eine Eleganz, die sie überraschte. Etwas Katzenhaftes, fast Tänzerisches. Aber die Sorge um ihn überwog ihr Erstaunen bei weitem – und ihr wurde bewusst, dass das Schlimmste gar nicht so sehr die Erkenntnis war, ohne seine Hilfe hier draußen verloren zu sein, sondern allein die rasende Furcht, dass sie ihn für immer verlieren könnte.

Sie verstand nicht, was geschehen war. Und das machte ihr Angst. Mit beidem konnte sie nicht umgehen. Furcht war ein Gefühl, das sich durch jeden Tag ihres Lebens gezogen hatte – aber gewöhnt hatte sie sich nie daran. Und ein Gefühl nicht zu verstehen, es wie von außen mit anzusehen, als beträfe es jemand anderen, nur nicht sie selbst, war ihr noch fremder als der Hoffnungsschimmer, den sie beim Aufbruch aus Samarkand verspürt hatte. Hoffnung, dass alles doch noch gut ausgehen könnte. Diese Reise. Ihre Mission.

Und nun wurde ihre Hoffnung dort draußen von Dschinnen umringt.

Während die Kreaturen sich auf Tarik konzentrierten, schob Sabatea sich wie eine Schlafwandlerin vorwärts, als hätte ein anderer die Kontrolle über ihre Bewegungen übernommen. Sie fürchtete sich vor jeder Regung, die ihre Anwesenheit verraten könnte. Sie fürchtete die Fratzen der Dschinne, ihre Krallen, ihre scheußlich geflammten Körpermuster. Doch am meisten hatte sie Angst davor, dass sie Tarik töten könnten, unmittelbar vor ihren Augen. Sie wollte nicht die Schuld an seinem Ende tragen, so wenig wie sie gewollt hatte, dass er sich für sie opferte.

Dass sie ihn geküsst hatte, war kein Missgeschick gewesen. Und es hatte so viel mehr zu bedeuten als ihre gemeinsame Nacht am Himmel über Samarkand. Das war nur ihr Körper gewesen, der tat, was nötig war, um einen Wildfremden zu überzeugen, ihr zu helfen. Und genauso hatte Tarik es eingeschätzt, als missglückten Bestechungsversuch, als voreilig gezahlten Preis für eine Ware, die er gar nicht feilzubieten hatte.

Aber die vergangenen Tage, die letzten Stunden im Gebirge, auch sein Bericht über Maryams Verlust – das alles war etwas anderes. Dafür konnte sie nicht mit ihrem Körper bezahlen, nur mit ihrer Zuneigung. Mit ihren wahren Gefühlen, die so verwirrend, erschreckend und neu für sie waren, dass sie Tariks Hilfe und Rat gleich in zweierlei Hinsicht brauchte. Und mehr noch als das, brauchte sie ihn selbst.

Fiebrig vor Entsetzen, beobachtete sie, wie er sich an der Kante des Abgrunds entlangbewegte. Die beiden Dschinne, die ihm am nächsten waren, attackierten ihn mit einem erbeuteten Schwert und einer Stachelkeule. Tarik musste gehofft haben, dass die Nähe des Abgrunds – und damit die Erkenntnis, in welcher Höhe sie sich befanden – sie verunsichern würde. Sein Plan ging auf. Obgleich sie ihn angriffen, taten sie es nicht mit ganzer Kraft, so als scheuten sie sich, der Felskante zu nahe zu kommen.

Der Ring aus Fackeln wurde zu einem Dreiviertelkreis, dessen Enden an die Felskante stießen. Erst als ihr Anführer aus dem Dunkel heranraste und zornige Befehle schrie, überwanden einige der Krieger ihre Scheu, positionierten sich in Tariks Rücken über dem Abgrund und schlossen den Ring um ihr Opfer.

Während Sabateas Körper einfach tat, was getan werden

musste – vorwärtskriechen, den Teppich ausbreiten, dabei die Rücken der Dschinne nicht aus den Augen lassen –, dämmerte ihrem Verstand, dass es ihr längst um etwas anderes ging als nur um das, weswegen sie aufgebrochen war. *Auch* darum. Aber nicht nur.

Der Kreis der Dschinne schloss sich immer enger um Tarik, während Sabatea im vorderen, etwas geräumigeren Teil der Felsnische den Teppich zurechtzog. Sie kniete sich darauf, schloss ganz kurz die Augen, versuchte sich auf die Beschwörung zu konzentrieren und schob die Hand ins Muster. Ihre Finger glitten durch die Fasern, stießen in jenen Bereich des Teppichs vor, der gar nicht hätte existieren dürfen, unterhalb der Oberfläche und doch *nicht* darunter, anderswo und doch ganz nahe. Ihre Fingerspitzen berührten das erwachende Gewimmel der Musterstränge, tippten gegen einige, umfassten andere. Zogen Schlaufen und schufen Verknüpfungen.

Der Teppich versteifte sich unter ihr. Hob sich einige Fingerbreit vom Boden. Glättete sich vollständig, bis er wie ein Brett auf der Luft lag. Die Dschinne auf ihrer Seite des Kreises wandten ihr noch immer den Rücken zu.

Tarik warf ihr einen raschen, verstohlenen Blick zu. Dann packte er sein Schwert an Griff und Spitze und hielt die Waffe waagerecht und mit ausgestreckten Armen vor sich. Die Geste war so unmissverständlich, dass selbst die Dschinne sie verstehen mussten. Irgendwo in der Dunkelheit wimmerte ein Dschinn – gewiss derjenige, dem Tarik beide Hände abgeschlagen hatte –, ein anderer brüllte etwas. Dann ertönte das scheußliche Klatschen einer Keule auf Fleisch. Das Heulen brach ab. Verwundete hatten bei den Dschinnen weder Versorgung noch Gnade zu erwarten.

Der Hauptmann schüttelte den Kopf wie in einem Tobsuchtsanfall. Das erbeutete Haar seiner Opfer wirbelte in Zöpfen und Pferdeschwänzen um sein Haupt wie die Schlangenmähne einer Gorgo. Zugleich stieß er eine Reihe scharfer Befehle aus. Beides gemeinsam – das wütende Schütteln und die knappen, zornigen Rufe – brachten seine Untergebenen dazu, unverzüglich zu gehorchen.

Tarik beugte sich vor, um das Schwert auf dem Fels abzulegen, als zwei unbewaffnete Dschinne auf ihn zufegten, ihn an den Armen packten und vom Boden rissen. Mit einem Fluch verlor er die Klinge aus der Hand. Die Waffe seines Vaters schepperte über die Felskante – und stürzte hinab in Qualm und Schlamm.

Ohnmächtig musste Sabatea mit ansehen, wie die beiden Dschinne auch Tarik selbst über die Kante und in den Schwefeldunst des Schlammvulkans trugen. Vor ihr lachte einer der Dschinne. Der Hauptmann schrie ihn an, gestikulierte und folgte dem Gefangenen und seinen Trägern in die Tiefe. Auch der Rest der Kreisformation löste sich auf, nur wenige blieben auf dem Gipfel zurück.

Sabatea ließ den Teppich aus der Nische schweben, hinaus in den Flammenschein der Fackeln, dann seitwärts in die Nacht. Zu schnell. Ein Zucken in der Dunkelheit, das selbst den schwachen Augen der Dschinne nicht entging.

Einer wirbelte herum. Weitere folgten alarmiert seinem Blick. Es waren nicht viele, fünf oder sechs, die den Befehl erhalten hatten, die Suche auf dem Bergkamm fortzusetzen. Und die nun mit ansahen, wie ein Teppich und seine Reiterin in die Nacht davonhuschten.

Brüllend hoben sie ihre Waffen und stürzten sich auf ihre Beute.

Wenn die ganze Welt von Ungeheuern bevölkert ist, und du bist der einzige Mensch – wer ist dann das Ungeheuer?

Er hatte sich diese Frage oft gestellt, während er das Dschinnland durchquert hatte, als einziges menschliches Wesen unter den Alptraumkindern der Wilden Magie. Und nie hatte er eine Antwort gefunden, weil das, was ihm wie die Wahrheit erschien, zu schmerzhaft und unwirklich war, zu weit weg von seiner angeborenen Überzeugung, überlegen und besser und *gut* zu sein.

Als sie ihn nun durch den Felsspalt am Ufer des Schlammvulkans trugen, hilflos im Griff der Dschinne, die Arme gespreizt, als wollten sie ihn an ein Kreuz schlagen, da versuchte er einmal mehr, sich auf diese Frage zu konzentrieren. Vor allem, um die Gesichter aus seinem Kopf zu verbannen. Seinen Bruder, Maryam – und Sabatea ganz alleine oben auf dem Gipfel.

Ein Tunnel führte tiefer in den Berg hinein, eine verzogene Wunde im Gestein. Feuerbecken brannten in Nischen und ließen gelbliches Licht durch Schwefelschwaden geistern.

Schließlich flogen sie nicht mehr vorwärts, sondern

nach unten, als der zerklüftete Tunnel zu einem steilen Schacht in die Tiefe wurde. Die schrundigen Wände blieben zurück, und von allen Seiten drängte erneut das Gefühl der Leere auf ihn ein, eine Weite, die hätte befreiend wirken müssen, ihn stattdessen jedoch mit klaustrophobischer Panik erfüllte.

Es war mehr als eine Höhle – ein unterirdischer Dom von so titanischen Ausmaßen, dass Tarik die Seitenwände nur als vage Farbnuance inmitten flächiger Finsternis erkannte. Als er zu Sabatea gesagt hatte, in die Höhle der Hängenden Städte passe ganz Samarkand hinein, da hatte er lediglich die alten Legenden zitiert. Doch wenn es noch eines Beweises bedurft hätte, dass sein Vater die Wahrheit über diesen Ort gesagt hatte, dann lag er nun in all seiner Maßlosigkeit vor ihm.

Unter Tarik gähnte eine Dunkelheit, die bis zur anderen Seite der Welt reichen mochte; es hätte keinen Unterschied gemacht. An ihrem Grund glühten vereinzelte Lichtpunkte, als hätte sich ein Stück Nacht in diesen Abgrund verirrt. Tatsächlich handelte es sich wohl um Feuer, die weit, weit entfernt am Boden der Höhle brannten. Was immer sie dort unten erhellten, blieb von hier oben aus unsichtbar, zu verschlingend war die Schwärze ringsum.

Zahllose Dschinne schwebten in unterschiedlichen Höhen durch die Finsternis, die meisten in geordneten Formationen wie Zugvögel. Viele von ihnen trugen Fackeln, sodass die Höhle von glühenden geometrischen Mustern durchzogen war: Dreiecken und Linien aus flackernden

Lichtpunkten, die sich auf unsichtbaren Bahnen zwischen den Hängenden Städten bewegten.

Die Ruinenstädte der Roch ähnelten aus der Ferne und im Halblicht zahlloser Feuer zwei gigantischen Wespennestern, die sich an entgegengesetzten Enden des Höhlendoms an die Decke klammerten. Ihre Struktur erschien von Weitem wie die Oberfläche von Schwämmen, durchzogen von Tausenden Öffnungen und Tunneln. Als die Dschinne Tarik näher auf eines der grotesken Gebilde zutrugen, erkannte er, dass sie weit poröser waren, als er angenommen hatte. Hinzu kam, dass während der Jahrtausende, in denen sie leer gestanden hatten, große Teile verfallen und unbewohnbar geworden waren. Selbst die fliegenden Dschinne, die nicht auf die morschen Böden angewiesen waren, schienen jene Bereiche zu meiden. In den verlassenen Zonen brannten keine Feuer; sie sahen aus wie Fäulnisflecken im Gefüge der Neststädte.

Tarik schätzte, dass jedes der beiden unförmigen Gebilde eine Höhe von tausend Schritt oder mehr besaß. Ihre Breite betrug mindestens die Hälfte davon. Wie weit es von ihren tiefsten Punkten bis zum Höhlenboden war, blieb ungewiss. Ihre oberen Enden aber waren breitflächig mit der Grottendecke verklebt, mit zähen erstarrten Fäden aus derselben Substanz, aus der auch die Städte selbst geformt waren. Anders als das papierartige Material von Wespennestern schien es sich um einen zähen, lehmartigen Mörtel zu handeln, der ungeheuer belastungsfähig sein musste. Mochten die Götter wissen, woraus die Roch ihn gewonnen hatten. Falls es sich, wie bei Wespen und Bienen, um speichelartige Ausscheidungen der Vogelmenschen handelte, so vermochte er sich nicht auszumalen, wie viele Generationen am Bau dieser Neststädte beteiligt gewesen waren.

Einmal entdeckte er einen Pulk Dschinne, der ein Netz voller Menschen trug. Womöglich handelte es sich um einen Teil der Gefangenen, die er in der Wüste beobachtet hatte. Er war zu benommen und viel zu weit entfernt, um erkennen zu können, ob Junis womöglich unter ihnen war.

Ein andermal glitt ein Koloss durch die Dunkelheit, der Ähnlichkeit mit einem ins Groteske vergrößerten Dschinn hatte. Ebenfalls ohne Beine, nur ein fliegender Oberkörper mit zu vielen Gelenken an den Armen, die Haut nicht geflammt wie die seiner kleineren Artgenossen, sondern gleichmäßig schwarz. Es war eine tintige, ölige Schwärze, vollkommen anders als das Dunkelbraun, das er bei afrikanischen Händlern in Bagdad gesehen hatte. In der Finsternis machte das den Giganten beinahe unsichtbar. Nur die Reflexionen der Feuer und Fackeln auf seiner Haut rissen ihn für einen Augenblick aus dem Dunkel. Er war kahlköpfig und maß fünf Mannslängen von der Stirn bis hinab zum fehlenden Unterleib; die Arme waren mindestens ebenso lang. Er fletschte die riesigen Zähne, als er Tarik entdeckte, drehte bei und verschwand in der Dunkelheit.

Allmählich wurden seine Glieder taub. Sein Nacken sandte pulsierende Schmerzstöße an seinem Rückgrat hinab. Er ahnte schon, dass er nach der Landung vollkommen hilflos sein würde, unfähig, sich zu rühren, geschweige denn zu kämpfen.

Die beiden Dschinne, die ihn an den Armen durch die Schwärze trugen, steuerten jetzt auf einen der größten Hohlräume in der pockennarbigen Oberfläche des Rochhorstes zu. Dies schien die intaktere der beiden Hängenden Städte zu sein. Auch brannten in ihren Kammern weit mehr Feuer als in der Neststadt am gegenüberliegenden Ende der Höhlendecke.

Die Öffnung erwies sich als eine Art Grotte in der blasigen Struktur des Stockes. Mehrere Dschinne hielten an der Kante zum Abgrund Wache. Tariks Verstand war vom Schmerz vernebelt, aber er registrierte sehr wohl, dass er nie zuvor Dschinne mit Pfeil und Bogen gesehen hatte. Bislang hatte er angenommen, ihre Sehkraft sei zu ungenau für so präzise Waffen. Nun aber wurde er eines Besseren belehrt, denn zwei von ihnen spannten augenblicklich die Sehnen, als seine Träger ihn grob zu Boden ließen. Die Pfeilspitzen blieben auf ihn gerichtet, als er mit einem Aufschrei zusammenbrach und Augenblicke lang nur dalag, alle Empfindungen von einer brodelnden Wolke aus Schmerz betäubt.

Sie ließen ihm keine Zeit, sich an den festen Untergrund zu gewöhnen. Unter den wachsamen Blicken der Bogenschützen rissen seine beiden Begleiter ihn auf die Beine, hielten ihn erneut an den Armen fest und zerrten ihn mit sich. Diesmal behielten seine Füße den Kontakt zum Boden, und nach ein paar Schritten konnte er wieder aus eigener Kraft laufen.

Sie führten ihn durch mehrere Tunnel, alle unterschiedlich in Breite und Höhe, tiefer hinein ins Innere der Neststadt. Mehrfach begegneten ihnen Dschinne, die ihm kaum Beachtung schenkten. Alle waren in großer Eile, und auch die erhöhte Wachsamkeit am Abgrund war auffällig. Irgendetwas ging vor; etwas, das den Dschinnen Sorge bereitete.

Als er sich hatte gefangen nehmen lassen, hatte er keinen konkreten Plan gehabt. Nur die Hoffnung, dass man ihn zu Junis stecken würde und sie gemeinsam einen Weg finden mochten, von hier zu entkommen. Aber jetzt erkannte er, dass es dazu nicht kommen würde.

Noch immer wusste er nicht, wohin die Sklaven gebracht wurden, aber in den Tiefen der Höhle hatte er ein fernes Rumoren ausmachen können, wie von zahllosen Stimmen in großer Ferne. Die berüchtigten Pferche der Roch befanden sich wahrscheinlich auf dem Boden des Grottendoms. Unerreichbar tief unter ihm.

Die beiden Dschinne stießen ihn eine Rampe hinauf in eine lang gestreckte Kammer, beinahe ein Saal. Boden und Decke verrieten, dass Symmetrie das Letzte gewesen war, wonach den Roch der Sinn gestanden hatte. Die zähe, strähnige Struktur der Wände unterschied sich nicht vom Anblick der übrigen Hohlräume im Inneren des Nestes. Offene Feuer im vorderen Teil der Kammer warfen Lichtschein und Schatten auf die zerfurchten Oberflächen. Helligkeit und Dunkel wimmelten wie etwas Lebendiges umeinander.

Am anderen Ende der Kammer war die Finsternis dichter, ein Vorhang aus wattigen Schatten. Bis dorthin reichte die Wärme der Feuer nicht, auf halbem Weg ließ Tarik sie hinter sich zurück. In den aufgeheizten Tunneln des Nests war es leicht gewesen zu vergessen, wie tief unter der Erde sie sich befanden. In dieser Kammer aber blieb die natürliche Kälte des Abgrunds bewahrt.

Aus der Dunkelheit drang ein Rascheln, als erhöbe sich jemand von einem Lager. Als aber gleich darauf Schritte zu hören waren, klangen sie keineswegs müde oder geschwächt, nur ruhig und sehr beherrscht. Ein Umriss formte sich aus den Schatten, eine Gestalt trat auf Tarik und seine Bewacher zu. Der Griff der Krallenhände um seine Arme wurde fester, und er war nicht sicher, ob das aus Vorsicht geschah oder aus Unruhe.

Die Schritte hätten ihn verraten – welcher andere Dschinn ging auf Beinen? –, wäre Tarik nicht längst überzeugt gewesen, ihn hier unten wiederzusehen.

All die Jahre über hatte er in Samarkands Tavernen Hunderte Abende mit Überlebenden des Dschinnkrieges verbracht, hatte sie ausgefragt über vielen Bechern Wein, hatte sich ihre Geschichten erzählen lassen und dabei immer nach Hinweisen auf den Einen geforscht, jenes Wesen, das ihm Maryam genommen hatte. Einige hatten von Amaryllis gehört, ein angstvolles Flüstern der Veteranen.

Amaryllis der Falschäugige. Der Genähte. Der Menschendschinn und Lichtträger. Der Narbennarr. Er hatte so viele Namen, die ihrerseits nur Gerüchte waren. Ein Dschinnfürst, der sich einen neuen Körper erschaffen hatte, um mehr zu sein als nur ein Dschinn.

Eis in Tariks Eingeweiden. Gleichzeitig Hitzestöße, die durch seine Glieder rasten. Seine Beine waren noch immer geschwächt und bebten leicht. In seiner Kehle saß ein Knoten aus Hass.

Der Narbennarr betrachtete ihn lange. Falls die Erkenntnis, wer ihm da gegenüberstand, erst allmählich einsetzte, verriet er es durch nichts. Stattdessen war es fast, als hätte er Tarik erwartet.

»Du also«, sagte er. »Natürlich du.«

Das klare blaue Frauenauge hatte sich auf den Gefangenen geheftet wie auf ein faszinierendes Insekt. Etwas war mit seinem anderen Auge geschehen, dem männlichen, das damals braungelb und vertrocknet gewesen war. An seiner Stelle klaffte ein Loch in Amaryllis' zusammengestückeltem Gesicht. Es erinnerte Tarik an die Sandhöhle einer Wüstenspinne; jeden Moment mochten sich dürre Beine von innen über die Ränder krallen.

Der Dschinnfürst trug eine schmucklose dunkle Robe. Zweifellos verbarg sie weitere Narben, wo Arme, Beine und formlose Stücke zu einem neuen, menschenähnlichen Leib verwachsen waren.

Tarik sagte nichts, brachte kein Wort heraus. Seine Hände ballten sich ganz von selbst zu Fäusten.

»Wir haben uns beide verändert«, stellte Amaryllis fest. Die Bestandteile seines Flickengesichts konnten sich auf keine gemeinsame Mimik einigen, und so verfiel das Stückwerk aus den Zügen toter Menschen in ein zuckendes Chaos aus Regungen, die einander allesamt zu widersprechen schienen. Die Augenbraue über der leeren Höhle hob sich, die andere blieb starr. Ein Wangenknochen mahlte, der zweite bewegte sich nicht. Nur seine vernarbten Mundwinkel gehorchten, wanderten wie von Haken gezogen aufwärts, formten jenes scheußliche, nichtmenschliche Sichelgrinsen, das Tarik in so vielen Träumen gesehen und tausendmal mit bloßen Händen von Amaryllis' Schädel gepellt hatte.

»Du bist älter geworden«, sagte der Dschinnfürst, der so gar nicht wie einer aussah. »Ich erinnere mich an dich. Damals warst du fast noch ein Menschenjunges. Du warst bei ihr, bei –«

»Maryam«, flüsterte Tarik. Nur dieses Wort.

»Ich habe ihren Namen nie erfahren.« Der Narbennarr streckte eine Hand aus, eine vernarbte Klaue aus fremden Fingern, die noch knochiger geworden war. Er berührte Tarik am Kinn. »Maryam… *Maryam*…« Als ließe er die Silben auf der Zunge schmelzen.

Tariks Arme erwachten aus ihrer Starre, wollten die Umklammerung der Dschinne sprengen. Der Versuch scheiterte kläglich. Die Krieger hielten ihn so fest, als wären ihre Finger auf seinem Fleisch aus Stahl.

Das Grinsen des Narbennarren erreichte seine Augenwinkel. In der leeren Höhle bewegte sich etwas, zuckende Nervenbündel wie Wurmenden. Im Kontrast dazu strahlte das Frauenauge mit glühender Intensität. Es fiel schwer, hinter diesen widersprüchlichen Teilen ein Ganzes zu sehen.

»Du wirst mir von ihr erzählen, nicht wahr?«, sagte Amaryllis, während Daumen und Zeigefinger Tariks Kinn hielten. »Alles über sie.«

Tarik regte sich nicht mehr. Versuchte, seine Gedanken

anderswohin zu lenken, um nicht zu einem rasenden, närrischen Bündel aus Zorn und Beschimpfungen zu werden. Gegen die Kraft der beiden Dschinnwächter hatte er unbewaffnet keine Chance.

Ganz leise flüsterte Amaryllis: »Hast du mich verstanden?«

Tarik hielt dem bohrenden Blick seines Auges stand, indem er sich auf die leere Höhle konzentrierte. Zugleich formte sich weit hinten in seinem Verstand die Frage, weshalb der Dschinnfürst nicht einfach ein neues Auge eingesetzt hatte, wenn er doch die Macht besaß, Menschenteile zu etwas Lebendem zu vernähen. Und dann dämmerte es ihm: Amaryllis hatte sich selbst verstümmelt. Hatte sich das Auge eigenhändig aus dem Schädel gerissen, weil es … ja, was nur? Nicht gehorchte? Erblindet war?

»Es sieht zu viel«, raunte der Narbennarr, dem Tariks Blick auf die Wunde nicht entgangen war. »Noch immer.«

Seht, wie ich sehe, hatte er damals in der Wüste gesagt.

Aber *was* hatte er gesehen?

Seht, wie ich sehe, und versteht, was ich tun muss.

Aber Tarik war nicht hier, um zu verstehen. Die Gründe des Narbennarren interessierten ihn nicht genug, um dafür auch nur sekundenlang seinen Hass aufzugeben – und den Gedanken, ihn zu töten.

Amaryllis beugte sich vor und näherte seinen Mund fast zärtlich Tariks Ohr. »Ich habe die Welt ohne Dschinne gesehen. Eine Welt der Menschen, ohne Magie.«

»Dann ist das die Welt, die wieder sein wird«, entgegnete Tarik mühsam beherrscht. »Eine Welt ohne euch. So, wie sie einst gewesen ist.« Es spielte keine Rolle, dass er selbst nicht daran glaubte. Falls es dies war, was der Narbennarr fürchtete, dann wollte er es ihm nur zu gern bestätigen.

Amaryllis trat einen Schritt zurück, legte den narbigen Schädel schräg, als überlegte er, und nickte langsam. »Darum bin ich hier«, sagte er schließlich und mit bedeutungsschwerem Ernst. »Um das zu verhindern. Um das, was mein eines Auge sieht, niemals wahr werden zu lassen.«

Tarik verstand noch immer nicht völlig, was Amaryllis da redete. Sein verstümmeltes Auge sah eine Welt der Menschen, eine Welt ohne Dschinne und ohne Magie. Nur Illusion? Oder war das die Vergangenheit? Die Zukunft? *Eine* Zukunft? Das mussten die Befürchtungen sein, die auch den Narbennarren umtrieben.

Ich sehe eine Welt ohne mich, hatte er in der Wüste gesagt. *Versteht, was ich tun muss.* War das der Schlüssel zu dem, was Amaryllis war und was ihn bewegte? Er trug seine Motive wie Geschmeide zur Schau, und doch blieben sie rätselhaft.

Eine Welt ohne Dschinne. Konnte das der Grund sein für ihren Vernichtungsfeldzug gegen die Menschheit? Die Vision eines einzelnen ihrer Fürsten – der Wahn eines Dschinns, der kein Dschinn mehr sein wollte?

»Hast du deshalb versucht, dir den Körper eines Menschen zu erschaffen?«, fragte Tarik mit belegter Stimme. »Um dem Ende deines Volkes zu entgehen?«

Einer der beiden Krieger wandte ihm das Gesicht zu

und zischte zornig zwischen seinen verschränkten Hauern wie eine Echse. Der Gestank aus dem Schlund der Kreatur raubte Tarik den Atem. Aber er bemühte sich, den Wächter nicht zu beachten.

Der Narbennarr lächelte wieder. »*Sie* hat mich verstanden.«

Du siehst es auch. Das hatte Amaryllis damals zu Maryam gesagt.

Alles, was Tarik wollte, war eine einzige Chance – nur den einen, ungestörten Augenblick, in dem er den Narbennarren töten würde.

»Die Welt«, sagte Amaryllis, »ist eine Liebschaft zwischen Vernunft und Unvernunft. Zwischen Magie und Gewöhnlichkeit. Warum die beiden Liebenden auseinanderreißen?« Er deutete an sich hinab, an diesem Spottbild eines Mannes. »Warum nicht versuchen, sie zu einen?«

Irrsinn, aber mit einem Unterton, der Tarik alarmierte. So, als läge eine Wahrheit darin verborgen, die sich nicht auf den ersten Blick zeigen wollte, sperrig und abgrundtief fremd.

»Deshalb tötet ihr die Menschen nicht mehr, sondern versklavt sie?« Tarik war offensichtlicher irritiert, als ihm lieb war. »Weil du erkannt hast, dass beides Teile dieser Welt sind? Ihr und … wir?«

Ein Kopfschütteln. »So schlicht. So profan«, flüsterte der Dschinnfürst voller Abscheu. »So menschlich. Sie war so viel gescheiter als du. Sie hat es verstanden. Sie hat es gespürt, so wie ich.«

Tarik verzichtete auf all die wutentbrannten Erwiderungen, die ihm auf der Zunge lagen. Sie hätten Amaryllis nur in seiner grenzenlosen Arroganz bestätigt.

»Erzähl mir von ihr«, verlangte der Narbennarr.

Tarik stieß kurz und hart die Luft aus. »Sie hat dir nicht einmal ihren Namen genannt?«

Die Ahnung eines Kopfschüttelns.

»Und was lässt dich glauben, dass du von mir auch nur ein Wort mehr erfahren wirst?«

Der Narbennarr lachte. »Ihren Namen hast du mir schon verraten.« Seine ungleichen Hände bildeten vor seinem Flickengesicht ein Dreieck, über dessen Schenkel er Tarik eindringlich musterte, mit dem einen wunderschönen Auge und dem leeren anderen. »Du wirst nichts für dich behalten. Keine noch so unbedeutende Einzelheit.«

Tarik wusste, was das hieß, und er leistete einen stummen Schwur: Nicht einmal unter der Folter würde er ein weiteres Wort über Maryam verlieren. Er hatte sie einmal verraten – jedenfalls fühlte es sich so an –, und er würde es kein zweites Mal tun. Niemals wieder.

»Schmerz ist nicht alles«, sagte der Narbennarr so zärtlich, als rezitiere er ein Wiegenlied.

Eine Pause, dann: »Schmerz ist hier unten nur der Anfang.«

Unter ihm war der Abgrund.

Tarik baumelte kopfüber an einer Kette, die sie um seine Waden geschlungen hatten. Das obere Ende war irgendwo über ihm befestigt, an einem der tiefsten Punkte der Hängenden Stadt. So schwebte das Rochnest über ihm, massig wie ein Berg, während unter ihm die Leere gähnte. Winzige Lichtpunkte dort unten, die Feuer am Boden der gigantischen Grotte; dazu die Formationen aus Fackelträgern, die auf ihren Bahnen durch die Höhle schwebten. Sonst nichts. Nur Schwärze, durch die kühle Luftzüge wehten und eine Vielzahl von Geräuschen transportierten: Dschinnstimmen, Eisenklirren und ein Klangteppich menschlicher Schreie, weit, weit unten in der Tiefe.

Er wollte die Augen geschlossen halten, aber seine Lider gehorchten ihm nicht. Immer wieder suchten sie in der Finsternis nach Halt, nach Punkten, die seinem Gleichgewichtssinn vorgaukeln mochten, Unten sei nicht Oben und umgekehrt. Dabei war das Pochen in seinem Schädel, das Hämmern in seinen Schläfen eindeutig genug. Er hing seit einer halben Ewigkeit kopfüber im Nichts, gewiss seit mehreren Stunden.

Vielleicht war draußen bereits der neue Tag angebrochen, aber nichts deutete hier unten darauf hin. Durch das Loch in der Höhlendecke, das hinauf zum Eingang führte, drang ein ewig gleicher Schimmer von Fackelschein. Kein Tageslicht. Nicht einmal ein Hauch von Sonne, falls sie bereits über den Gipfeln des Kopet-Dagh aufgegangen war.

Sie hatten seine Arme nicht gefesselt, weil sie wussten, dass er nach den Stunden, in denen sie ihm Schmerz in kleinen Dosen verabreicht hatten – Stiche, Schnitte und Schläge, die nie heftig genug waren, ihm das Bewusstsein zu rauben –, dass er nach diesen Martern nicht in der Verfassung war, sich selbst an der Kette nach oben zu ziehen. Vielmehr vermutete er, dass selbst dies ein Teil ihres perfiden Plans war: Mit den freien Händen konnte er Blut aus seinen Augen wischen, das aus den zahllosen winzigen Schnittwunden an ihm hinabgesickert war. Blutkrusten, die seine Lider verklebten, hätten ihn blind gemacht. Blind für die entsetzliche Leere um ihn herum. Leere, die ihn mürbe machen sollte. Die Schmerzen hatten ihn nicht dazu bewegen können, über Maryam zu sprechen. Nun sollte ihn der Abgrund überzeugen.

Dabei hatte er selbst viel mehr Fragen als Antworten. Warum interessierte sich der Narbennarr derart für Maryam? Damals in der Wüste hatte er etwas in ihr entdeckt, das ihn dazu bewegt hatte, sie mit sich zu nehmen. *Du siehst es auch.* All die Jahre lang war Tarik überzeugt gewesen, dass Amaryllis sie getötet hatte. Und heute? Er wusste es nicht mehr, wusste gar nichts mehr. Das Schweigen seiner Peiniger war die Antwort auf sein eigenes.

Hatte er Maryam damals wirklich im Stich gelassen?

Halb verdurstet hatte er die Wüste rund um die Oase und darüber hinaus nach ihr abgesucht. Nirgends eine Spur. Nicht von ihr und nicht vom Narbennarren. Keine Fußstapfen im Sand, kein Leichnam. Und dennoch hatte er niemals bezweifelt, dass sie tot war. Eine Mutter, deren Kind von einem hungrigen Tiger in den Dschungel verschleppt wird, rechnet nicht damit, es lebend wiederzusehen. Und Dschinne töteten ihre Opfer, das hatten sie immer getan.

Bis heute. Das Gerede des Narbennarren hatte in seinen Ohren hohl und selbstgerecht geklungen, doch waren da auch Dinge gewesen, die Tarik keine Ruhe ließen, weit unter der Oberfläche aus hämmerndem Schmerz und Schwindel.

Er hatte während der vergangenen Tage nicht viel gegessen, und doch drohte er immer wieder am eigenen Erbrochenen zu ersticken. Erst hatte er Wasser ausgespien, dann stinkende Galle, die in seine Nasenlöcher lief. Mit gefesselten Händen wäre er längst tot gewesen.

Hatten sie dasselbe mit Maryam getan? Sie geschnitten und geschlagen und schließlich hier aufgehängt, mit dem Kopf nach unten über dem Abgrund?

Nicht einmal ihren Namen hatte sie ihnen verraten.

Nicht einmal den Namen.

Er fragte sich, was als Nächstes käme. Vielleicht würden sie ihn tagelang hier hängen lassen. Wahrscheinlich würden sie ihn zwischendurch quälen, womöglich das Fleisch von seinen Knochen nagen, bis er redete.

Aber redete *worüber*? Über Maryam und ihr Leben in Samarkand? Über ihre Aufsässigkeit und ihren Willen, etwas zu verändern? Darüber, wie sie eingesehen hatte, dass der Wandel nicht in ihrer Macht lag und ihr nur noch die Flucht blieb?

Oder über ihre Alpträume von einer unerklärlichen, unbeschreiblichen Gefangenschaft, die selbst ihre rebellischen Freunde nicht teilten, geschweige denn verstehen konnten? Tarik hatte sich Mühe gegeben zu begreifen. Wieder und wieder hatte er sich die Träume beschreiben lassen, ihre entsetzlichen Ängste bei Nacht, ihre Anfälle von Eingeschlossensein und unerträglicher Enge. War es *das*, was der Narbennarr hören wollte?

Du siehst es auch.

Aber was? Bei allen Göttern, *was denn nur?*

Er wollte schlafen und konnte es nicht. Wollte aufhören zu denken und kam doch nicht gegen die Macht der Ungewissheit an. Wollte sterben und fand doch jedes Mal zurück zu seinem alten Überlebenswillen.

So vergingen weitere Stunden. Oder Jahre.

Und dann kam der Narbennarr.

»Wo ist sie?«, fragte Amaryllis, als er vor ihm aus dem Dunkel auftauchte, bis sich ihre Gesichter auf einer Höhe befanden. Im Gegensatz zu Tarik stand er nicht auf dem Kopf, sondern aufrecht in der Luft. »Wo ist sie, und was hat sie vor?«

Der Nebel um Tariks Verstand lichtete sich nur schwerfällig. Dann traf es ihn wie ein Keulenschlag. Die Bestätigung seiner geheimen Ahnungen. Der Ansturm einer Hoffnung, die womöglich nur ein weiterer Teil der Tortur war. Der älteste, perfideste Trick jedes Folterers.

»Du meinst«, brachte er krächzend hervor, »du *weißt* es nicht?«

»Sag mir, wo sie ist«, wiederholte Amaryllis ruhig.

Tarik stieß ein hysterisches Lachen aus, so humorlos wie der Schrei eines Sterbenden. »Du hast sie mitgenommen! Du hast sie *mir weggenommen*!«

Der Dschinnfürst schwebte in der Leere. Ihre Gesichter waren keine Handbreit voneinander entfernt, Tariks auf den Kopf gedreht, blutunterlaufen und verzerrt; das des Narbennarren reglos, als seien die Puzzleteile seiner Mimik abgestorben.

»Hast du lange nach ihr gesucht?«, fragte Amaryllis. »Oder hat sie *dich* gefunden?«

Tariks Kehle fühlte sich an, als hätte er Sand geschluckt. Seine Gedanken – die wenigen, die er wie im Vorbeiflug erfassen konnte – drehten sich in einem Wirbel um sich selbst. Gesichter. Gefühle. Hass.

So viel Hass.

»Wo ist sie?«, fragte der Narbennarr erneut.

»Wenn ich das wüsste, wäre ich nicht hier.« Dann wäre alles anders gewesen. Die vergangenen sechs Jahre. All die Abende und Nächte. Die selbstmörderischen Jagden auf dem fliegenden Teppich. Er hätte ein normales Leben führen können, so wie andere, trotz der Bedrohung durch die Dschinne.

So wie dein Vater, stichelte seine innere Stimme. Niemals da für seine Frau und Kinder. Hätte auch Tarik Maryam allein gelassen? Sich andere gesucht, wenn sie wütend oder enttäuscht auf ihn gewesen wäre, so wie seine Mutter es oft gewesen war? Wäre dann ein zweiter Jamal aus ihm geworden, hochangesehen als bester Schmuggler auf den Dschinnrouten, aber zu Hause ein Versager, der sich blind stellte für das Unglück seiner Frau?

Es gab darauf keine Antwort. Er wusste nicht, was die Zukunft gebracht hätte. Ob Maryam in Bagdad das Glück gefunden hätte, das sie in Samarkand vergeblich gesucht hatte. Und, falls nicht, ob er ein Leben lang gegen ihre Alpträume und Dämonen hätte kämpfen wollen, oder ob er es irgendwann einfach leid gewesen wäre. Er *wusste* es nicht.

»Sie ist … noch am Leben?«, stöhnte er mühsam.

Der Narbennarr kam näher. Tarik musste sich zwingen, nicht die gähnende Augenhöhle anzustarren. Aber der Blick des gesunden, bestechend schönen Frauenauges war noch unerträglicher.

»Du weißt, dass sie lebt«, sagte Amaryllis. »Sie hat dich hergeschickt.«

»Hergeschickt?« Tariks Stimme überschlug sich.

»Als ich sagte, dass Schmerz nur der Anfang ist, habe ich damit nicht ein paar Schnitte und Schläge gemeint.«

Tarik spürte plötzlich einen Luftzug, der ihn an seiner Kette herumschwingen ließ. Die Klaue des Narbennarren schoss vor, packte sein Haar und zog ihn zurück. Zugleich näherte sich ein langer Fingernagel einem klaffenden Schnitt auf seiner Brust; er spürte, wie die Spitze in sein Fleisch eindrang und sachte den Knochen seines Brustbeins berührte.

»Wo?«

Tarik presste die Lippen aufeinander.

Das Auge des Dschinnfürsten verengte sich. »Du glaubst, dass du sie liebst, nicht wahr?« Was konnte eine Kreatur wie Amaryllis über Liebe wissen? Gehörte zur Unmenschlichkeit immer auch das Wissen um die wunden Punkte der Menschlichkeit? »Ist es *das*? Liebe?«

»Fahr zur Hölle!«

»Was ist mit der anderen Menschenfrau? Liebst du sie auch?«

Sabatea? Was wusste Amaryllis über sie?

»Wie wichtig ist sie für dich? Was bedeutet sie dir?«, bohrte der Narbennarr weiter.

Tarik hatte sich dasselbe mehr als einmal gefragt.

»Den Schmerz, den ich dir erspare, werde ich ihr zufügen«, sagte Amaryllis. Spott blitzte in seinem einen Auge. »Soll sie den Preis für dein Schweigen zahlen?«

Er lügt, dachte Tarik verzweifelt. Sie hatten sie nicht gefangen. Sie war noch immer dort draußen, auf seinem Teppich, dem Teppich seines Vaters, und sie würde es auch ohne ihn und Junis bis nach Bagdad schaffen. Sie war stark, und sie hatte Mut. Als Erstes würde sie wahrscheinlich die Sanduhr vom Teppich werfen.

Mit einem Mal musste er lachen. Laut und schallend lachen.

Amaryllis wich ein kleines Stück zurück. Er musterte Tarik durchdringend und schüttelte einmal mehr den Kopf.

»Sieh«, sagte er leise.

Tarik lachte noch immer.

»Sieh her.« Nur ein Flüstern.

Tariks Lachen wurde zu einem Husten, krampfartig und röchelnd. Wie durch einen Schleier sah er, worauf der Narbennarr zeigte. Worauf er breitbeinig *stand*.

Der Teppich gehorchte dem Dschinnfürsten, ohne dass er seine Klaue ins Muster schieben musste. Der Teppich, den Tarik für Sabatea zurückgelassen hatte. Auf dem sie längst hätte fort sein sollen, weit weg von hier.

Der Narbennarr zeigte sein Sichelgrinsen. »Wo ist Maryam?«

Erst hatte sie geglaubt, die Feuer am Boden des Höhlendoms wären winzig, nicht größer als die Flammen an den Fackeln ihrer Bewacher.

Dann aber trugen die Dschinne sie tiefer und tiefer hinab, und sie erkannte lodernde Scheiterhaufen, größer als die heiligen Feuer in den Nächten der Zarathustrafeste. Der Rauch verwehte auf dem Weg nach oben, womöglich gab es Abzugschächte, die ins Freie führten. Bald aber konnte sie ihn riechen, ein beißender Gestank, der gleichermaßen an verschmortes Haar und brennende Kiefernzapfen erinnerte.

Den Dschinnen machte die aufsteigende Hitze nichts aus, doch Sabatea schrie schmerzerfüllt auf, als die Krieger sie durch eine Säule aus heißer Luft zerrten. Das Schlimmste war gleich vorüber, sie trug keine Verbrennungen davon; aber für einen Augenblick hatte sie geglaubt, die Dschinne würden sie in die Flammen fallen lassen, hinab zu all dem anderen, was dort unten verbrannte.

Sie hing allein in dem Netz, mit dem sie in einem Nachbartal eingefangen worden war. Die Schnüre schnitten ihr in die Haut, und ein Knoten drückte sich mit solcher Gewalt in ihren Nacken, dass sie fürchtete, den Kopf nicht

mehr bewegen zu können. Nicht, dass das bald noch eine
Rolle spielen würde. Sie machte sich keine Illusionen darüber, dass ihre Reise beendet war. Und doch war es am we-
nigsten ihr eigenes Leben, um das sie bangte.

Und dann war da Tarik. Sie hatte die Hoffnung nicht
aufgegeben, ihn wiederzusehen – falls die Dschinne ihn
nicht längst getötet hatten. Aber wenn er noch lebte, dann
würde er gewiss dort unten sein, dort, woher all die Schreie
und das Wimmern herauf ins Dunkel drangen.

Sie gerieten in den Ausläufer einer weiteren Hitzesäule,
diesmal näher an den Flammen. Sie roch verbranntes Haar
und sah Funken an den Enden der Menschenskalpe tan-
zen, die ihre Bewacher auf ihren Schädeln vernäht hatten.
Sie konnte nicht sehen, wie es um ihr eigenes Haar stand,
und das war im Augenblick auch das Letzte, was sie kümmerte.

Erneut blieb der Hitzewall hinter ihnen zurück. Sie
konnte wieder atmen, ohne das Gefühl, flüssiges Feuer
in ihre Lungen zu saugen. Schräg unter sich erkannte sie
am Boden eine Kuppel aus verzogenem Gitterwerk, nicht
aus Eisen, sondern einem Material, das wie gehärteter
Lehm aussah, nur strähniger, vielfach verdreht und gekreuzt.

Die Kuppel mochte an die hundert Meter breit sein und
mindestens halb so hoch. Menschen waren darunter gefangen, mehr als sie mit einem Blick zählen konnte, und doch
längst nicht so viele, wie sie befürchtet hatte. Die meisten saßen apathisch auf dem Felsboden im Schatten der
Gitter, hatten die Knie angezogen und hielten die Köpfe

gesenkt. Einige hatten sich zu Pulks zusammengerottet, andere kauerten ganz allein im Flackerschein der großen Feuer. Und ein paar rüttelten verzweifelt an den Gitterstreben, brüllten wie am Spieß und gebärdeten sich wie Wahnsinnige.

In einiger Entfernung erkannte sie eine zweite Kuppel, dann eine dritte. Vermutlich gab es noch mehr davon. Jedes Feuer schien in unmittelbarer Nähe einer Kerkerkuppel zu brennen, um den Gefangenen Wärme zu spenden. Was hatten die Dschinn mit den Menschen vor, wenn sie so erpicht darauf waren, dass niemand an Unterkühlung starb?

Was genau *brannte* in diesen Feuern?

Sie hatte die entsetzlichsten Erwartungen, als sie den Kopf unter Schmerzen weit genug drehte, um zum nächsten der riesigen Scheiterhaufen zu blicken. Aber es war nicht, was sie befürchtet hatte, keine menschlichen Leichen. Und doch waren es Gebeine, jedenfalls zum Teil, nur dass sie gewaltig waren, mächtige Rippenkäfige und Hornpanzer, Schenkelknochen so lang wie Ruderboote, absurd große Schädel mit zu vielen Höhlungen, Zähnen und Hörnern. Ungeheuer des Dschinnlandes wie der Koloss, der im Schlammsee versunken war.

Nun sah sie auch, wie am Rande des Lichts ein weiterer Gigantenkadaver von einem ganzen Schwarm Dschinne an Seilen oder Ketten über den Höhlenboden gezerrt wurde, hinüber zu einem anderen Feuer. Womöglich handelte es sich um Bewohner dieser Grotte, Wesen, die gleichermaßen Jagd auf Dschinne und Menschen machten. Ein Berg aus Horn und Beinen, der schon bald aus ihrem Blickfeld verschwand.

Die Dschinne trugen sie zum höchsten Punkt einer Kuppel, fünfzig Schritt über dem Boden. Die Krieger schwebten mit ihr durch eine Öffnung ins Innere. Aus der Luft brüllten sie die verängstigten Gefangenen in Dschinnsprache an. Die meisten beeilten sich, davonzustolpern und eine weite Fläche für die Landung der Kreaturen zu räumen.

Sabatea wurde zu Boden geworfen. Es war kein Sturz aus großer Höhe, aber aufgrund ihrer verdrehten Lage im Netz kam sie mit Schultern und Rücken zuerst auf, dann mit dem Hinterkopf, ohne eine Möglichkeit, sich mit Armen und Beinen abzufedern. Ganz kurz wurde ihr schwarz vor Augen. Als die flackernde Helligkeit zurückkehrte, war ihr hundeelend und schwindelig.

Die Dschinne befreiten sie aus den verdrehten Maschen und ließen sie liegen, stiegen mit dem leeren Fangnetz auf und verschwanden durch die Öffnung hoch oben. Sabatea setzte sich mit einem Stöhnen auf und blickte sich um.

Etwa zwanzig Menschen waren in dem riesigen Pferch gefangen. Einige, die weiter entfernt saßen, beachteten sie nicht, stierten nur vor sich hin. Einer, der unablässig mit blutenden Fäusten auf das Gitter einschlug, wandte kurz den Kopf, beschimpfte sie in einer Sprache, die sie nicht verstand, und fuhr dann fort, unter Gebrüll die Wand des Pferches zu bearbeiten.

Aus einem Pulk von einem halben Dutzend Männern und Frauen löste sich eine Gestalt, stolperte zwei Schritte

auf sie zu, blieb stehen und rannte abermals los. Im flackernden Feuerschein des nahen Scheiterhaufens sah sie
ihn nur undeutlich, erst recht, als er ihr durch das Netz der
Schattenraster entgegenlief, in einem so schnellen Wechsel
aus Hell und Dunkel, dass sie im ersten Augenblick Panik
bekam.

Sie wollte sich auf die Beine stemmen, die Gestalt wenigstens aufrecht erwarten. Aber sie sackte wieder zusammen und hörte zugleich ihren Namen: »Sabatea!«

»Junis?«

Er sank neben ihr auf die Knie, zog sie an sich, barg
ihren Kopf an seiner Schulter. Sie erwiderte die Umarmung
unter Tränen. Schwindel und Übelkeit verschwanden für
ein paar Augenblicke hinter grenzenloser Erleichterung.
Dann erst zog sie sich ein kleines Stück zurück, die Arme
noch immer um seine Schultern gelegt, und sah ihn unverwandt an. »Ist Tarik auch hier?«

Junis schüttelte den Kopf. »Dann haben sie euch beide
gefangen?«

»Er…« Sie schluckte. »Er hat sich ihnen ausgeliefert,
damit ich…« Sie verbesserte sich: »Um dich zu suchen.
Er hat nicht daran geglaubt, dass sie dich töten würden,
wegen all der anderen Sklaven in den Netzen… und wir
sind in die Berge geflogen, weil er sich an die Hängenden Städte erinnert hat, an die Erzählungen deines Vaters.«

Junis starrte sie einen Moment lang fassungslos an, als
könne er nicht glauben, dass sein Bruder so etwas tatsächlich für ihn getan haben könnte. Dann stahl sich der Schat-

ten eines Lächelns auf seine Züge, sogleich gefolgt von Ernüchterung und Schrecken.

»Hierher haben sie ihn jedenfalls nicht gebracht. Ich weiß nicht, was aus ihm geworden ist.« Er wich ihrem Blick einen Herzschlag lang aus. »Vielleicht steckt er in einem der anderen Pferche.«

»Ja«, sagte sie bitter. »Vielleicht.«

Er zog sie abermals an sich und unternahm den unbeholfenen Versuch, sie zu küssen. Sie ließ es geschehen, schüttelte schließlich aber sanft den Kopf und flüsterte: »Junis. Nicht.«

Seine Stirn legte sich kurz in Falten, dann kehrte das Lächeln zurück, etwas, um das sie ihn beneidete. Doch sie erkannte schnell, dass es nur eine Maskerade war, die verbergen sollte, wie niedergeschlagen er sich fühlte.

Er half ihr auf die Beine und stützte sie einige Schritte weit, während er sie zu den anderen Menschen führte. Sie wollte mit niemandem sprechen außer mit ihm. Aber sie ging trotzdem mit, weil es hier drinnen gewiss nicht ratsam war, alle anderen zu meiden. Ihr Blick fiel wieder auf den Mann, der sich schreiend am Gitter die Hände blutig schlug, und sie dachte daran, dass sie womöglich alle so enden würden, wahnsinnig vor Angst.

Die Männer und Frauen, mit denen Junis bei ihrer Ankunft gesprochen hatte, trugen zerschlissene Kleidung, manche gesprenkelt von getrocknetem Blut. Einige waren verletzt, mindestens zwei Männer hatten gebrochene Arme. Junis nannte ihr die Namen aller – erstaunlich, dass er sie bereits im Kopf hatte –, aber Sabatea vergaß sie noch im selben Augenblick. Sie wusste nicht, was Junis diesen Menschen erzählt hatte, darum sagte sie selbst kaum etwas und ließ sie glauben, das läge an ihrer Erschöpfung. Niemand schien es ihr übel zu nehmen.

Hinter ihnen verstummte der Wahnsinnige am Gitter. Sie dankte Zarathustra dafür. Wenig später erkannte sie, dass ihn ein Dschinnpfeil in die Kehle getroffen hatte. Röchelnd lag er am Boden. Ehe einige der anderen zu ihm eilen konnten, erschlafften seine Bewegungen.

Zustimmendes Murmeln quittierte den Tod des Mannes. Sabatea empfand genauso und schämte sich dafür. Aber sie nahm es hin wie jede andere fremde Gefühlsregung, die sie in den vergangenen Stunden überkommen hatte. Vieles davon hatte wenig mit ihrem alten Ich zu tun, mit dem Mädchen aus den goldenen Kammern des Herrscherpalastes von Samarkand.

Widerwillig hörte sie sich das Klagen einer Frau an, die ihr in einem schwer verständlichen Nomadenakzent von ihrem Schicksal erzählte. Sie und ihre Familie hatten ihr Versteck in den Bergen verlassen, um nach Bagdad zu fliehen, von dem man sich erzählte, es sei die einzige Stadt, die dem Ansturm der Dschinne standhalten könne. Die Familie war in den Ausläufern des Kopet-Dagh gefangen und hierher gebracht worden. Die meisten, so schien es, stammten aus den Regionen im Osten und Süden.

Sabatea trug selbst nur das Nötigste zu der Unterredung mit den anderen bei und machte keinen Hehl aus ihrer Ungeduld. Schließlich packte Junis sie eine Spur zu heftig am Oberarm und führte sie ein Stück zur Seite, außer Hörweite der übrigen Gefangenen.

Ihre Augen verengten sich, als sie sich losriss. »Was?«, entfuhr es ihr gereizt.

»Sie versuchen nur, freundlich zu sein«, sagte er.

»Wir sollten uns lieber überlegen, wie wir hier rauskommen, statt uns gegenseitig mit unseren traurigen Geschichten die Stimmung zu verderben.«

Es blitzte in seinen Augen, dann schüttelte er den Kopf. Seine goldenen Ohrringe klirrten leise gegeneinander. »Ich bin selbst noch nicht lange hier, aber in der wenigen Zeit habe ich einiges erfahren, von dem ich vorher nichts wusste.«

»Wie man ein Schaf zubereitet?« Die Worte taten ihr gleich darauf leid. Sie kam sich schäbig vor. Einige dieser Menschen hatten jahrzehntelang im Dschinnland überlebt und wahrscheinlich Strapazen gemeistert, die Sabatea sich nicht einmal ausmalen konnte. Aber sie hatte ihre eigenen Sorgen, von denen keiner hier etwas ahnte. Und dann war da ihre Angst um Tarik. Weit größere Angst, als sie wahrhaben wollte.

Junis seufzte nur, und sie fragte sich, was aus seiner Unbesonnenheit geworden war, aus dem jungen Mann, der immer erst handelte, bevor er nachdachte. Sie kannte ihn erst ein paar Tage, doch der Junis, der ihr jetzt im Schattenraster des Pferchs gegenüberstand, kam ihr stiller und nachdenklicher vor als der Heißsporn, an dessen Seite sie Samarkand verlassen hatte.

»Wir dachten immer, dass hier draußen keiner mehr am Leben ist«, sagte er mit gepresster Stimme. »Mein Vater hat das behauptet, und Tarik hat offenbar nie etwas gesehen, das dem widersprochen hätte. Und nun sind wir hier, und plötzlich gibt es im Dschinnland doch noch Menschen. Vielleicht nur eine Handvoll, und, richtig, es sind die Nachfahren der Nomaden, die sich unter irgendwelchen Steinen verkrochen haben. Aber sie haben überlebt, Sabatea! Auch ohne die Wälle, die Samarkand beschützen, und ohne eine Armee und einen Emir, der nur sich, seinen Reichtum und seine Macht im Sinn hat. Sie hatten nichts, verstehst du? Nur Wasser, von dem sie nicht wussten, ob es vergiftet war, ein paar Decken und Kleidungsstücke, und, ja, vielleicht auch ein paar Schafe.« Er sprach jetzt schneller und heftiger, und das war ihr trotz allem lieber als diese ungewöhnliche Ruhe und Sanftheit, die ihr an ihm fremd und ein wenig beängstigend erschien. »Sie sind der Beweis dafür, dass die Dschinne nicht alles und jeden vernichten können, selbst in fünfzig Jahren nicht.«

»Du vergisst etwas«, unterbrach sie ihn.

Er blickte sie verständnislos an.

»Sie alle sind jetzt hier in diesem Pferch«, sagte sie. »Und sie *werden* vernichtet, genau wie wir, wenn wir nicht irgendeinen Weg aus diesem Loch finden.«

Einen Moment lang sah er aus, als wollte er sie anbrüllen oder zumindest an den Schultern packen und schütteln. Ihr Oberkörper versteifte sich, und sie war bereit, sich zu wehren. Aber Junis stieß nur einmal mehr ein Seufzen aus und sagte: »Sie haben es versucht ... ein paar von ihnen. Sie sind am Pferch hinaufgeklettert, innen an der Kuppel entlang. Sie sind nicht mal bis zur Hälfte gekommen, ehe die Dschinne sie von außen einfach abgestochen haben.« Er deutete auf einige Männer, die auf der anderen Seite des Pferchs lagen; bislang hatte Sabatea geglaubt, sie schliefen oder starrten apathisch ins Leere. Erst jetzt wurde ihr klar, dass die wächserne Blässe ihrer Gesichter nicht vom zuckenden Feuerschein rührte. »Niemand gelangt bis zur Öffnung in der Kuppel, ohne dass die Dschinne es bemerken. Und selbst wenn es gelänge: Wir sind – wie tief? Dreitausend Schritt unter dem Eingang in der Höhlendecke? Die Roch wussten genau, warum sie sich diesen Ort für ihre Städte ausgesucht haben. Er war so gut geeignet für das, was sie taten, dass sich sogar zwei verfeindete Stämme in ein und derselben Grotte angesiedelt haben.«

»Du bist derjenige, der sich aufs Fliegen versteht.«

»Mein Teppich liegt irgendwo zwischen den Kakteen in der Oase. Als die Dschinne mich heruntergerissen haben, hatte ich nicht mal mehr Zeit, ihm Befehl zu geben, nach mir zu suchen. Und Tariks Teppich – «

»Den haben sie. Die Dschinne.«

»Das hab ich befürchtet.«

Sie biss sich auf die Unterlippe und blickte sich angestrengt in ihrem Gefängnis um. Es war albern, mit ihm zu streiten, und es führte zu nichts. Schließlich holte sie tief Luft, sah ihn wieder an und fragte: »Was hast du noch erfahren?«

Er hielt Ausschau nach Dschinnwächtern, aber in der Dunkelheit des Höhlenhimmels waren sie nirgends zu erkennen. Umso beängstigender, dass sie umgekehrt ihre

Gefangenen offenbar sehr genau im Auge behielten. Junis senkte die Stimme. »Das hier ist nur so was wie ein Zwischenlager. Anscheinend sind bereits Gefangene wieder von hier fortgebracht worden.«

»Um sie anderswo zu töten?«

»Keiner weiß das so genau. Aber es gibt Gerüchte, die etwas anderes besagen. Es heißt, ganze Heerscharen von Dschinnen bewegen sich in Richtung Bagdad, von überall her, und viele von ihnen haben menschliche Sklaven dabei.«

Ihr Herzschlag beschleunigte sich. »Sie planen einen Angriff auf Bagdad?«

»Den mit Abstand größten bisher. Und wahrscheinlich auch den letzten, weil keine Stadt einem solchen Ansturm standhalten kann. Die Dschinne haben irgendeinen Plan, heißt es. Sicher ist das auch der Grund, warum sie seit Monaten ihre Krieger aus der Umgebung von Samarkand abgezogen haben und wir unterwegs auf so wenige von ihnen gestoßen sind. Sie konzentrieren all ihre Macht auf die Stadt des Kalifen.«

»Warum nach all den Jahren ausgerechnet jetzt?« Sie hatte die Worte nur vor sich hin gemurmelt, aber Junis hörte sie trotzdem.

»Keiner weiß, warum Bagdad – und warum erst heute und nicht schon vor zehn oder zwanzig Jahren. Aber Tatsache ist, dass der Angriff bevorsteht. Und dass die Dschinne all diese Menschen« – er schluckte – »dass sie *uns* gefangen haben, um auf ihrer Seite zu kämpfen.«

»Das ist doch Irrsinn.« Sie schüttelte den Kopf so heftig, dass ihr das lange Haar um die Schultern flog. »Sie sind Zehntausende! Oder Millionen, wer weiß das schon? Wenn einer von ihnen stirbt, erscheint irgendwo ein neuer. Sie brauchen keine Menschen, die für sie kämpfen. Das ist, als würden wir Ameisen für uns in eine Schlacht schicken.«

»Ameisen sind sehr viel widerstandsfähiger als wir«, erinnerte er sie. »Und, wer weiß, vielleicht haben auch die Dschinne etwas an uns entdeckt, irgendeinen Vorteil, den wir ihnen gegenüber haben, von dem wir selbst gar nichts ahnen.« Er lächelte schief. »Was würdest du tun, wenn du einen Ameisenhaufen zerstören willst?«

»Ich habe keine verdammte Ahnung, Junis! Ich bin in einem *Palast* groß geworden.«

»Du würdest versuchen, ihn zu verbrennen. Die stärkste Waffe, die der Mensch einsetzen kann, ist das Feuer.«

»Und?«

»Auch mit Feuer würdest du niemals alle Ameisen eines Volkes erwischen. Einige würden immer wieder davonkommen, weil sie Wege kennen und in Tunnel kriechen können, in denen du sie nie finden würdest.« Er sah sie an, mit einem Anflug von Triumph, den sie so kindisch wie liebenswert fand. »Wenn es dir dagegen gelingen würde, ein zweites Ameisenvolk gegen das erste aufzuwiegeln; wenn du sie dazu bringen könntest, sich zu hassen und gegenseitig auszurotten, dann hättest du eine Waffe in der Hand, die endgültig und absolut unschlagbar wäre.«

Sie legte den Kopf schräg. »Junis?«

»Hmm?«

»Was, wenn ich Regenwürmer statt Ameisen gesagt hätte?«

Er starrte sie einen Augenblick lang mit offenem Mund an, dann kehrte sein ansteckendes Grinsen zurück, dieselbe Miene, die ihn oft so viel wärmer und anziehender erscheinen ließ als Tarik.

Zu ihrer Überraschung trat er vor und gab ihr erneut einen Kuss, ganz kurz nur, fast freundschaftlich. Sie war nicht sicher, ob sie wollte, dass er sie mochte. Und erst recht nicht, dass dieses Gefühl auf Gegenseitigkeit beruhte. Wahrscheinlich war es zu spät, etwas dagegen zu unternehmen.

»Deine neuen Schafhirtenfreunde glauben also«, sagte sie, »dass wir hier unten nicht verschimmeln oder aufgefressen werden, sondern dass man uns von hier fortbringen wird?«

»Ja.«

»Warum haben sie uns dann nicht gleich nach Bagdad gebracht? Oder wo auch immer sie ihre Heere für den Angriff sammeln.«

Sein Ausdruck verdüsterte sich wieder. »Offenbar holen sie alle paar Stunden einige aus dem Pferch und bringen sie in einen anderen, weiter am Rand der Höhle, wo es dunkler ist und weniger Feuer brennen.« Er deutete in eine unbestimmte Richtung, in der Sabatea nichts als Finsternis erkannte. »Hast du dich nicht gewundert, warum wir die ganze Zeit Schreie hören?«

Sie bekam eine Gänsehaut. »Das sind die Menschen in den äußeren Pferchen?«

Junis nickte. »Sie werden nicht sofort dorthin gebracht. Vorher tun die Dschinne etwas mit ihnen.«

»*Tun?*«

»Keiner weiß genau, was. Und niemand hat einen von ihnen gesehen, nachdem es passiert ist.«

»Etwas, das sie Tag und Nacht *schreien* lässt?« Ihre Übelkeit kehrte auf einen Schlag zurück.

»Die Nomaden haben die Sklaven, die die Dschinnheere begleiten, nur aus der Ferne gesehen. Aber sie sagen, sie waren wie Kettenhunde. Tollwütige Kettenhunde, die nur darauf gewartet haben, dass sie endlich losgelassen werden.«

»Zarathustra!«, stieß sie aus. »Sie rauben ihnen ihren Willen.«

Er deutete wieder in die Dunkelheit, aus der Höhlenwinde das diffuse Geschrei herüberwehten. »Wer einmal dort draußen am Rand gelandet ist, der kehrt nicht mehr zurück«, sagte er leise.

»Ich wusste schon, warum ich nicht mit deinen Freunden reden wollte.«

»Ich hab dir das nicht erzählt, um dir Angst zu machen.«

»Ich weiß.« Nach einem Augenblick fügte sie hinzu: »Aber was zum Teufel lässt dich glauben, dass ich jetzt weniger von hier fliehen will als vor ein paar Minuten?«

Seine Augen weiteten sich, als er etwas hoch über ihrer Schulter erblickte. Sie fuhr herum und sah, was er entdeckt hatte.

Durch die Öffnung in der Kuppel wurde ein tropfenförmiges Fangnetz herabgelassen, in dem ein Pulk aus Menschen mit verdrehten Armen und Beinen hing, mit aufgerissenen Augen und blutigen Striemen auf Gesichtern und nackter Haut, wo das Netz sie während des Fluges wundgescheuert hatte. Mehrere Dschinne schwebten über ihnen durch die Öffnung und senkten das Netz zu Boden. Weitere folgten ihnen, um die geschwächten Gefangenen aus den Maschen zu fädeln. Lanzenträger bildeten einen Kreis und hielten die Menschen im Pferch auf Abstand.

Junis packte Sabatea und zog sie ans Gitter. Sie stolperte hinter ihm her, konnte aber den Blick nicht von den Neuankömmlingen wenden. Die meisten waren Frauen, aber es gab auch ein paar Männer darunter, Verletzte in zerfetzter, blutgetränkter Soldatenkluft, die meisten von ihnen zu schwach, um aus eigener Kraft auf die Beine zu kommen. Die Frauen trugen Kleider, die nicht für eine Reise durchs Dschinnland gedacht gewesen waren, früher einmal farbenfroh und kostbar, jetzt beschmutzt, besudelt und zerrissen. Einige weinten hysterisch, andere stierten stumm ins Leere. Sabatea entdeckte ein Mädchen, das sich schweigend ganze Haarsträhnen ausriss; Teile ihres Schädels waren kahl und blutig. Eine andere junge Frau hatte einen Keulenschlag ins Gesicht bekommen, der ihre Züge in eine blauschwarze geschwollene Masse verwandelt hatte. Für Dschinne gab es keinen Ehrenkodex, keine Gnade für Frauen und Kinder. Viele dieser Menschen sahen nicht aus, als würden sie aus eigener Kraft aufstehen können. Augenscheinlich hatten die Dschinne nach ihrem Angriff jeden ins Netz geworfen, der noch atmete, um erst später eine Auswahl zu treffen, wer von Nutzen war und wer nicht.

»Ich kenne diese Menschen«, flüsterte Sabatea.

Es dauerte nur einen Herzschlag, ehe Junis begriff.

Sie nickte langsam. »Die Karawane aus Samarkand.«

I nmitten des Menschenknäuels entstand Aufruhr.
Eine Frau begann zu kreischen, andere stimmten mit ein.

Ein Mann sprang auf und riss sich die letzten Kleiderfetzen vom Leib, wischte panisch mit den Händen über seine bloße Haut – Blut, da war überall Blut! – und fiel auf die Knie, in dem vergeblichen Versuch, Finger und Handflächen am Felsboden sauber zu wischen.

Die Dschinne brüllten in ihrer unverständlichen Sprache auf die Menschen ein, aber was immer sie riefen, niemand hörte darauf. Ein Dschinn mit einer ungewöhnlichen Skalptrophäe aus hellblondem Haar stieß andere Krieger beiseite und schwebte hoch über die Köpfe der Gefangenen, genau über das Herz des Aufruhrs. »Still!«, brüllte er mit schwerem Akzent. »Ihr alle still!«

»Also gibt es doch welche, die unsere Sprache sprechen«, flüsterte Junis.

Immer mehr Menschen strömten jetzt kriechend oder auf allen vieren auseinander. Irgendetwas in ihrer Mitte flößte ihnen eine solche Angst ein, dass selbst die Waffen der Dschinne für sie an Schrecken verloren. Der Kreis der Wächter, eben noch nach außen gewandt, um die Männer und Frauen im Pferch von den Neuankömmlingen fernzuhalten, drehte sich nun nach innen, in der grimmigen Absicht, den Aufruhr niederzuschlagen. Verletzte drängten ihnen aus dem Inneren des Zirkels entgegen, manche halb blind, andere wie in Trance.

Der Dschinn mit dem hellen Haarschweif schwebte hoch über ihnen und schrie abwechselnd Befehle in Dschinn- und Menschensprache. Seine Krieger schlugen die panischen Gefangenen mit den Schäften ihrer Lanzen, stießen sie mit Knüppeln und bloßen Händen zu Boden. Es war nur eine Frage der Zeit, ehe es die ersten Toten geben würde.

»Was geht da vor?«, fragte Junis verständnislos.

»Sie haben Angst.«

»Die haben hier alle.«

»Nicht vor den Dschinnen.« Sabatea blickte angestrengt auf das Chaos im Zentrum des Pferchs. »Sie fürchten sich vor einer von ihnen. All das Blut …« Sie brach ab, als sie eine Entscheidung traf.

»Was hast du vor?« Junis wollte sie zurückhalten, aber sie war schneller. »Sabatea! Geh nicht dorthin!«

Sie hörte nicht auf ihn und eilte auf die Mitte des Pferchs zu. Der Kreis aus Wächtern war auseinandergedriftet, kaum einer achtete noch auf die übrigen Gefangenen.

Junis kam fluchend von hinten heran, aber er versuchte nicht mehr, sie aufzuhalten. »Du weißt hoffentlich, was du da tust.«

»Bleib bei den anderen.«

»Ich bleibe bei *dir*.«

Sie lief jetzt noch schneller auf die Dschinne und ihre panischen Gefangenen zu. In all dem Durcheinander konnte sie die Krieger nicht zählen, schätzte aber, dass mindestens zehn oder zwölf zwischen den Menschen schwebten. Die Männer und Frauen waren ihnen an Zahl nur knapp überlegen, und die meisten von ihnen waren verletzt; ein kläglicher Rest jenes Trupps, der aus Samarkand aufgebrochen war. Vor allem Soldaten mussten beim Angriff der Dschinne ihr Leben gelassen haben, ihre Leichen waren in der Wüste zurückgeblieben.

»Heh!« Sie blieb stehen, nur noch drei Schritt vom ersten Dschinnkrieger entfernt. Sie blickte hinauf zu dem Anführer, der das Geschehen von oben beobachtete und noch immer Befehle schrie. Er achtete nicht auf sie. »Verdammt!«, presste sie hervor, setzte sich wieder in Bewegung – und stürzte sich mitten in das Getümmel.

Hinter ihr fluchte Junis zum Steinerweichen, aber sie blickte nicht zurück, um sich zu vergewissern, ob er ihr folgte. Stattdessen drängte sie zwischen den hysterischen Menschen hindurch, wurde angerempelt, geschlagen und fast zu Boden geworfen, entging aber den Hieben der Dschinne, weil die nur auf jene Gefangenen achteten, die aus der Umzinglung ausbrechen wollten, nicht aber auf jemanden, der es darauf anlegte, tiefer hineinzugelangen.

Bald lichtete sich das Gewimmel zu einer freien Fläche im Herzen des Tumults. Hier war das Netz noch immer flach am Boden ausgebreitet. In seiner Mitte ruhte der Körper einer jungen Frau. Sie lag auf der Seite, mit dem Rücken zu Sabatea, die Beine angewinkelt, die Arme eng an den Leib gezogen. Ihr Oberkörper zuckte unter heftigen, unregelmäßigen Atemstößen. Ihr einstmals weißes

Kleid, prachtvoll mit Goldfäden durchwirkt, war zerfetzt und über und über mit Blut getränkt. In ihrer Seite klaffte eine scheußliche Wunde.

Sabatea stolperte über die Maschen des Netzes auf das Mädchen zu und sank neben ihm auf die Knie. Jemand schrie ihr etwas zu, aber sie schaute sich nicht um. Sie spürte, dass der Dschinnhauptmann eine Mannslänge über ihr schwebte, aber auch er war jetzt nicht mehr wichtig.

Ganz vorsichtig ergriff sie das schwerverletzte Mädchen an der Schulter und rollte es langsam auf den Rücken. Dunkle Augen sahen flehend zu ihr auf. Die Verzweiflung in diesem Blick ging ihr durch Mark und Bein.

Junis war im Getümmel stecken geblieben. Offenbar hatte er die richtigen Schlüsse gezogen, denn sie hörte seine Stimme über alle anderen hinweg. »Fass sie nicht an, Sabatea!« Und gleich darauf: »Es ist die Vorkosterin des Emirs! Ihr Blut ist pures Gift!«

Sie achtete nicht auf das fremde Blut an ihren Händen, als sie den Kopf des Mädchens in ihren Schoß bettete. Tränen flossen ihr über die Wangen. Sie fühlte sich schuldig.

»Ganz ruhig«, flüsterte sie dem Mädchen zu. »Kanaia, ich bin bei dir. Du musst versuchen, ganz ruhig zu atmen.«

Die Augen des Mädchens waren trotz ihrer Verletzung ungetrübt. Jähes Erkennen erschien in ihrem Blick, gepaart mit einem schrecklichen Vorwurf. Blutbläschen platzten zwischen ihren Lippen.

Sabatea legte ihr sanft eine Fingerspitze an den Mund. Frisches Blut füllte ihr Nagelbett, ein hellroter Halbmond. Die andere Hand presste sie hilflos auf die tiefe Wunde. Sie spürte weiche Organe unter ihren Fingern. Blut wurde heiß in ihren Schoß gepumpt. Ihre weite Hose, irgendwann einmal weiß, war durchtränkt, das kurze Hemd klebte nass an ihrem Körper.

»Ihr Blut ist Gift!«, kreischte eine Frau. Ihre Stimme übertönte alle anderen. »Schlangengift fließt durch ihre Adern!«

Eine neue Woge des Entsetzens lief durch den Ring der tobenden Gefangenen. Viele gaben ihre Gegenwehr auf, einige erstarrten. Die Dschinne schlugen weiter auf sie ein, doch ein scharfer Befehl ihres Anführers beendete den Kampf. Schlagartig drängte niemand mehr gegen den Ring der Bewacher. Alle standen, kauerten oder lagen da und gafften die beiden jungen Frauen in ihrer Mitte an. Keiner war ihnen näher als drei oder vier Schritt, auch Junis nicht, der voller Grauen auf Sabatea und das fremde Mädchen starrte.

»Ich… kenne dich«, kam es wie ein Hauch über die Lippen des Mädchens.

Sabatea nickte langsam. Kanaia mochte noch Stunden, vielleicht Tage leben, falls die Wunde gründlich gereinigt und verbunden wurde. Aber hier unten gab es keine sauberen Stoffe und erst recht keine Heilkräuter, um wenigstens den Schmerz zu lindern. Nur Schmutz, Asche und wahrscheinlich genug ansteckende Krankheiten, um ein Nomadenvolk damit auszurotten.

Kanaia würde Höllenqualen leiden, vielleicht einen Tag lang oder zwei, und dann würde sie sterben. Niemand überlebte eine solche Verletzung. Vor allem nicht in einem Dreckloch wie diesem.

»Es war nicht… meine Schuld«, flüsterte das Mädchen.

»Ich weiß«, erwiderte Sabatea sanft. »Du hast alles richtig gemacht.«

»Nicht meine…« Kanaia brach ab, sammelte sich. »Es tut mir… leid.«

»Es gibt nichts, das dir leid tun müsste.«

»Ich wollte… dass er stolz ist auf…«

»Denk nicht an ihn. Denk an den Sonnenaufgang über den Palastdächern. An den warmen Wind von den Hängen des Pamir. Denk an die Musik, die Spiele und den Jasmin in den Gärten.«

»Ja… die Musik…«

Sabatea wischte sich mit der blutigen Hand die Tränen fort, aber sie konnte nicht aufhören zu weinen. Kurz sah sie über die Schulter und begriff, dass Junis jeden Moment heranstürmen und damit abermals den Zorn der Dschinne über sie alle bringen würde.

»Tut mir leid«, raunte Kanaia erneut.

Sabatea spürte die Blicke all dieser Menschen auf sich, auch die der Dschinne, und sie wusste, dass sie jetzt etwas tun musste. Bald würde man sie mit Gewalt von dem Mädchen fortreißen, vielleicht würden die Dschinne Kanaia fortbringen, in irgendeine Grube werfen, wo sie stundenlang leiden musste, ehe der Tod sie endlich erlöste. Oder sie würden versuchen, sie auszuhorchen, und Kanaia würde reden. Würde ihnen mit letzter Kraft eine Geschichte erzählen, Namen nennen. Dinge, von denen niemand hier erfahren durfte. Kanaia war die Einzige, die davon wusste. Sie und Sabatea. Niemand sonst.

Fest an den Körper des Mädchens gepresst, riss sie sich mit einem Fingernagel eine Kruste an der Innenseite ihres Arms herunter, eine der vielen winzigen Verletzungen, die sie davongetragen hatte, als die Dschinne sie eingefangen hatten. Es war nur eine Schürfwunde, lächerlich im Vergleich zu dem, was Kanaia erleiden musste. Sie kratzte die Kruste beiseite und sah, wie sich ihr eigenes Blut in das fremde auf ihrer Haut mischte.

Sie blickte sich um, sah zu Junis. Ein Dschinn hielt ihn jetzt mit einer Lanze in Schach. Sie spürte über sich noch immer die Nähe des schwebenden Anführers, meinte ihn sogar riechen zu können, sah aber nicht hin. Sie glaubte nicht, dass er hatte sehen können, was sie getan hatte.

»Das hätte alles nicht geschehen dürfen«, flüsterte sie Kanaia zu.

Die Augen des Mädchens liefen über von rosafarbenen Tränen. Sabateas eigene tropften auf Kanaias Wange hinab.

»Stolz auf mich …«, murmelte das Mädchen.

»Ja«, brachte Sabatea unter größter Überwindung hervor. »Er ist jetzt ganz sicher stolz auf dich.« Und sie dachte: Dafür hat er Schlimmeres als den Tod verdient. Schlimmeres als die Hölle.

Sie zog den Kopf des Mädchens sachte ein wenig höher in ihren Schoß, und dabei presste sie wie beiläufig die offene Wunde an ihrem Arm auf Kanaias Lippen. Ihr eigenes Blut lief in den Mund des Mädchens, nur ein dünnes Rinnsal, kaum mehr als ein paar Tropfen.

Sie schloss die Augen. Um sie herum war die Welt zu Eis erstarrt. Es konnte kaum Zeit vergangen sein, seit sie neben dem Mädchen auf die Knie gesunken war; es kam ihr vor wie eine Ewigkeit.

Kanaias Augen weiteten sich abermals.

Sabatea weinte lautlos.

Ein spasmisches Zucken raste durch den schmächtigen Körper in ihren Armen. Ein heißes Seufzen an ihrer Haut. Kanaias Pupillen wurden auf einmal so groß wie Käfer. Dann senkte sie langsam die Lider und schlief ein. Blut pulsierte einen Augenblick länger aus ihrer Wunde, schließlich erlahmte das sanfte Pumpen und wurde zu einem steten Rinnsal.

Sabatea zog die Tote mit einem Schluchzen an sich, vergrub das Gesicht in ihrem Haar und weinte. Irgendwo in einer anderen Welt rief Junis ihren Namen. Dschinne brüllten. Menschen schrien durcheinander.

Dann packte jemand sie an der Schulter. Ihr blieb gerade noch Zeit, Kanaias Kopf vorsichtig am Boden abzulegen, bevor Dschinnklauen sie von der Leiche fortzerrten, zurück zum Kreis der anderen, zurück zu Junis. Sie brachte keinen Laut hervor, als sie hart auf den Fels geworfen wurde, unmittelbar vor seine Füße.

Er half ihr hoch und stützte sie, als er sie von den Dschinnen und Menschen fort zum Rand der Kuppel führte. Anderswo wurden auch die übrigen Gefangenen von dem ausgebreiteten Fangnetz am Boden getrieben. Aus dem Augenwinkel sah sie, wie die Dschinne es anhoben und beim Aufstieg zusammenzurrten. Kanaia lag ganz allein darin, stieg einsam in die Höhe auf und entschwand durch die Gitteröffnung in die ewige Nacht des Grottenhimmels.

»Sie starren dich an, als hättest du sie getötet«, stieß Junis verächtlich aus. Er hielt sie noch immer im Arm. In seiner Stimme lag eine Entschlossenheit, die verriet, dass er sie um jeden Preis verteidigen würde.

»Sie haben nur Angst vor ihrem Blut«, flüsterte sie.

Er machte keine Anstalten, sie deswegen loszulassen.

Sie presste die Wunde an ihrem Arm fest gegen ihre Seite. Die Blutung würde bald versiegen. Ihre Tränen hingegen liefen noch immer, ihre Augen quollen über davon, und sie konnte nichts dagegen tun.

»Mach dir keine Gedanken«, sagte sie leise. »Sie war nicht die echte.«

»Nicht die echte?«, wiederholte er stockend.

Sie schüttelte den Kopf, ohne ihn anzusehen. »Alles … eine Farce. Sie war nur ein Mädchen aus dem Palast. Irgendein Mädchen. Das Ganze war nur eine Lüge mehr, um das Volk ruhigzustellen.«

»Dann hat es nie eine Vorkosterin gegeben? Die Geschichten über das Gift in ihren Adern … das war alles nur eine Legende?«

»Nein«, flüsterte sie. »Die Wahrheit.«

Hinter ihr wurde abermals Lärm laut, ehe Junis weiterfragen konnte. Sabatea hörte die raue Stimme des Dschinnhauptmanns. Er und drei weitere Krieger schwebten heran. Sein Finger deutete unmissverständlich auf sie.

»Du!«, fuhr er sie an. »Du kommst mit uns!«

Tarik stieß einen wütenden Schrei aus und warf sich tobend gegen seine Fesseln.

Die Dschinne hatten ihn zurück in die Halle des Narbennarren gebracht und mit gespreizten Armen und Beinen an die steinharten Strähnen der Wand gefesselt. In seinem Schädel hämmerte und pochte es ohne Unterlass. Die Stimme des Narbennarren schnitt wie ein Messer durch seinen Verstand.

»Du musst jetzt eine Entscheidung treffen«, sagte Amaryllis. »Gegen Maryam – oder gegen *sie*.«

Sabatea wurde von zwei Dschinnen an den Armen hereingetragen. Im ersten Augenblick erkannte er sie kaum. An ihrem Körper schien es keinen Fingerbreit zu geben, der nicht mit Blut besudelt war. Selbst ihr Gesicht glänzte dunkelrot. Ihr langes Haar war verklebt, ihr Kopf nach vorn gesunken. Sie war bewusstlos oder tot.

»Was habt ihr mit ihr gemacht?«, schrie er außer sich. »Was hast du ihr angetan?«

Amaryllis stand noch immer auf dem fliegenden Teppich und schwebte wenige Handbreit über dem Boden, halb von loderndem Fackelschein beschienen, halb von Schatten umwoben. Tarik hatte ihn noch immer nicht ins

Muster greifen sehen. Seine Magie war stark genug, den Teppich kraft seiner Gedanken zu steuern.

Die Dschinne legten Sabatea fünf Schritt vor Tarik am Boden ab. Ein dritter mit weißblondem Haarschweif erstattete dem Dschinnfürst unterwürfig Meldung, dann schwebten alle drei durch das verzogene Portal der Halle davon. Vier weitere Dschinne, die rechts und links des Ausgangs Wache hielten, blickten unverwandt herüber.

»Das meiste ist nicht ihr eigenes Blut«, sagte Amaryllis.

Tariks ganzer Körper schmerzte. Die Schnitte und anderen Wunden, die sie ihm zugefügt hatten, brannten und stachen, aber sie waren alle nur oberflächlich. Hatten die Dschinne Sabatea einer ähnlichen Behandlung unterzogen? Die Vorstellung machte ihn rasend vor Wut und Hilflosigkeit.

»Warum bewegt sie sich nicht?« Einmal mehr riss er vergebens an seinen Fesseln.

»Sie wird bald erwachen«, sagte Amaryllis. »Offenbar hat sie sich ein wenig zu heftig zur Wehr gesetzt.«

Sie hatten sie bewusstlos geschlagen! Tarik bekam vor Abscheu und Zorn kein Wort mehr heraus.

Amaryllis schwebte auf Sabatea zu, ging am Rand des Teppichs in die Hocke und beugte sich zu ihr hinab. Der Saum seines dunklen Gewandes senkte sich über ihren Körper. Tarik musste sich unter beißendem Schmerz in den Fesseln verdrehen, bis er zumindest ihr Gesicht wieder sehen konnte.

»Wage es nicht, sie anzufassen!«, ächzte er.

Der Dschinnfürst legte seine Hand auf ihr blutverklebtes Haar, murmelte etwas und zog den Arm zurück. Sabatea stieß ein Stöhnen aus, rollte sich wie unter einem Tritt herum, hustete erbärmlich und erbrach Speichel und Galle auf den Boden. Ihr benommener Blick fiel auf den Narbennarren – und ignorierte ihn nach einer Schrecksekunde mit beneidenswerter Selbstbeherrschung. Blinzelnd sah sie zu Tarik herüber.

Sie flüsterte etwas, vielleicht nur einen Fluch. In ihren Augen stand eine nervöse Mischung aus Erleichterung und Grauen.

Amaryllis griff ihr ins Haar, richtete sich auf und zerrte sie zugleich mit einem derben Ruck nach oben. Sabatea schrie auf und verlor den Boden unter den Füßen, als der Dschinnfürst sie mit der anderen Hand am Nacken packte und frei in der Luft baumeln ließ.

Sein gesundes Auge richtete sich auf Tarik. »Wo ist Maryam?«

»Nicht … so«, stöhnte Tarik.

Amaryllis schüttelte verständnislos den Kopf. »Es liegt in deiner Macht, ihre Pein zu beenden. Ich lege die Möglichkeit dazu in deine Hand. Warum nutzt du sie nicht?« Während er die strampelnde Sabatea mit der rechten Klaue im Genick festhielt, zog er mit der Linken am Haar ihren Kopf zurück und drohte ihn zu überspannen. Sabateas Gegenwehr erlahmte. Der Dschinnfürst zog sie näher heran und beugte sich über ihre entblößte Kehle.

»*Nein!*«, schrie Tarik.

Amaryllis riss den Mund so weit auf, dass sich die Narben in seinen Mundwinkeln wie Membranen spannten.

Aber er biss nicht zu. Vielmehr leckte er mit seiner gestohlenen Menschenzunge über Sabateas nackten Hals. Die Zungenspitze zog eine hellrosa Spur durch das getrocknete Blut, wanderte unter ihrem Kinn hinauf, berührte ihre Lippen.

Sabateas Hand stieß nach vorn. Sie bekam seinen Kehlkopf zu fassen – und drückte mit aller Kraft zu.

Einen Mann hätte sie mit diesem Griff in Windeseile außer Gefecht gesetzt – lernten die Frauen *das* im Palast? –, aber der Narbennarr nutzte seinen zusammengestückelten Menschenkörper nur wie ein Gewand. Als Sabatea seinen Adamsapfel zusammenpresste und herausriss, blieb er ungerührt stehen und presste seine vernarbten Lippen weiterhin auf die ihren.

»Lass sie in Frieden!«, brüllte Tarik und scheuerte sich an den Stricken die Haut auf. Er zögerte nur den Bruchteil eines Augenblicks. »Ich sage dir alles, was du wissen willst«, fügte er dann hasserfüllt hinzu.

Der Narbennarr schwenkte Sabatea am ausgestreckten Arm von sich fort, leichthändig wie eine Puppe. Sie spuckte und spie, während ihre Hand noch immer seinen Kehlkopf hielt wie eine glitzernde, geschälte Frucht. Amaryllis blickte das Ding in ihren Fingern fast amüsiert an und berührte dann mit der freien Hand das klaffende Loch in seinem Hals. Er wollte etwas sagen, aber die Luft entwich aus der Wunde, und seine Worte wurden zu einem tonlosen Keuchen. Ungehalten entriss er Sabatea den Adamsapfel, schob ihn zurück in den Spalt und wischte wie beiläufig mit der Handfläche darüber. Tarik sah aus der Ferne und im Fackelschein nur ein kurzes Gewimmel auf der Kehle des Dschinnfürsten, dann verebbte die Bewegung, und die Wunde war wieder geschlossen. Nur eine Narbe mehr, wulstig und schillernd wie all die anderen.

Amaryllis stieß Sabatea zu Boden. Stöhnend prallte sie auf und blieb liegen.

Der Narbennarr schoss mit dem Teppich auf Tarik zu, blieb unmittelbar vor ihm in der Luft stehen und starrte ihn aus dem hellblauen Auge an, kalt wie ein Eiskristall.

»Genug davon«, sagte er leise. »Wo versteckt sie sich? Und was hat sie vor?«

Tarik blieb keine Zeit zum Nachdenken. Weil es das Erste war, das ihm einfiel, erwiderte er: »Elburz. Sie ist in den Bergen.«

»Du lügst.«

»Nein. Sie versteckt sich in den Elburzbergen.« Bei seinem letzten Schmuggelritt nach Bagdad war das Elburzgebirge wie ausgestorben gewesen, abgesehen von Dschinnpatrouillen und anderen Kreaturen der Wilden Magie, die sich dort eingenistet hatten.

»Du wirst meine Krieger zu ihr führen«, sagte Amaryllis. »Und zu dem Jungen.«

»Welchem Jungen?«, fragte er benommen, bevor ihm durch wogende Schmerznebel klar wurde, dass er einen Fehler begangen hatte.

Amaryllis stieg mit einem zornigen Schritt vom Teppich und machte eine ungeduldige Handbewegung. Schneller als Tariks Augen ihm folgen konnten, raste der fliegende Teppich wie ein Geschoss auf Sabatea zu, die gerade mühsam ihren Oberkörper aufrichtete. Die Teppichkante prallte gegen ihre Schulter und schleuderte sie zwei Schritt zur Seite. Sabatea kam verdreht am Boden auf, zu schwach für einen Schmerzensschrei. Der Teppich schlug einen Haken und schwirrte erneut auf sie zu, stellte sich mit einem Mal aufrecht in die Luft und schwebte über ihrer ungeschützten Taille wie ein Fallbeil. Amaryllis hatte einen Arm ausgestreckt und kontrollierte den Teppich allein durch seinen Willen. Tarik wusste genau, wie hart die Kante sein konnte; sie würde Sabatea in zwei Hälften schneiden, wenn Amaryllis sie in diesem Winkel und mit aller Kraft auf sie hinabschleuderte.

»Ich weiß«, sagte Amaryllis zu Tarik, während der Teppich im Hintergrund erzitterte, »dass das Menschenjunge bei ihr ist. Ich weiß auch, welche Macht es besitzt. Aber du wirst mich zu ihr führen, und sie mich zu ihm.«

Tarik hatte keine Ahnung, wovon Amaryllis sprach. Was wollte der Dschinnfürst von einem Kind? Kurz vorm Delirium überfielen ihn die aberwitzigsten Vermutungen. Maryams Kind? *Sein* Kind? Nein, gewiss nicht. Sie war nicht schwanger gewesen, als sie getrennt worden waren; damals, als sie aus seinem Leben verschwunden war und ein strudelndes Nichts zurückließ, das all seine Hoffnungen und Pläne verschlungen hatte.

Der Teppich ruckte in die Tiefe.

»*Nein!*«

Sabatea lag mit angezogenen Knien auf der Seite. Die Teppichkante berührte ihren Oberkörper unterhalb der Rippen – und blieb abermals in der Luft stehen. Auf einen Wink des Dschinnfürsten hob sich der Teppich wieder.

Amaryllis sah seinen Gefangenen erwartungsvoll an. Er lächelte wieder.

Alles in Tarik schrie, dass es falsch war; dass er nichts über Maryam oder irgendein Kind wusste; und dass es nicht lange dauern konnte, ehe Amaryllis seine Lügen durchschaute. Aber er hätte in diesem Augenblick alles getan, um einen Aufschub zu bekommen. Zeit, um zu überlegen, wie er Sabatea retten konnte.

Das alles war völliger Wahnsinn. Er war hergekommen, um Junis zu befreien. Und weil die Begegnung mit dem Sklaventransport in ihm die vage Hoffnung entzündet hatte, Maryam vielleicht doch noch wiederzusehen. Eine Hoffnung, die von Amaryllis' Interesse an ihr weiter angeheizt worden war. Jetzt aber, hier in der Halle des Narbennarren, war Sabatea mit einem Mal die Einzige, die zählte. Als es schien, die Welt könnte nicht dunkler und ihre Lage nicht verzweifelter werden, schwor er sich, dass er sie niemals im Stich lassen würde. Er würde nicht noch jemanden an den Narbennarren verlieren.

»Ich tue alles, was du verlangst«, stöhnte er und bemühte sich, aufrichtig zu klingen. »Solange du sie nur endlich in Ruhe lässt.«

Der Teppich fiel.

Aber er verlor dabei seine Festigkeit und senkte sich wie eine Decke über Sabatea. Sie lag einen Moment lang still, bewegte sich dann schwerfällig, erschlaffte erneut und schob ihn schließlich mit Armen und Beinen von sich.

Amaryllis' Mundwinkel waren eingerissen wie gebroche-

nes Leder. Aber er konnte sie noch immer zu jenem un-
menschlichen Grinsen verziehen, das Tarik mehr verstörte
als all die anderen Entstellungen.

Der Dschinnfürst baute sich vor ihm auf und schob
einen ausgestreckten Zeigefinger unter seinen Kopf. Tarik
spürte, wie sich die gesplitterte Spitze eines Fingernagels
in die Haut unter seinem Kinn bohrte.

Als Amaryllis wieder sprach, betonte er die Worte langsam und lauernd. »Was weiß Maryam über den Dritten
Wunsch?«

Das Blut sackte aus Tariks Schädel hinab in seine Glieder.
Darauf wusste er keine Antwort. Ihm war schmerzlich bewusst, dass eine Gegenfrage so aussichtslos war wie jeder
Versuch, etwas abzustreiten oder zu leugnen. Der Narbennarr fürchtete Maryam, daran hatte er keinen Zweifel mehr,
und ihn selbst hielt Amaryllis für ihren Gesandten oder
Spion. Irgendetwas musste er sich einfallen lassen. Er war
kein talentierter Lügner, das war er nie gewesen, aber womöglich verschleierten ja der Schmerz und seine Erschöpfung, wie verwirrt er war.

»Sie hat davon gehört«, brachte er stockend hervor, ohne
zu wissen, worauf Amaryllis hinauswollte.

Der Narbennarr nickte.

»Aber ... sie weiß nicht viel, glaube ich.« Vielleicht war
es ein Fehler, aber er redete jetzt schneller, als er denken
konnte: »Sie träumt davon. Sie träumt von ... so vielen
Dingen.« Maryams Alpträume waren immer ein beherr-
schender Teil ihres Lebens gewesen, hatten ihr Wachsein
so sehr bestimmt wie ihren Schlaf. Keine Visionen oder

Prophetien, nichts Übernatürliches. Nur ein Gestaltwerden von Ängsten, die sie von Kind an verfolgt hatten.

»Sie ist in so vielem wie ich«, murmelte Amaryllis.

»Dann weißt du, dass die Träume keine Antworten geben.« Tarik hielt dem Blick des einen Auges stand, weil er innerlich längst zu Eis geworden war. Sein ganzer Körper tat weh, und ihm war klar, dass er blind durch ein Labyrinth aus Ausflüchten und Mutmaßungen manövrierte. Wie lange konnte das gut gehen?

Doch Amaryllis nahm nachdenklich seine Hand von Tariks Kinn und gab den vier Dschinnkriegern am Portal einen Wink. Kurze, präzise Befehle wehten als gespenstisches Wispern durch die Halle. Tarik erschienen sie ohrenbetäubend.

Der Narbennarr wandte sich ihm wieder zu. »Ihr werdet Wasser und Essen bekommen. Und andere Kleidung. Ich kann nicht versprechen, dass sie sauber ist, aber die Menschen, denen sie gehört hat, sind einen schnellen Tod gestorben.« Mit einem verächtlichen Blick auf die blutigen Fetzen an Tariks Körper fügte er hinzu: »Das da macht dich krank. Ist es nicht lächerlich, wie oft ihr Menschen an eurem eigenen Schmutz krepiert? Ihr habt es nicht verdient zu herrschen. Ihr habt es nicht verdient, die Einzigen zu sein, die am Leben bleiben.«

Ich habe die Welt ohne Dschinne gesehen, hatte er vor Stunden zu Tarik gesagt. *Eine Welt der Menschen.*

Aber Maryam hatte in ihren Träumen eine Welt erlebt, in der die Menschen Gefangene waren. Eingekerkert und ohne jede Hoffnung, jemals wieder frei zu sein.

Du siehst es auch, hatte Amaryllis zu ihr gesagt. Und eben erst: *Sie ist in so vielem wie ich.*

Gab es einen Schlüssel zu diesen Widersprüchen? War Maryam tatsächlich noch am Leben? Allein der Gedanke daran sandte fiebrige Hitzewellen durch seinen Körper. Er hatte Mühe, sich auf irgendetwas anderes zu konzentrieren.

Der Narbennarr suchte seine Antworten jetzt anderswo. Er zog die Robe enger um seinen Körper, als fröstelte er plötzlich. Dann wanderte er aus dem Fackelschein zurück in die Schatten am anderen Ende der Rochhalle. Seine Schritte verklangen nach wenigen Augenblicken.

Vielleicht war er davongeschwebt wie ein Geist.

Oder aber er stand noch immer dort im Dunkeln, starrte zu Tarik herüber und suchte in seinem Gesicht nach der Wahrheit.

Und dann wurden sie wieder getragen, hinaus aus der Hängenden Stadt, über den pechschwarzen Schlund hinweg, auf die Wand des gigantischen Höhlendoms zu.

Im Nachhinein konnte Tarik sich kaum an den Flug erinnern. Wahrscheinlich hatte er für ein paar Minuten das Bewusstsein verloren. Als er wieder klar denken konnte, hing er noch immer im festen Griff zweier Dschinne, die ihn an den Armen durch die Finsternis trugen. Das Rochnest war hinter ihnen zurückgeblieben. Sie schwebten inmitten des Abgrunds, unter ihnen nichts als Schwärze und vereinzelte Lichtpunkte.

Mühsam drehte er den Kopf und versuchte, einen Blick auf Sabatea zu werfen. Sie baumelte genau wie er zwischen zwei Dschinnen, rotbraun verkrustet von Kopf bis Fuß, aber bei vollem Bewusstsein. Als sie bemerkte, dass er sie ansah, verzog sie die Mundwinkel zu etwas, das ein gequältes Lächeln sein mochte.

Sie war nicht nur zäh, sondern auch ungeheuer tapfer. Seine Gefühle für sie trafen ihn in diesem Moment einmal mehr vollkommen unverhofft, schmerzhaft in ihrer Intensität und mit der Erkenntnis verbunden, dass seine Sorge nackter Angst um sie gewichen war. Wenn der Narbennarr durchschaute, dass Tarik ihn getäuscht hatte, würde er sie beide töten. Tariks Lüge hatte ihnen einen Aufschub erkauft, mehr nicht. Spätestens wenn Amaryllis ihn mit einer Heerschar seiner Krieger in die Elburzberge schickte, musste sein Schwindel auffliegen.

Sein Blick flackerte ziellos durch die Dunkelheit. Etwas war anders als zuvor. Die zahllosen Dschinntrupps, die er bei seiner Ankunft in der Leere entdeckt hatte, waren jetzt hoch über ihnen, wimmelten unter der Höhlendecke wie ein Insektenschwarm. Sie hatten sich rund um die Öffnung versammelt, die in den Tunnel zur Oberfläche führte. Es herrschte reges Kommen und Gehen. Etwas hatte die Dschinne in Alarmbereitschaft versetzt.

Lautes Rauschen und Wasserprasseln lenkte ihn ab. Vor ihnen loderte eine Reihe aus Lichtpunkten, die von der Decke des Höhlendoms hinab in die Tiefe führten. Im Näherkommen erkannte er, dass jede Fackel an einem schalenförmigen Wasserbecken befestigt war, etwa fünf mal fünf Schritt im Durchmesser. Die Becken ragten wie geöffnete Hände waagerecht aus der Felswand und waren nicht aus Stein, sondern aus dem gleichen Material gefertigt wie die Hängenden Städte – uralte Relikte der Roch.

Eine Wassersäule prasselte aus jedem Becken in das darunter liegende, ein kristallklarer Sturzbach, der irgendwo im Berg über ihnen entspringen musste und auf dem Weg in die Tiefe umgeleitet worden war. Bei den Becken selbst schien es sich um Tränken zu handeln, die von den Roch in der Felswand verankert worden waren. Tarik stellte sich vor, wie die Vogelmenschen mit verschränkten Flügeln auf den Rändern gesessen und sich zum Wasser hinabgebeugt hatten wie riesenhafte Falken.

Die Reihe der Tränken im Flammenschein wirkte von hier oben aus endlos. Die Dschinne hatten längst nicht alle Wasserreservoirs mit Fackeln bestückt, aber die Tatsache, dass sie sich überhaupt die Mühe gemacht hatten, bewies, dass auch sie auf Trinkwasser angewiesen waren. Vergiftete Flüsse wie der Amu Darja waren womöglich gar nicht auf ihr Treiben zurückzuführen. Vielleicht hatte der Ausbruch der Wilden Magie noch Schlimmeres bewirkt, als bisher alle angenommen hatten.

Die vier Dschinne trugen Sabatea und ihn über den Rand eines Beckens und ließen sie nebeneinander ins Wasser fallen. Es war nicht tief, kaum mehr als hüfthoch, aber so kalt, dass Tarik für Augenblicke der Atem stockte. Hinter ihnen, näher an der Wand, prasselte der Sturzbach von oben herab und brachte die Oberfläche zum Schäumen. Ein heftiger Sog drohte Tarik zur Seite zu reißen, hinüber zu einer nasenförmigen Rinne, die ein Stück weit über den Beckenrand hinausragte und das überlaufende Wasser in die nächst tiefere Tränke ableitete. Für einen Moment sah es aus, als würde Sabatea von der Strömung gepackt, aber er bekam sie am Arm zu fassen und zog sie zurück. Beide fanden festen Untergrund unter den Füßen, klammerten sich aneinander und standen für eine Weile eng umschlungen inmitten des Beckens, während das Wasser strudelnd um ihre Leiber schäumte.

Ein Dschinn brüllte sie an. Gleich darauf knallte eine Peitsche unmittelbar neben Tarik auf die Wasserfläche. Er fuhr zornig herum, wünschte dem Dschinn die Lepra an den Hals, flüsterte aber Sabatea zu: »Wenn sie uns schon die Gelegenheit dazu geben, können wir uns ebenso gut das Blut herunterwaschen.«

Sie nickte, löste sich von ihm und begann, sich aus ihrer krustigen Kleidung zu schälen. Sie schwankte ein wenig, gab ihm aber zu verstehen, dass sie ohne Hilfe zurechtkäme. Eilig folgte er ihrem Beispiel, bis sie beide nackt im Becken standen und mit bebenden Händen Wasser über ihre Schultern und Arme schöpften.

Die Kälte betäubte seine Wunden und Prellungen. Er konnte nicht abschätzen, wie viel Blut er verloren hatte. Immerhin hatten sich all die winzigen Schnitte mittlerweile geschlossen, und selbst wenn das Wasser ein paar Krusten ablösen mochte, waren die Blutungen doch größtenteils versiegt.

Besorgt sah er zu, wie rosa Schleier über Sabateas Körper strömten. Darunter kamen Abschürfungen und Kratzer zum Vorschein, aber keine ernsthaften Verletzungen. Amaryllis hatte die Wahrheit gesagt: All das Blut war nicht ihr eigenes.

Während sie sich wuschen, erzählte ihm Sabatea im Flüsterton von Junis und den Sklavenpferchen. Es kostete ihn Überwindung, seine Erleichterung vor den Dschinnen zu verbergen. Im Gegenzug berichtete er ihr von dem, was der Narbennarr gesagt hatte, und schließlich, sehr leise, von Maryam. »Ich soll die Dschinne zu ihr führen«, sagte er, weil er nicht sicher war, ob sie Amaryllis' Vorhaben in der Halle mit angehört hatte. Sie schenkte ihm einen besorgten Seitenblick, stellte aber keine Fragen.

Eine Bewegung in der Dunkelheit des Abgrunds erregte seine Aufmerksamkeit. Ein Koloss von einem Dschinn schwebte auf sie zu, fünfmal so groß wie ihre Bewacher und so schwarz, als hätte man ihn mit Pech übergossen. Möglich, dass es derselbe war, den Tarik bereits bei seiner Ankunft beobachtet hatte. Er trug keine geflammten Male auf der Haut und war unbewaffnet. Seine Klauen aber waren so groß wie ein Mensch, seine Pupillenschlitze lang wie Schwerter.

Einer der Krieger brüllte etwas, das der Riesendschinn mit einem zornigen Fauchen beantwortete. Dann riss er das Maul auf, schob den Unterkiefer hinab bis auf die Brust und zeigte einen Schlund, der groß genug war, ein Kamel zu verschlingen. Seine Zähne waren spitz und zahlreich, sein Atem eine heiße Woge aus fauligem Gestank.

Die Krieger blieben unbeeindruckt. Sie beschimpften den schwarzen Koloss, drohten ihm mit ihren Lanzen und forderten ihn auf, das Weite zu suchen. Der Riese knurrte und spuckte in ihre Richtung, schien sich aber vor ihren Drohungen zu fürchten. Schließlich flog er unter dem höhnischen Gelächter der Krieger davon.

»Das ist ein Ifrit«, flüsterte Tarik. »Ein Wunschdschinn. Solche wie ihn gab es schon lange vor dem Ausbruch der Wilden Magie und dem Auftauchen der Dschinnarmeen.«

Sabatea blickte dem schwarzen Giganten hinterher, bis er in der Finsternis verschwunden war. Jedes Kind kannte die alten Geschichten über Geister, die den Sterblichen Wünsche gewährten, aber es hätte Tarik überrascht, wenn Sabatea einem leibhaftigen Ifrit jemals begegnet wäre.

»Der hat nicht ausgesehen, als würde er die Wünsche eines Menschen erfüllen«, murmelte sie und fuhr fort, sich zu waschen.

»Man muss ihn wohl freundlich darum bitten.«

»Er hatte Angst vor den anderen.«

»Ich bin zweimal einem wie ihm begegnet, draußen in der Karakum, und beide Male haben sie mich in Frieden ziehen lassen. Sie jagen Menschen gerne Angst ein, das haben sie schon früher getan, aber sie greifen selten an. Sie sind nicht besonders gescheit, aber sie sind auch keine reißenden Bestien wie die übrigen Dschinne. Dafür teilen sie sich die Welt zu lange mit uns Menschen. Ich glaube nicht, dass es ihnen gefallen hat, als eines Tages Dschinnfürsten wie Amaryllis mit ihren Armeen aufgetaucht sind und das große Töten begonnen hat.« Er seufzte leise. »Sie sind wie zurückgebliebene Kinder, die sich schnell zu Streichen und anderem Unfug überreden lassen. Deshalb gewähren sie den Menschen Wünsche und erfüllen sie mit Hilfe ihrer Magie, soweit es in ihrer Macht steht. Es heißt, sie können Gold und Edelsteine erschaffen, vielleicht auch einen Liebeszauber wirken, aber zu viel mehr ist ihre Magie nicht nütze.«

Etwas landete neben ihnen im Wasser. Ein Knäuel aus Kleidern, weit mehr als nur für zwei Menschen, wahllos zusammengerafft von einem Dschinn, der aus dem Dunkel herangeschwebt war und sich nun zu ihren vier Bewachern gesellte. Ausdruckslos starrten sie auf die beiden Gefangenen hinab.

Einmal mehr bewunderte Tarik Sabatea für die äußere Ruhe, hinter der sie ihre Gefühle verbarg. Sie zitterte nur ein wenig, vielleicht vor Kälte, während sie sorgfältig das fremde Blut herunterwusch, mehrfach den Kopf ins Wasser tauchte, um ihr verklebtes Haar zu säubern, und dabei durch nichts verriet, dass die fünf Krieger ihr mehr als lediglich Respekt einflößten.

Tarik ließ die Dschinne nicht aus den Augen, während er das Kleiderknäuel aus der Strömung pflückte und auf der Suche nach brauchbaren Stücken durchsuchte. Es war die Kleidung von Toten, aber er verspürte keine Skrupel. Die Menschen, denen sie einst gehört hatte, hatten keine Verwendung mehr dafür.

Die meisten Sachen stammten augenscheinlich von Wüstenbewohnern, und alle waren verschlissen und schmutzig. Beinahe war er dankbar, dass der Dschinn sie so verächtlich ins Wasser geworfen hatte, wo zumindest der gröbste Dreck herausgewaschen wurde. Er nahm sich nicht viel Zeit, die besten Stücke herauszusuchen. Was ihm in die Hände fiel und einigermaßen unversehrt erschien, reichte er an Sabatea weiter. Sie schlüpfte in eine sandfarbene Hose und ein Hemd, Sachen, die vermutlich einst Nomadenjungen gehört hatten. Er selbst streifte sich ähnliche Kleidung über, ebenso schlicht und abgenutzt. Statt eines Gürtels band er sich ein Stück Seil um die Hüfte, das zwischen die Kleider geraten war.

Einer der Dschinne rief etwas. Tarik dachte, es gälte Sabatea und ihm. Doch als er aufblickte, waren ihre Bewacher in helle Aufregung verfallen und gestikulierten hinauf zur Höhlendecke und dem klaffenden Tunnel ins Freie.

Sabatea schaute nach oben und stieß einen unterdrückten Ruf aus, der alles Mögliche bedeuten mochte, am ehesten Verwirrung. Tarik selbst war nicht sicher, was dort geschah. Offenbar erging es den Dschinnen nicht besser.

Die diffuse Helligkeit, die bislang aus der Öffnung in den Abgrund gesickert war, wurde matt und erlosch gleich darauf völlig. Etwas erstickte die Feuerbecken draußen im Tunnel.

Der Qualm des Schlammsees vor dem Portal wurde hinab in die Grotte geweht. Eine graue Wolke rammte wie eine riesige Faust aus der Höhlendecke und hüllte schlagartig einen Teil der Dschinnarmee ein. Zugleich erklang lautes Heulen und Brausen, das Tarik an die Stürme erinnerte, die im Winter von den Hängen des Pamir über die Mauern und Dächer Samarkands hinwegrasten.

Unter ihren Bewachern brach ein Streit darüber aus, was zu tun sei. Zwei zeigten immer wieder in die Richtung der Gefangenen, die übrigen drei deuteten aufwärts.

Die Staubwolke explodierte zu einer grauschwarzen Blüte, die Auswüchse in alle Richtungen schleuderte. Bald sah es aus, als hinge dort oben ein titanischer Krake aus Rauch, der mit zerfasernden Tentakeln nach den Hängenden Städten und den Dschinnen griff. Hornsignale und Trommeln hallten von den Felswänden wider, und schon nach kurzer Zeit schossen weitere Krieger aus der Dunkelheit des Abgrunds herauf, ein Strom aus hunderten Dschinnen, bewaffnet und bereit zum Kampf.

Die drei Wächter verließen kurz entschlossen ihre Posten über dem Rand der Tränke und schlossen sich ihren Artgenossen auf dem Weg nach oben an. Die beiden anderen zögerten. Einer machte Anstalten, mit der Lanze auf Tarik und Sabatea loszugehen, um das Problem ihrer Bewachung aus der Welt zu schaffen. Der andere aber hielt ihn mit einem energischen Schrei zurück, deutete auf den Abgrund, dann auf die Gefangenen, und zeigte schließlich nach oben. Mit einem bedrohlichen Zischen in Tariks Richtung drehte der erste Wächter ab und machte sich mit seinem Gefährten auf zur Grottendecke.

Tarik und Sabatea blieben allein zurück. Das Wasserbecken ragte aus der blanken Felswand; der einzige Weg von hier fort führte durch die Luft. Ob mit oder ohne Bewacher, sie saßen fest. Unter ihnen klafften an die zweitausend Meter Leere bis zum Grund der Höhle.

Mit wenigen Schritten war Tarik an der Kante der Rochtränke und blickte über den Rand in die Tiefe. Der Abgrund gähnte ihm entgegen, gesprenkelt von Feuern und aufsteigenden Dschinnkriegern.

»Wir kommen hier nicht weg«, knurrte er und hieb wütend mit der Faust ins Wasser.

Sabatea starrte noch immer zur Höhlendecke. »Sieh dir das an!«

Er machte einen Schritt zurück vom Rand. Ihm war noch immer schwindelig, alles tat ihm weh, und er misstraute seinem Gleichgewichtssinn angesichts der bodenlosen Tiefe.

Als er sah, was Sabatea meinte, hatte er schlagartig andere Sorgen.

Die Tentakelwolke aus Staub und Rauch war zu einer grauen Nebelschicht zerfasert, wie ein Gewitter unter der

Decke des Höhlendoms. Die Heerscharen der Dschinne wogten ziellos darin umher; ob und gegen wen sie kämpften, war von unten aus nicht zu erkennen. Ganz ohne Zweifel aber war da noch etwas anderes, Größeres, das aus dem Felstunnel strömte und in viele kleinere Teile zerbarst. Die Wolke selbst wurde zu einem wirbelnden Chaos aus rotierenden Schlieren, als hätte eine unsichtbare Macht mit den Armen hineingegriffen und begonnen, gründlich darin herumzurühren.

Dann stieß das, was über die Dschinne hereingebrochen war, durch den Dunst und breitete sich mit rasender Geschwindigkeit im oberen Teil des Felsendoms aus. Im Halblicht der Fackeln in den Schrunden und Höhlungen der Hängenden Städte raste eine Vielzahl von Trichtern aus kreisendem Rauch unter der Höhlendecke entlang und bald darauf an den Wänden hinab. Manche sprangen auf die beiden gewaltigen Rochnester über und zogen Spuren der Verwüstung durch die filigranen Oberflächen. Ganze Dschinnscharen wurden erfasst, von den tanzenden Strudeln verschlungen und leblos in alle Richtungen verstreut.

»Das sind – «, begann Sabatea heiser, ehe ihre Stimme den Dienst versagte.

Wirbelstürme, dachte Tarik.

Dutzende kreisender Wirbelstürme, die an den Felsen hinab in die Tiefe jagten.

D ie trichterförmigen Windhosen tanzten über das Gestein wie Kreisel – nur dass sie keinen Unterschied machten zwischen horizontalen und senkrechten Oberflächen. Ihre dünnen Enden rasten über die Felswände, während sich der auffächernde obere Teil stets so verbog, dass die Trichteröffnung aufwärts zeigte. Viele sahen deshalb aus wie geschwungene Hörner, die sich beliebig verlängerten oder verkürzten. Einige Wirbelstürme waren kaum mehr als doppelt mannshoch, andere zogen sich fünfzig, sechzig Meter lang auseinander. Und da waren noch größere, weiter oben unter der Decke: Grotesk gewunden und verdreht, wüteten sie unter den Pulks aus Dschinnen und zerschmetterten ganze Hundertschaften an den Felsen.

Sabatea legte von hinten einen Arm um Tarik und presste sich an seinen Rücken. Sie musste gegen das Heulen der Stürme anbrüllen, damit er sie hören konnte: »Wir müssen aus dem Wasser!«

Er konnte den Blick nicht von den tobenden Tornados nehmen. Im oberen Bereich der Höhle fielen ihnen immer mehr Dschinne zum Opfer.

»Tarik – wir müssen hier raus!«

»Der Rand des Beckens ist zu schmal!« Ihre Beharrlich-

keit irritierte ihn. »Wir können uns darauf nicht halten.«
Erst recht nicht, wenn die Stürme sie erreichten und auch
hier bei ihnen, auf halber Höhe des Grottendoms, die Hölle
losbrechen würde.

»Wir müssen es trotzdem versuchen.«

Er drehte sich in ihrer Umarmung, um sie anzusehen.
»Sag mal, wovon redest du?«

Sie deutete mit einem Kopfnicken nach rechts.

Dort schwebte Tariks Teppich herrenlos neben der Rochtränke, knapp außerhalb der Reichweite des Spritzwassers,
das der Sturzbach in ihrem Rücken aufstieben ließ.

Tarik riss die Augen auf. »Woher – « Er starrte sie an.
»Warst *du* das?«

Sie lächelte flüchtig. »Als ich unter dem Teppich lag,
oben in der Halle… Ich hatte gerade genug Zeit, um die
Hand ins Muster zu schieben.«

Ein fassungsloses Lachen erhellte seine Züge. »Du hast
ihm befohlen, nach uns zu suchen?«

Sie nickte.

»Du hattest einen guten Lehrmeister.« Er stockte kurz
und fügte dann hinzu: »Diesen Befehl hätten ihm nicht
viele geben können, und schon gar nicht in so kurzer
Zeit.«

»Ich hätte mich nicht mal daran erinnert, wenn Junis
es nicht unten im Pferch erwähnt hätte.«

Über ihnen wurde das Tosen und Heulen noch lauter.
Die Dschinne hatten ihre anfängliche Überraschung über-
wunden und gingen zum Gegenangriff über. Dabei konzentrierten sie sich auf die breiten Trichteröffnungen der

Wirbelstürme, beschossen sie mit Pfeilen und schleuderten ihre Lanzen von oben in die rotierenden Luftstrudel. Was sie damit bezweckten, blieb Tarik ein Rätsel. Als ob sich Wirbelstürme von Pfeil und Bogen vertreiben lassen würden.

»Du hast Recht.« Er gab sich einen Ruck. »Wir müssen schleunigst hier raus.«

Ihr Anflug von Triumph beim Auftauchen des Teppichs wich Enttäuschung. »Wir sind viel zu nass. Er wird uns nirgendwo mehr hinbringen.«

»Versuchen wir's trotzdem.«

»Junis' Teppich hat mich abgeworfen«, sagte sie. »Und da war ich nicht halb so nass.«

Er verzog den Mund zu einem schiefen Grinsen. »Ich krieg das schon hin.« Aber für wie lange? Sobald genug Wasser ins Muster eindrang, würde der Teppich seine Flugkraft verlieren. Möglicherweise blieben ihnen nur Sekunden, um sicheren Boden zu erreichen.

Sabatea machte keinen Hehl aus ihren Zweifeln. Trotzdem löste sie sich von ihm und kletterte auf den Rand der Tränke. Dort kauerte sie mit angezogenen Knien, die Hände außen neben die Füße gesetzt, leicht schwankend, aber mit bewundernswerter Selbstbeherrschung. Tarik, dem Höhen für gewöhnlich nichts ausmachten, war nicht sicher, ob er es schaffen würde. Seine Schmerzen waren von dem eiskalten Wasser nur für kurze Zeit betäubt worden. Nun brachten sie sich abermals mit Brennen, Ziehen und Pochen in Erinnerung.

Der Teppich schwebte keine Armlänge von der Tränke

entfernt über der Leere. Er hatte seine Aufgabe erfüllt und Sabatea gefunden. Nun wartete er auf den nächsten Befehl – und den konnte Tarik ihm nur geben, indem er seine Hand ins Muster schob. Er musste irgendwie dort hinüber.

Die Schlacht unter der Höhlendecke und an den Felswänden verlagerte sich zusehends in die tieferen Regionen. Wirbelstürme und Dschinne kämpften überall an den oberen Wänden und über den Hängenden Städten. Einige waren jetzt nur noch zweihundert oder dreihundert Meter von der Tränke entfernt, genau über ihnen. Tarik meinte, dunkle Punkte in den Trichtern der Windhosen zu erkennen, wie einen Kern, der im Zentrum eines jeden Strudels saß.

Rund um sie stürzten leblose Dschinne in die Tiefe. Einer verfehlte das Becken nur um eine Mannslänge.

Tarik zog sich neben Sabatea auf den Rand, presste die Lippen zusammen – und stieß sich ab. Es war nur ein kurzer Sprung, der Abstand betrug nicht einmal einen Schritt. Aber die Schmerzen verschleierten seine Sicht, und er wusste nicht, wie der Teppich reagieren würde, wenn er klatschnass auf seine Oberfläche prallte.

Stocksteif erwartete das Gewebe den Aufprall. Dann spritzten Wassertropfen, als Tarik mit den Füßen aufkam, sofort nach vorn auf alle viere kippte und im selben Augenblick die Hand ins Muster rammte.

Gerade noch rechtzeitig.

Er spürte den Widerstand des Teppichs, sah schon ein heftiges Aufbäumen kommen, wappnete sich für den Sturz in die Tiefe. Doch dann berührten seine Finger die richtigen Stränge und zurrten sie mit einem instinktiven Griff zusammen, während er in Gedanken die nötige Beschwörung murmelte. Die Macht der Worte raste wie ein Hitzestoß seinen Arm hinab ins Knüpfwerk, erstickte den Widerwillen des Musters und zwang es zum Gehorsam. Selten zuvor hatte er dem Teppich mit solchem Nachdruck seinen Willen aufgenötigt. Er war nicht sicher, wie lange das gut gehen konnte.

In Sabateas Rücken explodierte das Wasser.

Der Leichnam eines Dschinns war von hoch oben in die Tränke gestürzt. Sabatea schrie auf, als die Erschütterung sie erfasste und vornüberstieß. Aus der Hocke kippte sie über den Rand. Ihr Arm schoss in Tariks Richtung vor, streifte die Fransen des Teppichs – und bekam sie zu fassen.

Tarik kniete zu weit vorn. Er hätte die Hand aus dem Muster reißen müssen, um Sabatea zu packen. Damit aber hätte er auch den Rest seiner Kontrolle über den Teppich aufgegeben.

Stattdessen ließ er ihn ein Stück weit aufsteigen, mit Sabatea im Schlepptau, die jetzt mit beiden Händen an der Kante hing. Sie schrie gellend auf, als Tarik den Teppich über dem Becken auf die Wand zusteuerte und unmittelbar vor der Wassersäule des Sturzbachs verharren ließ. Strampelnd verlor sie endgültig ihren Halt – und wurde vom Wasser der Tränke aufgefangen.

Sie fiel genau auf den toten Dschinn, tauchte kurz unter, kam triefend wieder hoch und zog sich zu Tarik auf den Teppich, der nur knapp über der Oberfläche schwebte.

Der Ruck, der durch das Gewebe fuhr, als ein zweiter klatschnasser Körper darauf Platz nahm, war mörderisch. Tarik hatte noch nie eine solche Auflehnung des Musters gegen seinen Willen erlebt, niemals solche Panik in einem Teppich verspürt. Er glaubte, sein Arm würde ihm aus der Schulter gerissen, als die Hitze, die er eben erst hinab ins Muster gesandt hatte, mit hundertfacher Kraft auf ihn zurückschlug. Wie ein unsichtbarer Feuerball fauchte sie an seinem Arm hinauf und schien jedes einzelne Nervenende zu entzünden. Er brüllte auf, spürte, wie seine Macht über den Teppich verpuffte, und hörte nun auch Sabatea hinter sich schreien. Für einen endlosen Augenblick verlor das Gewebe unter ihnen an Festigkeit, wellte sich, sackte durch – und versteifte sich wieder.

Tarik gewann abermals die Oberhand.

Sabatea klammerte sich von hinten an ihn, als er den Teppich von der Tränke fortlenkte. Felswand und Sturzbach blieben hinter ihnen zurück.

Ein einziger Blick nach oben zeigte ihm, dass es Selbstmord gewesen wäre, hinauf zur Höhlendecke zu fliegen. Selbst wenn ihm der Teppich so lange gehorchen würde, war es schier unmöglich, durch die Masse der Dschinne und rasenden Wirbelstürme den Tunnel ins Freie zu erreichen. Die Staubwolke senkte sich allmählich tiefer, hüllte bereits die Hängenden Städte ein und würde bald die gesamte obere Hälfte des Grottendoms vernebeln.

Ihnen blieb nur der Weg nach unten. Als Tarik dem Teppich seinen Befehl gab, war der Widerstand im Muster bereits schwächer geworden. Kein gutes Zeichen. Solange sich die Stränge gegen ihn sträubten, besaßen sie genug Kraft, um die beiden Reiter in Sicherheit zu tragen. Dass die Auflehnung nachließ, konnte hingegen nur eines bedeuten: Die Nässe, die von Tarik und Sabatea ins Knüpfwerk triefte, zeigte bereits Wirkung.

Überall um sie herrschte Chaos. Von oben regnete es tote Dschinne, manche aufgeplatzt wie Fischbäuche, so heftig waren sie von den Stürmen gegen die Felsen geschleudert worden. Von unten stiegen immer noch neue Krieger auf, womöglich die Wächter der Pferche, die jetzt von ihren Anführern in die Schlacht geschickt wurden.

Während der Teppich abwärtssank, immer tiefer in die Schwärze des Abgrunds, wurde er an den Höhlenwänden bereits von den ersten Wirbelstürmen überholt. Mit irrwitziger Geschwindigkeit sausten die Windhosen an den Felsen entlang, sprengten loses Gestein ab und warfen Dschinne in alle Richtungen.

»Siehst du das?«, rief Sabatea von hinten. Ihre Worte gingen fast im ohrenbetäubenden Lärm der Tornados und kreischenden Dschinne unter.

Es war gefährlich, ihn aus seiner Konzentration zu reißen, ausgerechnet jetzt. Dann aber verstand er, warum Sabatea für einen Moment sogar ihre Angst vor einem Absturz vergessen hatte.

Die dunklen Kerne in den Wirbelstürmen waren Menschen.

Jeder Sturm wurde von einer Gestalt gelenkt, die inmitten des Strudels stand. *Aufrecht stand*, ganz gleich, wie sehr sich der Sturmtrichter neigte und bog.

Tarik blieb keine Zeit für Fassungslosigkeit. Seine Aufmerksamkeit wurde wieder vom Teppich in Anspruch genommen. Das Muster verlor an Kraft. Er spürte die Stränge unter seinen Fingern erschlaffen und kämpfte verzweifelt darum, Verbindungen zu erhalten, die sich ganz von selbst zu lösen drohten. Wenn er den Teppich nicht schleunigst zu Boden brachte, würde es keine Rolle mehr spielen, was um sie herum geschah. Wer gegen wen kämpfte. Und aus welchem Grund.

Die Dschinne, die von unten an ihnen vorüberflogen und mit Bogen und Speeren Jagd auf die Tornadoreiter machten, ignorierten die beiden Menschen auf dem Teppich. Aus dem Augenwinkel sah Tarik, wie eine der Gestalten im Zentrum eines Windstrudels von einer Lanze durchbohrt wurde und die Kontrolle verlor. Sie sackte in sich zusammen, wurde von einer der Strömungen im Trichter erfasst, mehrfach um sich selbst gedreht, in blitzschnellen Kreisbewegungen nach außen getragen und hinaus in die Finsternis geschleudert. Ohne seinen Reiter löste sich der

Wirbelsturm innerhalb weniger Augenblicke auf, driftete auseinander und war gleich darauf verschwunden.

»Nicht mehr weit!«, rief Sabatea.

Unter ihnen waren die Lichtpunkte in der Tiefe zu lodernden Feuern geworden. Tarik konnte jetzt vage einige Pferche erkennen. Zu seiner Überraschung waren auch dort bereits die ersten Stürme angekommen, sprengten die mürben Gitter und befreiten die Gefangenen. Verstört drängten die Menschen aus den Käfigen, nur um rasch zu begreifen, dass die Freiheit noch immer Tausende von Metern über ihnen lag.

»In welchem Pferch ist Junis?«, rief er über die Schulter.

»Die sehen alle gleich aus!«

»Du weißt es nicht?«

»Verdammt, Tarik, woher denn auch? Sie waren nicht so freundlich, mir erst mal einen Lageplan aufzuzeichnen.«

Er fluchte, als der Teppich unter ihnen ins Trudeln geriet. Aus der Horizontalen neigte er sich gefährlich nach rechts, dann nach links, und Tarik hatte das ungute Gefühl, als ließe auch die Festigkeit des Knüpfwerks nach.

Zweihundert Meter bis zum Boden.

Sabatea spürte es auch. Ihr Griff um seinen Oberkörper wurde fester.

»Hilf mir!«, brüllte er nach hinten.

»Wie?«

»Du musst ins Muster greifen!«

Er bemerkte ihre Verwunderung, ihr Zögern. Aber sie widersprach nicht, und nur Augenblicke später spürte er die Anwesenheit ihrer Gedanken im Knüpfwerk, den Zugriff ihres Geistes, das Tasten ihrer Finger an den Strängen. Der Teppich verfestigte sich wieder, das Schwanken ließ nach, und sie kamen wieder auf Kurs, zurück auf ihren kreisenden Sinkflug in die Tiefe.

»Wie lange wird das gut gehen?«, keuchte sie angestrengt.

»Nicht lange«, war die einzige Antwort, die er zustande brachte. Es war ein Wagnis, den Teppich zu zweit zu steuern. Für gewöhnlich überließ sich das Muster dem Stärkeren und ignorierte den anderen oder, schlimmer, wehrte sich dagegen mit Aufbäumen und völliger Befehlsverweigerung. Tarik musste das Risiko eingehen, seinen eigenen Zugriff abzuschwächen, bis der Teppich keinen Unterschied mehr zwischen ihm und Sabatea erkennen konnte. Das wiederum brachte die Gefahr mit sich, vollständig die Kontrolle zu verlieren.

Sie schossen über eines der riesigen Feuer hinweg, und für vier, fünf Sekunden erfassten sie die Hitze und der beißende Rauch. Haarspitzen schmorten. Schweiß verdampfte auf ihrer Haut. Beide schrien auf, während die wabernde Luft sie wie kochendes Wasser umspülte, ihre Augen blendete und ihnen den Atem raubte.

Trotzdem blieb der Teppich auf Kurs, und Tarik erkannte gleich darauf den Grund.

»Die Hitze hebt die Wirkung der Nässe auf!«, brachte er heiser hervor, nicht sicher, ob Sabatea ihn hören konnte. Sie waren der heißen Luft nur für wenige Atemzüge ausgesetzt gewesen, und er wusste nicht, ob das ausreichte, um die Feuchtigkeit im Muster zu trocknen. Als er mit der freien Hand über seine Kleidung strich, war es, als würde er sich die Finger verbrennen.

»Dort hinüber!«, rief er Sabatea zu. Sofort sandte sie ihren Befehl ins Muster.

Sie rasten durch die nächste Hitzesäule, noch näher an den Flammen, diesmal auf die Gefahr hin, dass das Feuer nach dem Teppich lecken und sie in der Luft in Brand setzen würde.

Sie schafften es erneut. Dampf stieg aus dem Knüpfwerk auf, von Tariks Kleidern, aus Sabateas Haar. Sie zogen einen Schweif aus Rauch hinter sich her, aber der Teppich reagierte jetzt fast mit Übermut auf ihre Befehle. Offenbar war genug Nässe verdampft, um ihnen ein Stück weit die Kontrolle über das Muster zurückzugeben.

Keine fünfzig Meter bis zum Boden.

Tarik hielt Ausschau nach seinem Bruder. Drei oder vier Wirbelstürme tanzten zwischen den Pferchen in der Dunkelheit, ließen Gitter bersten, schufen Fluchtwege für die Gefangenen. Augenscheinlich konzentrierten sie sich auf die Kuppeln im Zentrum der Grotte. Sabatea hatte ihm erzählt, was Junis über die Menschen in den äußeren Pferchen erfahren hatte. Wer immer diese Sturmreiter waren, sie wussten genau, welche Gefangenen gefahrlos befreit werden konnten und von welchen ein Risiko für alle anderen ausging.

Die Höhle mochte hier unten einen Durchmesser von fünfzehnhundert Metern haben. Sie war annähernd rund und bot Platz für Dutzende von Pferchen. Ob in allen Gefangene steckten, konnte er durch den wirbelnden Rauch, den Funkenflug der Scheiterhaufen und die rotierenden Windhosen nicht erkennen.

Von oben stieß eine Heerschar Dschinne auf die Sturmreiter nieder. Ein Tornado geriet außer Kontrolle, fräste mitten durch einen berstenden Pferch, erfasste Menschen und Dschinne und schleuderte sie wie loses Laub in alle Richtungen. Körper wurden von den Flammen erfasst. Brennende Männer und Frauen irrten kreischend durchs Dunkel, stolperten über andere und setzten sie in Brand.

Irgendwo in dieser Hölle musste Junis stecken.

Durch das Muster spürte er Sabateas Widerwillen. »Du kannst hier nicht landen!«, rief sie über seine Schulter.

»Ich muss ihn finden!«

»Wer weiß, ob der Teppich noch mal aufsteigt, wenn wir einmal am Boden sind.«

Sie waren längst nicht vollkommen trocken, aber die Nässe war zu einer heißen, klammen Feuchtigkeit geworden, die jetzt nicht mehr in Rinnsalen ins Muster lief. Ihre Chancen, den Teppich in der Luft zu halten, waren deutlich gestiegen. Zudem hatten sie hier oben die Möglichkeit, den tobenden Wirbelstürmen auszuweichen; am Boden hingegen wären sie ihnen ausgeliefert.

»Suchen wir aus der Luft nach ihm«, rief sie.

Er nickte widerstrebend. Was sie sagte, war vernünftig. Dennoch hatte er das Gefühl, nicht genug zu tun, nicht *alles* zu versuchen. Was, wenn Junis verletzt war? Wenn er hilflos in den Ruinen eines Pferches lag und aus eigener Kraft nicht entkommen konnte?

»Tarik!« Sie deutete auf einen Wirbelsturm, der zwischen zwei halbzerstörten Gitterkuppeln verharrte und mit wahnwitziger Geschwindigkeit kleiner wurde. Die Gestalt in seinem Inneren schwebte zu Boden, während der Windstrudel in sich zusammensank. Schließlich hatte sich der Sturm vollständig aufgelöst. Der Reiter stand breitbeinig am Boden und kämpfte sekundenlang um sein Gleichgewicht.

Er war von Kopf bis Fuß vermummt. Seine Kleidung wirkte winterlich, als hätte er gerade eine Wanderung durchs Hochgebirge hinter sich gebracht: gestepptes Wams und Hosen aus Leder, alles mehrfach mit Tüchern und Bändern umwickelt. Hohe Stiefel. Grobe Handschuhe. Mehrere breite Schals, die er sich um Hals und Kopf geschlungen hatte. Abgesehen von einem schmalen Streifen rund um die Augen war er vollständig mit Wolle und Leder umhüllt. Am Gürtel trug er einen Dolch.

Klobig stand er da und winkte die Gefangenen aus den Pferchen heran. Als sie nicht schnell genug aus ihrer Deckung kamen, brüllte er sie ungeduldig an und gestikulierte noch hektischer, bis endlich zwanzig oder dreißig von ihnen einen Pulk um ihn bildeten.

Tarik und Sabatea lenkten ihren Teppich in einem engen Bogen über die Pferche hinweg, um beobachten zu können, was weiter geschah.

Rund um die Menschen bildete sich eine Spirale aus Staub. Wind stieg aus dem Nichts auf, drohte sie alle zu erfassen und bildete eine Wand aus Rauch und Sand um die schreiende Menge und den Sturmreiter in ihrer Mitte. Plötzlich wurden sie alle wie auf einer unsichtbaren Plattform angehoben, während sich unter ihnen der Trichter des Wirbelsturms emporschraubte. Einen Moment lang sah es aus, als müssten sie von den kreisenden Luftmassen nach außen geschleudert werden. Aber sie standen nur da, eng zusammengedrängt, während der Boden unter ihnen zurückblieb.

Der Sturm wuchs immer höher, bis sich die Menschen sechzig, siebzig Mannslängen über dem Boden befanden. Dann setzte sich die Windhose in Bewegung, fräste zwischen den Feuern und Pferchen zur Höhlenwand und raste daran hinauf. Dabei bog sich der Windrüssel mit seinem breiten Ende nach oben, sodass die verängstigten Männer und Frauen weiterhin aufrecht standen. Sie wurden durchgeschüttelt, schwankten, hielten sich aneinander fest, aber keiner stürzte in die Tiefe. Es war, als hätte sich um sie eine unsichtbare Blase gebildet, die verhinderte, dass sie aus dem Zentrum des Sturms in seine tödlichen Ausläufer gerieten. Zugleich formierten sich drei kleinere Windhosen um den Flüchtlingstransport und wehrten angreifende Dschinne ab.

»Da sind noch mehr!«, rief Sabatea.

Tarik sah, wie weitere Wirbelstürme unweit der Pferche niedersanken. Viele Gefangene hatten mit angesehen, was geschehen war. Rasch bildete sich ein wildes Gedränge um die Sturmreiter. Manche Sklaven bejubelten ihre Befreier mit heiseren, ausgedorrten Stimmen. Andere dankten händeringend ihren Göttern, als hätten sie die vermummten Gestalten in den brausenden Windstrudeln zu ihnen herabgesandt.

Alles musste sehr schnell gehen. Die Reiter nahmen keine Rücksicht auf jene, die zu weit außen standen oder trotz ihrer Warnungen mit in den Pulk drängen wollten. Als die Stürme um die Menschenmengen aufstiegen, erfassten sie ein paar Unglückliche und wirbelten sie davon. Der Rest aber wurde von den rotierenden Winden angehoben und in einer waghalsigen Flucht die Felswände hinaufgetragen.

Wie viele Opfer die Urgewalt dieser Winde am Boden kostete, blieb ungewiss. Sicher war, dass irgendjemand eiskalt abgewogen hatte: Gegen Dutzende, vielleicht Hunderte, die befreit wurden, standen einige, die auf der Strecke blieben. Eine kühl kalkulierte Rechnung, die Verluste in Kauf nahm.

Auch Dschinne hatten beobachtet, was rund um die Pferche geschah, und sie erkannten rasch die Schwächen ihrer Gegner. Sie warteten ab, bis die Windhosen in sich zusammensanken, und gingen erst dann zum Angriff über. Ein Tornadoreiter wurde von mehreren Pfeilen zugleich durchbohrt, während die Menschen um ihn herum auseinanderströmten und panisch nach Deckung suchten. Links von Tarik und Sabatea formierten sich drei Dschinne mit gespannten Bogen rund um einen Wirbelsturm, der bis auf wenige Meter eingefallen war; entweder sah der Reiter in seinem Zentrum die feindlichen Bogenschützen nicht, oder er war wagemutig genug, das Risiko einzugehen.

»Lass mich das machen!«, rief Tarik über die Schulter und spürte, wie Sabateas Hand sich aus dem Muster zurückzog. Er lenkte den Teppich in eine scharfe Kurve und raste von hinten auf einen der Dschinne zu. Unten am Boden liefen schon die ersten Gefangenen zusammen, während sich die strudelnden Staubarme rund um den Reiter auflösten.

Tarik streifte den ersten Bogenschützen mit der Teppichkante, raste auf den zweiten zu und stieß ihn mit aller Macht in ein nahes Feuer. Sabatea klammerte sich an ihm fest, während sie von dem Zusammenprall durchgeschüttelt wurden. Der Pfeil des Dschinns sauste ziellos davon, während der Krieger in die Flammen stürzte, gleich darauf wieder auftauchte und lichterloh brennend davontrudelte. Tarik sah ihn kreischend auf die Höhlenwand zurasen. Die Flammen erhellten für Sekunden die äußeren Pferche und enthüllten rasendes, tollwütiges Wimmeln hinter den Gittern. Jeden Augenblick musste der Dschinn gegen den Fels prallen. Doch zu Tariks Erstaunen kam es nicht zum Zusammenstoß – vielmehr fiel der Schein der lodernden Kreatur auf eine kreisrunde Öffnung im Gestein, einen breiten dunklen Tunnel, in den der Dschinn hineinraste, jetzt völlig außer Kontrolle. Wohin das Loch in der Höhlenwand führte, war nicht zu erkennen; vielleicht ein Fluchtweg aus den Zeiten der Roch. Der schreiende Dschinn stieß in heilloser Panik gegen die Schachtwände und ließ bei jedem Aufprall brennende Hautfetzen zurück. Tarik sah ihn im Dunkeln verschwinden, um sich einen Ring aus Flammenschein, der in der Ferne kleiner und kleiner wurde.

Sabatea hatte es ebenfalls gesehen. »Willst du es versuchen?«, brüllte sie gegen den infernalischen Lärm von allen Seiten an.

Tarik zog den Teppich herum. Das war ihr Glück, denn

schon folgte ihnen ein Pfeil des dritten Bogenschützen und verfehlte sie nur um Haaresbreite.

»Nicht ohne Junis«, knurrte er, nicht sicher, ob sie es hören konnte.

Der Dschinn machte sich fieberhaft daran, einen neuen Pfeil an die Sehne zu legen. Tarik war schneller. Unmittelbar vor der Kreatur riss er den Teppich nach oben, rammte mit der Vorderkante die Stirn des langgezogenen Dschinnschädels und sah mit einem Blick über die Schulter, wie der Krieger leblos abstürzte. Im Hintergrund schraubte sich der Wirbelsturm mit seiner Menschenfracht empor – zwei, drei Dutzend Gefangene, die der Sturmreiter jetzt ungehindert davontrug.

»Da drüben!« Sabateas Stimme überschlug sich. »Da ist er!«

Alarmiert folgte er ihrem Blick, sah aber nur Feuer, geborstene Pferche und einen Tumult aus zusammensinkenden und aufsteigenden Wirbelstürmen.

»Ich hab ihn gesehen!«, rief sie. »Da vorn war er!«

Tarik lenkte den Teppich in die Richtung, in die sie zeigte. Von der Nässe war kaum noch etwas zu spüren, und auch das Muster schien wieder an Kraft zu gewinnen. Die Hitze der Feuer und die Ausläufer der tosenden Stürme trockneten sie schneller, als das die Wüstenluft im Freien vermocht hätte.

Tarik sah einen Pulk aus zerlumpten Gestalten, die sich rund um einen der Sturmreiter drängten.

»Siehst du ihn?«, fragte Sabatea.

»Nein.«

»Er ist dabei gewesen, ich schwör's dir ... *Da!*«, entfuhr es ihr aufgeregt.

Er kniff die Augen zusammen, um die einzelnen Gesichter in der Menge besser erkennen zu können. Alle Gefangenen hatten dunkles Haar, viele schulterlang. Von hinten sah er jemanden mit goldenen Ohrringen – war das Junis? Er war nicht sicher. Nicht *absolut* sicher.

»Er ist es!«, rief Sabatea hartnäckig. »Ich hab ihn von vorn gesehen!«

Der Mann mochte schwarze Kleidung tragen, aber inmitten der tobenden Menge war nicht einmal das genau auszumachen. Ein dunkles Hemd. Aber schwarz? Vielleicht nur ein Schatten.

Tarik wollte näher heran, doch da schraubte sich schon die Windspirale um den Pulk empor und verschleierte die Sicht. Mit dem Teppich dort einzudringen war ausgeschlossen.

»Junis!«, schrie er.

Der Mann mit den Ohrringen drehte sich nicht um.

Sabatea krallte die Hand um seinen Oberarm. »Verdammt, Tarik, das ist er! Sie bringen ihn in Sicherheit!«

Die schreiende Menge wurde angehoben und von der Windhose davongetragen, über den finsteren Ring der äußeren Pferche hinweg, dann die steile Felswand hinauf. Junis – oder der junge Mann, der aussah wie er – war längst inmitten des Tumults verschwunden.

Tarik ließ den Teppich steil ansteigen.

Sabatea brüllte ihn an. »Du kannst ihm nicht da hinauf folgen!«

»Ich muss wissen, ob er es ist!«

»Aber ich hab ihn erkannt! Warum glaubst du mir nicht?«

Er wusste, dass er ungerecht war. Aber er konnte nicht von hier fliehen – falls sie überhaupt einen Weg fanden –, ohne Gewissheit zu haben, dass Junis gerettet war. Er hatte Maryam damals zurückgelassen, weil er *geglaubt* hatte, dass sie verloren war. Und nun lebte sie noch, wahrscheinlich überzeugt davon, dass er sie im Stich gelassen hatte. Junis würde er nicht auf die gleiche Weise verlieren.

Ist denn alles, was du tust, nur Wiedergutmachung für damals?, flüsterte seine innere Stimme in ätzendem Spott. Dann gib lieber Acht, dass du *heute* nichts tust, das sich nicht mehr gutmachen lässt.

»Tarik, bei allen Göttern!«, schrie Sabatea. »Sieh doch nach oben! Wir haben dort keine Chance!«

Er schaute hinauf zur Höhlendecke, zum ersten Mal seit Minuten. Es hätte kaum schlimmer sein können. Er sah gerade noch, wie der Wirbelsturm, dem sie folgten, in ein Chaos aus Dschinnschwärmen und rasenden Windhosen tauchte und sogleich darin verschwand. Die Qualmwolke, die zu Beginn der Schlacht vom Schlammsee ins Innere der Grotte getrieben war, versperrte die Sicht auf die Hängenden Städte und alles, was zwischen oder über ihnen geschah. Die großen Wirbelstürme, die die Gefangenen davontrugen, mochten vielleicht einen Weg zum Ausgang finden. Aber ein einzelner fliegender Teppich würde das ganz sicher nicht schaffen.

Dennoch kehrte er nicht um.

»Du hast ja den Verstand verloren!«, brüllte Sabatea – und stieß die Hand ins Muster.

Diesmal war es kein gemeinsames Drängen in eine Richtung, kein koordiniertes Lenken zweier Reiter. Diesmal war es ein Kampf um die Kontrolle über den Teppich. Ein Zerren zugleich nach oben und nach unten. Ein Kräftemessen, das sie nur beide verlieren konnten, weil der Teppich noch immer geschwächt war und auf widerstreitende Befehle mit völliger Verweigerung reagieren würde.

Am Himmel über Samarkand hatte Sabatea schon einmal versucht, die Kontrolle an sich zu reißen. Damals hatte Tarik erwogen, sie kurzerhand in die Tiefe zu stoßen.

Der Teppich sträubte sich, erbebte.

»Früher hätte ich dich dafür umgebracht«, knurrte er.

»Ich dachte schon, das würdest du nie sagen.«

»Was?«

»Dass du mich liebst.«

»Ich hab gesagt, ich könnte dich um– «

»Das ist dasselbe.« Sie lachte, heiter und bitter zugleich. »Du weißt es nur noch nicht.«

Sein Starrsinn, seine Verzweiflung, sein verdammter Trotz und all das elende Selbstmitleid – das alles sackte wie Eiswasser an ihm hinunter, floss einfach aus ihm hinaus. Mit einem letzten Blick in das Chaos über ihnen gab er nach. »Gut«, sagte er. »Verschwinden wir.«

Augenblicklich zog sie die Hand aus dem Muster und überließ ihm wieder die Steuerung. Mit einem Blick über die Schulter sah er in ihre weißgrauen Augen, erwartete Spott und fand doch keinen. Es war gar nicht nötig, dass sie das Muster kontrollierte – stattdessen lenkte sie ihn. Diesmal ließ er es freiwillig geschehen. Zum ersten Mal fühlte es sich nicht an wie eine Niederlage.

Er riss den Teppich herum und jagte ihn wieder abwärts, in die Richtung, in der er den brennenden Dschinn in dem Felsschacht hatte verschwinden sehen.

Unter ihnen drang tollwütiges Kreischen und Gebrüll aus den äußeren Pferchen. Überall waren Finsternis und Rauch. Niemand kümmerte sich um die Eingesperrten dort unten. Die Sturmreiter hatten die Kuppeln im Zentrum der Höhle geräumt, aber sie verschwendeten keine Zeit an jene Gefangenen, die nicht mehr zu retten waren. Tarik war froh, dass er diese Menschen – oder das, was aus ihnen geworden war – nicht deutlich sehen konnte.

»Dort ist es!«

Vor ihnen, kaum zu erkennen im Halblicht der fernen Scheiterhaufen, klaffte ein schwarzes Rund in der Felswand, mindestens zehn mal zehn Meter breit.

»Da sind noch mehr!«, stieß Sabatea aus.

Die Öffnungen waren willkürlich über das Gestein verteilt, wie Holzwurmlöcher in einem Dachbalken. Unmöglich zu sagen, in welche davon der lodernde Dschinn geflogen war. Es spielte auch keine Rolle, eine war so gut wie die andere. Jede konnte zu einem Ausgang aus dem Berg führen – oder aber noch tiefer in ihn hinein.

»Wir werden da drinnen Licht brauchen«, rief er über die Schulter. »Wir müssen noch mal zurück zu den Feuern.«

Sabatea widersprach nicht, als er einen Haken flog. Um

sie herum regnete es weitere Dschinnkadaver vom Schlacht-feld unter der Höhlendecke. Falls einer sie traf, waren sie verloren.

Tarik landete widerstrebend neben dem erstbesten Feuer. Tote Dschinne lagen zwischen den Pferchen, einige stan-den in Flammen. Auch menschliche Leichen waren zu se-hen, hinter und vor den Gittern. Keine Wirbelstürme mehr. Die Evakuierung der Gefangenen war beendet. Ein entsetz-licher Gestank nach verbranntem Fleisch und Haar hing in der heißen Luft.

Sabatea sprang vom Teppich, eher er sie aufhalten konnte. »Lass die Hand im Muster!«

Nach kurzer Suche zerrte sie einen lodernden Scheit vom Rand des Feuers. Im Näherkommen sah er, dass es eine brennende Dschinnkeule war. Dann kauerte sie schon wieder hinter ihm, hielt die Fackel seitlich von ihnen weg und legte den linken Arm um seinen Ober-körper.

»Los!«, rief sie.

Der Teppich hob ab. Tarik lenkte ihn steil nach oben, über die Pferche und die Finsternis am Rand des Höhlen-bodens hinweg, erneut auf eine der Öffnungen zu.

»Schneller!«, schrie sie plötzlich.

»Was ist?«

»*Über uns!*«

Er blickte nach oben.

Der Höhlenhimmel aus Qualm und Kampfgetümmel hatte sich aufgetan. Aus der Finsternis darüber, aus dem brodelnden Chaos der Grottendecke, stürzte ihnen etwas entgegen. Etwas so unfassbar Großes, dass er im ersten Augenblick glaubte, der Berg selbst bräche auseinander.

Aber es war nicht der Berg.

Es war eine der Hängenden Städte.

Der Lärm war so infernalisch, dass er beinahe zu Stille wurde. Es gab keine Referenzen, nichts, an dem man dieses unglaubliche Getöse hätte messen können, weil es *nur* noch Getöse gab.

Tarik hörte Sabatea nicht mehr, auch sich selbst nicht, als er fluchte und schrie und den Teppich auf die Öffnung in der Felswand zujagte. Seine Ohren waren wie versiegelt vom Donnern der fallenden Neststadt. Die irrwitzige Geschwindigkeit des Teppichs rückte an den Rand seiner Wahrnehmung, genauso wie Sabateas Klammergriff um seinen Oberkörper. Es war ein Gerinnen der Welt um ihn herum, ein absurdes Verharren in Tempo, Lärm, Bewegung. Als könnte es nie wieder etwas anderes geben, nur diesen einen endlosen Ansturm von maßlosen Eindrücken, die sich gegenseitig übertrafen und aufhoben.

Von oben raste die abstürzende Stadt auf sie zu.

Vor ihnen kam das Tunnelloch näher.

Die Ruine des Rochnestes schob eine Welle aus verdrängter Luft vor sich her, ein unsichtbarer Rammbock, der den Teppich und seine beiden Reiter nach unten drückte, für den Bruchteil eines Augenblicks aus ihrer Flugbahn warf und gefährlich nah an die Kuppeln der äußeren Pferche trieb.

Arme streckten sich nach ihnen aus, Dutzende abgezehrte Hände. Verzerrte Fratzen zwischen den Gittern. Menschen, die sich an die Wölbung der Kuppel klammerten, kopfuber oder mit dem Rücken nach unten wie Affen, angetrieben von nichts als purem Überlebenswillen.

Tarik brachte den Teppich zurück auf Kurs, raste wieder auf das Loch im Gestein zu.

Über ihnen prallte die Hängende Stadt in ihrem Sturz gegen die Felswand, explodierte zu Millionen Splittern und Fragmenten, fiel weiter, kam näher –

– war *da*!

Der Teppich schoss in den Tunnel, ein, zwei Herzschläge, bevor hinter ihnen Tausende Tonnen Trümmer herabprasselten und die Pferche und Feuer unter sich begruben. Der Lärm des Aufschlags, der *unzähligen* Aufschläge, folgte ihnen in die Finsternis. Auf den rollenden Donner folgte eine Wand aus Staub, die hinter ihnen durch den Felstunnel raste.

Sabatea hielt noch immer die brennende Keule. Die Geschwindigkeit ließ das Feuer auf die Größe von Kerzenflammen schrumpfen, die jeden Augenblick zu erlöschen drohten. Tarik konnte nichts sehen, lenkte den Teppich blind in die Dunkelheit und erwartete jeden Augenblick den Aufprall. Wenn der Tunnel plötzlich die Richtung änderte, würden sie am Fels zerschellen. Wie die Insekten, die bei den Rennen durch Samarkand auf seinem Körper zerplatzt waren.

Das Muster zwischen seinen Fingern pulsierte, tastete womöglich selbst hinaus in die Finsternis, um Hindernissen auszuweichen oder die Flugbahn dem Verlauf des Tunnels anzugleichen. Hinter ihnen rollte die Woge aus Staub heran, ebenso schnell wie sie selbst, begleitet vom Widerhall der Zerstörung, dem Todesschrei der Hängenden Stadt.

Es kam ihm vor, als rasten sie seit Stunden durch die Dunkelheit, obwohl es nur Sekunden sein konnten. Dann endlich blieb der Lärm zurück, das verzerrte Echo verhallte, und auch der Staub verfolgte sie nicht länger: Das Atmen fiel wieder leichter, die Flamme am Ende der Dschinnfackel loderte höher, flackernder Schein fiel auf die Wände des Tunnels.

Tarik ließ den Teppich langsamer werden, brachte ihn in der Luft zum Stehen.

Sie schwiegen. Atmeten. Lebten noch. Sein Herz hämmerte wie eine Faust gegen seinen Brustkorb. Seine Hand steckte noch immer im Muster. Sie fühlte sich an, als hätte er sie mit heißem Wasser übergossen. Die Stränge schienen zwischen seinen Fingern zu glühen. Ihre Geschwindigkeit hatte die letzten Reste von Feuchtigkeit getrocknet. Nur der Schweiß ließ seine Kleidung noch immer am Körper kleben.

Geräusche außerhalb des Fackelscheins.

Ein Knirschen. Ein Scharren.

»War das vor uns?« Sabatea klang, als hätte sie zu viel Staub eingeatmet.

Auch seine eigene Stimme jagte ihm einen Schrecken ein. »Könnte ein Echo gewesen sein.«

»Ein Echo wovon?«

Die Finsternis stand wie ein Wall vor ihnen. Der Fackelschein zuckte über die glatt geschliffenen Felsen, aber er endete so abrupt, als wäre da tatsächlich eine Wand, keine zwanzig Schritt von ihnen entfernt.

Das Scharren ertönte abermals. Dann Rasseln und Schleifen.

Gleich darauf etwas, das wie ein Schnauben klang.

Tarik senkte seine Stimme. »Hast du gesehen, was sie in den Feuern verbrannt haben? Die großen Kadaver?«

»Ja.« Ihr Blick verriet, dass sie seine Befürchtung teilte.

»Wenn wir umkehren, ersticken wir womöglich im Staub.«

»Wenn wir hier bleiben, hält uns das da vorn vielleicht für Dschinne. Für dieselben, die seine Artgenossen erlegt und eingeäschert haben.«

Er ließ den Teppich langsam rückwärtsschweben, ohne ihn zu wenden. Das Licht der Fackel zog sich mit ihnen zurück. Die Finsternis rückte nach und drängte das armselige Flackern vor sich her.

Das Scharren, Klacken und Rasseln wurde heftiger.

Er starrte angestrengt in die Dunkelheit. Hoffte, dass sich seine Augen schnell daran gewöhnten und er etwas erkennen würde.

Da waren Bewegungen. Vielleicht nur Staubschlieren.

Dann wieder Ruhe.

»Du hast auf dem Weg hierher nicht zufällig Abzweigungen gesehen?«, flüsterte er.

Sie schüttelte nah an seinem Nacken den Kopf.

Er blickte über die Schulter, um ihr in die Augen zu

sehen. Im Fackelschein sahen sie noch heller und rätsel-
hafter aus. Mondsteinaugen.

»Zurück in den Staub?«, fragte er nur.

Bevor sie antworten konnte, erklang das Knirschen und
Schaben erneut. Noch näher.

Als Tarik herumfuhr, schob sich etwas ins Licht der Fackel. Feuerschein zuckte über schwarze Panzerschalen aus
Horn, bedeckt mit Höckern und Auswüchsen, die vom
Reiben am Fels rund geschliffen waren. Keine Augen, dafür mehrfach gewinkelte Fühler. Ein Maul, das im Verhältnis zum Rest zu klein erschien, aber flankiert wurde von
zwei gewaltigen Hornscheren und einer Vielzahl tastender
Greifarme. Das Wesen füllte den gesamten Tunnel aus, vom
Boden bis zur Decke.

»Zeit für den Rückzug«, flüsterte Tarik.

Im selben Augenblick schoss das Ding auf sie zu, getragen von Beinen, die von vorn nur zu erahnen waren. Kra-
chend und schnaufend donnerte es heran, mit zuckenden
Fühlern und schnappenden Scheren.

Der Teppich wirbelte auf der Stelle herum, verlor darüber fast seine Reiter, und sauste zurück Richtung Höhle.
Schon nach kurzer Zeit wurde die Luft wieder stickiger.
Die Flammen am Ende der Fackel schrumpften zusammen,
die Dunkelheit rückte von allen Seiten näher. Es roch jetzt
beißend nach getrocknetem Vogelkot. Der Staub brannte
in Nase und Hals und machte jedes Luftholen zur Qual. Tarik zog sich den Ausschnitt seines Wamses über Mund und
Nase und hoffte, dass Sabatea hinter ihm das Gleiche tat.

Noch immer keine Abzweigung. Nicht mehr lange, dann

würden sie wieder an den Ausgang zur Höhle gelangen. Vorausgesetzt, er war nicht von dem zerschmetterten Rochnest verschüttet worden.

»Es ist langsamer als wir«, rief Sabatea.

»Gibt es auf?«

»Nein. Es folgt uns noch immer. Aber unser Vorsprung wird größer.«

Oder die Sicht schlechter, dachte Tarik, sprach es aber nicht aus.

Kurz darauf lichtete sich der wogende Staubnebel. Da erst wurde ihm bewusst, dass sie den Tunnel bereits verlassen hatten. Sie waren wieder zurück im Höhlendom der Hängenden Städte, schossen aufwärts und brachen bald darauf durch den grauen, ätzenden Dunst. Hinter ihnen ertönte ein wütendes Trompeten und Brüllen, das bald leiser wurde und zurückblieb. Wahrscheinlich wagte das Ungetüm nicht, ihnen aus dem Tunnel zu folgen.

Von oben sahen sie durch die Schwaden die geborstenen Ruinen der Hängenden Stadt. Sie war beim Aufprall in kleinste Teile zersprengt worden, ihre Trümmer bedeckten den gesamten Boden der Grotte. Die einstigen Sklavenpferche waren viele Meter tief darunter verschüttet. Im Dunst brannten Feuer, flackernde Lichtflecken unterhalb des Staubs. Bruchstücke waren in Brand geraten. Falls die Flammen auf die gesamte Ruine übergriffen, würde sich die Grotte in Windeseile in einen kilometerhohen Schmelzofen verwandeln.

Ein scharfkantiger Trümmergipfel ragte aus den Staubschleiern. Wo er durch die Schwaden stieß, musste das

Zentrum des Aufschlags liegen. Hier türmten sich die meisten Splitter aufeinander, bizarre, scherbenartige Überreste, die einem Haufen zerschlagener Korallen oder Knochen ähnelten.

Tarik blickte nach oben und sah, dass auch unter der Höhlendecke, rund um die zweite Hängende Stadt, Dunstwolken wogten. Etliche Feuerbecken und Fackeln an den Höhlenwänden waren erloschen, aber die Flammen unterhalb des Dunstes breiteten sich aus, brachten die Schwaden am Boden zum Glühen und erhellten die Grotte. Undeutlich ließ sich der kolossale Umriss des unversehrten Rochnestes erkennen; auch auf seiner Oberfläche brannten vereinzelte Feuer.

Dort oben wurde nach wie vor gekämpft. Viele Sturmreiter, die nicht von der abstürzenden Stadt mitgerissen worden waren, mussten durch den Spalt in der Höhlendecke ins Freie entkommen sein. Aber eine stattliche Anzahl von ihnen wütete noch immer unter den Dschinnen, tobte durch Pulks aus schwarzen Punkten, die wie Hornissen um die Hängende Stadt wirbelten und versuchten, die Angreifer abzuwehren.

Tarik ließ den Teppich über dem Staubnebel kreisen, rund um den schrundigen Trümmergipfel. Er war unschlüssig, was sie jetzt tun sollten. Nach oben konnten sie auf gar keinen Fall; inmitten der Schlacht hatten sie keine Chance, den Ausgang zu erreichen. Und wie lange mochte es dauern, ehe die ersten Dschinne in die Tiefe herabstießen, um die Ruine des Rochnestes zu untersuchen? Wenn ihn seine Orientierung nicht trog – und ganz sicher konnte er inmitten des Dunstes und des Feuerscheins nicht sein –, dann gehörten die Trümmer dort unten zur Hängenden Stadt des Narbennarren.

Sabatea hatte den gleichen Gedanken. »Ich hoffe nur, er war dort drinnen«, sagte sie verächtlich, ihre Stimme derart angegriffen von dem beißenden Staub, dass der Satz in heftigem Husten endete. Tarik gab keine Antwort. Er hatte etwas entdeckt, eine Bewegung unterhalb der Trümmerkuppe, wo der Staubnebel endete und die bizarren Strukturen der Bruchstücke sichtbar wurden.

Vielleicht nur eine Täuschung. Ein Streich, den ihm die wogenden Schmutzwolken spielten. Oder seine Einbildungskraft.

Aber dort regte sich tatsächlich Leben unter den grauschwarzen Scherben des Rochnestes, so, als grabe sich etwas daraus hervor, nur wenige Meter unterhalb des Gipfels. Einer der Felsenfresser, womöglich.

Insgeheim aber ahnte er die Wahrheit.

In einem Spalt erschien etwas Helles, Runzeliges, Nacktes. Es hatte keine Ähnlichkeit mit einem der Ungetüme aus den Tunneln.

Tarik verleugnete, was er mit eigenen Augen sah – bis Sabateas Stimme ihn zurück in die Wirklichkeit riss und er keine andere Wahl mehr hatte, als das Offensichtliche zu akzeptieren.

»Ist *er* das?«, stieß sie keuchend hervor.

Die Gewissheit war beinahe schmerzhaft und erfüllte ihn mit solchem Zorn, dass er für einen Augenblick Angst vor sich selbst bekam.

Er wusste, was er zu tun hatte.

Sabatea widersprach nicht, als er den Teppich im Steilflug nach unten lenkte.

Genau auf den Gipfel zu.

Auf das, was darunter hervorkroch.

Tarik landete den Teppich auf einem gewölbten Trümmerstück, groß wie das Zwiebeldach eines Palastturmes. Die Überreste hatten sich dicht ineinander verkeilt, aber da war noch immer Bewegung in diesem ungeheueren Scherbenhaufen. Ein dumpfes Grollen und Donnern stieg aus den Trümmern der Hängenden Stadt empor. Unter den Staubwolken rumorte es ohne Unterlass. Die Feuer brannten sich mit verzehrender Wut vom Grottenboden durch die geborstenen Ruinen nach oben, schufen Hohlräume, in die von oben höhere Schichten nachsackten und den Flammen neue Nahrung gaben. Tariks Befürchtung, dass die Brände bald auf weite Teile des zerstörten Rochnestes übergreifen könnten, bewahrheitete sich schneller, als er für möglich gehalten hatte. Er konnte die Hitze bereits spüren, selbst hier oben auf dem einsamen Trümmergipfel, der schief und verzweigt wie eine abgeknickte Kiefernspitze aus den Staubschwaden ragte.

Amaryllis musste sich durch die Schneisen und Spalten des verschachtelten Berges gewunden haben wie eine Schlange. Seinem Anblick nach zu urteilen, hatte er sich durch die absurdesten Winkel gezwängt, seinen gestohlenen Leib verdreht und verbogen, ohne Rücksicht auf die natürlichen Grenzen und Gelenke eines menschlichen Körpers. Er hatte einen Preis dafür gezahlt: Scharfkantige Trümmerteile hatten ihn verstümmelt und fast bis zur Unkenntlichkeit entstellt. Das, was da vor Tarik und Sabatea ins Halblicht des gedämpften Feuerscheins kroch, unter der steilen Trümmerspitze, aber oberhalb der Staubwolken, war kaum mehr als ein Torso. Auf seinem Weg nach oben hatte Amaryllis beide Beine eingebüßt und den größten Teil des linken Arms. Sein zusammengeflickter Schädel wirkte verformt, ohne dass Tarik hätte sagen können, was genau daran falsch war; womöglich war er unter den Trümmermassen eingequetscht worden.

Nichts von all dem hatte den Dschinnfürst töten können. Der geraubte Menschenkörper war immer nur ein Werkzeug gewesen, eine makabere Verkleidung. Offenbar war noch genug davon vorhanden, um seinem Geist Unterschlupf zu bieten.

Er lag auf dem Bauch, die Hand um die scharfe Kante einer Nestscherbe gekrallt. Röchelnd brachte er es fertig, das vernarbte Gesicht auf den Rücken zu drehen. Mit seinem einen Auge, jetzt blutunterlaufen und trüb, starrte er Tarik an.

»Du also«, kam es über seine geplatzten Lippen.

Mit eisiger Beherrschung trat Tarik vor und setzte einen Fuß auf den Rücken des verstümmelten Körpers. Beinahe hätte er ihn angewidert zurückgerissen, als seine Ferse auf keinen Widerstand stieß: Was von der Wirbelsäule des Dschinnfürsten übrig war, hatten die tonnenschweren Trümmer zu Brei zermalmt.

Amaryllis drehte den verbliebenen Arm in der Gelenk-pfanne nach hinten, bis er trotz seiner Bauchlage nach Ta-riks Bein greifen konnte. Seine Finger krallten sich in den weiten Stoff der Hose.

Das eine Auge sah an Tarik vorbei in die höheren Regio-nen des Grottendoms, schien aber nichts mehr erkennen zu können.

»Wie steht die Schlacht?«, fragte er brüchig.

»Nicht gut für deine Krieger.«

»Du solltest mich also nur … ablenken«, keuchte Ama-ryllis.

Ablenken? Tarik schüttelte den Kopf. »Du hast zu viele Fehler gemacht. Der erste war der, dich einem mensch-lichen Körper anzuvertrauen. Hast du solche Angst gehabt, dass deine Visionen wahr werden könnten?«

Amaryllis stieß ein Lachen aus, das noch grotesker wirkte, weil seine Mundwinkel sich nicht mehr bewegten. Sie waren erschlafft, das scheußliche Grinsen zu einer vernarbten Grimasse verwelkt. »Die Zukunft ist festge-schrieben. Der Blick meines einen Auges … die Welt ohne Dschinne, die ich gesehen habe … vielleicht ist es nicht auf-zuhalten. Ich fing an, nach einem Weg zu suchen, nicht die Welt, sondern *mich* zu verändern. Bereit zu sein für diese neue Ära, mich anzupassen …« Amaryllis' Hand schnappte auf und zu; jetzt umfasste sie Tariks Wade. »Du hältst für Wahnsinn, was du nicht verstehen kannst. Aber frag *sie*! Frag Maryam! Sie hat es begriffen. Mich zu verachten ist einfach, aber es wird dir nicht helfen. Sie dagegen ist viel weitergegangen. Und gerade das macht sie so gefährlich.«

Er lachte erneut. »Du verstehst nichts, Menschensohn. Du siehst nur deinen Feind zu deinen Füßen und schaust zu, wie ich bei lebendigem Leib in Stücke zerfalle. Sag mir, fühlst du jetzt Triumph? Erleichterung? Du kommst nur her und erntest schale Genugtuung. So seid ihr Menschen schon immer gewesen. Erst der Magie habt ihr eure Welt zu verdanken, und doch fürchtet ihr sie. Selbst eure Magier habt ihr aus euren Reihen verbannt und sie uns in die Arme getrieben. Der Zauber, der uns erschaffen hat, ist derselbe, aus dem ihr geboren seid. Ihr glaubt, die Magie sei wild und unbeherrscht, aber das ist sie nicht. Sie tut nur endlich wieder das, was ihr all die Jahre unterdrückt habt: Sie schafft neues Leben, schafft Veränderungen, schafft eine Weiterentwicklung, wo zuletzt nur Stillstand war. Es geht nicht um uns und nicht um euch. Wir räumen nur hinter euch auf, und andere werden das *nach uns* tun. Vielleicht sogar eine neue, eine veränderte Menschheit. Das war es, was ich miterleben wollte. Du glaubst, es ging mir um die Unsterblichkeit?« Ein raspelndes Kichern. »Darauf seid allein ihr Menschen so versessen. Keine andere Kreatur lebt in solcher Furcht vor ihrer eigenen Vergänglichkeit.«

»Tarik!« Sabatea kniete noch immer auf dem Teppich, nur wenige Schritte entfernt. Ihre Hand steckte im Muster, jederzeit bereit, den Befehl zum Aufsteigen zu geben. »Dschinne … weiter oben. Sie sind auf dem Weg hierher.«

Er nickte, ohne ihrem Blick zu folgen. Zeit, dem hier ein Ende zu bereiten. »Du wolltest ein Mensch sein, Amaryllis. Um den Untergang der Dschinne zu überleben.«

»Nein! Du begreifst noch immer nicht. Mir ging es nur

um Wissen. Darum zu erfahren, was danach kommt. Was die Magie als Nächstes erschafft, wie sie die Welt verwandeln wird und das Leben darauf.« Er stieß ein verkrampftes Husten aus. »Wir tun nur, was unabwendbar ist. Wir Dschinne sind der neue Zyklus, wir sind die Gegenwart. Ihr seid Vergangenheit. Und womöglich auch die Zukunft. Dabei seid ihr diejenigen, die den Lauf der Welt aufhalten wollen, damit ihr ewig dieselben bleibt, erstarrt in eurer Ignoranz und eurer Furcht vor Wandlung. Verstehst du nicht? *Das* ist es, was wir beseitigen. Wir bereiten den Weg für die Nächsten – selbst wenn wieder nur *ihr* die Nächsten sein solltet.«

Sabateas Stimme wurde eindringlicher. »Sie werden bald hier sein! Wir müssen verschwinden.«

»Du sollst es auch sehen«, röchelte Amaryllis. »Du … auch.«

Und damit packte seine Hand um Tariks Bein noch fester zu –

– und etwas geschah. Ein Lodern. Ein brennender Schmerz, der durch vernetzte Bahnen aus der Klaue des Dschinnfürsten Tariks Körper heraufraste. Er warf den Kopf zurück und schrie. Zerrte sein Bein zurück, heraus aus Amaryllis' Umklammerung.

Schwärze stieg vor seinem linken Auge auf, als hätte jemand Tinte durch seine Blutbahnen hinauf in den Augapfel gepresst.

Blind!, schrie es in ihm. *Ich werde blind!*

Aber noch sah er den Torso des Dschinnfürsten am Boden. Beugte sich vor. Packte ihn am Arm und einem

Beinstumpf. Riss ihn hoch über seinen Kopf. Amaryllis'
Überreste wogen nicht mehr als ein Kind, blutleer und ausgezehrt.

Der Dschinnfürst schrie nicht. Sprach kein Wort.

Tot, durchfuhr es Tarik. Er lebt nicht mehr.

Hinter ihm brüllte Sabatea sich die Seele aus dem Leib,
er möge auf den Teppich steigen. Sie müssten *weg hier, sofort*! Aber er konnte nicht, noch nicht. Rachegefühle, Hilflosigkeit, Hass – und pure, blanke, von allem entkleidete
Menschlichkeit. Ein Zwang: Tu es! Tu es jetzt!

Maryams Gesicht stand ihm vor Augen, als er mit dem
erhobenen Torso an den Rand der Trümmerscherbe trat,
über einen Abgrund aus Staubschwaden und einer Ahnung
lodernder Feuer. Ein Glutfleck im Nebel und darunter eine
Flammenhölle, die sich bald zur Oberfläche emporbren-
nen würde.

Er gab keinen Laut von sich, als er Amaryllis hinab in
die Feuersbrunst schleuderte. Wie durch einen Schleier
sah er den Torso in die Tiefe stürzen. Der eine Arm schlug
auf und ab, ein groteskes, fast spöttisches Winken. Rauch
und Staub schienen sich für ihn aufzutun, eine eigenartige
Verdrängung, als wäre das, was da durch die Schlieren fiel,
in Wahrheit um ein Vielfaches größer als nur dieses winzige zuckende Körperwrack.

Die Flammen nahmen Amaryllis auf, verschlangen ihn
innerhalb eines Herzschlags. Kein Zischen, kein Donnern,
nicht einmal ein lautes Prasseln. Der verstümmelte Leib
verglühte, und die Staubwolken schlossen sich wieder.

Tarik taumelte zurück. Sabatea hatte ihn am Arm gepackt, zerrte ihn auf den Teppich. Er sank hinter ihr auf die Knie. Presste eine Hand auf das linke Auge.

Hilflos. Halb blind.

Sie drückte ihm die Fackel in die freie Hand. Unter ihnen versteifte sich das Knüpfwerk, als sie den Arm ins Muster schob. Sie hoben von den Trümmern ab, stießen mit einem Ruck nach vorn.

Wohin fliegen wir?, wollte er fragen, aber es wurde nur ein heiseres »Wo...?« daraus.

»Zurück in die Tunnel«, erwiderte sie.

Die Blindheit auf seinem linken Auge hielt an. Dafür kehrte die Sicht des anderen allmählich zurück. Die Konturen der vorüberrasenden Umgebung gewannen an Schärfe. Das Brennen in beiden Augen ließ nach, die Tränen versiegten; vielleicht wurden sie auch nur vom fauchenden Gegenwind getrocknet.

Sie flogen nun schon eine ganze Weile durch einen der Seitentunnel, ähnlich jenem, in dem sie der Schabenbestie begegnet waren. Es ging bergauf, seinem Gefühl nach. Aber dem traute er schon lange nicht mehr.

»Bist du sicher, dass das hier der richtige Weg ist?«, fragte er mühsam.

»Sicher?« Ihr Auflachen klang eine Spur zu schrill. »Wir fliegen durch eine Röhre, die mitten in diesen verdammten Berg führt. *Das* ist sicher. Alles andere …?« Sie beließ es dabei, vielleicht um selbst nicht weiter darüber nachdenken zu müssen.

Er wünschte sich verzweifelt, dass sie weiterspräche. Ihre Stimme war wie ein Leuchtsignal in der Leere, die an die Stelle seiner normalen Empfindungen getreten war. Er war auf einem Auge blind, und sein Körper schmerzte auf eine vage, gleichförmige Weise, die etwas Bleiernes hatte.

»Ich habe einen der Ifrit gesehen«, sagte sie über die Schulter. »Oder *den* Ifrit, falls es hier nur den einen gibt. Und er ist in diesem Tunnel verschwunden.«

Er schüttelte den Kopf. »Du bist einem *Ifrit* gefolgt?«

»Ich glaube, er ist auf der Flucht vor der Schlacht. Und es ist gar nicht so unwahrscheinlich, dass er einen Weg nach draußen kennt, oder?«

In Tariks Gedanken schwirrten Bilder, die an die Stelle jener traten, die sein Auge ihm nicht mehr zeigen wollte. Sie folgten einem acht Meter großen Wunschdschinn mit einem Maul, das einen Menschen am Stück verschlingen konnte. Mit Krallen so lang wie Krummschwerter. Und dem Verstand eines zurückgebliebenen Kindes. Dies alles im Dunkeln und im Jagdrevier einer Kreatur, die *noch* größer und gefährlicher war. Und trotz alledem wusste er, dass Sabatea das einzig Richtige getan hatte.

»Es gibt natürlich noch eine andere Möglichkeit«, schränkte sie mit einer gehörigen Portion Fatalismus ein. »Er könnte auch unterwegs zu einer anderen Höhle sein. Einer, in der seine ganze Familie haust.«

»Das wären eine Menge freier Wünsche.«

Nun lachte sie aufrichtig, und es tat gut, das zu hören. Er wünschte, er hätte sie gleich noch einmal dazu bringen können. Stattdessen versanken sie einmal mehr in Schweigen, das schon bald so unangenehm wurde wie zu Beginn ihrer Flucht durch den Tunnel.

Irgendetwas hatte Amaryllis ihm angetan. Aber was? Hatte er ihn verflucht? Vergiftet? Er hatte keine zusätzlichen Schmerzen neben jenen, die von der Folter zurückgeblieben waren. Abgesehen von dem erblindeten Auge fühlte er sich nicht einmal krank. Ein wenig schwindelig. Erschöpft, natürlich. Sogar hungrig – wahrscheinlich ein gutes Zeichen.

Du sollst es auch sehen, hatte Amaryllis gesagt. Doch bislang sah er gar nichts, nur undurchdringliche Dunkelheit auf dem linken Auge.

Dann und wann stieg Panik in ihm auf, aber er bekam sie jedes Mal unter Kontrolle. Er hatte noch ein zweites Auge, und mit ihm sah er die Umgebung so deutlich wie zuvor. Vorüberhuschende Felswände, über die der Fackelschein geisterte. Und wenn er sein linkes Auge berührte, schien es nicht verletzt zu sein; es tat nicht einmal weh.

Sabatea stieß einen überraschten Laut aus, als vor ihnen ein Teil des Tunnels von Geröll versperrt wurde. Staub wölkte über das lose Gestein. Der Felsrutsch war erst vor Kurzem ausgelöst worden. Der Ifrit musste in seiner Eile die Wand gestreift und ein Stück davon eingerissen haben.

»Sieht aus, als wären wir auf dem richtigen Weg.« Sie verlangsamte den Flug des Teppichs und manövrierte ihn vorsichtig durch einen offenen Spalt über dem Gestein.

»Es gab keine Abzweigungen, oder?«

»Nein. Nur diesen einen Tunnel.«

Sie erreichten die andere Seite des Geröllhaufens und wurden wieder schneller. Als bester Teppichreiter Samarkands hatte Tarik es immer gehasst, auf dem Teppich eines anderen mitzufliegen. Er war nie gut darin gewesen, anderen die Führung zu überlassen und alle Kontrolle aufzugeben. Nun aber stellte er fest, dass es ihm nichts mehr ausmachte. Nicht bei Sabatea.

Es verging eine Weile, ehe sie erneut die Geschwindigkeit verringerte. Diesmal geschah es so plötzlich, dass er gegen sie gepresst wurde und sie beide fast vornübergestürzt wären.

»Oh, verdammt!«, entfuhr es ihr.

Er beugte sich ein wenig zur Seite und hielt die Fackel nach vorn. Der lodernde Schein fiel auf einen Hornpanzer, gewölbt und mit tiefen Furchen überzogen. Augenscheinlich die Rückseite der Kreatur, die diesen Tunnel gegraben hatte.

»Warte«, sagte er, als sie den Teppich wenden wollte. »Es ist tot.«

»Was?«

»Es lebt nicht mehr. Und das wahrscheinlich schon ziemlich lange.«

Sie sah genauer hin, noch immer zweifelnd. Er nahm es ihr nicht übel. Er hätte sich in seinem Zustand selbst keinen Schritt weit über den Weg getraut. Sein Verhalten auf dem Trümmergipfel war nicht gerade ein Musterbeispiel für vernunftvolles, wohldurchdachtes Handeln gewesen. Er hätte Amaryllis sich selbst überlassen sollen. Sich ihm bis auf Armlänge zu nähern war gewiss keiner seiner besten Einfälle gewesen. Und doch bereute er nicht, was er getan hatte. Der Gedanke daran erfüllte ihn mit grimmiger Genugtuung.

»Geh tiefer, und flieg etwas näher ran«, sagte er leise.

»Wenn es tot ist, warum flüsterst du dann?«

»Weil wir wahrscheinlich nicht allein mit ihm sind.«

»Wir müssten den Ifrit sehen, wenn er hier wäre. Und daran vorbeigekommen ist er ganz bestimmt nicht – das Vieh dort vorn füllt den ganzen Tunnel aus.«

»Ifrits können selbst bestimmen, wie groß oder klein sie sind. Jedenfalls innerhalb gewisser Grenzen.«

»Hausen deshalb manche von ihnen in Flaschen?«

»Das sind *Märchen*, Sabatea. Wie könnte man wohl einen von ihnen dazu bewegen, sich in einer verdammten Flasche zu verkriechen?«

Sie lächelte fahrig, senkte den Teppich niedrig über den Boden des Tunnels und ließ ihn langsam auf das hintere Ende des Kolosses zuschweben. Von dieser Seite aus ähnelte er einer riesenhaften Schabe. Zwischen Hornplatten und Felswand waren keine Beine zu erkennen – übrig war nur der Panzer des Wesens.

»Ist das – «, begann sie.

»Sieht aus wie versteinert«, sagte er. »Flieg unter das hintere Ende.«

Sie mussten die Köpfe einziehen, als sie unter den Rand der Hornschale glitten. Da waren Risse und Kerben an der Kante. Irgendwer hatte sich daran zu schaffen gemacht und versucht, ein Stück davon abzuschlagen, um den Durchgang zu erweitern. Vielleicht schon vor langer Zeit.

Der Fackelschein fiel über die leeren Innenseiten des Panzers, über höckerige, symmetrisch gefurchte Oberflächen. Jemand hatte grobe Muster in den Stein gekratzt, Spiralen, Wellen und rätselhafte Zeichen.

»Waren das die Dschinne?«, flüsterte Sabatea.

»Oder die Roch. Das Biest muss schon vor einer Ewigkeit gestorben sein, lange vor dem Ausbruch der Wilden Magie. Nichts versteinert innerhalb von fünfzig Jahren.«

»Es sei denn *durch* Wilde Magie.«

»Ja, vielleicht.«

Langsam schwebten sie in das Innere des leeren Panzers. Weiter vorn wurde es enger, bis sie nach zehn oder fünfzehn Metern an eine Stelle gelangten, an der man den vorderen Teil des Wesens zertrümmert hatte. Überreste der versteinerten Schädelplatten lagen wie zerbrochene Schalen eines Rieseneis auf dem Felsboden. Sabatea lenkte den Teppich darüber hinweg, hinaus in die Tunnelröhre.

»Wie klein genau kann so ein Ifrit sein?«, fragte sie leise. »Klein genug, um sich hier zu verstecken?«

»Ich weiß es nicht.«

Sie atmete tief durch. »Machen wir, dass wir hier wegkommen.«

Der Teppich wurde wieder schneller. Tarik kam es vor, als bekäme er besser Luft als noch vor wenigen Minuten.

»Da ist Licht!« Sabatea hatte merklich Mühe, ihre Stimme unter Kontrolle zu halten.

Erst jetzt wurde ihm klar, wie steil der Tunnel mittlerweile anstieg. Die Öffnung an seinem Ende kam näher, war nahezu kreisrund.

Tageslicht.

Sabatea verlangsamte den Flug. Dort draußen mochte Gott weiß was auf sie warten. Fast bedächtig näherten sie sich dem Ausgang des Tunnels. Tarik horchte auf verräterische Laute. Nichts außer dem Säuseln des Windes an den Felsenrändern. Sein gesundes Auge musste sich erst an die Helligkeit gewöhnen; es kam ihm vor, als dauerte es viel länger als sonst.

Das Sonnenlicht kam näher.

Eine strahlende Scheibe, aus der sich allmählich Konturen schälten. Umrisse entfernter Berggipfel. Vereinzelte Wolken vor einem Himmel, der im ersten Augenblick fast weiß erschien und sich dann blau färbte.

Schließlich waren sie draußen.

Tarik schrie auf.

Sabatea wirbelte halb herum. »Was ist?«

Er hatte nicht gewusst, dass Helligkeit so schmerzhaft sein konnte. Sein linkes Auge, gerade noch blind und in absoluter Schwärze gefangen, wurde auf einen Schlag von grellem Licht geflutet. Panisch riss er die Hand hoch, verlor die Fackel und presste die Finger aufs Auge. Die Helligkeit verwandelte sich in ein Inferno aus explodierenden Farben, die sich erst allmählich zu Punkten zusammenzogen und erloschen.

»Tarik! Was ist los?«

Zögernd nahm er die Hand herunter. Licht glühte düsterrot durch sein geschlossenes Augenlid. Vorsichtig versuchte er, es zu öffnen. Sofort brach die Helligkeit erneut über ihn herein, stieß seinen Kopf in den Nacken wie ein Hieb.

»Tarik!« Panik lag jetzt in Sabateas Stimme. Er sah nicht, wo sie sich befanden, spürte aber, dass sie noch in der Luft waren, irgendwo im Freien. »Was hast du denn?«

Das Licht war kaum zum Aushalten. Einen Moment

lang sah er nun auch mit dem linken Auge die Umrisse des Gebirges, sogar eine Andeutung von Wolken. Aber die Helligkeit war zu grell und stechend, sein Widerstand erlahmte. Erneut drückte er die Hand aufs Auge.

»Ich brauche eine Binde«, brachte er leise hervor. »Irgendwas, um es abzudecken.«

»Ich lande irgendwo.«

»Nein. Ich schaff das auch hier oben.« Umständlich begann er, sich mit einem Arm das Wams über den Kopf zu ziehen. Er musste die Hand dazu herunternehmen, doch diesmal zwang er sich, die Lider geschlossen zu halten. Blind riss er einen Ärmel von dem morschen Kleidungsstück, klemmte den Rest zwischen die Knie und wickelte sich den breiten Wollstreifen schräg übers Gesicht, sodass das linke Auge vollständig bedeckt war. Dann erst wagte er, beide Augen vorsichtig zu öffnen. Durch das Gewebe fiel Licht, aber nicht genug, um ihn abermals zu blenden. Vor dem gesunden rechten Augen formte sich wieder die Umgebung, erst verschwommen, dann immer deutlicher.

Sabatea hielt den Teppich hoch in der Luft, lenkte ihn über ein felsiges Tal hinweg. »Geht's?«, fragte sie besorgt.

Er nickte, während er das Hemd überstreifte und den verbliebenen Ärmel über den Ellbogen schob. »Kannst du den Ifrit irgendwo sehen?«

»Nein. Was ist passiert?«

Er beschrieb es ihr, so gut er konnte. Das Auge pochte gedämpft vor sich hin, ein Echo seines Herzschlags. Es tat nicht mehr weh – jedenfalls nicht so sehr, dass es nach all dem, was er durchgemacht hatte, noch die Bezeichnung

Schmerz verdient hätte –, aber das Pulsieren war unangenehm. Nur langsam ebbte es ab.

»Wir sollten runtergehen«, sagte sie. »Dann kann ich es mir genauer ansehen.«

Er schüttelte den Kopf. »Erst müssen wir so weit wie möglich von hier weg. Der Schlammvulkan liegt sicher nur zwei, drei Täler von hier entfernt. Die Dschinne mögen ihren Anführer verloren haben, aber auch ohne ihn wird es hier bald nur so von ihnen wimmeln.«

»Was waren das für Leute?«, fragte sie. »Und warum haben sie … ich meine, warum reiten sie auf *Stürmen*?«

»Ich weiß es nicht. Kannst du von hier aus welche sehen?«

»Nichts. Keine Spur von ihnen.«

»Wir müssen ihnen folgen.«

»Nein«, sagte sie entschieden. »Wir fliegen nach Bagdad.«

»Ich muss Junis – «, begann er, als ihm mit einem Mal klar wurde, dass in ihrer Stimme wieder jener Unterton lag, den sie zuletzt fast verloren hatte: Dieselbe unbändige Willenskraft und Stärke, mit der sie ihn schon in der ersten Nacht in Samarkand in ihren Bann gezogen hatte.

»Du hast unser Leben aufs Spiel gesetzt, um ihn zu befreien«, sagte sie scharf. »Jetzt ist er in Sicherheit. Das muss genügen.«

»Bei den Sturmreitern? Selbst wenn es so wäre – in dieser Gegend *gibt* es keine Sicherheit. Wir können ihn nicht zurücklassen, nicht hier.«

»O doch«, erwiderte sie. »Ich kann.«

Er packte sie am Oberarm und riss sie herum. Der Teppich geriet ins Schleudern, als sie für einen Augenblick die Kontrolle über das Muster verlor.

»Er ist mein Bruder! Du kannst nicht erwarten, dass ich – «

»Dass du eine Entscheidung triffst, was du eigentlich willst? Ob du weiterleben willst? Das hier ist keines deiner kindischen Rennen durch Samarkand, Tarik! Wenn du unbedingt weiter mit dem Schädel gegen die Wand laufen willst, dann tu es. Aber ohne mich. Bring mich erst nach Bagdad, und wenn du dann gehen willst…« – die Spur eines Zögerns – »…werde ich dich nicht aufhalten.«

»Ich werde ihn nicht einfach im Stich lassen.« Weder ihn, fügte er stumm hinzu, noch Maryam.

»Ich habe ihn *gesehen*, Tarik. Nicht nur im Pferch, sondern auch später unter den Gefangenen, die gerettet wurden. Du musst mir endlich vertrauen. Ist das wirklich zu viel verlangt?«

Er stockte, schüttelte langsam den Kopf. »Es geht nicht. Tut mir leid.« Und damit ließ er sie los, schob die Hand ins Muster –

– und schrie gellend auf, als sie ihm die Binde vom Gesicht riss. Das Licht fuhr wie eine Messerklinge in sein Auge, schien sich durch sein Gehirn zu bohren und die Rückseite seines Schädels zu zertrümmern.

In einem verzweifelten Reflex hob er beide Hände vors Gesicht, überließ ihr die Macht über das Muster und war für einen Moment völlig in seinen Schmerz versunken.

»Versuch nicht mehr, mich aufzuhalten«, sagte sie niedergeschlagen. »Wir haben schon zu viel Zeit verloren.«

Die lose Binde flatterte im Gegenwind um seinen Hals, aber er kam nicht gegen den Instinkt an, die Hand weiterhin auf das Auge zu pressen, als wäre dies das Einzige, das ihn vor dem Schmerz bewahren konnte. Vor dem entsetzlichen Licht da draußen. Vor dem, was Amaryllis ihm angetan hatte. Und er hatte plötzlich die zutiefst beunruhigende Ahnung, dass der Schmerz nicht mehr als ein Vorgeschmack auf die Wahrheit war, auf das tatsächliche Ausmaß seines Verderbens.

»Es tut mir leid«, fuhr sie fort, und sie klang aufrichtig traurig dabei, fast so, als würde sie gegen ihre eigene Überzeugung anreden. »Wenn ich in Bagdad bin, kannst du tun, was du willst. Zieh los, um Junis zu suchen. Oder Maryam, wenn du glaubst, dass du sie je finden wirst. Aber ich *muss* nach Bagdad. Es geht nicht anders.«

Er kniete auf dem Teppich, die Ellbogen auf die Oberschenkel gestützt, das Gesicht in den Händen vergraben. Es kostete ihn Überwindung, wenigstens die Rechte herunterzunehmen und das gesunde Auge langsam zu öffnen. Vor sich sah er Sabateas schmale Silhouette, und er erkannte, dass sie genau nach Westen in die sinkende Sonne flogen. Das weiße Gleißen lag wie eine Aureole um ihr wehendes Haar, um ihren schmalen Rücken, der vor dem grellen Licht noch zierlicher wirkte.

»Du kannst versuchen, mich vom Teppich zu werfen«, sagte sie. »Wenn du das nicht tun willst, würde ich mir gut überlegen, *wie* weit du gehen willst. Solange du

diese Binde trägst, fürchte ich, bin ich dir hier oben überlegen.«

Er schwieg, versuchte nachzudenken, stieß aber immer
wieder auf einen Wall. Etwas hinderte ihn daran, einfach
seinen Willen durchzusetzen, so wie er es früher getan
hätte. Es war nicht der Schmerz. Nicht die Angst vor dem,
was Amaryllis ihm angetan hatte.

Es war Sabatea. Was er für sie empfand. Er kam nicht
dagegen an, so sehr er es sich auch wünschte.

Sie sagte, scheinbar leichthin: »Und wenn ich dich
liebe?«

Er sagte nichts.

Sie flogen nach Westen, mitten in die Sonne.

Zwei Stunden später ging die Sonne unter, und sie wussten beide, was das bedeutete.

»Ich werde es jetzt versuchen«, sagte er.

»Und mich dann bewusstlos schlagen und hier zurücklassen?«

»Ja«, sagte er trocken. »Das ist der Plan.« Er hatte ihr nicht verziehen, was sie getan hatte. Aber er verstand, *warum* sie es getan hatte.

»Warte. Ich gehe runter. Das ist sicherer.«

Er betastete das Auge unter der Binde, während Sabatea einen sicheren Platz zur Landung auf einem der Bergkämme suchte. Sein Augapfel fühlte sich unverändert an, auch spürte er keine Schwellungen oder andere Verletzungen. Amaryllis' Zauber tat seine Wirkung von innen.

Es ist in meinem Kopf, durchfuhr es ihn nicht zum ersten Mal in einem Anflug siedender Panik. *Etwas von ihm ist in mir.* Das machte ihm weit größere Angst als die Aussicht auf neue Schmerzen.

Sie hatten seit ihrer Flucht keine Dschinne gesehen, nicht einmal aus der Ferne. Auch keine anderen Kreaturen der Wilden Magie. Geschweige denn die Tornadoreiter. So, als wären sie ganz allein in diesem Gebirge, allein auf der Welt. Irgendwo vor ihnen, fast drei Tage entfernt, lag Bagdad. Hinter ihnen im Osten, ebenso weit, Samarkand. Beides unsichtbar jenseits des Horizonts.

»Da vorn.« Sabatea deutete auf eine geschützte Senke auf einer der Bergkuppen. Von dort aus hatten sie im Mondschein eine gute Sicht auf die umliegenden Hänge und Felskämme, grau wie uraltes Eisen. Weit im Westen endete das Gebirge und ging wieder in Steppe und Wüste über. Die Gipfel des Kopet-Dagh waren eine Insel inmitten endloser Ebenen; sie bildeten die natürliche Grenze zwischen Khorasan und Persien.

Sie senkte den Teppich sanft auf die Felsen nieder. Vorsichtig stand sie auf, um ihre Gelenke nach dem langen Ritt nicht zu überreizen. Tarik, dem das lange Sitzen und Knien nach all den Jahren kaum noch etwas ausmachte, zahlte jetzt den Preis für all die Verletzungen, die er in der Hängenden Stadt davongetragen hatte. Er mühte sich stöhnend auf die Beine, bis Sabatea ihm unter die Achsel griff und ihm half, aufrecht zu stehen. Erst nach einem Moment gab er ihr widerwillig zu verstehen, dass er es jetzt allein schaffen würde.

Zögernd ließ sie ihn los und trat einen Schritt zurück. Im Silberlicht des Mondes blickte sie ihn an, taxierte ihn erwartungsvoll.

Er atmete tief durch, kämpfte die Ahnung neuer Schmerzen nieder und zog langsam die Binde nach unten.

Wartete angespannt auf den Stich, der ihn in die Knie zwingen würde. Auf die sengende Hitze, die wie ein Blitz in seinen Schädel einschlug.

Es brannte ein wenig, aber nur für einen Moment.

Das war alles.

»Und?«, fragte sie vorsichtig.

Er hob den Blick langsam vom Boden, sah an ihr hinauf, geradewegs in ihr Gesicht. Hob dann eine Hand, legte sie erst vor das linke, dann vors rechte Auge. Verglich das, was er sah, miteinander. Konnte es nicht glauben.

»Was?«, fragte sie, jetzt merklich ungeduldig. »Was siehst du?«

»Dich.«

»Klingt nach einem guten Zeichen.«

»Und *nicht* dich.«

»Nicht so gut.« Kurzes Abwarten, dann: »Erklär's mir.«

»Mit dem rechten Auge sehe ich dich vor mir stehen. Aber mit links ist da … gar nichts. Du bist nicht da, der Teppich auch nicht.«

»Und du selbst?«

»Ich?« Er atmete langsam ein und aus. Dann blickte er mit der Hand vor dem rechten Auge an sich hinab.

Nichts. Der Platz, an dem er stand, war leer.

Erschrocken riss er den Kopf hoch. Dabei traf ihn das Licht des Mondes. Es war nicht so hell wie die Sonne vor ein paar Stunden, aber es reichte aus, ihn zu Boden zu werfen. Sabatea sprang vor und hielt ihn am Arm fest. Mit einem Fluch schüttelte er sie ab. Er murmelte eine Entschuldigung, presste die Hand auf das linke Auge und sah mit dem rechten zu ihr auf. »Das Licht bringt mich um«, flüsterte er.

»Du hast dich nicht gesehen«, stellte sie fest.

Er nickte langsam. »Was hat dieser Bastard mit mir angestellt?«

Sie ging vor ihm in die Hocke, bis ihre Augen wieder auf einer Höhe waren. Sie versuchte ein aufmunterndes Lacheln, bemerkte, dass es misslang, und blickte ihn ernst und eindringlich an. »Du siehst jetzt das, was er gesehen hat. Oder *nicht* gesehen hat.«

»Eine Welt ohne Dschinne, hat er gesagt. Aber ich bin kein Dschinn. Und du bist keiner. Ich verstehe das nicht.«

Sie überlegte und schüttelte schließlich den Kopf. »Du musst Geduld haben.«

»Geduld?« Seine Stimme überschlug sich fast. »Bis was genau geschehen wird?«

»Bis wir wieder unter Menschen sind. Warte ab, was du dann siehst.«

»Leere Städte und Dörfer? Oder überhaupt nichts? Nur Wüste und Einöde?« Er zerrte die Binde hoch über das Auge und zog mit zitternden Händen den Knoten am Hinterkopf fest. »Ich weiß nicht, was Amaryllis gesehen hat. Aber es hat ihn in den Wahnsinn getrieben.«

»Nein«, widersprach sie energisch. »Ich glaube nicht, dass er wahnsinnig war. Ich habe mit angehört, was er gesagt hat, unten zwischen den Trümmern.«

»Ich hätte ihn sofort ins Feuer werfen sollen, statt mir sein Geschwätz anzuhören.«

»Er hat geglaubt, dass er die Zukunft sieht, nicht wahr? Dass ihm sein eines Auge zeigt, was erst noch kommen wird. Nach den Dschinnen.«

Er knurrte etwas, das nach Zustimmung klingen sollte, aber eigentlich nur ein zorniger Laut war. Er wünschte, er hätte diesen Hundesohn noch einmal töten können. Wieder und wieder und wieder.

Sabatea überlegte weiter. »Er hat gesagt, dass die Dschinne hinter uns Menschen *aufräumen* – das war doch das Wort, das er benutzt hat. Und dass auch sie wieder verschwinden würden und nach ihnen etwas Neues käme – vielleicht wieder Menschen, aber anders oder besser oder ... was weiß ich.« Mit einem Seufzen ließ sie sich auf den Fels sinken, zog die Knie an und legte die Arme darum. Ihre offene Haarflut war so schwarz wie die Nacht zwischen den Sternen. »Die Tatsache, dass du hier auf dem Berg nichts siehst, muss überhaupt nichts bedeuten. Hier oben ist nie irgendjemand gewesen, und wahrscheinlich wird auch niemals irgendwer hier raufkommen. Aber anderswo, in Bagdad – «

»Natürlich. Sehr geschickt.«

Sie unterdrückte ein Lächeln. »Bagdad wird es womöglich auch in fünfhundert Jahren noch geben. Vielleicht kannst du ja dort sehen, was erst noch sein wird. Wer in ein paar hundert oder ein paar tausend Jahren in der Stadt leben wird.«

»Du hast gesagt, die Dschinne wollen Bagdad angreifen.«

»Junis hat das gesagt. Und er hatte es von den anderen Gefangenen.«

»Dann sehe ich vielleicht nur Ruinen.«

»Vielleicht, ja.« Sie hob die Mundwinkel zu einem

schattenhaften Lächeln. »Oder auch nicht. Warten wir's ab.«

Er betrachtete sie mit dem gesunden Auge im Mondschein und fand sie wunderschön, trotz des Schmutzes auf ihrem Gesicht, trotz der staubigen Nester in ihrem langen Haar. Trotz der Erschöpfung, die wie die Spiegelung von wehenden Nebelfetzen in ihren Augen lag.

Sie war nicht gut für ihn, vielleicht für niemanden, das wusste er. Ihre Geheimnisse betrafen nicht nur sie allein, so viel war klar, und sie war bereit, alles dafür aufs Spiel zu setzen. Früher hatte er sich manchmal über sich selbst gewundert, über seinen Mangel an Skrupel während der Rennen, über seine Kaltblütigkeit im Umgang mit anderen. Vielleicht war es das, was ihn so zu ihr hinzog: Sie war wie er. In ihrer Zielstrebigkeit, ihrer Hartnäckigkeit und der Fähigkeit, ihr Gewissen einfach auszublenden und zu tun, was nötig war.

In Samarkand hatte er gewusst, was die Unmengen Wein ihm Abend für Abend antaten, und dennoch hatte er nicht die Finger davon lassen können. Die Sache mit ihr war ähnlich – und doch ganz anders.

Er zögerte nur kurz. Dann beugte er sich vor, über ihre angezogenen Knie hinweg, und küsste sie. Ihre Lippen schmeckten nach Asche und Salz, aber es war ein Kuss, der ganz anders war als der vor einer Ewigkeit in der Nacht über Samarkand. Derselbe Mond, dieselben Sterne. Aber jetzt war da Zuneigung. Liebe, vielleicht. Und eine ganze Menge Verzweiflung.

»Du kennst mich nicht«, flüsterte sie.

»Nein«, sagte er.

»Vertraust du mir jetzt?«

Er gab keine Antwort, und sie fragte kein zweites Mal.

Im Laufe des nächsten Tages gewöhnte sich Tarik langsam daran, mit nur einem Auge zu sehen. Er machte keinen weiteren Versuch, die Binde abzunehmen. Je länger er darüber nachdachte, desto mehr fürchtete er, was er womöglich zu sehen bekäme.

Dabei hätte das Land kaum leerer sein können. Sie hatten die Berge des Kopet-Dagh noch in der Nacht hinter sich gelassen und folgten schon den ganzen Tag den südlichen Ausläufern des Elburzgebirges. Der Boden war karg und sonnenverbrannt, die Gipfel zu ihrer Rechten zerklüftet. Sie fanden abgestandenes Wasser, von dem sie nur hoffen konnten, dass es sie nicht todkrank machen würde. Von seinen früheren Reisen kannte Tarik Orte, an denen dürre Büsche mit trockenen Beeren wuchsen; sie waren noch nicht reif, aber einigermaßen nahrhaft. Aus Erfahrung wusste er, dass man mit ihrer Hilfe ein paar Tage überleben konnte.

Nirgends begegneten sie Dschinnen, und bald entdeckten sie den Grund.

»Siehst du das?« Er deutete nach links, nach Süden, wo sich die Hänge des Gebirges zu einer schneeweißen Ebene verflachten – den ausgedorrten Salzpfannen der

Kavirwüste. Sabatea saß hinter ihm und folgte seinem Blick. »Kein Mensch kann dort überleben«, murmelte er. »Die Kavir war schon vor dem Ausbruch der Wilden Magie menschenleer. Nicht einmal Nomaden haben sich dorthin verirrt.«

In der Ferne, wo der Horizont flimmernd in den Himmel floss, hingen dunkle Schleier über dem Salz. Es hätten Wolkenschatten sein können. Nur dass in dieser Einöde keine Wolke am Himmel stand.

»Dschinne?«, fragte Sabatea.

Tarik nickte. »Sieht aus, als würden sie sich dort sammeln. Wahrscheinlich ziehen sie bald weiter nach Westen.« Er dachte kurz nach. »Zwischen der Kavir und Bagdad liegt das Zagrosgebirge. Sie können es nicht umgehen, aber ich vermute, dass sie eine Route nehmen, die viel weiter südlich liegt als unsere. Das Gebirge ist dort weniger breit als oben im Norden. Ich kann mir nicht vorstellen, dass sich Tausende von Dschinnen länger als unbedingt nötig in den Bergen aufhalten wollen. Zumal auf den höchsten Gipfeln noch Schnee liegen dürfte. Die Berge des Kopet-Dagh sind dagegen nur Hügel.«

»Klingt, als wären wir ausnahmsweise mal im Vorteil.«

»Vielleicht haben wir tatsächlich Glück. Wir werden das Gebirge ein bis zwei Tagesreisen weiter nördlich überqueren als sie. Der Weg durch die Berge ist dort fast doppelt so lang wie unten im Süden. Ich glaube nicht, dass sich da Dschinne herumtreiben.«

»Denkst du, sie ziehen nur aus dieser Richtung gegen Bagdad?«

Er schüttelte den Kopf. »Die Wüsten südlich von Bagdad sind ebenso voll von ihnen wie Khorasan oder die heißen Länder weiter westlich. Sie sind überall. Ich vermute, dass sich hier, in der Kavir, die Dschinne aus der Karakum und der Lutwüste weiter im Süden sammeln – das würde erklären, weshalb wir zwischen Samarkand und dem Kopet-Dagh so wenigen von ihnen begegnet sind. Wenn ihnen wirklich so viel an Bagdad liegt, dann werden sie es aus allen Richtungen in die Zange nehmen.« Er machte eine kurze Pause. »Bist du sicher, dass du noch dorthin willst?«

»Ja.«

»Du musst einen guten Grund dafür haben.«

Sie schwiegen wieder, während sie parallel zu den Bergen des Elburzgebirges nach Westen flogen, so hoch über den Hängen, wie es der Teppich erlaubte.

»Da!«, rief sie plötzlich und deutete auf eine Formation dunkler Punkte vor ihnen am Himmel. »Sind das Dschinne?«

Mit seinem einen Auge sah er längst nicht so scharf wie früher, aber einen Moment später gab sie sich selbst die Antwort.

»Das sind *Vögel*!« Ihre Stimme überschlug sich fast. »Echte Vögel, Tarik!« In Khorasan waren alle wilden Tiere von den Dschinnen ausgerottet oder vertrieben worden. Wahrscheinlich hatte Sabatea noch nie einen Vogel gesehen, der nicht in einem goldenen Käfig des Emirpalastes eingesperrt gewesen war.

»Ich wünschte, ich hätte einen dieser Dschinnbogen«,

murmelte er. »Vielleicht könnte ich uns einen von ihnen zum Abendessen schießen.«

Mochte er so mürrisch sein, wie er wollte: Sie ließ sich ihre Euphorie nicht nehmen. Das war eine Seite an ihr, die er bislang noch nicht kennen gelernt hatte. Aber bald begriff er, dass jede Art von Ausgelassenheit, die sie empfand, immer auch ein Auflehnen war gegen ihre tief verwurzelte Melancholie, gegen Erinnerungen, die sie selbst hier draußen verfolgten. »Sie fliegen einfach irgendwohin«, sagte sie. »Wohin sie wollen.«

Er seufzte. »Woanders gibt es auch nur Beeren und Schlammwasser.« Er würde sie nach Bagdad bringen und sich dann auf die Suche nach Junis und Maryam begeben. So, wie er es geplant hatte.

Aber würde er sie allein lassen, wenn die Dschinne die Stadt angriffen?

»Ich kann die Vögel nicht mehr sehen«, sagte sie plötzlich.

»Sie sind nach Süden geflogen. In die Wüste.«

»Dumme Tiere«, flüsterte sie.

»Ja. Wie wir.«

Bedrückt schaute sie dem Vogelschwarm nach, dorthin, wo sich die Dschinnheerscharen als düsteres Wabern von der Salzkruste abhoben.

Hatten ihre Anführer schon erfahren, was in den Hängenden Städten geschehen war? Welche Rolle spielte der Narbennarr in ihren Plänen? Gab es noch andere wie ihn, die eine Welt ohne Dschinne gesehen hatten? Oder hatten allein seine dunklen Prophezeiungen die verstreuten

Dschinnhorden dazu gebracht, sich zu einem Feldzug gen Westen zu vereinen? Dann musste sein Tod zweifellos für Aufregung sorgen.

Sabatea mochten ähnliche Gedanken durch den Kopf gehen. »Was ist mit den Menschen? Ich meine, denen aus den äußeren Pferchen... Glaubst du, es gibt noch mehr wie sie?«

»Du hast gesagt – «

»Ich weiß, was ich... was Junis gesagt hat. Aber glaubst du, dass es wahr ist? Dass sie Menschen in den Wahnsinn treiben, damit sie gegen andere Menschen kämpfen?« Die Art, wie sie diese Frage betonte, verriet, dass sie die Antwort kannte.

Tarik nickte. »Ich habe die Lager am Kaspischen Meer gesehen, als ich die Nordroute geflogen bin. Das war das einzige Mal, dass ich diesen Weg genommen habe. Es war genauso schlimm wie in der Höhle... noch schlimmer, vielleicht.« Er hatte diese Erinnerungen lange verdrängt, aber es kostete ihn nicht mehr als ein Blinzeln, sie in Gedanken wiederauferstehen zu lassen. Die Qualmsäulen über den Lagern. Die erstarrten Toten in den Schlammvulkanen. Die Leichenmonumente. »Es gibt nichts, das ich den Dschinnen nicht zutrauen würde«, sagte er.

Sabatea blickte wieder nach Süden. »Dann müssten sie diese Menschen über das Salz treiben. Und danach ins Gebirge.«

»Vermutlich.«

»Wie viele können das überleben?«

»Ihre Kettenmagier sind mächtig genug, die meisten

von ihnen eine Weile lang am Leben zu halten. Außerdem werden sie mit Verlusten rechnen.« Er holte tief Luft, als könnte das die Bilder von damals vertreiben. »Die Lager am Ufer ... Ich wusste nicht, dass sie dort auch Gefangene halten. Ich dachte, sie töten alles, sobald sie es sehen. Ich habe nicht gewusst, dass sie ... dass sie auch ...« Er brach ab und schüttelte den Kopf. »Was immer du dir vorstellen kannst, jeder noch so schlimme Alptraum – es ist nicht unmöglich. Die Dschinne sind zu allem fähig.«

»Dann werden sie gewinnen. Am Ende, meine ich. Dann werden sie die Sieger sein.«

Kurz war er versucht, die Binde abzunehmen und hinaus in die Wüste zu blicken. Auf die Dschinnheere, die auf den Salzpfannen der Kavir zusammenströmten. Er wollte sehen, dass sie fort waren. Ausradiert. Aber er ahnte, dass ihn die Helligkeit der Salzwüste umbringen würde.

Da begriff er, was Sabatea schon lange vorher erkannt hatte. Wenn er es wissen wollte, wirklich wissen, dann musste er nach Bagdad gehen. Dann musste er mit Amaryllis' Auge auf die größte aller Städte blicken und erfahren, was dort einmal sein würde, wenn die Dschinne nicht mehr waren.

Menschen? Oder überhaupt niemand mehr?

Und war die Dschinnarmee draußen im Salz nicht Antwort genug?

In der Nacht hielt Sabatea Wache, während Tarik schlief. Es war kühl auf dem Gipfel im Osten der Zagrosberge, zugig und niemals so still, dass sie sicher sein konnte, allein zu sein. Der Wind pfiff durch Klüfte weiter unten an den Hängen und trug sein eigenes Wehklagen herauf zu ihrem Lagerplatz.

Sie streckte die Hände zum Feuer hin aus. Felsen schützten sie vor fremden Blicken, aber sie fürchtete, dass dennoch ein Lichtschimmer außerhalb der Senke zu sehen war.

Tarik hatte den Schlaf dringender nötig als sie. Trotzdem hatte er sich wieder und wieder geweigert, eine Rast einzulegen. Und als sie ihn schließlich fast dazu zwingen musste, hatte natürlich er derjenige sein wollen, der Wache hielt. Geduldig hatte sie abgewartet, bis die Erschöpfung ihn einschlafen ließ. Seither sah sie zu, wie er mit angespannter, sorgenvoller Miene gegen seine Alpträume ankämpfte.

Das Elfenbeinpferd erschien ganz unvermittelt am Rand der Senke, als sei es aus einem von Tariks Träumen herüber in die Wirklichkeit getrabt.

Sabatea musste zweimal hinsehen, ehe sie ihren Augen

traute. Seine Hufe klapperten leise, als es sich auf dem sandigen Gestein niederließ. Abermals nahm sie den fremdartigen Geruch nach Stall und Schmierfett wahr, den sie schon bei der Begegnung mit der Herde auf der Alten Bastion bemerkt hatte. Sie war drauf und dran, Tarik zu wecken. Aber dann legte das weiße Ross den Kopf schräg, blickte sie aus seinen dunklen Augen an – und spreizte eine Schwinge, als wollte es hinaus in die Nacht deuten.

Im ersten Moment hielt sie es für eine zufällige Bewegung, ein Strecken und Recken müder Glieder. Aus der Nähe betrachtet, verriet vieles an dem Ross, dass es künstlich erschaffen worden war. Der Körper aus Elfenbein war glatt, wie poliert, und die Gelenke an den Beinen und Schwingen hatten Ähnlichkeit mit denen einer Marionette. Sie knirschten leicht, als es den Flügel anlegte und dann *abermals* ausstreckte.

Es zeigte tatsächlich auf etwas, einen unsichtbaren Punkt hinter den Felsen. Und es gab keinen Zweifel, dass die Geste Sabatea galt.

Ein letzter Blick aus den wachen, klugen Augen. Dann wandte das Pferd sich um und trabte in die Richtung, in die es gedeutet hatte.

Sabatea zögerte. Tariks Züge zuckten noch immer, sein unbedecktes Auge bewegte sich hektisch hinter dem geschlossenen Lid. Sie entschied sich, ihn schlafen zu lassen. Er brauchte jede Minute Erholung, die er bekommen konnte, um sie heil nach Bagdad zu bringen.

Sie erhob sich und stieg aus der Senke. Das nächtliche Gebirge erstreckte sich in alle Richtungen, ein nachtfleckiges Auf und Ab, auf dessen höheren Regionen Schneekuppen das Mondlicht reflektierten.

Das Elfenbeinpferd lief voraus, ohne sich noch einmal nach ihr umzuschauen. Die Schwingen waren eng angelegt und bei flüchtigem Hinsehen fast unsichtbar. Plötzlich aber machte es einen Satz nach vorn und stieg mit drei, vier eleganten Flügelschlägen zu einem Felsen auf, den Sabatea zu Fuß nicht erreichen konnte. Dort legte es sich nieder und blickte erwartungsvoll zu ihr herab.

Sie verstand noch immer nicht, was das Ross von ihr wollte. Erst als sie einen weiteren Brocken umrundete, sah sie, was sich unterhalb des Felsens befand, auf dem das Pferd zur Ruhe gekommen war.

Inmitten eines Geröllhaufens kauerte der Ifrit und weinte bitterlich.

Der schwarzhäutige Gigant, jetzt fast zehn Meter hoch, schluchzte herzzerreißend, rieb sich die Augen mit den riesigen Pranken und schien in seinem Kummer weder das Elfenbeinpferd noch Sabatea wahrzunehmen.

Das Ross blickte von seinem erhöhten Standpunkt auf den riesenhaften Wunschdschinn herab, dann zu Sabatea.

»Was hat er?« Sie verspürte keine Furcht vor dem schwarzen Koloss, was weniger an ihm selbst als an der Zutraulichkeit des fliegenden Pferdes lag.

Der Ifrit hob den kahlen Schädel. Er schniefte lautstark und blinzelte sie an. Aus seinen Augen perlten Tränen, jede groß genug, um einen Eimer zu füllen.

»Menschin«, sagte er nur, schüttelte den Kopf und gab sich wieder ganz seiner Verzweiflung hin.

»Was ist mit dir?«, fragte sie.

»Weh«, klagte er.

»Hast du Schmerzen?« Sie konnte kaum fassen, dass sie diese Frage einem *Dschinn* stellte. Aber es war eine Tatsache, dass die Ifrit lange vor den blutrünstigen Dschinnfürsten und ihren Armeen existiert hatten, lange vor dem Ausbruch der Wilden Magie. Und dass sie niemals Feinde der Menschen gewesen waren.

Der Wunschdschinn deutete über die Schulter auf seinen Rücken. »Weh-ee«, wiederholte er betont.

Sie umrundete ihn langsam. Schließlich sah sie das Schwert, das unter seinem linken Schulterblatt steckte. Es war zu klein, um ihm ernsthaft gefährlich zu werden, aber sicherlich schmerzhaft – und steckte an einer Stelle, die der Dschinn mit seinen Pranken nicht erreichen konnte.

Sie sah zu dem Pferd auf. »Du willst, dass ich helfe?«

Das Elfenbeinross schnaubte, was alles Mögliche bedeuten mochte.

»Möchtest *du*, dass ich dir helfe?«, fragte sie den Ifrit. Sie war ziemlich sicher, dass dies derselbe Wunschdschinn war, der ihnen – ohne es zu wissen – den Weg aus der Höhle gewiesen hatte.

»Wer seid?«, gab er zurück.

»Was?«

»Ihr habt Fürsten getötet. Habe ich mit meinen Augen gesehen. Amaryllis in Feuer geworfen. Mensch hat das getan.«

Sinnlos, das zu leugnen. »Ja.«

»Gut«, sagte der Ifrit.

»Dass Amaryllis tot ist?«

»Ja«, schniefte der Koloss. »Dass er tot ist.«

Sie atmete auf. »Lass mich an deinen Rücken. Ich ziehe das Schwert heraus.«

Er drehte sich halb um, ein schwebender Oberkörper ohne Beine, und wandte ihr den muskulösen Rücken zu. Die Haut war von zahllosen Narben übersät, Peitschenhiebe und Schnittwunden. Sabatea musste auf einen Geröllturm klettern, um an die Waffe heranzukommen. Wenn es auch von Natur aus in der Macht des Ifrit lag, seinen Körper zu verkleinern, so war das im Augenblick offenbar unmöglich. Das Krummschwert hätte seine Größe beibehalten und ihn wahrscheinlich auf der Stelle getötet.

Sie packte den Griff mit beiden Händen, murmelte eine Warnung – und zerrte die Klinge aus dem pechschwarzen Dschinnfleisch.

Der Ifrit jaulte leise auf, dann streckte er sich probeweise, spürte, dass der Stahl aus seinem Körper verschwunden war, und drehte sich mit einer schwankenden Bewegung zu ihr um. Ehe sie sichs versah, wurde sie von seiner Klaue gepackt, von den Steinen gehoben und am Boden abgesetzt. Mit bebenden Knien ließ sie das Schwert fallen, wo es in den Spalten des Gerölls verschwand.

»Gut«, sagte der Ifrit.

Schwankend trat sie einen Schritt zurück. »Ist das der Moment, in dem ich mir etwas wünschen darf?«

Der Riese schüttelte den Kopf. »Keine Wunschkraft mehr. Zwei Wünsche. Dann den dritten gestohlen.«

Sie verstand nicht, wie er das meinte – aber wahrscheinlich hätte es ihr Glück nach der waghalsigen Flucht auch überstrapaziert, sich kurzerhand mit Tarik nach Bagdad wünschen zu dürfen.

So zuckte sie nur die Achseln. »Kein Wunsch?«

»Kein Wunsch«, bestätigte er.

Sie blickte zu dem Zauberpferd empor, das noch immer reglos auf der Anhöhe ruhte. »Wenn ihr mir trotzdem einen Gefallen tun wollt – verratet keinem, dass ihr uns begegnet seid.« Das klang sogar in ihren eigenen Ohren albern – sie sprach gerade zu einem Pferd und einem nicht allzu klugen Riesendschinn. Aber dann schnaubte das geflügelte Ross erneut, und auch der Ifrit nickte.

»Versprechen«, sagte er.

Wortlos machte sie sich auf den Weg zurück zum Lager.

Tarik schien die Alpträume bezwungen zu haben; seine Miene wirkte ruhig, sein Schlummer entspannt.

Da war frisches Dschinnblut an ihrer rechten Hand, nur ein Spritzer. Sie wischte es an ihrer Kleidung ab, damit Tarik es später nicht bemerken würde. Besser sie erwähnte die Begegnung gar nicht erst; er hätte sie doch nur für verrückt und leichtsinnig erklärt. Sie verstand selbst nicht recht, was gerade geschehen war.

Bald darauf hörte sie Flügelschlagen in der Dunkelheit, dann ein Poltern und Rauschen. Schließlich herrschte wieder Ruhe auf dem Gipfel.

Nur der Wind fauchte weiter den Hang herauf.

Tarik war ein lausiger Jäger. Zudem besaß er weder Bogen noch Speer, nur einen Stock, den er notdürftig an einem Felsen angespitzt hatte. Damit etwas zu fangen – das wenige, das in den Zagrosbergen noch lebte – erwies sich bald als unmöglich. Also gab er es auf und sammelte Beeren. Ein knappes Drittel aß er von den Büschen, den Rest gab er Sabatea und behauptete, es sei nur die Hälfte. Sie hätte die Früchte nicht aufgegessen, hätte er ihr die Wahrheit gesagt.

Vor ihnen lagen die westlichsten Gipfel des Gebirges. Durch die Einschnitte sahen sie die Ebene, einen Ozean aus flirrendem Ocker. Irgendwo in seinem Zentrum verbarg sich Bagdad, die Stadt der Kalifen, das Zentrum des Abbasidenreiches. Die goldene Metropole am Ufer des Tigris. Jahrelang hatte sie den Dschinnen standgehalten und sich dabei sogar ihren Prunk bewahrt. Keine Stadt der arabischen Welt gebot über mehr Soldaten, besaß größere Schätze und vereinte Künste und kriegerische Macht von gleichem Ausmaß in ihren Mauern. Mehr als fünfzig Jahre nach dem Ausbruch der Wilden Magie war Bagdad noch immer das Herz der arabischen Welt zwischen Mittelmeer und persischem Golf, zwischen den Gipfeln des Himalaya und den dampfenden Dschungeln des Schwarzen Kontinents.

Es war fast sieben Jahre her, seit Tarik zuletzt dort gewesen war, aber er zweifelte nicht, dass die Stadt sich kaum verändert hatte. Der Wilden Magie hatte der Kalif seine Zauberer entgegengeworfen, den Dschinnen seine unbezwingbaren Garden. Er hatte den Tigris beschützen lassen, um Waren aus dem Norden herbeizuschaffen, hatte die Wüste in weitem Umkreis von Feinden gesäubert und zugleich die Stadttore offen gehalten für Flüchtlinge aus nah und fern. Überbevölkert mochte die Stadt sein, in manchen Vierteln ein elender Moloch, in anderen eine skrupellose Zurschaustellung von atemberaubendem Reichtum. Trotz aller Schattenseiten repräsentierte sie jedoch ein Refugium der Menschheit, das sich vom Ansturm der Dschinne, Kettenmagier und Wesen der Wilden Magie nicht bezwingen ließ.

Sabatea bewegte sich unruhig in seinem Rücken, während er den Teppich durch einen Einschnitt zwischen kahlen, sandgelben Bergrücken lenkte.

»Einen halben Tag noch«, sagte er, »nicht mehr.«

Sie hatten während der vergangenen Tage oft darüber gesprochen, was sein würde, wenn sie auf einen unüberwindlichen Belagerungsring stießen, auf Tausende von Dschinnen, die niemanden in die Stadt hinein- und keinen mehr hinausließen. »Bagdad ist niemals belagert worden«, hatte er ihr erklärt, »in all den Jahrzehnten nicht. Die Kalifen haben den Krieg stets zu den Dschinnen hinaus in die Wüste getragen. Und es gab nie den einen großen Schlag gegen Bagdad, ganz ähnlich wie in Samarkand. Es ist fast, als hätten sich die Dschinne erst alle Ländereien, die Dörfer und kleineren Städte vorgenommen und sich die großen Siedlungen bis zuletzt aufgehoben.«

War es dieser finale Schlag, der nun bevorstand? Hatten die Dschinnfürsten die Geduld verloren? Oder war schlichtweg kaum noch etwas anderes übrig, das erobert werden konnte? Die Wüsten und die angrenzenden Regionen waren überrannt worden. Bagdad ruhte wie ein funkelndes Juwel inmitten einer matt und blind gewordenen Krone. Bald würde es ganz von selbst aus seiner Fassung fallen und feststellen, dass rundum nichts als rostiger Staub geblieben war.

Es dauerte nicht lange, da tauchten vor ihnen zwischen den Gipfeln Punkte am Himmel auf. Diesmal waren es weder Vögel noch Dschinne.

»Teppichreiter«, knurrte Tarik zwischen zusammengebissenen Zähnen.

»Aus Bagdad?«

»Woher sonst?«

Sie atmete auf. »Dann sind sie auf unserer Seite.«

»Nicht unbedingt. Sie werden uns entweder für Spione der Dschinne halten – «

»Spione! Das ist doch lächerlich!«

» – oder für Schmuggler.«

Sie zögerte. »Oh«, machte sie dann.

»Was nicht weiter tragisch wäre, wenn wir Waren dabeihätten, um sie zu bestechen. So aber werden sie glauben, dass wir Schmuggler der allerschlimmsten Sorte sind: solche, die dumm genug waren, unterwegs alles zu verlieren. Einschließlich unserer Berechtigung, am Leben zu bleiben.«

»Und das hast du gewusst?«

»Ich hab es kommen sehen.«

»Warum hast du nichts – « Sie brach ab, presste einen Moment lang die Lippen aufeinander und starrte ihn mit einem Mal zornig an. »Du hast das *geplant*!«

Er schüttelte den Kopf. »Nur mit einer gewissen Gelassenheit auf mich zukommen lassen.«

Die Punkte fächerten auseinander. Es waren sechs, soweit sich das vor dem flimmernden Horizont zwischen den Gipfeln erkennen ließ.

»Wie konntest du das – «

»Meine Aufgabe ist so gut wie beendet. Jetzt bist du an der Reihe.«

»Und was soll ich wohl deiner Ansicht nach tun?«

»Du bist keine Sklavin und auch kein Haremsmädchen. Aber du kommst aus dem Palast des Emirs von Samarkand, und du hast Junis genug Gold geboten, um damit eine kleine Armee auszurüsten. Was immer dich dazu bewogen hat, um jeden Preis nach Bagadad zu gehen, du hast irgendetwas vor. Und ich müsste mich sehr täuschen, wenn dich das nicht an die allerhöchsten Stellen führen sollte.« Er zuckte die Achseln und schenkte ihr ein Lächeln, vielleicht ein wenig kraftlos und ganz sicher ohne jede Spur von Triumph. »Jetzt ist der Zeitpunkt da, an dem du dein geheimes Zeichen zückst und ihnen klarmachst, wer oder was du wirklich bist.«

Sie verdrehte die Augen. »Was denn für ein *Zeichen*?«

»Sag du's mir. Ich hoffe nur, es war kein Schriftstück oder Amulett oder irgendwas in der Art – denn das hätten wir dann wohl verloren.«

»Oh, Tarik, verdammt noch mal!«

»Vielleicht eine Tätowierung, irgendwo, wo ich nicht hingesehen habe?« Er hob eine Augenbraue. »Oder eher ein Passwort? Eine verschlüsselte Formel?« Er schaute nach Westen, wo die Patrouille aus Bagdad rasch näher kam. »Was immer es ist – besser, du machst kein großes Geheimnis daraus, wenn sie erst einmal hier sind. Lange fackeln werden diese Kerle ganz bestimmt nicht.«

Sie sah aus, als wollte sie ihm liebend gern an die Kehle gehen. Dann aber zerfloss ihr Zorn zu Kummer, und sie schüttelte langsam den Kopf. »Deshalb hast du keine Fragen mehr gestellt. Weil du wusstest, dass du die Antworten früher oder später ganz von selbst erhalten würdest.«

»Nicht ganz von selbst«, gab er zu. »Es gibt Wege aus diesen Bergen, auf denen uns die Patrouillen nicht bemerkt hätten.«

»Soll das immer so weitergehen? Misstrauen gegen Misstrauen?«

Er drehte sich halb um, damit er ihr leichter in die Augen sehen konnte. »*Wird* es denn weitergehen? Das hängt von dir ab. Von dem, was du in Bagdad suchst.«

»Ich hatte nie eine andere Wahl«, sagte sie niedergeschlagen. »Bei all dem hier … ging es nie nur um mich. Um mich sogar am allerwenigsten.«

»*Mir* ging es um dich«, widersprach er. »Nur deshalb

bin ich jetzt hier und nicht irgendwo dort draußen auf der Suche nach Junis und Maryam.«

Sie schob ihre Hand auf seine. Ihre Finger bebten kaum merklich, aber er spürte es trotzdem. »Was immer auch geschehen wird, Tarik... Wohin auch immer ich gehen werde und was ich auch tun muss... Ich werde deine Hilfe brauchen.«

»Ich bin nur ein Schmuggler.«

An ihrem Hals spannten sich die Muskeln. »Und ich etwas viel, viel Schlimmeres.«

Er legte die Stirn in Falten, wollte verstehen, was sie meinte. In diesem Augenblick aber waren die Teppichreiter auf Rufweite herangekommen.

»Wer seid ihr?«, ertönte eine Stimme. »Und was habt ihr hier zu suchen?«

Tarik löste den Blickkontakt zu Sabatea nur widerwillig. Langsam wandte er sich wieder nach vorn, den sechs Gardisten entgegen. Sie bildeten einen Kreis um die beiden, eigentlich einen *Stern*, denn ihre Teppiche waren ungewöhnlich lang und schmal, sechs bunte, gefranste Bänder, die sich auf den Gebirgswinden wellten. Tarik schätzte, dass jeder von ihnen an die zehn Schritt maß, dabei aber nicht einmal eine Mannslänge breit war. Nie zuvor hatte er Teppiche mit so erstaunlichen Abmessungen gesehen.

Die Männer trugen dunkle Bärte und Kapuzenhelme – Halbschalen aus Metall, am Rand mit rotem Stoff überzogen, der ihnen über den Nacken hinab auf die Schultern fiel. Auf jedem steckte eine Feder, die sie als Mitglieder der

Falkengarde kennzeichnete, den fliegenden Kriegern des Kalifen. Auf dem Rücken eines jeden war ein Rundschild aus Holz befestigt, beschlagen mit eisernen Nieten. Silberne Kettenhemden mit Verzierungen aus Bronze schimmerten unter Schleiern aus Wüstenstaub matt in der Sonne. An ihren schmalen Gürteln hingen Krummschwerter und Sicheläxte mit auffallend langen Schäften. Drei waren mit Lanzen bewaffnet, die übrigen drei mit Bogen. Als ihre Teppiche in der Luft verharrten, zogen die Bogenschützen die Hände aus den Mustern und legten Pfeile an die Sehnen. Die Spitzen wiesen auf Tarik und Sabatea.

»Antworte, Einauge!«, rief der Hauptmann des Trupps, ein kräftiger Soldat mit vernarbtem Gesicht. Er sah aus, als wüsste er mit seinem Teppich umzugehen. Tarik kannte die Fähigkeiten der Falkengarde, hatte sie ein ums andere Mal auf die Probe gestellt und gelernt, sie zu respektieren. »Was tut ihr hier draußen?«

»Ich bin Tarik al-Jamal. Wir kommen aus Samarkand.«

»Quer durchs Dschinnland?«

Tarik nickte. »Wir sind beide verwundet und halb verhungert.«

Einer der Teppichreiter in Tariks Rücken meldete sich mit einem ungewöhnlichen Akzent zu Wort. »Habt ihr Dschinne gesehen? Viele Dschinne?«

»Sie ziehen über das Salz der Kavir nach Westen«, antwortete Tarik. »Gegen Bagdad, vermute ich.«

»Das wissen wir«, rief der Hauptmann über den Abgrund hinweg. Er wirkte nicht besonders erfreut über den ungefragten Einwurf des anderen Soldaten.

Tarik blickte über die Schulter und betrachtete den Mann mit dem fremdländischen Akzent genauer. Er war dunkelhaarig wie alle anderen, aber er trug keinen Bart, war größer als sie und sehr breitschultrig. Sein Haar fiel lang und lockig über die Schultern. Er war mit einer Lanze bewaffnet, hatte sie aber nicht wie die Übrigen in Anschlag gebracht. Und obwohl er ähnliche Kleidung trug, gab es doch auffällige Unterschiede. Auf seinem Schalenhelm war keine Feder befestigt, also war er kein Falkengardist; auch war an dem Metall kein Stoff befestigt. Stattdessen trug er einen Nackenschutz aus Kettengewebe. Sein Gesicht wurde von einem Schleier aus feinen, schwingenden Ketten beschattet, die vom Stirnrand des Helms bis zum Kinn reichten. Er trug ein Amulett aus Bronze auf der Brust; auf den ersten Blick sah es aus wie eine gewöhnliche Münze.

Sabatea schob sich eine schwarze Haarsträhne hinters Ohr und flüsterte hinter der Hand: »Ein Byzantiner. Ich kenne den Akzent dieser Männer.«

Tarik wunderte sich. Ein Flüchtling aus dem Norden? Ein Söldner? Gar ein Abgesandter Konstantinopels?

Der Hauptmann ergriff abermals das Wort. »Wer sagt uns, dass ihr keine Sklaven der Dschinne seid? Keine Überläufer?«

Kurz erwog Tarik, ihnen die Wahrheit zu sagen. Dass sie in den Hängenden Städten gewesen waren und den Dschinnfürsten Amaryllis getötet hatten. Aber er besann sich eines Besseren. Die Neststädte der Roch galten hier wie anderswo als Mythos, und der Sieg über einen Dschinnfürsten gehörte erst recht ins Reich der Legenden. Es gab

Geschichten über Kriegshelden, denen dergleichen gelungen sein sollte, aber kaum jemand glaubte daran. Dass ein abgerissener Einäugiger etwas Derartiges von sich behauptete, hätte Tarik womöglich einen raschen Tod oder einen Platz im Kerker eingebracht. Er hoffte nur, dass Sabatea nicht –

»Wir sind einem Dschinnfürsten begegnet«, sagte sie im selben Moment. »Wir haben ihn umgebracht.« Als er ihr einen verzweifelten Seitenblick zuwarf, sah er ein Funkeln in ihren weißgrauen Augen. Er hätte es wissen müssen. Sie machte das absichtlich. Nicht aufgrund einer Fehleinschätzung ihrer Lage, erst recht nicht aus Naivität. Vielmehr hatte sie einen Weg gefunden, diese Männer dazu zu bewegen, sie nach Bagdad zu bringen, ohne ihnen die Wahrheit über sich verraten zu müssen. Genauso wenig wie ihm selbst.

Schweigen. Dann ein erstes amüsiertes Murmeln, schließlich unverhohlener Spott.

»Gut gemacht«, raunte er ihr zu. »Wirklich ganz hervorragend.«

Sie verzog keine Miene. Aber ihre Augen sagten: Du hast es so gewollt.

Der Hauptmann brachte seine Untergebenen mit einem ungeduldigen Wink zur Ruhe. Nur der Byzantiner hatte keine Miene verzogen. Der Kettenschleier vor seinem Gesicht klirrte leise, als er sein Gewicht verlagerte und den Blick von den beiden abwandte.

»Im besten Fall«, sagte der Hauptmann zu Tarik, ohne Sabatea Beachtung zu schenken, »seid ihr zerlumpte Flüchtlinge. Davon haben wir mehr als genug in Bagdad, und wir brauchen keine weiteren.« Also *hatten* sich die Verhältnisse in der Stadt geändert, bemerkte Tarik alarmiert. »Nun seid ihr offenkundig aber auch Lügner, und darum könntet ihr alles Mögliche sein. Verräter. Wegelagerer. Zwei Verrückte, vielleicht. Schmuggler, würde ich annehmen, aber ihr habt keine Ware dabei – es sei denn, ihr hättet euch dumm genug angestellt, sie zu verlieren.«

Tarik seufzte leise.

»Der Dschinnfürst Amaryllis ist tot«, rief Sabatea über den Abgrund hinweg. »Tarik hat ihn getötet. Sein Auge wurde – «

Die Lanzenspitze des Hauptmanns zuckte vor und lag von einem Herzschlag zum nächsten an Sabateas Kehle. »Schweig, Weib!« Mit einer Handbewegung riss er sich eine seidene Schärpe von der Hüfte und warf sie zu ihr hinüber. »Und verhülle dein Gesicht, wie es Sitte ist in diesem Land!«

Tarik war nicht mehr sicher, wem er lieber den Hals umdrehen wollte – Sabatea oder dem Soldaten. Er zweifelte nicht, dass sie den Ernst ihrer Lage einschätzen konnte und dass sie zudem sehr genau wusste, was sie tat. Wollte sie ihn damit bestrafen? Ihm eins auswischen? Vielleicht hätte er das verdient für seine Dummheit anzunehmen, dass er sie durch das Auftauchen der Falkengarde aus der Reserve locken konnte. Er bereute bereits, dass er es darauf hatte ankommen lassen. Womöglich war es ja genau *das*, was sie wollte.

Sie legte sich das Seidentuch mit einer eleganten Bewegung um den Hals und zog es bis unter die Augen. Dann schüttelte sie ihr schwarzes Haar darüber. Die Männer beobachteten sie, beeindruckt von ihrer Grazie und Schönheit.

Nur einer blieb unbeeindruckt.

»Sie werden verfolgt«, sagte der Byzantiner.

Tarik fuhr herum. Sie schwebten gut fünfzig Schritt über dem Boden, oberhalb eines Passes, der zwischen den westlichen Bergen hinab in die Ebene von Euphrat und Tigris führte. Hinter ihnen lag das Zagrosgebirge unter einem Schleier aus Staub, den der Wind von den kahlen Hängen peitschte. Ein Irrgarten aus sandfarbenen Felszähnen und scharfen Kämmen. Die beiden Tage in dieser schroffen, lebensfeindlichen Öde erschienen ihm bereits jetzt wie endlose Wochen.

»Dschinne?«, fragte der Hauptmann und blickte nach Osten. Der Himmel war dort so leer wie die ausgetrockneten Berghänge.

»Jedenfalls kein ganzer Trupp«, sagte der Byzantiner und sah weiterhin aus dem Schatten seines Kettenschleiers in die Weite des Gebirges. »Und falls es Dschinne sind, dann sind sie ungewöhnlich vorsichtig.«

»Ihr seid also nicht allein?«, wandte sich der Hauptmann drohend an Tarik.

Der erwiderte kalt seinen Blick. »Natürlich sind wir allein.«

»Nein«, sagte Sabatea. »Sind wir nicht.«

Tarik wirbelte so heftig herum, dass seine Hand aus dem Muster glitt. Sein Tonfall bekam eine Schärfe, die der des Hauptmanns in nichts nachstand. »Wie meinst du das?«

»Er hat Recht«, sagte sie. »Wir werden wirklich verfolgt, schon seit einer ganzen Weile.« Sie senkte die Stimme, damit es keiner der anderen hören konnte. »Seit den Hängenden Städten.«

Der Byzantiner drehte seinen Teppich, bis er nach Osten wies. »Das dort drüben könnte tatsächlich aus den Hängenden Städten stammen.«

Tariks Verwunderung darüber, dass der Mann aus Byzanz die Worte hatte hören können, wurde weit übertroffen von seinem Erstaunen über die Selbstverständlichkeit, mit der er das geheime Lager des Narbennarren erwähnte.

Auch der Hauptmann wirkte nicht überrascht. Seine Lanzenspitze wanderte von Sabatea zu Tarik, legte sich gefährlich fest auf seine Brust. »Ich will jetzt die Wahrheit hören«, sagte er. »Habt ihr die Hängenden Städte mit eigenen Augen gesehen?«

»Nein«, erwiderte Tarik, der nicht die geringste Lust verspürte, in Bagdad endlose Befragungen über sich ergehen zu lassen. Falls Sabatea ihm diesmal widersprach, das schwor er sich, würde er sie eigenhändig vom Teppich werfen. Aber sie lächelte nur entschuldigend in die Richtung des Hauptmanns und schwieg.

»Wir haben davon gehört«, sagte Tarik. »Davon, wo sie liegen sollen. Wir haben den Kopet-Dagh durchquert und sind in ihrer Nähe gewesen, *falls* sie sich wirklich dort befinden.«

Der Byzantiner sagte leise: »Es ist ein Ifrit. Die Winde tragen sein Zeichen. Aber da ist noch etwas anderes.«

Der Ifrit. Natürlich. Tarik wandte sich wieder an Sabatea. »Warum hast du nichts gesagt?«

»Weil du versucht hättest, ihn zu töten oder sonst wie loszuwerden.«

»Dann wären wir jetzt nicht in der Lage, diesen Männern erklären zu müssen, weshalb wir einen Ifrit nach Bagdad geführt haben«, gab er mühsam beherrscht zurück.

»Aber er wollte uns nichts tun. Er schien dankbar für das zu sein, was du getan hast.«

»Woher willst du wissen, was er – «

»Ich habe mit ihm gesprochen.«

»Du hast *was*?«

Sie lächelte. »Als du geschlafen hast.«

Ein feines Fauchen ertönte, als der Byzantiner seinen Teppich so schnell neben ihren lenkte, dass Tarik Mühe hatte, ihm mit den Augen zu folgen. Die Fransen der beiden Teppiche betasteten einander. Der fremde Krieger beugte sich herüber, ergriff mit seiner behandschuhten Rechten Sabateas Kinn und hielt es fest. Aus dem Schatten des Kettenschleiers traf sie sein Blick, dunkel und durchdringend. Tarik spürte, dass sie schauderte.

»Sie sagt die Wahrheit«, erklärte der Mann nach einem Moment. »Sie hat den Ifrit berührt.«

»Also doch Spione!«, rief der Hauptmann. Der Druck der Lanzenspitze auf Tariks Brust wurde schmerzhafter.

»Nein«, sagte der Fremde. »Ich denke, nicht.«

Beim Sprechen spannte sich die Seide über Sabateas

Lippen. »Der Ifrit hat nichts Böses im Sinn. Er ist nur neugierig. Tarik, du hast selbst gesagt, dass sie anders sind als die übrigen Dschinne. Außerdem war er verletzt.«

Der Hauptmann verengte die Augen. »Einer von euch beiden lügt.«

Erstaunt stellte Tarik fest, dass mit einem Mal er derjenige war, gegen den sich der Zorn des Soldaten richtete. Nicht, dass es einen Unterschied machte. Er hatte Sabatea trotz allem zu gern, um zuzulassen, dass die Gardisten ihr ein Haar krümmten, ganz gleich, was sie im Schilde führte.

»Du«, sagte er ruhig zu dem Byzantiner. »Nimm deine Finger von ihr.«

Der Helm mit dem Kettenschleier ruckte zu ihm herum. Augen im Schatten fixierten ihn, als nähmen sie ihn zum ersten Mal wahr. Der Mann neigte den Kopf und zog langsam die Hand zurück. Für einen Augenblick hätte Tarik schwören können, dass er Witterung aufnahm wie ein Tier.

»Du hast den Geruch eines Dschinnhäuptlings an dir«, sagte der Byzantiner nach einem Moment. »Hat das Mädchen die Wahrheit gesagt?«

Tarik überlegte und traf eine Entscheidung. Er fürchtete, dass es die falsche war. »Wir waren in den Hängenden Städten. Es gab einen Angriff, eine Schlacht ... Die Dschinne wurden überrascht, und eines der Rochnester ist zerstört worden. Der Dschinnfürst wurde unter den Trümmern begraben. Er war schon so gut wie tot, als ich ihn fand.«

Die Lanzenspitze des Hauptmanns erbebte, blieb aber, wo sie war.

»Von wem sind die Dschinne angegriffen worden?«, fragte der Byzantiner, aber es klang, als ahnte er die Antwort bereits.

Tarik wechselte einen Blick mit Sabatea. Dann zuckte er die Achseln. »Von Menschen, die auf Wirbelstürmen reiten.«

Der Byzantiner nickte langsam. »Die Sturmkönige.« Von einem Augenblick zum nächsten schien er tief in Gedanken versunken.

Der Hauptmann atmete tief durch und schüttelte kaum merklich den Kopf. Seine Lippen bewegten sich, als spräche er. Doch kein Ton drang hervor.

»Wir konnten fliehen«, sagte Sabatea. »Der Ifrit hat uns beobachtet. Wir sind auf demselben Weg entkommen wie er, und seitdem ist er uns gefolgt.«

So also fühlte es sich an, wenn sie die Wahrheit sagte. Wenn sie einem keine Lügen auftischte und nichts verheimlichte.

»Wer ist noch bei dem Ifrit?«, fragte der Hauptmann. »Almarik sagt, da ist noch etwas anderes.«

Sabatea zögerte. »Ein Elfenbeinpferd.«

Tarik starrte sie an.

»Ein Ifrit und ein Elfenbeinross?« Der Gardist lachte. »Das hast du geträumt, Mädchen.«

Der Mann aus Byzanz lenkte seinen Teppich von ihnen fort und richtete ihn erneut nach Osten aus. Er saß jetzt ganz starr im Schneidersitz an der Vorderkante, unweit des

Abgrunds. Seine Hände lagen auf seinen Knien. Die feinen Kettenglieder klingelten wie Glöckchen.

»Es ist möglich«, sagte er gedankenverloren.

»Das Pferd war bei ihm.« Sabatea schien jetzt nur noch zu Tarik zu sprechen. »Nicht im Tunnel, glaube ich, aber später in der Nacht. Es lag auf einem Felsen und hat mich beobachtet.«

Der Byzantiner sah kurz über die Schulter zum Hauptmann. »Ich werde sie suchen«, sagte er, wartete nicht auf eine Erlaubnis und setzte seinen Teppich in Bewegung.

»Nein!«, stieß Sabatea aus.

»Keine Sorge, Vorkosterin«, rief der Fremde. »Das Wunder, von dem du berichtest, ist eines, das ich mit eigenen Augen sehen will.«

Vorkosterin.

Tarik schloss für einen Moment die Augen.

Er suchte in sich nach Überraschung und fand keine. Er hatte die Vorkosterin gesehen, beim Aufbruch ihrer Karawane aus Samarkand. Das Mädchen in dem Wagen war nicht Sabatea gewesen – natürlich nicht. Es hatte nicht einmal Ähnlichkeit mit ihr gehabt. Und trotzdem begriff er in diesem Augenblick, sah die Teile des Ganzen ineinandergreifen.

Der Hauptmann blickte von ihr zurück zum Byzantiner. »Lass dir nicht zu viel Zeit, Almarik!«, rief er ihm nach. »Wenn die Stadt erst abgeriegelt ist, kommt niemand mehr hinein. Auch du nicht!« Es klang ein wenig hilflos, als wüssten sie beide es besser.

Der geheimnisvolle Krieger jagte davon und wurde rasend schnell zu einem dunklen Punkt vor dem braungelben Panorama des Gebirges.

»*Du* bist also die Vorkosterin des Emirs?«, wandte sich der Hauptmann an Sabatea.

Tarik sagte nichts. Sah sie nur an.

Sie atmete tief durch, die Züge noch immer gezeichnet von der Sorge um den Ifrit. Dann aber hob sie das Kinn eine Spur nach oben, straffte den Oberkörper und nickte. »Ich bin Sabatea, die Vorkosterin des Emirs Kahraman ibn Ahmad, Herrscher über Samarkand und Groß-Khorasan westlich des Amu Darja. Ich bin die, deren Kommen euch angekündigt wurde.«

Unsicherheit flackerte in den Blicken der Soldaten. »Die Frau, in deren Adern Schlangengift fließt«, flüsterte ein Bogenschütze. Ehrfurcht ließ seine Stimme schwanken. Oder Angst?

Auf eine Geste des Hauptmanns hin wurden die Pfeile gesenkt. Er selbst versteifte sich. »Die Falken des Emirs haben die Nachricht von deiner Ankunft nach Bagdad getragen«, erklärte er so förmlich, als handelte es sich um eine einstudierte Begrüßung. »Wir wurden angewiesen, nach dir Ausschau zu halten. Aber wir haben eine Eskorte erwartet. Eine Armee, vielleicht.«

Keinen abgerissenen Narren, dachte Tarik. Er schaute dem Byzantiner nach. »Wie konnte er das wissen?«

»Almarik erkennt vieles, das anderen verborgen bleibt«, sagte der Hauptmann kühl. Der Blick, mit dem er Tarik bedachte, war durch Sabateas Eröffnung keine Spur respektvoller geworden. »Tarik al-Jamal … Jetzt erinnere ich mich an deinen Namen.«

Tarik achtete nicht mehr auf ihn, sondern sah Sabatea an. Ihr Blick war nach Osten gerichtet.

»Was wird Almarik tun, wenn er die beiden findet?«, fragte sie besorgt. Niemand gab ihr eine Antwort. Sie musste Tariks Blicke spüren, denn sie wandte sich wieder an ihn. »Du wolltest ja unbedingt die Wahrheit erfahren.«

Er war unentschlossen, was er denken und wie er sich verhalten sollte. Die legendäre Vorkosterin des Emirs. Der wertvollste Schatz, den Samarkands Mauern je beherbergt hatten.

Aber es änderte nichts. Das erkannte er jetzt. Es änderte nicht das Geringste.

Ihre Hand tastete nach seiner. Zögernd ergriff er sie, um sie nicht wieder loszulassen.

Wohin auch immer ich gehen werde und was ich auch tun muss – ich werde deine Hilfe brauchen. Ihre eigenen Worte, nicht lange her.

Sie schwiegen, während die Falkengarde sie nach Bagdad geleitete.

S o viele fliegende Teppiche!«
Sabateas Worte waren nur ein Flüstern, aber nicht einmal das konnte verbergen, wie verblüfft sie war. Fasziniert und, ja, sogar eingeschüchtert. Wie ein Kind, das zum ersten Mal begreift, dass die Wunder der Welt die eigene Vorstellungskraft bei weitem übertreffen.

In Samarkand wurde das Fliegen auf magischen Teppichen mit dem Tod bestraft. Hier in Bagdad aber waren sie ein Transportmittel wie jedes andere, und wer sich einen der kostbaren Teppiche leisten konnte und die Fähigkeit besaß, ihn zu lenken, der nutzte ihn wie andere ihre Maulesel. Bunte Rechtecke schwebten kreuz und quer über der Stadt, wie ein Schwarm Fliegen auf süßem Sirup.

Seit der Begegnung mit der Falkengarde drehten sich Tariks Gedanken im Kreis. Und doch konnte er nicht umhin, dem Anblick Bagdads staunenden Respekt zu zollen. So war es immer gewesen, am Ende jeder seiner Schmuggelreisen durchs Dschinnland. Nach wie vor war er nicht sicher, ob er diesmal als Gast oder Gegner kam; was ihn allerdings wahrlich gefangen nahm, weit nachdrücklicher als jeder Bewaffnete, war das magische Panorama Bagdads unter der glühenden Wüstensonne.

Die Stadt des Kalifen war erst wenige Jahrzehnte alt, von einem Vorgänger Harun al-Raschids aus Persiens endloser Sandsee gestampft und innerhalb kurzer Zeit zu einem Juwel des Morgenlandes gereift. Am Westufer des Tigris, in einer geschwungenen Biegung des Flusslaufes, hatte man einen runden Mauerwall errichtet, groß genug, um Zehntausende zu beherbergen. Rauchfahnen ungezählter Herdfeuer stiegen dahinter auf wie Säulen, die den Himmel stützten.

Der Wall um die Stadt erwies sich beim Näherkommen als doppelter Ring aus zwei hohen Lehmziegelmauern, zinnengekrönt, mit einhundert Türmen bewehrt und von vier wuchtigen Toren durchbrochen. Zwischen den beiden Mauerkränzen erstreckte sich ein Streifen Ödland, um angreifende Armeen einzukesseln und von ihrem Nachschub an Kriegern und Waffen abzuschneiden.

Auf die zweite Mauer folgte ein breites Band aus dicht gedrängten Häusern, eng verschachtelt und in der Mittagssonne strahlend weiß. Mitten durch diesen Irrgarten aus flachen Dächern und schulterbreiten Gassen führten geräumigere Straßen sternförmig zu einer dritten Mauer, die die Palastgärten im Herzen Bagdads von den Quartieren des einfachen Volks, seinen überfüllten Basaren, seinem Schmutz, Gestank und Gesindel trennte. Im Zentrum der weitläufigen Gärten und im exakten Mittelpunkt der Runden Stadt erhob sich der Herrscherpalast mit seinen zahllosen Zinnen und schimmernden Zwiebeltürmen, daneben die reich verzierte Kuppel der Kalifenmoschee.

Tarik betrachtete all dies aus der Ferne und dachte, dass

der Unterschied zu Samarkand kaum größer hätte sein können. Seine Heimatstadt am Fuß der Pamirberge war über Jahrhunderte gewachsen, errichtet auf den Schultern vieler Völker und ungezählter Generationen. Bagdad hingegen glich dem Werk eines Zuckerbäckers, innerhalb weniger Jahre geformt, geschmückt, gekrönt. Doch alles, was daran hätte falsch sein müssen – die Schnelligkeit seiner Entstehung, die Kraft, die es das Volk gekostet hatte, selbst all die Reichtümer, die es verschlungen hatte –, gereichte ihm auf sonderbare, schwer zu erfassende Weise zum Vorteil. All der Schweiß, das Blut, die Tränen hatten die Wüste fruchtbar, die Menschen zufriedener und die Herrschenden noch mächtiger gemacht.

Harun al-Raschid übertraf all seine Vorgänger an Bewunderung. Man lobpreiste seine Weisheit, sein ruhiges Gemüt und die Liebe zu seinem Volk. Harun hatte Bagdad weder entwerfen noch erbauen lassen, und doch erschien er jedermann als die Verkörperung dessen, was groß und gut und staunenswert daran war.

Seit die Teppichreiter das Gebirge verlassen hatten, bildeten sie eine gleich bleibende Formation: Tarik und Sabatea in der Mitte, vor ihnen zwei, dahinter drei Gardisten. Die Soldaten hatten ihnen etwas von ihrer Verpflegung abgegeben, Fladenbrot und getrocknetes Fleisch. Zum ersten Mal seit Tagen fühlte sich Tarik wieder einigermaßen satt.

Sie überflogen die dünn besiedelten Bezirke außerhalb der Runden Stadt. Manche bestanden nur aus vereinzelten Gehöften mit palmblattgedeckten Scheunen und Tierpferchen; andere waren ärmliche Ansammlungen von Hütten, Zelten, aber auch Bauten aus Lehmziegeln, grob gemauert und nicht so strahlend weiß gekalkt wie die Häuser innerhalb der Stadtmauern. Ein Netz weitläufiger Wasserkanäle reichte vom schlammbraunen Band des Tigris nach Westen, fächerte sich rund um die Stadt auf und versorgte Felder und Äcker. Einzelne Wasserarme zogen sich auf die runden Wälle zu und wurden im Labyrinth der inneren Viertel unsichtbar; sie waren überbaut und vom Moloch Bagdad verschlungen worden.

Tarik entdeckte zahlreiche Patrouillen der Falkengarde über den Ausläufern der Stadt und noch mehr über ihrem Zentrum. Viele kehrten auf ihren langen, schmalen Teppichen aus dem Umland nach Bagdad zurück und bildeten hoch über den Mauern einen Verteidigungsring. Er erinnerte sich an das, was der Hauptmann über die Abriegelung der Stadt gesagt hatte, und nun erkannte er, dass die Wehrgänge der Wälle weit dichter mit Soldaten besetzt waren als vor sechs Jahren. So sah eine Stadt aus, die sich auf einen Angriff vorbereitete.

Sabatea, die während des ganzen Fluges kein Wort gesagt hatte, stieß ihn unvermittelt an und deutete nach Norden. Durch das Gewirr aus Rauchfahnen und fliegenden Teppichen erkannte er dunkle Zusammenballungen in der Wüste, teils diesseits, teils jenseits des Flusses: Garnisonen der persischen Armee. Es war unmöglich, die Zahl der Soldaten zu schätzen. In der Wüstenhitze verblichen sie zu schemenhaften Flecken auf waberndem Gelb.

Sabatea brach ihr langes Schweigen. »In Samarkand

konnte keiner so gut mit einem Teppich umgehen wie du. Fühlt es sich nicht seltsam an, dass es hier alle können?«

»Sie fliegen nur. Das ist etwas anderes.«

Sie nickte und verstummte wieder. Er wusste, dass sie ihm seine Fragen nicht beantworten konnte – nicht jetzt, nicht hier, unter dem wachsamen Blick der Falkengarde –, aber es fiel ihm schwer, mit ihr über Nichtigkeiten zu sprechen, wenn sie doch so viel Wichtigeres zu bereden hatten. Er hoffte nur, dass ihnen später noch Gelegenheit dazu bleiben würde – bevor er seine Schuldigkeit getan hatte und man ihn aus dem Palast werfen würde, wo einer wie er nichts verloren hatte.

Ihre Finger blieben ineinander verschränkt, während sie über die inneren Viertel flogen, über Basare und bevölkerte Gassen, kleine Plätze im Palmenschatten und die weiten Statuenalleen, die aus allen Richtungen zur Ummauerung der Palastgärten führten. Der Hauptmann hob grüßend eine Hand, als sie eine Schneise zwischen den fliegenden Wächtern über den Zinnen passierten. Unter sich sah Tarik jetzt nur noch sattes Grün, ein Paradies inmitten des weißen Stadtrings und der Wüste.

Bald nahm der Palast sein ganzes Sichtfeld ein.

Nie zuvor war er ihm so nahe gewesen wie heute. Er kannte ihn aus der Ferne, natürlich; man sah seine Türme und Kuppeln von jedem erhöhten Punkt der Stadt aus, von fast allen Dächern und im Flug auf einem Teppich. Aber erst aus der Nähe wurde ihm die ganze Kunstfertigkeit der Baumeister bewusst. Kein protziges Prunkstück wie das Herrscherschloss von Samarkand, das durch die Vielfalt

seiner Formen und schiere Größe beeindrucken wollte. All
das hatte auch der Kalifenpalast aufzuweisen, und doch
wirkte er auf den ersten Blick weniger verschwenderisch
und maßlos. Die Gliederung der Bauten war übersichtlich,
die Verteilung der Türme und Erker symmetrisch. Man sah
diese Anlage und war sicher, ihre Architektur auf Anhieb
zu durchschauen – nur um im Näherkommen festzustel-
len, dass es mehr Details gab, als das Auge erfassen konnte,
mehr Fenster, Terrassen, Balustraden und offene Hallen,
deren seidene Vorhänge wie Nebelwände vor munteren
Wasserspielen, herrschaftlichen Treppen und atemberau-
benden Mosaikwänden wehten.

Nicht weitflächig wie der Palast zu Samarkand, sondern
steil in die Höhe gebaut, bot der Sitz des Kalifen keinen
Platz für Laubenhöfe und versteckte Liebeshaine – all das
war außen zu finden, in den riesigen Gärten rundum. Das
Herz des Reiches bot sich vielmehr als Monument aus
Marmor und Sandstein dar, dessen Anblick den Betrachter
hätte erschlagen müssen und dennoch eigenartig zart, fast
schwebend wirkte. Falls es je einem Baumeister gelungen
war, das Gefühl, auf einem fliegenden Teppich zu reiten,
in Stein zu hauen, so bei diesem Palast. Wer darin lebte,
der schwebte hoch über der Stadt und der Wüste, ja, über
dem gesamten Reich der Abbasiden.

Tarik erwog kurz, seine Binde zu lüften und einen Blick
mit Amaryllis' Auge auf dieses Wunderwerk der Baukunst
zu werfen. Aber dieselbe Furcht, die ihn davon abgehalten
hatte, die Stadtviertel damit aus der Luft zu betrachten,
hielt ihn auch jetzt wieder zurück. Die Sonne stand hoch

am Himmel, alles war lichtdurchglüht und strahlend hell. Falls ihn der Schmerz nicht gleich umbrächte, so würde er ihn doch schreiend vom Teppich schleudern.

Er wollte abwarten, bis es dunkel war. Bei Nacht konnte er das Wagnis eingehen, aber nicht jetzt und erst recht nicht vor den Augen der Soldaten, die nur auf einen Anlass warteten, den unliebsamen Streuner an der Seite der Vorkosterin loszuwerden.

Sie passierten mehrere Landeplattformen, die wie weitläufige Balkone aus den Mauern des Palastes ragten, umrahmt von kunstvollen Geländern, die Böden mit farbigen Kacheln gefliest. Schließlich hielt der Hauptmann auf eine Halle zu, die keine Außenwand besaß und nur durch federleichte Seidenschleier vor den Blicken der Patrouillen geschützt war.

Dunkelhäutige Sklaven zogen die Vorhänge an goldenen Kordeln beiseite, als der Trupp um Sabatea und Tarik ins Innere schwebte und am Rand des weiten Saales aufsetzte. Tarik verspürte starken Widerwillen, als er die Hand aus dem Muster zog.

Er hatte nicht erwartet, dass man sie geradewegs in den Audienzsaal des Kalifen geleiten würde. Zweifellos erstrahlte jede Halle dieses Palastes in ausgesuchter Eleganz und Schönheit, und doch war augenfällig, dass es sich bei diesem Saal um etwas ganz Besonderes handelte.

Ein goldener Thron erhob sich am anderen Ende eines langen, meerblauen Teppichstreifens, der von der äußeren Balustrade und den hohen Seidenvorhängen bis zur rückwärtigen Wand und ihrer erhöhten Säulengalerie reichte.

Wächter mit spitzen Helmen und aufgepflanzten Schwert-
lanzen flankierten den Weg zum Thron. Schießscharten
in den Seitenwänden kündeten von verborgenen Bogenschützen.

Es gab zahlreiche Bedienstete in farbenfroher Kleidung;
Eunuchen in weibischem Anputz; glutäugige Palastmädchen mit Schleiern, die beinahe mehr verbargen als ihre
hingehauchten Kleidchen; Vögel mit buntem Gefieder, die
ungestört über Bodenmosaike und Teppiche stolzierten;
und schließlich die beiden Männer vor der Säulengalerie,
einer auf dem Thron, der andere daneben, die eine imposante Aura der Macht umgab.

Ein hoher Offizier der Garde eilte herbei, nahm den
geflüsterten Bericht des Hauptmanns entgegen und eilte
den blauen Teppich entlang, ein schier endloser Weg, der
Tarik genug Zeit gab, sich darüber klar zu werden, dass er
nicht hierher gehörte. Dass er, genau genommen, ein Verbrecher war, der an Orten wie diesem allerhöchstens mit
dem Henkersschwert rechnen musste, nicht mit Toleranz
oder Vergebung.

Sabatea blieb neben ihm stehen. Ihre Fingerspitzen berührten noch immer die seinen. Zögernd zog er seine Hand
zurück, weil er ahnte, dass der erste Eindruck, den der Kalif von dem Geschenk des Emirs bekommen sollte, besser
nicht der einer Schmugglerdirne war.

Sie warf ihm einen verzweifelten Seitenblick zu, und da
erst begriff er, wie groß ihre Angst war. Sie war nicht aus
freien Stücken hier, das hatte sie bereits beteuert. Doch
wenn es eines letzten Beweises bedurft hätte, so war es die

Panik, die jetzt in ihren Augen loderte. Sie war bleich wie ein Gespenst, selbst nach all den Tagen in der Wüstensonne. Sogar ihre Lippen hatten jede Röte verloren.

»Sie werden dir nichts tun«, flüsterte sie ihm zu, und er fragte sich, ob das nicht eigentlich von ihm hätte kommen müssen. »Ich werde das nicht zulassen.«

»Dein Wort in des Kalifen Ohr«, entgegnete er leise. Das Beste, auf das er hoffen konnte, war, dass man ihn schleunigst vergaß, vielleicht mit einer Handvoll Dinar abspeiste und rasch von dannen ziehen ließ.

Nur dass ein Teil von ihm das gar nicht wollte. Er gehörte zu ihr, das wurde ihm mit jedem Augenblick schmerzhafter bewusst. Er wollte ihre Hand halten. Wollte sie beschützen. Wollte ihr endlich sagen, was er für sie empfand.

Der Offizier erreichte das Ende des blauen Teppichs. Er wirkte jetzt verschwindend klein, nicht allein aufgrund der Entfernung, sondern weil die Präsenz der beiden Männer dort vorn ihn überlagerte wie ein Sonnenaufgang die Flamme einer Öllampe. Er verscheuchte eine Gruppe Bittsteller, die gerade ihr Anliegen vorgebracht hatte, sank auf die Knie, neigte das Haupt bis zum Boden und meldete, was er vom Hauptmann erfahren hatte.

Wenig später eilte er zurück und gab ihnen mit einem Wink zu verstehen, dass der Kalif sie empfangen würde. Sie *beide*. Tariks Übelkeit wurde für einen Moment so erdrückend, dass er glaubte, keinen Schritt machen zu können.

Der Hauptmann bemerkte es und schenkte ihm ein verstohlenes Lächeln, das weniger Spott als Mitgefühl signa-

lisierte. Wenn sogar er Mitleid zeigte, dann ließ das nichts
Gutes erwarten.

Weisheit. Güte. Großherzigkeit. Alles Eigenschaften,
die Harun al-Raschid nachgesagt wurden. Die Eroberungs-
kriege der Abbasiden lagen lange zurück, in der Zeit vor
dem Ausbruch der Wilden Magie, noch vor der Geburt des
Mannes auf dem goldenen Thron. Vielleicht war er tatsächlich die Lichtgestalt, von der man sich erzählte. Vielleicht
hatte es nichts zu bedeuten, dass er ungerührt das Geschenk seines machtgierigen Statthalters entgegennahm.
Ein Geschenk, das lebte und atmete.

In dessen Adern Schlangengift floss.

Tarik dachte erschüttert: Ich liebe sie wirklich.

Gemeinsam mit Sabatea setzte er sich in Bewegung, es-
kortiert von den Männern der Falkengarde, und trat den
langen Weg zum Thron an.

Sabatea trug die Seidenschärpe noch immer als Schleier über Mund und Nase. Gerade deshalb musste jedem, an dem sie vorüberging, das geisterhafte Weißgrau ihrer Augen auffallen. Erstmals fragte sich Tarik, ob es eine Folge des Gifts war, dem man sie von Kind an ausgesetzt hatte. Auch darauf fand er keine Antwort. Um sich von der erdrückenden Stimmung des Thronsaals abzulenken, zählte er im Kopf die wenigen Dinge auf, die er über Kahramans Vorkosterin gehört hatte.

Es hieß, dass sie nicht die Erste gewesen war, an der die Alchimisten des Emirs ihre Versuche angestellt hatten. Keiner wusste, wie viele Kinder an den Vergiftungen gestorben waren, ehe sich ein Mädchen als widerstandsfähig genug erwiesen hatte. Waren es zehn gewesen? Oder hundert? Manches wurde in Samarkands Tavernen darüber gemunkelt, und an den langen Abenden verzehnfachten sich die Schätzungen von Stunde zu Stunde, von Weinkrug zu Weinkrug.

Einig waren sich alle darüber, dass nur ein einzelnes Kind übrig geblieben war. Ob das Blut dieses Mädchens tatsächlich tödlicher war als der Biss einer Viper? Niemand wusste es. Tarik war fast sicher, Sabateas Blut berührt gehabt zu haben. Doch je länger er darüber nachdachte, desto stärker geriet seine Gewissheit ins Wanken. Tatsächlich hatte sie es nie dazu kommen lassen. Sie hatte ihre eigenen Wunden versorgt und war bemüht gewesen, ihn von ihren Verletzungen fernzuhalten. Jetzt kannte er den Grund. Andererseits war es offenbar ungefährlich, mit ihr zu schlafen, sonst hätte sie es kaum zugelassen.

Die Gerüchte über die Vorkosterin besagten zudem, dass niemand sie je unverschleiert zu Gesicht bekam. Nicht einmal ihr Name war außerhalb des Palastes bekannt. Weit ergiebiger waren da die Spekulationen über das Ausmaß ihrer Fähigkeiten.

Dass Gift ihr keinen Schaden zufügen konnte, zumindest keinen tödlichen, galt als gesichert. Doch das allein rechtfertigte nicht ihren außerordentlichen Wert für den Emir. Vielmehr besaß sie den Gerüchten zufolge das Talent, jedes Gift schon auf eine Entfernung von wenigen Ellen wittern zu können. Und wenn sie es nicht spüren konnte, dann schmeckte sie es, ohne dass es ihr selbst gefährlich wurde. Es hieß, Kahraman habe seit vielen Jahren keinen Schluck Wasser, keinen Wein, kein noch so winziges Stück Obst zu sich genommen, von dem seine Vorkosterin nicht probiert hatte. Anschläge auf sein Leben hatte es viele gegeben, und manch einen seiner Feinde hatten die Berichte über die legendäre Vorkosterin zu den abenteuerlichsten Giftmischungen verleitet. Keiner von ihnen hatte Erfolg gehabt. Kahraman regierte seit einer Ewigkeit voller Willkür und Grausamkeit über Samarkand. Dass er nun sein kostbarstes Gut, die Sicherheit seines eigenen Lebens, dem Kalifen als Geschenk darbot, war kaum zu unterschätzen.

Das wusste wohl auch der Herrscher auf dem goldenen Thron und mit ihm all seine Höflinge, Leibdiener und Berater. Nur so war das ehrfurchtsvolle Murmeln und Flüstern zu erklären, das Sabatea durch die Reihen der Anwesenden folgte.

Harun al-Raschid trug purpurne Gewänder und einen Turban, der mit Pfauenfedern geschmückt war. Sein Gesicht war lang und schmal, die Nase scharf gebogen. Er hatte große dunkle Augen von hypnotischem Glanz, und daran änderte auch die Tatsache nichts, dass er offenbar bei schlechter Gesundheit war. Er saß aufrecht und stolz auf seinem Thron, doch seine Finger waren um die gepolsterten Armlehnen gekrallt, und sein Gesicht hatte die Farbe verdorbenen Fischs. Er strahlte noch immer eine imposante Machtfülle aus, jene Aura, die Tarik schon vom anderen Ende des Audienzsaales aus gespürt hatte. Aber da war noch etwas anderes, vielleicht nichts Körperliches, so, als zittere die Luft um ihn immer dann, wenn er nicht durch Worte oder Gesten seine Stellung an der Spitze des Reiches untermauerte.

Der zweite Mann, den Tarik schon von Weitem bemerkt hatte, stand schräg hinter dem Thron, keinen Schritt von Harun entfernt. Tarik hatte ihn erst für einen jener Speichellecker gehalten, die sich zu allen Zeiten an die Seite der Herrschenden drängen. Aus der Nähe aber wurde er eines Besseren belehrt.

Der Mann in der nachtblauen Robe war so alt, dass er der Vater des Kalifen hätte sein können. Er war groß und kraftvoll gebaut, und er hatte ungewöhnlich lange, schmale

Finger. Sein Haar war weiß, ebenso der lange Bart, der ihm bis auf die Brust fiel, über mehrere Ketten hinweg, die in silbernen und goldenen Ringen auf dem dunklen Blau seines Gewandes lagen. Auch er trug einen Turban, niedriger als der Haruns und ohne Federschmuck, dafür mit glitzernden Diamanten besetzt, genau wie der breite Seidenschal um seinen Hals und seine Schultern; beides erweckte den Eindruck, als schwebe sein Gesicht inmitten eines sternenklaren Nachthimmels.

Zehn Schritt vor dem Thron gab der Hauptmann Sabatea und Tarik zu verstehen, auf die Knie zu fallen. Er selbst und seine Soldaten taten es ihnen gleich, und so kauerten sie bald alle am Boden, die Stirn bis auf den Teppich gesenkt.

»Erhebt euch«, ertönte eine Stimme. Es war die des alten Mannes. Der Kalif winkte ihn heran, flüsterte ihm etwas zu, worauf dieser langsam nickte. Erneut wandte er sich an die Besucher. »Vorkosterin«, rief er, »und auch du, Schmuggler – tretet näher!«

Mit seinem einen Auge blickte Tarik besorgt zu Sabatea, die angespannt durchatmete, ihm zunickte und sich dann in Bewegung setzte. Nebeneinander näherten sie sich dem Thron. Der Hauptmann und seine Falkengardisten blieben zurück, noch immer am Boden, die Häupter geneigt. Tarik gab sich keinen Illusionen hin: Hinter den Schießscharten in den Wänden waren ein Dutzend Pfeile auf sie gerichtet, folgten jeder ihrer Bewegungen, jedem einzelnen Schritt.

Vor den Stufen der Thronempore blieben sie auf ein Handzeichen des Mannes in Nachtblau stehen.

»Dein Name ist Sabatea?«

Es waren die ersten Worte, die Tarik den Kalifen sprechen hörte. Aus der Nähe war die schwache Verfassung des
Herrschers noch deutlicher zu erkennen. Seine Stimme
aber klang volltönend und warm.

»Ja«, sagte Sabatea. »Ich bin Eure untertänigste Dienerin.«

»Vorausgesetzt, ich nehme Kahramans Geschenk an«,
bemerkte der Kalif und lächelte.

»Falls Ihr mir diese Gnade erweist«, bestätigte Sabatea.

»Für dich mag es in der Tat eine Gnade sein, denn ich
zweifle nicht, dass dein Leben hier erfreulicher sein würde
als am Hof meines ehrenwerten Statthalters. Auch wenn
uns seit langem keine Flüchtlinge aus Samarkand mehr
erreicht haben, so erhalte ich doch regelmäßig Nachricht
über das, was dort geschieht.« Haruns Blick wanderte von
Sabatea zu Tarik. »Du, als Mann aus dem einfachen Volk,
erweise mir die Ehre deiner Meinung.«

»Ich bin nur... der Begleiter der Vorkosterin«, sagte
Tarik und überlegte, ob es wohl angemessener wäre, dem
Blick der dunklen Augen auszuweichen. Trotzdem hielt er
ihnen stand.

»Ein Schmuggler, ich weiß. Und der Sohn eines Schmugglers, so wurde mir berichtet. Aber sag mir: Wie sind die
Zustände in Samarkand, meiner Enklave im fernen Osten
des Reiches?«

»Emir Kahraman regiert mit harter Hand«, antwortete
Tarik.

»Das Volk liebt ihn nicht?«

Er musste jetzt vorsichtig sein, bevor er sich um Kopf und Kragen redete. »Das Volk kennt ihn nicht anders. Kahraman herrscht schon seit vielen Jahren.«

»Manch einer würde behaupten, dass ich der Herrscher bin in Samarkand und der Emir nur mein Auge und meine Stimme.«

Einige der Höflinge lachten nervös, doch der alte Mann neben dem Thron blieb todernst. Sein Blick ruhte düster auf Tarik, so als missbillige er zutiefst, dass Harun auch nur das Wort an ihn richtete.

»Gewiss, Herr«, sagte Tarik. »Kahraman ist Euer Diener, so wie ich und jeder hier.« Eine Pause, dann: »Manch einer fragt sich jedoch, ob er selbst das genauso sieht.«

Ein Raunen ging durch die Menge der Umstehenden, begleitet von empörten Ausrufen. Der Mann neben dem Thron hob eine Hand, und sofort kehrte Schweigen ein. Täuschte Tarik sich, oder sah er zum ersten Mal die Andeutung eines Lächelns auf dessen Gesicht?

»Vorkosterin«, wandte der Kalif sich wieder an Sabatea, »teilst du die Ansicht deines Begleiters?«

»Der Emir ist ein Mann harter Worte und Taten, mein Gebieter.«

Harun stieß ein leises Seufzen aus, während sich seine Finger unverändert heftig an die Armlehnen klammerten. »Wir werden bald noch ausführlicher über ihn sprechen, Sabatea. Dein Ruf ist dir vorausgeeilt. Das Geschenk, das er mir anbietet, ist großzügig, und ich will es gerne annehmen. Von heute an sollst du meine Speisen kosten.«

Sie verneigte sich tief. »Ich danke Euch, Herr.«

»Zuvor aber möchte ich dein Gesicht sehen, Sabatea. Du hast außergewöhnliche Augen. Lass uns herausfinden, ob der Rest ebenso erstaunlich ist.«

Tarik wagte nicht, den Kopf zu ihr umzuwenden. Stattdessen beobachtete er sie aus dem Augenwinkel.

Sie löste die Seidenschärpe mit einer fließenden, fast tänzerischen Bewegung und blickte dem Herrscher des Morgenlandes mit erhobenem Kinn entgegen. Abermals drang Flüstern aus den Reihen jener, die nahe genug standen, um ihr Antlitz zu sehen.

Harun hob eine Augenbraue. »Du bist sehr schön, Vorkosterin.«

»Ich bin schmutzig von der langen Reise, und mein Körper ist voller blauer Flecken. Ich will mich für Euch waschen, Herr, und ich hoffe, Eure Augen danach nicht mehr mit Staub und Schrammen zu beleidigen.«

Erneut flüsterte der Kalif hinter vorgehaltener Hand etwas ins Ohr des alten Mannes, wartete sein Nicken ab und wandte sich wieder an Tarik.

»Du hast dieses Mädchen sicher durchs Dschinnland an unseren Hof geleitet, Tarik al-Jamal. Dafür gebührt dir unser Dank.«

Tarik wusste genau, was von ihm erwartet wurde. »Mein Leben für die Ehre meines allmächtigen Gebieters.«

»Man hat mir berichtet, dass du dem Dschinnfürsten der Hängenden Städte begegnet bist.«

»Ich sah ihn sterben, Herr.«

»Es heißt, dass du behauptest, ihn getötet zu haben.«

»Tatsächlich«, kam Sabatea Tarik zuvor, »war ich diejenige, die das behauptet hat. Und es ist die Wahrheit. Dieser Mann hat den verfluchten Dschinnfürsten in die Flammen eines brennenden Rochnestes gestoßen.«

Rumoren und Wispern unter den Höflingen.

Tarik blinzelte, als er einen Stich an der Rückseite seines bandagierten Auges spürte. Der Schmerz kam unerwartet, nur für einen kurzen Moment.

»Ist das wahr?«, fragte der Kalif ihn.

»Ja, mein Gebieter.« Er wartete darauf, dass das Stechen zurückkehrte. Seine Stimme schwankte kaum merklich, und das entging den beiden Männern dort vorne keineswegs.

»Wir müssen auf euer Wort vertrauen«, erklärte der Kalif. »Mit Freude hören wir die Kunde von jedem einzelnen Dschinn, der nicht mehr gegen Bagdad ziehen kann. Uns steht ein Krieg bevor. Wirst auch du für uns in die Schlacht ziehen, Tarik al-Jamal?«

»Ich bin Euer Diener, Herr.«

Haruns Mundwinkel zuckten. »Die Vorkosterin soll gewaschen und eingekleidet werden. Bringt sie später in meine Gemächer, damit wir unser Gespräch über meinen treuen Statthalter fortsetzen können.«

Sabatea senkte nur demütig das Haupt.

»Was dich angeht, Tarik al-Jamal, so gibt es noch eines, das ich von dir wissen möchte.«

Eine unsichtbare Hand wühlte sich in Tariks Magengrube. Mit klopfendem Herzschlag wartete er ab.

Harun beobachtete ihn genau. »Wie, so frage ich mich, hast du wohl dein linkes Auge verloren? Es ist noch nicht lange her, nicht wahr? Khalis, mein treuer Berater« – er nickte in die Richtung des Alten in Nachtblau – »hat es an deinem Gang bemerkt und an der Art, wie du deine Umgebung ... nun, im Auge behältst.«

Es war nicht als geschmackloser Scherz gemeint, und niemand lachte. Im Saal herrschte atemlose Stille.

»Ist es beim Kampf mit den Dschinnen geschehen?« Harun beugte sich vor. »Oder sind vielleicht die Sturmkönige dafür verantwortlich?«

Alles in Tarik schrie, dass dies eine List war, um ihn... ja, was? Als Verbrecher zu enttarnen? Nicht nötig, denn jeder hier wusste, dass er ein Schmuggler und Sohn eines Schmugglers war. Was also sollten diese Fragen? Er beschloss, bei der Wahrheit zu bleiben.

»Ich bin den Sturmkönigen zum ersten Mal in den Hängenden Städten begegnet, Herr. Ich kann wenig Schlechtes über sie berichten. Außer vielleicht, dass sie nicht allzu zimperlich waren, als es darum ging, welche Gefangenen gerettet wurden und welche nicht.« Er machte eine kurze Pause und hoffte vergebens auf eine Reaktion, die Aufschluss über Haruns Ansinnen gäbe. »Was mein Auge angeht, so wurde es beim Kampf mit dem Dschinnfürsten verletzt.«

Der Kalif nickte langsam, und in diesem Moment wirkte er tatsächlich sehr weise und besonnen. »So zeige uns deine Verletzung. Sie scheint mir, wenn schon kein Beweis, so doch immerhin ein Anhaltspunkt dafür zu sein, dass dein Kampf mit Amaryllis tatsächlich stattgefunden hat.«

Tariks Auge begann zu schmerzen, bevor er nur die

Hand nach der Binde ausstrecken konnte. Sabatea warf ihm einen gequälten Blick zu.

»Und ich muss dich warnen«, sagte der Kalif. »Die Sturmkönige sind in der Tat Freiheitskämpfer gegen die Dschinne. Unglücklicherweise waren sie – oder ihre Vorfahren – bereits Rebellen gegen die Herrschaft *meiner* Vorfahren. Bei allem, was sie dort draußen im Dschinnland an Gutem bewirken mögen – «

Die Miene des alten Mannes verfinsterte sich. Der Kalif schien es zu spüren, ohne ihn anzusehen.

» – was sie im Dschinnland bewirken mögen«, wiederholte Harun mit einer betonten Auslassung, »bleiben sie doch Widersacher Bagdads und damit unsere Feinde. Ihr Bund wurde schon vor langer Zeit geächtet. Sie sind, trotz allem, Aufrührer und Verbrecher. Hast du das gewusst, Tarik al-Jamal?«

Mit einem Mal fiel es ihm schwer, auch nur die einfachsten Worte auszusprechen. »Nein, Herr, das wusste ich nicht. Ich habe sie in den Hängenden Städten zum ersten Mal gesehen, und ich hatte nie zuvor von ihnen gehört.« Das war nur die halbe Wahrheit. Natürlich kannte er die Gerüchte über die Rebellion gegen die Dschinne, man erzählte sich in den Tavernen Samarkands davon. Aber er hatte diese Menschen immer für räudige Einsiedler gehalten, vielleicht für kleine, unorganisierte Banden. Ganz sicher nicht für eine Armee, die über die Macht der Stürme gebot.

»Du bist also sicher«, sagte der Kalif, »dass du nicht mit ihnen im Bunde stehst.«

»Das bin ich, Herr.«

»Bist du bereit, darauf einen Schwur zu leisten? Sagen wir, beim Leben dieses Mädchens an deiner Seite?«

»Ja, mein Gebieter.«

Harun musterte ihn nachdenklich, dann nickte er wieder. »So zeige uns nun dein Auge. Wir wollen sehen, wie sehr du bei deinem Duell mit dem Dschinnfürsten in Mitleidenschaft gezogen worden bist.«

Sabatea kam ihm zu Hilfe, bevor er die Binde abnehmen konnte. »Ich bitte Euch, Herr. Quält ihn nicht dafür, dass er mich sicher hierher geleitet hat. Er war Euch ein treuer Diener, und ich sah ihn viele Dschinne töten.«

»Das will ich nicht in Abrede stellen. Einen Dschinnfürsten zu töten ist eine große Heldentat, ganz ohne Zweifel. Dieser Mann behauptet, Amaryllis hätte sein linkes Auge geblendet, und wenn es wahr ist, so will ich seinen Verlust mit Gold aufwiegen.« Erstmals wurde die Stimme des Herrschers schärfer. »Doch eines solltet ihr wissen: Die Wunden, die ein Dschinnfürst schlägt, können nicht heilen. Ich habe mit eigenen Augen Krieger gesehen, die im Kampf gegen einen von ihnen gefallen sind. Ihre Wunden haben sie *aufgefressen*. Selbst nachdem sie tot waren, breiteten sich ihre Verletzungen wie Geschwüre über ihre Körper aus, kehrten ihr Inneres nach außen. Diese Männer wurden vor meinen Augen zu rohem Fleisch!«

Harun erhob sich mit einem Ruck vom Thron. Ein erschrockenes Ächzen raste durch die Zuschauerreihen. Khalis berührte ihn am Arm, doch der Kalif schüttelte die Hand des Alten unwillig ab. Harun zitterte, als hätte er Mühe, sich allein auf den Beinen zu halten. Trotzdem blieb

er stehen und starrte Tarik an. »Es heißt, nur die Sturmkönige besitzen eine Magie gegen die Vernichtungszauber
der Dschinnfürsten. Sie seien geschützt gegen das Gift ihrer Klauen, erzählt man sich. Nun frage ich mich also: Wie
kann dieser Mann, Tarik al-Jamal, einen Dschinnfürst getötet und sogar Wunden davongetragen haben, ohne dass
es ihm erging wie meinen besten Kriegern? Wie, so frage
ich *dich*, Tarik, ist das möglich, wenn du nicht entweder
ein Lügner bist oder aber ein Sturmkönig?«

Die Stille im Saal hatte sich mit jedem seiner Sätze ver-
dichtet, und nun schien sie wie eine Wand auf Tarik zu-
zurücken. Es fühlte sich an wie ein Sturzflug aus großer
Höhe, wenn sich seine Ohren verschlossen und er nur noch
seinen eigenen Herzschlag hörte.

Zwei Soldaten traten mit schepperndem Rüstzeug auf
Tarik zu, aber der Kalif brachte sie mit einer Handbewegung zum Stehen. »Er wird uns sein Auge aus freien Stücken zeigen.«

Der Audienzsaal war lichtdurchflutet. Der weiße Mar-
mor reflektierte die Helligkeit bis in die hintersten Winkel.
Nicht einmal die Säulengalerie jenseits des Throns schien
Schatten zu werfen.

»Tarik…« Sabatea ergriff seine Hand, ungeachtet der
forschenden Augen des Kalifen.

»Nicht«, sagte er leise und löste seine Finger ganz sachte
aus ihren. »Sieh zu, dass dir nichts geschieht.«

Dann wandte er das Gesicht wieder dem Kalifen zu,
schob beide Hände von oben hinter die Augenbinde und
zog sie übers Kinn nach unten.

Tief in seinen Gedanken ertönte schallendes Gelächter. Fremdes, bösartiges, zufriedenes Gelächter.

Der Schmerz bohrte sich mit der Macht eines glühenden Dolches in sein Hirn. Hätte ihm einer der verborgenen Bogenschützen einen Pfeil ins Auge gejagt, so hätten der Schock und die Pein nicht größer sein können. Ein gellender Schrei stieg in ihm auf. Er wollte ihn zurückhalten, in seiner Kehle einschließen, wollte sich nicht die Blöße geben vor all diesen Menschen, vor dem Kalifen, sogar vor Sabatea, die als Einzige verstehen konnte, was mit ihm geschah. Hitze erfüllte seinen Schädel bis zum Bersten, ein Netz aus Feuer, das sich ausgehend von seinem Auge – *seinem* Auge? – über sein Gesicht verästelte, durch die Poren sickerte und sein Gehirn umschloss, sich enger zusammenzog, noch enger.

Und dann *sah* er.

Sah Harun al-Raschid auf seinem Thron, nicht hager und zitternd wie ein kranker Mann, sondern aufrecht und kraftvoll, die Wangen gerundet, die Hände nicht länger knochig, den Blick auf Tarik, nein, durch ihn hindurch gerichtet.

Neue Eindrücke brannten sich durch den Schmerz, ritten auf diesem Strom der Qual, der durch all seine Sinne tobte. Höflinge und Diener umgaben den Thron, aber es waren weniger und andere als noch vor einigen Augenblicken. Verschleierte Tänzerinnen schlängelten sich gertenschlank umeinander. Ein muskulöser schwarzer Hund schlief neben dem Thron, dort, wo gerade eben noch Khalis gestanden hatte, erwachte plötzlich, hob den spitzen

Schädel und witterte etwas; dann sah er genau in Tariks Richtung, erwiderte dessen Blick, fletschte die Zähne, sprang auf…

Der Schrei explodierte in Tariks Kehle. Das Gleißen des Audienzsaals schlug über ihm zusammen. Er verglühte darin, schmolz zu einem unsichtbaren Punkt im Licht. Instinktiv hatte er die Hände vors Gesicht geschlagen, grub seine Fingerspitzen in das linke Auge, wollte es herausreißen und dem Kalifen vor die Füße schleudern. *Da hast du deine Wunde! Ist sie tief genug? Ist sie* roh *genug, du Bastard?*

Jemand schrie seinen Namen, panisch, herzzerreißend. Sabateas Stimme, irgendwo jenseits des Lichts, jenseits der Schmerzen, ganz weit außen am Rand seiner Wahrnehmung, wo die Wirklichkeit hinter einer Mauer aus Leid und Hitze lag und keine Bedeutung mehr hatte.

Er stürzte zu Boden, wurde halb aufgefangen. Jemand riss ihm die bohrenden, grabenden Finger vom Auge und presste sofort etwas anderes darauf, einen kühlen Handballen, dann groben Stoff. Er spürte es und hatte doch das Gefühl, dass all das einem anderen zustieß, nicht ihm selbst, und dass es anderswo stattfand, nicht da, wo er gerade war, mitten im Licht und im Schmerz.

Und – Lachen. Noch immer das gemeine, tückische Lachen irgendwo im Hintergrund, das kreischende Gelächter von jemandem, der nicht mehr an sich halten konnte.

Bist du das, Amaryllis?, schrie er in die Leere seines Verstandes hinaus. *Was ist das, das du mich sehen lässt? Warum ist alles gleich und doch ganz anders?*

Keine Antwort. Nur Lachen und Lachen und Lachen.

414

Und er begriff.

Du hast dich geirrt, Amaryllis! Das ist nicht die Zukunft! Das ist die Gegenwart, eine andere Gegenwart! Ich habe Menschen gesehen, den Kalifen, nicht älter als heute, aber gesünder, stärker, nicht ausgezehrt vom Krieg gegen euch Dschinne.

Amaryllis… Antworte mir!

Aber stattdessen hagelte es Schläge in sein Gesicht, ein greifbarer, fast willkommener Schmerz. Geschrei und Wortfetzen um ihn herum: »… wahnsinnig geworden …« – »… tollwütig wie ein Hund …« – »… zu den anderen Krüppeln und Narren hinaus …«

Und die Stimme Sabateas, hoch und panisch vor Entsetzen: »Tut ihm nichts! Lasst ihn in Frieden! Er hat doch nichts verbrochen!« Ihre Hand in seiner, dann fortgerissen von ihm oder er von ihr.

Gepackt, geschleift, gestoßen. Über Marmorböden, Treppen hinunter, ein endloser Weg, immer weiter. Dazwischen Gebrüll und noch mehr Schläge. Beschimpfungen. Gelächter. Eine Flut aus Beleidigungen, dann Warnungen. »… nie mehr zurück …« – »… so weit du kannst …« – »… sterben, wenn wir dich noch mal hier sehen …« Er schrie Sabateas Namen, jetzt wirklich wie ein Wahnsinniger, aber sie war längst nicht mehr bei ihm.

Sie zerrten ihn ins Freie, ohne seinen Teppich, über Pflaster und Staub, auf einen Karren. Die Helligkeit saß noch immer in dem fremden Auge unter der Binde fest, überlagerte die Umgebung, die er mit dem anderen vorbeiwabern sah. Alles ohne Substanz, wie in Eis geritzt, das in der Hitze zerschmilzt.

Schließlich durch einen Torbogen, kaum mehr als ein huschender Schatten. Wieder wurde er gepackt, von dem Karren geworfen, blieb halb blind im Staub liegen, sah die Räder an sich vorüberrollen, hörte zum Abschied wieder Flüche und Drohungen. *Krüppel! Krüppel! Krüppel!*

Er rollte sich auf den Rücken und wartete, dass ihn die Wirklichkeit einholte. Die Wirklichkeit oder der Tod.

Eines von beidem würde ihn finden, hier im Staub, in der Gosse.

Er wartete. Wartete weiter.

Dann wurde es Nacht.

Sie wuschen sie und hüllten sie in edle Gewänder. Sabatea ließ es mit steinerner Miene über sich ergehen. Ihre Gedanken kreisten um Tarik, wo immer er jetzt sein mochte.

Sie hatte ihm gerade noch die Binde über das linke Auge ziehen können, bevor man sie beiseitestieß, ihn packte und davonschleppte. Augenblicke zuvor, als er zu schreien begonnen hatte, waren Bittsteller und Bedienstete auseinandergesprungen. Der alte Berater, Khalis, hatte sich schützend vor den Kalifen geschoben, während sich die Männer der Falkengarde auf den tobenden Tarik stürzten. Ein Besessener!, hatte jemand gerufen. Ein Wahnsinniger! Ein Dschinn in Menschengestalt!

Einen Augenblick lang wurde ihr schwindelig. Sie musste sich abstützen, während eine Dienerin wortlos die Schnürung am Rücken ihres schneeweißen Kleides schloss. In den privaten Gemächern des Kalifen durften sich Frauen unverschleiert bewegen, als reiche der Blick Allahs nicht durch diese Mauern. Das Mädchen, das sie ankleidete, war jung und sehr schön, wie fast alle Bediensteten, die sich lautlos durch diese Hallen und Gänge bewegten.

Das Herz der herrschaftlichen Gemächer war ein Irr-

garten aus hauchdünnen Vorhängen, Stellwänden aus ge-
flochtenen Palmblättern und aufwendigen Bepflanzungen.
Wasser sprudelte über gekachelte Wände, aus Springbrun-
nen und in verspielte Tümpel inmitten künstlicher Haine.
Sklaven pumpten es über ein Netz aus Leitungen aus den
Bewässerungskanälen, die Bagdad und sein Umland durchzogen.

Sabatea hatte keinen Blick für die üppige Schönheit des
Kalifenpalastes. Niemand wollte ihr sagen, was mit Tarik
geschehen war. Warum endeten alle Menschen, die ihr etwas bedeuteten, im Kerker oder auf dem Richtblock des
Henkers?

Sie befand sich in einer Kammer, in deren Mitte ein
rundes, hüfthohes Wasserbecken auf Säulen ruhte. Der
Raum lag in der höchsten Ebene des Palastes, durch eine
Öffnung in der Decke ergoss sich das letzte Glühen der
Abendsonne. Tagsüber spiegelte sich die Helligkeit auf dem
Wasser und beschien von unten das Gesicht derjenigen,
die sich darüber beugten. Bei Einbruch der Nacht waren
Kerzen in den Halterungen rund um das Becken entzündet
worden. Als Sabatea auf das Wasser hinabblickte, warfen
die Flammen sanftes Goldlicht über ihre Züge. Dann fiel
eine der Tränen von ihrer Wange und erschütterte die Wasseroberfläche; ihr Spiegelbild zerstob und setzte sich zu
einem zitternden Zerrbild zusammen, das getreuer wieder-
gab, wie sie sich fühlte, als das bemalte Puppengesicht,
unter dem die Dienerinnen ihren Kummer und ihre Furcht
hatten verbergen wollen.

Das Mädchen zog sich von ihr zurück und glitt ohne ein

Wort aus der Kammer. Sabatea blieb am Rand des Spiegel-
beckens stehen und sah zu, wie die Ringe auf dem Wasser ihre Züge entstellten. Das dort unten war die wahre
Sabatea. Sie hatte Tarik und Junis belogen, um hierher zu
gelangen. Sie würde noch weit Schlimmeres tun, um zu
verhindern, dass daheim in Samarkand ein Mensch sterben musste, der ihr etwas bedeutete. Um zu verhindern,
dass Kahraman seine Drohung wahrmachte. Um inmitten
dieser Hölle aus Dschinnen und Verrat und ewigen Kriegen ein ganz kleines Stück Frieden zu finden. Hoffnung
auf etwas Besseres. Den Glauben daran, dass sie vielleicht
irgendwann wie jede andere leben konnte, mit Menschen,
die sie liebte.

Aber es gab etwas, das sie dafür tun musste. Etwas, zu
dem man sie gezwungen hatte. Der einzige Grund, aus
dem sie wirklich hier war.

Jemand betrat hinter ihr den Raum und forderte sie auf,
ihm zu folgen. Es war einer der Eunuchen, ein Junge noch,
kahl geschoren, in purpurnen Pluderhosen und einer schil-
lernden Weste. Sabatea ging wie in Trance hinter ihm her
und dachte, dass sie unterwegs für alle so aussehen musste
wie ihr verzerrtes Spiegelbild im Wasser. Als würde ihre
innere Hässlichkeit in einer Eruption aus Wahrheit nach
außen dringen und jedermann offenbaren, wer und was sie
tatsächlich war. Alle würden sie mühelos durchschauen,
den Plan von ihren Zügen ablesen, die Verderbtheit spüren,
die sie in sich trug.

Doch kaum jemand achtete auf sie. Nur ein paar Palastmädchen warfen ihr verstohlene Blicke zu, einige neidisch,

manche auch ehrfurchtsvoll. Als wäre irgendetwas an ihr, das Respekt verlangte. Dabei trug sie die Schuld an so vielem. Tariks Verderben. Junis' Verschwinden. Und wenn diese Nacht vorüber war –

»Hier entlang«, sagte der Eunuchenjunge und führte sie in ein Gemach aus Säulen und Seide, aus Wasserspielen und schimmerndem Gold. Nur drei Möbelstücke: ein runder Tisch und zwei Stühle. Dampfender Tee. Eine Obstschale. Zwei Kelche mit rubinrotem Wein, von weit her gebracht, vielleicht noch zu Zeiten, als Karawanen die Wüsten bereisten. Vor der Wilden Magie und den Dschinnen.

Kein Diwan in dieser Kammer. Keine pompöse Kissenlandschaft. Nicht ihre Schönheit war der Grund, aus dem der Kalif sie hier empfing.

Der Eunuch bat sie höflich, Platz zu nehmen, und zog sich zurück. Er drückte die hohe Tür hinter sich zu. Sabatea war jetzt allein. Der Dampf aus dem Teekrug bildete Schlieren über dem Tisch. Aus kleinen Rauchschalen an den Wänden kräuselte sich der Duft von Lavendel und kostbaren Kräutern. Sie war benommen, seit sie den Palast betreten hatte; der Schwindel, der sie erfasst hatte, als Tarik schreiend zusammenbrach, war seither nicht mehr gewichen. Die Dämpfe in dieser Kammer sollten beruhigend wirken, aber sie erinnerten sie nur an zuhause, an früher, und das machte alles noch schlimmer.

Sie wusste nicht, wie viel Zeit ihr blieb. Eigentlich hatte sie warten wollen, ein paar Tage vielleicht. Aber sie traute Kahramans Versprechungen nicht. Besser, sie tat schnell, weshalb sie gekommen war. War gehorsam, wie es von ihr erwartet wurde – weil sie wusste, was geschähe, wenn sie es *nicht* war.

Die vielen kleinen und größeren Blessuren an ihrem Körper erwiesen sich jetzt als Segen. Mit dem Fingernagel öffnete sie eine Kruste im Nacken, verborgen unter ihrem schwarzen Haar. Keine Flecken auf ihrem weißen Kleid, das war wichtig. Und keine eingerissenen Nagelbetten oder andere verräterische Wunden. Nur ein winziger Kratzer zwischen den Haarwurzeln. Sie presste lange genug, bis ihre Fingerkuppen nass waren von Blut. Dann träufelte sie ein wenig davon in ihren eigenen Kelch und den des Kalifen. Horchte nervös auf Laute vor der Tür oder hinter den Wänden. Nichts. Der Palast hielt den Atem an.

Rote Tropfen vermischten sich mit dunklem Wein. Sie saugte ihre Fingerspitzen sauber, bis keine Spur mehr zurückblieb. Falls ihr Blut anders schmeckte als das gewöhnlicher Menschen, so kannte sie den Unterschied nicht.

Dann wartete sie. Der Schwindel wurde schlimmer. Sie musste sich konzentrieren. Musste alle Gedanken allein auf ihre Aufgabe richten. Stattdessen aber dachte sie wieder an Tarik. Hass kam in ihr auf. Hass auf Harun al-Raschid. Auf Khalis, seinen Berater. Hass sogar auf die verhuschten Palastmädchen und den kleinen Eunuchen.

Schritte vor der Tür. Derjenige, der sich dort näherte, bewegte sich nicht lautlos wie die Dienerschaft.

Der Kalif trat ein, ohne seine Leibgarde, ohne den alten Mann. Er schloss die Tür hinter sich. Seine Schritte hatten energisch geklungen, aber als sie ihn nun vor sich sah, wirkte er wieder müde und krank. Nur seine Augen schienen zu glühen. Während er näher kam, erkannte sie den Grund: Sie waren blutunterlaufen.

Er trat an den Tisch und setzte sich. »Sabatea«, sagte er leise.

»Mein Gebieter.« Sie senkte den Blick.

Er atmete tief durch, streckte bebende Hände nach dem Teekrug aus und goss erst ihr, dann sich selbst etwas ein. Sabatea starrte auf die dampfende Flüssigkeit.

»Erst reden wir«, sagte er. »Dann wollen wir Wein trinken.«

»Wie Ihr wünscht, mein Gebieter.«

Er hob den silbernen Teebecher an die Lippen, verzog das Gesicht und murmelte: »Zu heiß.«

Sabatea blickte auf die Oberfläche ihres eigenen Tees. Ihr Instinkt, in langen Jahren gereift, suchte ganz von selbst nach Anzeichen von Gift.

Unbedenklich. Nur Tee.

»Wir zittern«, sagte der Kalif. »Wir zittern beide.«

»Verzeiht mir, Herr.«

Er saß da und sah sie an. Sie erwiderte seinen Blick aus ihren weißgrauen Augen und wartete. Andere wichen ihr irgendwann aus. Fühlten sich unwohl unter ihren Blicken. Redeten hastig, ohne nachzudenken.

Der Kalif tat nichts dergleichen. Sprach lange Zeit kein Wort.

»Verzeiht mir«, sagte sie wieder.

Er nickte langsam. »Das habe ich längst.«

Dann schwiegen sie abermals, kreuzten ihre Blicke über Kelchen mit blutrotem Wein.

Tief in der Wüste.

Ein Lager aus Zelten, verborgen zwischen bizarren Felsformationen.

In einem davon, so unscheinbar wie alle anderen, wartete Junis auf den Anführer der Sturmkönige. Die Plane
am Eingang war geöffnet, dahinter ein Dreieck aus Ster-
nenhimmel. Draußen fauchten Wirbelstürme unsichtbar
in der Dunkelheit.

Das Zelt war genügsam eingerichtet. Eine Bettstatt aus
groben Decken und Kissen, daneben ein Bündel, vermutlich mit Kleidung. Ein weiteres, aus dem gerollte Perga-
mente ragten. Landkarten. Oder Beschwörungen.

Junis war nervös. Er konnte jeden Muskel in seinem
Körper spüren, vor allem in den Schultern und Oberarmen,
als wollten sie ihn zu Boden drücken. Sein Magen fühlte
sich hart und verkrampft an. Er hatte Mühe, sich zu konzentrieren.

Es war sein dritter Tag im Lager der Sturmkönige. So
nannten sie sich selbst, und Stolz schwang dabei mit. Sie
hatten allen Grund dazu.

Mehr als zweihundert Menschen waren aus den Pferchen der Roch gerettet worden. Die meisten hatten in den

Bergen bleiben wollen, wo sie sich trotz allem sicherer fühlten als in der offenen Wüste. Die Sturmkönige hatten sie auf einem grünen Hochplateau abgesetzt; sie schienen froh, die Menschenlast loszuwerden. Ihr Mitleid mit jenen, die sie in der Hölle der Schlacht hatten zurücklassen müssen, hielt sich in Grenzen. Die Sturmkönige waren harte Männer und Frauen, sonnengegerbt vom Leben in der Wüste, ausgelaugt von der Kraft, die es sie kostete, auf den Stürmen zu reiten.

Zweiunddreißig Männer aus den Pferchen hatten sich ihnen anschließen wollen. Junis war einer von ihnen. Er wusste nicht, was aus Sabatea und Tarik geworden war. Tot, vermutete er und war über sich selbst erstaunt. Sachlichkeit war bislang keine seiner glänzendsten Eigenschaften gewesen. Aber wenn er an die beiden dachte, dann versuchte er, distanziert zu bleiben. Nichts an sich heranzulassen, kein Bedauern, keine Trauer. Es gelang ihm nicht immer, aber er lernte dazu. Nach nicht einmal drei Tagen schien die kühle Überlegenheit der Sturmkönige auf ihn abzufärben.

Die Männer, die um Aufnahme in die Reihen der Rebellen gebeten hatten, hausten getrennt von den anderen in einem abgeteilten Areal des Lagers. »Nur ein neuer Pferch«, hatte jemand verächtlich gemurmelt und mancherlei Zustimmung geerntet. Aber Junis verstand, weshalb man sie auf Distanz hielt. Die Sturmkönige trauten niemandem, schon gar keinen heimatlosen Nomaden, die Gott weiß wo von den Dschinnen aufgegriffen und verschleppt worden waren. Oft schien es, als vertrauten sie nicht einmal einander, ein Haufen Einzelgänger, die vom Schicksal zu einer Armee zusammengeschweißt worden waren.

Vielleicht wären sie in besseren Zeiten Räuber gewesen. Oder Revolutionäre. Heute aber waren sie Kämpfer gegen die Allmacht der Dschinne. Und ganz gleich, was er von ihren charakterlichen Mängeln halten mochte, Junis war fest entschlossen, einer von ihnen zu werden.

Es hatte mit Rache zu tun. Rache für Sabatea und seinen Bruder, falls sie in der Höhle gestorben waren. Aber auch mit der Hoffnung, sie aufzuspüren, falls sie noch lebten. Auf sich allein gestellt hätte er keine Chance gehabt, ohne fliegenden Teppich, womöglich ausgesetzt unter Nomaden irgendwo in der Wüste. Wenn es ihm aber gelänge, ein Sturmkönig zu werden, Macht über die Winde zu erlangen, dann konnte er seine Hoffnung bewahren. Würde sie verborgen in sich tragen, bis irgendwann die Gelegenheit käme, die Wahrheit herauszufinden. *Sie* zu finden.

Draußen wurden die Winde lauter, ein naturgewaltiges Stöhnen und Flüstern, das am Zelt vorüberraste und die Plane aufschleuderte.

Plötzlich stand dort eine Gestalt, klein und sehr zart. Ein Kind noch, ein Junge. Stand nur da und blickte herein, starrte Junis an, vom Mond über der Wüste in silbrigen Glanz gehüllt. Vielleicht sah so die Welt aus, wenn man sie mit Sabateas weißgrauen Augen sah, kristallen oder metallisch, unterkühlt und geisterhaft ausgebleicht.

Der Junge regte sich nicht, blickte wortlos von außen ins Zelt und musterte Junis, der nicht wusste, was er von ihm halten sollte. Man hatte ihm gesagt, er möge hier auf den Anführer der Sturmkönige warten, einen der Vermummten, den er nur von Weitem gesehen hatte, als er im Vorbeigehen die neuen Freiwilligen inspizierte. Der Mann war stehen geblieben und hatte auf Junis gezeigt, etwas zu einem seiner Begleiter gesagt und war weitergegangen. Später hatte man Junis von den anderen fortgeholt und in dieses Zelt gebracht.

Seitdem wartete er.

Sicher war, dass der Junge dort draußen nicht der Anführer der Rebellen war, ob mit oder ohne Vermummung. Nur ein Kind. Ein Kind, das ihn unverwandt anstarrte.

»Wer bist du?«, fragte Junis.

Aber da wandte sich der Junge schon ab, floss wie geschmolzenes Silber davon, fort aus seinem Blickfeld. Junis machte ein paar Schritte nach vorn, um zu sehen, wohin das Kind verschwunden war. Doch bevor er den Ausgang erreichte, trat jemand zu ihm ins Zelt.

Die klobige Gestalt eines Sturmkönigs schlug die Plane beiseite und drückte sich durch den Spalt. Unmittelbar vor Junis blieb der Anführer stehen. Staub bedeckte die wollene Kleidung, die verschlungenen Schärpen um Schultern und Gesicht. Nur ein Augenschlitz blieb unbedeckt zwischen all den Bahnen und Falten im Stoff. Unsichtbare Augen im Schatten.

Junis machte einen Schritt zurück, um den Fremden nicht zu provozieren. Er wusste nicht, warum man gerade ihn ausgesondert und in dieses Zelt geführt hatte.

»Du wolltest mich sprechen?«, fragte er.

Der andere beobachtete ihn stumm, nicht unähnlich

dem kleinen Jungen vorhin. Nur, dass Schweigen und Reglosigkeit bei dem Vermummten grimmiger wirkten. Düster und bedrohlich.

»Mein Name ist Junis. Ich danke dir dafür, dass deine Leute uns gerettet haben.«

Der Sturmkönig nickte. Dann hob er die Hände an den Hinterkopf und öffnete die Stoffbahnen. Bedächtig entwirrte er die staubigen Binden, die seinem Schädel eine derbe, nichtmenschliche Form verliehen.

Der Kopf, der sich aus der Vermummung schälte, war ungleich schmaler. Langes Haar löste sich im Nacken.

»Willkommen bei den Sturmkönigen.«

⁓

Der Kalif beugte sich über seinen Weinkelch und sah auf die trübe, dunkle Oberfläche. Musterte sein Spiegelbild, blutrot in einem Kranz aus Gold. Blickte dann wieder hoch zu Sabatea.

»Ich weiß, warum du hier bist«, sagte er.

⁓

In den nächtlichen Gassen Bagdads streckte sich eine Hand nach einem Mann am Boden aus. Tarik musterte die Gestalt über sich mit einem Auge, sah eine Silhouette im Mondschein.

»Almarik?«, fragte er leise.

Der Byzantiner zog ihn auf die Beine. »Komm mit mir«,

sagte er. An seinem Gürtel hing eine bauchige Flasche, aus der ein dumpfes Pochen ertönte.

»Wohin?«

Der Krieger ging voraus. Tarik zögerte, dann folgte er ihm auf einer Woge aus Schmerz.

Noch einmal fragte er »Wohin?«, als sie in Bagdads Schatten tauchten.

Nur Schweigen als Antwort.

In seinen Gedanken das fremde Gelächter.

∽

Und in einem Zelt, tief im Dschinnland, flüsterte Junis einen Namen.

»Maryam.«

ENDE
der ersten Bandes
Band zwei, WUNSCHKRIEG,
erscheint im März 2009

Band zwei der STURMKÖNIGE-Trilogie

Kai Meyer
DIE STURMKÖNIGE
- WUNSCHKRIEG
Roman
Cinemascope-Ausgabe
ISBN 978-3-404-20846-3

Alle Magie ist außer Kontrolle geraten. Zehntausende Dschinnen ziehen aus den Wüsten gegen Bagdad. Nur die Macht des Dritten Wunsches kann diesen Krieg entscheiden. Aber was verbirgt sich dahinter?

Tarik hat alle verloren, die er liebt: Das Mädchen Sabatea ist im Kalifenpalast gefangen. Sein Bruder Junis kämpft an der Seite der Sturmkönige im Dschinnland. Und die geheimnisvolle Maryam hat einen Plan, der sie alle ins Verderben reißen könnte. Aber Tarik gibt nicht auf. In Bagdads Diebesviertel findet er neue Verbündete, und er stößt auf die Spur des Dritten Wunsches. Dreht sich dieser Krieg in Wahrheit nur um ihn?

Bastei Lübbe